Les Incandescentes

Du même auteur

L'Homme craie, Pygmalion, 2018, J'ai lu, 2019
La Disparition d'Annie Thorne, Pygmalion, 2019, J'ai lu, 2020
L'Ombre des autres, Pygmalion, 2021, J'ai lu, 2022

C.J. Tudor

Les Incandescentes

Traduit de l'anglais
par Thibaud Eliroff

Pygmalion

Titre original :
THE BURNING GIRLS

Pour plus d'informations sur nos parutions,
suivez-nous sur Facebook, Instagram et Twitter.
https://www.editions-pygmalion.fr/

ISBN : 978-2-0802-4963-0

À Neil, Betty et Doris.
Le grand, la belle et la poilue.

Incandescentes :

D’après Wikipédia, l’encyclopédie libre

Poupées de brindilles spécifiques au petit village de Chapel Croft, dans le Sussex, servant à commémorer les Martyrs du Sussex – huit villageois morts sur le bûcher durant les Persécutions mariales (1555-1558). Deux de ces martyrs étaient des jeunes filles. Les incandescentes sont brûlées au cours d’une cérémonie annuelle en mémoire de cette purge.

Prologue

Quel genre d'homme suis-je ?

Une question qu'il se posait souvent, ces temps-ci.

Je suis un homme de Dieu. Je suis Son serviteur. J'accomplis Sa volonté.

Mais cela suffisait-il ?

Il observa la petite maison blanchie à la chaux. Toit de tuiles rouges, murs mangés de clématite violet vif et baignés par la lumière déclinante du soleil de fin d'été. Des oiseaux pépiaient dans les arbres. Des abeilles bourdonnaient paresseusement parmi les buissons.

Ici réside le mal. Ici, dans le plus innocent des paysages.

Il remonta la courte allée d'un pas lent. La peur lui nouait douloureusement les entrailles. Il leva la main pour frapper, mais la porte s'ouvrit avant qu'il n'en ait eu l'occasion.

— Oh, Dieu merci. Grâce au Seigneur, vous voici.

La mère se tenait affaissée sur le seuil de maison. Cheveux bruns ternes collés au crâne. Elle avait les yeux injectés de sang, la peau grise et ridée.

Voilà ce que fait Satan, quand il s'invite chez vous.

Il entra. Ça puait. Une odeur aigre, sale. Comment en était-on arrivé là ? Il leva le regard vers l'escalier. Les ténèbres en haut des marches exsudaient la malveillance. Il posa la main sur la rambarde. Ses jambes refusèrent de bouger. Il serra les paupières, prit une profonde inspiration.

— Mon père ?

Je suis un homme de Dieu.

— Montrez-moi.

Il commença à monter. En haut, il n'y avait que trois portes. Un garçon au visage flasque, vêtu d'un tee-shirt et d'un short tachés, jeta un coup d'œil par l'entrebâillement de l'une d'elles. À l'approche de la silhouette en habits noirs, il referma précipitamment.

L'homme de foi poussa la porte voisine. La chaleur et l'odeur le frappèrent comme une entité physique. Il plaqua la main contre sa bouche et réprima un haut-le-cœur.

La literie était maculée de sang et de fluides corporels. Des sangles attachées à chacun des montants du lit pendaient, inutiles. Au centre du matelas trônait une grande boîte en cuir, ouverte. De robustes lanières maintenaient son contenu en place : un lourd crucifix, une bible, de l'eau bénite, des vêtements en mousseline.

Deux objets manquaient. Il les aperçut sur le sol. Un scalpel et un long couteau cranté. Tous deux poisseux de sang. Du sang, il y en avait beaucoup, toute une flaque sombre qui dessinait une cape rubis autour du corps.

Il déglutit, la bouche aussi sèche qu'un champ en été.

— Seigneur Dieu… Que s'est-il passé ici ?

— Je vous l'ai dit. Je vous ai dit que le diable…

— Assez !

Il remarqua quelque chose sur la table de nuit. S'en approcha. Un petit boîtier noir. Il l'observa un moment puis se tourna vers la mère, qui patientait sur le pas de la porte. Elle se tordait les mains en lui jetant des regards désespérés.

— Qu'allons-nous faire ?

Nous. Parce que c'était aussi son problème, maintenant.

Il reporta les yeux sur le corps mutilé et ensanglanté.

Quel genre d'homme suis-je ?

— Allez chercher des chiffons et de l'eau de Javel.

WELDON HERALD, JEUDI 24 MAI 1990
ADOLESCENTES PORTÉES DISPARUES

La police a lancé un appel à témoins concernant deux adolescentes du Sussex portées disparues : Merry Lane et Joy Harris. Les deux jeunes filles, qui auraient fugué ensemble, sont âgées de quinze ans. Joy a été vue pour la dernière fois à un arrêt de bus à Henfield le soir du 12 mai. Merry a quitté son domicile de Chapel Croft une semaine plus tard, le 19 mai, après avoir laissé un mot.

La police ne soupçonne pas un acte criminel, mais se préoccupe de l'état de santé des deux jeunes filles et les invite à prendre contact avec leur famille respective.

« Vous n'aurez pas d'ennuis. Ils sont inquiets. Ils veulent juste savoir que vous êtes saines et sauves et vous dire que vous pouvez rentrer chez vous n'importe quand. »

Joy est décrite comme élancée, 1,65 m, longs cheveux blond clair et traits délicats. La dernière fois qu'elle a été vue, elle portait un tee-shirt rose, un jean délavé et des baskets Dunlop Green Flash.

Merry est décrite comme mince, 1,70 m, cheveux bruns courts. La dernière fois qu'elle a été vue, elle portait un pull gris large, un jean et des tennis en toile noirs.

Si vous les avez vues, contactez la police de Weldon au 01323 456723 ou appelez Crimestoppers[1] au 0800 555 111.

---

1. Parfois appelé « Échec au crime » en français, *Crimestoppers* (ou *Crime Stoppers*) est un programme permettant aux citoyens de partager anonymement des informations sur des activités de nature criminelle. Ce programme est essentiellement présent dans les pays anglophones. *(Toutes les notes sont du traducteur.)*

1.

— C'est là une situation fâcheuse.

Mgr John Durkin sourit avec bienveillance.

J'ai la quasi-certitude que Mgr John Durkin fait tout avec bienveillance, même couler un bronze.

Le plus jeune évêque que le diocèse de North Notts ait connu est également un excellent orateur, auteur de plusieurs articles théologiques salués par ses pairs, et ça me surprendrait qu'il n'ait pas au moins essayé de marcher sur l'eau.

C'est aussi un connard.

Je le sais. Ses collègues le savent. Son équipe le sait. Je pense que, secrètement, même lui le sait.

Malheureusement, personne ne le lui dira en face. Certainement pas moi. Certainement pas aujourd'hui. Pas tant qu'il tient mon job, ma maison et mon avenir entre ses mains manucurées.

— C'est le genre de choses à même d'ébranler la foi des membres de la communauté, poursuit-il.

— Ils ne sont pas ébranlés. Ils sont tristes et en colère. Mais je ne laisserai pas cette histoire réduire en miettes tout ce que nous avons accompli. Je n'abandonnerai pas ces gens au moment où ils ont le plus besoin de moi.

— Mais est-ce le cas ? Les effectifs sont au plus bas. Les cours sont annulés. J'ai entendu dire que l'aumônerie allait être affectée à une autre église.

— Les bandes jaunes de la scène de crime et les agents de police suffiront à faire fuir les paroissiens. Ce n'est pas une communauté qui apprécie les forces de l'ordre outre mesure.

— Je le comprends…

Non, il ne comprend pas. Durkin ne s'approche un tant soit peu des quartiers pauvres que lorsque son chauffeur se trompe de chemin en l'emmenant à sa salle de gym privée.

— Ce n'est que temporaire, j'en suis certain. Je peux regagner leur confiance.

Je n'ajoute pas qu'il le faut. J'ai commis une erreur et je dois la réparer.

— Alors maintenant, vous pouvez accomplir des miracles ? (Avant que je puisse répondre ou protester, il poursuit d'une voix suave :) Écoutez, Jack, je sais que vous avez fait ce que vous pensiez être le mieux, mais votre implication était déplacée.

Je raidis le dos et me recule dans ma chaise, en réfrénant le réflexe de croiser les bras comme le font les ados boudeurs.

— Je croyais que c'était notre mission. De nouer des liens de proximité avec la communauté.

— Notre mission est de préserver la réputation de l'Église. Nous vivons des temps difficiles. Partout, des lieux de culte ferment. De moins en moins de gens assistent aux offices. Nous menons un dur combat même sans cette publicité négative.

Voilà la véritable préoccupation de Durkin. Les journaux. Les RP. L'Église n'a pas bonne presse, même quand tout va bien, et je n'ai vraiment pas arrangé les choses. En essayant de sauver une petite fille, au lieu de quoi je l'ai condamnée.

— Et donc ? Vous voulez ma démission ?

— Pas du tout. Il serait dommage que quelqu'un de votre *calibre* nous quitte. (Le bout de ses doigts joints forme une cloche.) Et ça ne ferait pas bonne impression. Ce serait admettre notre culpabilité. Nous devons réfléchir très soigneusement à notre prochain mouvement.

Je n'en doute pas. Surtout si l'on tient compte du fait que mon affectation était son idée. Je suis son animal de concours. Et j'ai joué mon rôle à la perfection, en faisant de l'église à l'abandon des quartiers sensibles un centre névralgique de la communauté.

Jusqu'à Ruby.

— Que suggérez-vous ?

— Une mutation. Quelque chose de moins exposé pendant quelque temps. Une petite église du Sussex s'est subitement retrouvée privée de prêtre. Le temps qu'ils nomment un remplaçant, ils ont besoin d'un pasteur intérimaire.

Je le dévisage, tandis que la terre chavire sous mes pieds.

— Pardon, mais c'est impossible. Ma fille passe son GCSE[1] l'année prochaine. Je ne peux pas l'emmener vivre à l'autre bout du pays.

— J'ai déjà réglé les détails de votre transfert avec Mgr Gordon, du diocèse de Weldon.

— Vous avez *quoi* ? *Comment* ? L'annonce a-t-elle été publiée ? Il y a sûrement un candidat local plus approprié…

Il chasse l'argument d'un geste.

---

1. General Certificate of Secondary Education. Diplôme qui sanctionne la fin de l'enseignement secondaire au Royaume-Uni, que les Britanniques passent vers l'âge de seize ans.

— Nous discutions. Votre nom est sorti. Il m'a parlé du poste à pourvoir. Heureux hasard.

Et Durkin peut tirer plus de ficelles que ce foutu Geppetto.

— Essayez de voir le bon côté des choses, dit-il. C'est un coin magnifique. L'air pur, les champs. Une petite communauté sans histoires. Ça vous fera du bien, à vous et à Flo.

— Je crois savoir ce qui est bon pour ma fille et moi. La réponse est non.

— Permettez-moi d'être direct, Jack. (Ses yeux croisent les miens.) Ceci n'est pas une putain de requête.

Ce n'est pas par hasard que Durkin est devenu le plus jeune évêque en charge du diocèse, et ça n'a rien à voir avec sa bienveillance.

Je serre les poings sur mes genoux.

— Message reçu.

— Excellent. Vous commencez la semaine prochaine. N'oubliez pas vos bottes en caoutchouc.

2.

— Bon Dieu !

— Tu blasphèmes encore.

— Je sais, mais… (Flo secoue la tête.) Quel trou paumé.

Elle n'a pas tort. J'arrête la voiture pour examiner notre nouvelle maison. Enfin, notre maison spirituelle. Celle où nous vivrons est sa voisine : un modeste cottage qui serait coquet sans son inclinaison prononcée, qui lui donne l'air de vouloir dévaler la pente, brique après brique.

La chapelle elle-même est petite, carrée et d'un blanc écru sale. Elle ne ressemble pas vraiment à un lieu de culte. Il n'y a ni haut plafond, ni croix, ni vitraux. Quatre fenêtres ordinaires percent la façade : deux en bas, deux en haut. Entre ces dernières, une horloge, autour de laquelle une inscription tarabiscotée proclame :

Rachetez le temps, car les jours sont mauvais[1].

1. Tous les passages de la Bible cités le sont dans la traduction de Louis Segond. Ici, Éphésiens, 5 : 16.

Sympa. Malheureusement, le *z* de *rachetez* s'est estompé, ce qui donne une touche de familiarité à l'ensemble.

Je descends de voiture. L'air humide colle immédiatement mes vêtements à ma peau. Tout autour de nous, il n'y a rien d'autre que des champs. Le village compte deux douzaines de maisons, un pub, un drugstore et une salle polyvalente. On n'entend que le chant des oiseaux et l'occasionnel bourdonnement d'une abeille. Ça me met les nerfs en pelote.

— OK, dis-je en essayant de montrer plus d'enthousiasme que d'effroi. Allons jeter un coup d'œil à l'intérieur.

— Tu ne veux pas plutôt aller voir où on va vivre ?

— D'abord la maison de Dieu. Ensuite celle de ses enfants.

Flo lève les yeux au ciel. Sa façon de me dire à quel point je suis stupide et rasoir. Les adolescents peuvent faire passer beaucoup de messages en levant les yeux au ciel. Ce qui est heureux, car la communication verbale se heurte à un mur de brique dès l'âge de quinze ans.

— Du reste, j'ajoute, nos meubles sont toujours coincés dans les embouteillages de la M25. Au moins, la chapelle a des bancs.

Elle claque la portière et m'emboîte le pas en traînant les pieds avec mauvaise humeur. Je l'observe à la dérobée : carré irrégulier de cheveux noirs, anneau nasal (obtenu de haute lutte et qu'elle enlève pour aller au lycée) et gros appareil photo Nikon pendu presque en permanence à son cou. Je me dis souvent que ma fille ferait une Winona Ryder convaincante dans le remake de *Beetlejuice*.

Un long chemin relie la route à la chapelle. Une boîte à lettres en métal fatiguée se dresse juste devant le portail. On m'a expliqué que s'il n'y avait personne pour nous accueillir, c'est là que je trouverais les clés. Je soulève le couvercle, plonge la main à l'intérieur et… bingo. J'en ressors deux clés argentées, qui doivent être celles du cottage, et une lourde chose en fer tout droit sortie des romans de Tolkien. Je présume que c'est celle de la chapelle.

— Bon, au moins nous pouvons entrer, dis-je.

— Super, fait Flo sans un sourire.

Je l'ignore et pousse le portail. Le sentier est raide et inégal. Des pierres tombales penchées surgissent de part et d'autre parmi l'herbe livrée à elle-même. Un monument plus haut se dresse à ma gauche. Un obélisque d'un gris lugubre. Ce que je prends pour des bouquets de fleurs mortes ont été déposés à sa base. De près, ce ne sont pas des fleurs mortes. Ce sont de petites poupées de brindilles.

— Qu'est-ce que c'est ? demande Flo en s'emparant de son appareil sans les quitter des yeux.

— Des incandescentes, je réponds par automatisme.

Elle s'accroupit pour prendre quelques clichés avec son Nikon.

— C'est une sorte de tradition du coin. J'ai lu ça sur Internet. On les confectionne pour commémorer les Martyrs du Sussex.

— Les quoi ?

— Des villageois qui sont morts sur le bûcher durant les purges de la reine Mary Ire contre les protestants. Deux jeunes filles ont été tuées devant cette chapelle.

Elle se lève, une grimace au visage.

— Et les gens fabriquent des poupées de brindilles bien flippantes pour se souvenir d'elles ?

— Et à chaque date anniversaire, ils les brûlent.

— Ça fait *beaucoup* trop *Blair Witch*.

Je jette un dernier coup d'œil dédaigneux aux poupées en m'éloignant.

— La campagne et ses traditions « pittoresques ». Tu vas adorer.

Flo sort son portable et prend deux photos de plus, sans doute pour les partager avec ses amis à Nottingham – *Regardez ce que font ces tarés de péquenauds* –, et me suit.

Nous arrivons à la porte de la chapelle, et j'enfonce la clé en fer dans la serrure. Celle-ci est un peu grippée, si bien que je dois forcer pour faire pivoter le métal. La porte s'entrouvre avec un grincement. Un *vrai* grincement, comme ceux qu'on entend dans les films d'horreur. Je pousse le battant jusqu'à la butée.

La pénombre qui règne à l'intérieur contraste avec le soleil d'août. Mes yeux mettent un moment à s'y accoutumer. Des rayons de lumière filtrés par les fenêtres crasseuses donnent à voir un épais nuage de particules de poussière en suspension.

Le plan est inhabituel : une courte nef, où il y a à peine la place pour une douzaine de rangées de bancs face à l'autel. De chaque côté, d'étroits escaliers de bois mènent à un balcon où d'autres bancs dominent l'assemblée, comme un minuscule théâtre, ou une arène de gladiateurs. Je me demande comment diable ce lieu a survécu aux normes anti-incendie.

L'air sent le renfermé et l'inactivité, ce qui est étrange si l'on considère que la chapelle était encore utilisée il y a quelques semaines. Elle parvient aussi, comme toutes les églises, à être froide et étouffante en même temps.

Au fond de la nef, je remarque qu'une petite zone a été circonscrite par deux barrières de sécurité jaunes. Une pancarte de fortune pend à l'une d'elles.

Danger. Sol inégal. Dalles déchaussées.

— Je révise mon jugement, déclare Flo. C'est littéralement le trou du cul du monde.

— Ça pourrait être pire.

— Comment ?

— Vers du bois, humidité, infestation de cafards ?

— Je sors, dit-elle en s'éloignant d'un pas lourd.

Je ne la suis pas. Mieux vaut la laisser digérer. Je n'ai pas grand-chose à dire pour la consoler. Je l'ai arrachée à la ville qu'elle adore et au lycée où elle s'est fait une place pour l'amener dans cet endroit qui n'a rien d'autre à offrir que des champs et l'odeur de la bouse de vache. La gagner à ma cause va nécessiter pas mal de travail.

Je lève les yeux vers l'autel en bois.

— Qu'est-ce que je fais là, Seigneur ?

— Je peux vous aider ?

Je fais volte-face.

Un homme se tient derrière moi. Élancé, d'un teint de craie mis en évidence par des cheveux d'un noir huileux coiffés en arrière, dont l'implantation lui fait un V sur le front. Malgré la chaleur, il porte un costume sombre sur une chemise grise sans col. On dirait un vampire en route pour un club de jazz.

— Je n'avais jamais eu de réponse aussi directe, dis-je avec un sourire en lui tendant la main. Jack.

Il continue de me dévisager avec suspicion.

— Je suis le gardien de cette église. Comment avez-vous ouvert ?

Et je comprends. Je ne porte pas mon col, et on s'est probablement contenté de l'informer que le « révérend Brooks » arrivait aujourd'hui. Il aurait pu chercher à quoi je ressemblais sur Internet, mais ça ne m'étonnerait pas qu'il soit resté à l'encre et à la plume.

— Pardon. Jack Brooks. Révérend Brooks.

Ses yeux s'agrandissent légèrement. Un soupçon de rose colore ses joues. Je l'admets, mon prénom fait cet effet. Je l'admets, ça m'amuse.

— Bonté divine. Je suis désolé, c'est juste que ce n'est pas…

— Ce à quoi vous vous attendiez ?

— Non.

— Quelques centimètres en plus, quelques kilos en moins, un physique plus avenant ?

Puis une voix crie :

— MAMAN !

Je me retourne. Flo se tient sur le seuil, blanche comme un linge, les yeux affolés. Mes alarmes maternelles se mettent à hurler.

— Qu'est-ce qu'il y a ?

— Il y a une fille, dehors. Elle… Je pense qu'elle est blessée. Viens. *Maintenant.*

3.

La fille en question ne doit pas avoir plus de dix ans. Elle porte une robe qui a dû être blanche, ses pieds sont nus… et elle est couverte de sang.

Le liquide poisseux a teinté le blond de ses cheveux en un brun roux, strié son visage d'écarlate et taché sa robe d'un marron foncé. Tandis qu'elle remonte le chemin dans notre direction, ses pieds laissent de petites traces sanglantes sur le sol.

Je la dévisage en essayant frénétiquement de comprendre ce qui a pu se passer. A-t-elle été renversée par une voiture ? Je n'en vois pas sur la route. Et il y a *tant* de sang. Comment peut-elle encore tenir debout ?

Je m'approche d'elle avec prudence et m'accroupis.

— Ma chérie, tu es blessée ?

Elle lève les yeux vers moi. D'un bleu saisissant, rendu brillant par le choc. Elle secoue la tête. Pas blessée. Alors d'où vient tout ce sang ?

— OK. Tu peux me dire ce qui est arrivé ?

— Il l'a tuée.

Malgré la chaleur accablante, un frisson glacé me parcourt l'échine.

— Qui ?

— Pippa.

— Flo, dis-je sans élever la voix. Appelle la police.

Elle sort son téléphone et le fixe, incrédule.

— Pas de réseau.

Merde. Une impression de déjà-vu m'étreint avec une telle force que la tête me tourne. Du sang. Une fillette. Ça ne va pas recommencer.

Je pivote vers le vampire jazz, qui traîne près de la porte.

— Rappelez-moi votre prénom ?

— Aaron.

— Est-ce qu'il y a une ligne fixe à l'intérieur, Aaron ?

— Oui. Dans le bureau.

— Pouvez-vous aller téléphoner ?

Il hésite.

— La fille… Je la connais, dit-il. Elle est de la ferme Harper.

— Comment s'appelle-t-elle ?

— Poppy.

— OK, dis-je avec un sourire rassurant pour la fille. Poppy, nous allons chercher de l'aide.

Aaron n'a toujours pas bougé. Le choc, peut-être, ou simplement l'indécision. Dans un cas comme dans l'autre, ce n'est pas très utile.

— Téléphone ! j'aboie.

Il se carapate dans l'église. Au bruit d'un moteur qui décélère, je lève les yeux au moment où une Range Rover apparaît à la sortie du virage et s'arrête abruptement devant le portail de la chapelle en faisant crisser ses pneus sur le gravier. La portière s'ouvre à la volée.

— *Poppy !*

Un homme massif aux cheveux couleur sable saute hors de la voiture et s'engage dans le chemin d'un pas décidé.

— Bon Dieu, Poppy ! Je t'ai cherchée partout. Qu'est-ce qui t'est passé par la tête pour que tu t'enfuies comme ça ?

Je me raidis.

— C'est votre fille ?

— Oui. Je suis Simon Harper, déclara-t-il comme si ce nom devait me dire quelque chose. Et vous, vous êtes qui ?

Je me mords la langue.

— Révérend Brooks, votre nouveau pasteur. Voudriez-vous me dire ce qui se passe ? Votre fille est couverte de sang.

Il me jette un regard noir. Il a quelques années de plus que moi, à vue de nez. Costaud mais pas gros. Un visage taurin. J'ai l'impression qu'il n'a pas l'habitude qu'on lui tienne tête, surtout une femme.

— Ce n'est pas ce que vous pensez.

— Vraiment ? Parce qu'on dirait qu'elle sort tout droit de *Massacre à la tronçonneuse*, intervient Flo.

Simon Harper lui jette un regard irrité, avant de revenir à moi.

— Je vous assure, *révérend*, que ce n'est qu'un malentendu. Poppy, viens par ici… ajoute-t-il en tendant la main.

Poppy se cache derrière moi.

— Votre fille prétend que quelqu'un a été tué.

— *Quoi ?*

— Pippa.

— Oh, pour l'amour de Dieu. (Il lève les yeux au ciel.) C'est ridicule.

— Eh bien, nous pouvons toujours laisser la police décider de ce qui est ridicule…

— C'est *Peppa*, pas Pippa… et Peppa est une *truie*.

— Je vous demande pardon ?

— Le sang, c'est du sang de *cochon*.

Je le fixe du regard. La sueur me picote le dos. Un tracteur se traîne sur la route. Simon Harper pousse un profond soupir.

— Est-ce qu'on peut aller à l'intérieur… la nettoyer ? Je ne peux pas la ramener en voiture comme ça.

Je jette un coup d'œil au cottage délabré.

— Par ici.

Ma première fois dans notre nouvelle demeure. Pas vraiment la pendaison de crémaillère que j'imaginais. Flo rapporte deux chaises du jardin et nous faisons asseoir Poppy. Je déniche un torchon à peu près propre et une demi-bouteille de savon liquide sous l'évier. J'y repère également une lampe torche et une araignée grosse comme mon poing.

— Je vais voir dans la voiture, annonce Flo. Je crois qu'il y a des lingettes et un sweat à moi qui pourrait aller à Poppy.

— Excellente idée.

Elle ressort au petit trot. Elle a bon fond, malgré son attitude détestable.

Je mouille le torchon au robinet et m'accroupis près de Poppy. J'essuie le sang sur son visage.

Du sang de cochon. Comment une fillette peut-elle se retrouver couverte de sang de cochon ?

— Je sais que ça a l'air bizarre, dit Simon Harper, d'un ton qui se veut conciliant.

— Je ne juge pas. Règle numéro un, dans mon boulot.

Pieux mensonge. Je nettoie le sang sur le front et autour des oreilles de Poppy. Elle commence à ressembler davantage à une fillette et moins à une évadée d'un roman de Stephen King.

— Vous avez dit que vous alliez m'expliquer ?

— J'ai une ferme. La ferme Harper. Elle est dans la famille depuis des années. On a notre propre abattoir sur place. Certaines personnes s'opposent à cette idée…

Pas moi.

— À vrai dire, je pense qu'il est important de savoir d'où vient notre nourriture. Dans ma précédente paroisse, la plupart des gamins croyaient que la viande poussait au milieu du pain chez McDonald's.

— Ouais… on est d'accord. On a essayé d'apprendre à nos deux filles la réalité du travail agricole. À ne pas être sentimentales. Rosie – l'aînée – n'a aucun problème avec ça, mais Poppy est plus… sensible.

J'ai l'intuition que « sensible » est un euphémisme pour autre chose. Je rabats les cheveux de Poppy en arrière. Ses yeux bleus brillants me fixent d'un regard vide.

— J'ai dit à Emma – c'est ma femme – qu'elle n'aurait jamais dû la laisser leur donner un nom.

— À qui ?

— Aux cochons. Ça faisait plaisir à Poppy… mais bien sûr, elle s'est attachée. À une truie, surtout.

— Peppa ?

— Oui.

— Ce matin, on a amené les cochons à l'abattoir.

— Ah.

— Poppy n'était pas censée être à la maison. Rosie l'avait emmenée à l'aire de jeux… Mais je ne sais pas ce qui s'est passé. Elles sont revenues plus tôt, et je n'ai pas revu Poppy avant de la trouver chez vous…

Il s'interrompt, l'air perplexe. J'imagine une enfant courir au milieu de cette scène épouvantable.

— Je ne comprends pas comment tout ce sang a atterri sur elle.

— Je pense… Elle a dû glisser et tomber par terre. En tout cas, elle s'est enfuie, et vous connaissez la suite… (Il lève les yeux vers moi.) Je me sens vraiment mal, vous n'avez pas idée. Mais c'est une ferme, c'est notre travail.

Je ressens une pointe de compassion. Après être allée rincer le torchon, je m'applique à nettoyer le sang qui reste encore sur le visage de Poppy. Puis je sors un élastique de ma poche et rassemble ses cheveux collants en une queue-de-cheval.

— Je savais bien qu'il y avait une petite fille là-dessous, lui dis-je avec un sourire.

Toujours aucune réaction. C'est un peu déconcertant. Cela dit, un traumatisme peut avoir cet effet. J'ai déjà vu ça. La vie d'un pasteur dans les quartiers défavorisés ne se résume pas à faire des gâteaux et animer des vide-greniers. On y rencontre pas mal de gens perturbés, jeunes comme vieux. Mais la maltraitance ne se limite pas aux villes. Ça aussi, je le sais.

Je me tourne vers Simon.

— Poppy a d'autres animaux familiers ?

— On a quelques chiens de ferme, mais on les garde au chenil.

— Ce serait peut-être une bonne idée que Poppy ait son propre animal de compagnie. Quelque chose de petit, comme un hamster, dont elle pourrait prendre soin ?

L'espace d'un instant, j'ai l'impression qu'il va accepter ma suggestion. Puis son visage se referme.

— Merci, révérend, mais je crois savoir comment m'occuper de ma fille.

Je suis sur le point de lui faire remarquer que manifestement non, quand Flo réapparaît dans la cuisine avec des lingettes pour bébé et un sweat-shirt à l'effigie de Jack Skellington.

— Ça fera l'affaire ?

Je hoche la tête, soudain gagnée par la fatigue.

— Très bien.

Du seuil de la maison, nous observons le père et la fille – vêtue du sweat de Flo qui lui descend aux genoux – grimper dans le 4 × 4 et s'éloigner.

Je passe un bras autour des épaules de Flo.

— Au temps pour la tranquillité de la campagne.

— Ouais. Peut-être bien qu'on va s'amuser, après tout.

Je glousse, avant d'apercevoir une sombre silhouette fantomatique se diriger vers le cottage, les mains serrées sur un grand carton rectangulaire. Aaron. Je l'avais complètement oublié. Que diable a-t-il fait pendant tout ce temps ?

— Je suppose que la police est en route ? dis-je.

— Oh, non. J'ai vu Simon Harper partir, alors j'ai pensé que ce ne serait pas nécessaire.

Sérieusement ? Simon Harper a visiblement le bras long, dans le coin. Dans ces petites communautés, il y a toujours une famille à laquelle les autres se soumettent. Par tradition. Par peur. Ou les deux.

— Et puis je me suis souvenu, poursuit Aaron, que j'étais censé vous remettre ceci, à votre arrivée.

Il me tend le carton. Mon nom est imprimé dessus en caractères gras.

— Qu'est-ce que c'est ?

— Je ne sais pas. Ça a été déposé à la chapelle hier.

— Par qui ?

— Je n'ai pas vu. Je me suis dit que ça devait être un cadeau de bienvenue.

— C'est peut-être de la part du précédent pasteur, suggère Flo.

— J'en doute, dis-je. Il est mort. (Je jette un coup d'œil à Aaron, consciente de ce que mes paroles peuvent avoir d'insensible.) J'ai été navrée d'apprendre le décès du révérend Fletcher. Ça a dû vous causer un choc.

— Vous pouvez le dire.

— Était-il malade ?

— Malade ? (Il me regarde curieusement.) On ne vous a pas prévenue ?

— J'ai entendu dire que sa mort avait été soudaine.

— Pour le moins. Il s'est suicidé.

4.

— Vous auriez dû me le dire.

La voix de Durkin est à peine audible à l'autre bout du fil.

— … mation délicate… mieux vaut pas… détails.

— Je m'en fous. J'aurais dû le savoir.

— N'y voyez… personnel… désolé.

— Qui est au courant ?

— Pas grand-monde… gardien de l'église… trouvé… conseil paroissial.

Autant dire à peu près tout le village. Durkin a repris la parole. Je me penche davantage à la fenêtre de la chambre du premier étage – le seul endroit où je parviens à avoir un semblant de réseau – et gagne une troisième barre magique.

— Le révérend Fletcher… problèmes psychologiques. Heureusement, nous avions déjà accepté sa démission avant que ça n'arrive, donc il n'était officiellement plus le pasteur en activité…

En d'autres termes, plus le souci de l'Église. L'absence d'empathie de Durkin frise le pathologique. Je me dis souvent que ses compétences seraient plus utiles en politique qu'au sein de l'Église, mais au fond, ça n'est pas si différent que ça. Eux comme nous prêchent des convertis.

— J'aurais dû le savoir. Ça affecte la façon dont j'aborde les choses ici. Ça affecte la façon dont les gens perçoivent la chapelle et son pasteur.

— Bien sûr. Pardon pour cet oubli.

C'était tout sauf un oubli. Il s'est bien gardé de me donner une raison de plus de ne pas venir.

— C'est tout, Jack ?

— Non. Une dernière chose…

Ça n'aurait pas dû avoir d'importance. Si la mort n'est qu'une libération vers un plan d'existence supérieure, les circonstances qui l'entourent ne devraient pas être un sujet. N'empêche que.

— Comment a-t-il fait ça ?

Une pause, suffisamment longue pour que je sache – connaissant Durkin depuis un bon moment – qu'il se demande s'il doit me mentir ou non. Mais il soupire.

— Il s'est pendu, dans la chapelle.

À genoux dans le salon, Flo déballe des cartons. Heureusement, il n'y en a pas tant que ça. Quand le camion de déménagement est enfin arrivé, il n'a fallu aux deux jeunes types tatoués qui le conduisaient qu'une vingtaine de minutes pour décharger l'ensemble de nos biens terrestres. Bien peu de choses pour témoigner du travail d'une demi-vie.

Je me laisse tomber sur le canapé fatigué, qui tient tout juste dans le salon exigu. Tout dans le cottage est minuscule, bas et branlant. Aucune des fenêtres ne s'ouvre correctement, aussi y fait-il insupportablement chaud, et je dois me baisser chaque fois que je franchis la porte entre le salon et la cuisine (pourtant je n'ai rien d'une Amazone).

La salle de bains vert olive est piquetée de moisissure. Il n'y a pas de douche. Le chauffage est assuré par une chaudière au fioul et un poêle à bois antédiluvien, qui a probablement besoin d'un ramonage si nous ne voulons pas mourir étouffées cet hiver.

Si l'on voit le verre à moitié plein, nous sommes logées gratuitement. À nous de faire de notre mieux pour nous approprier notre demeure. Mais pas maintenant. Pour l'instant, j'ai envie de manger, de regarder la télé et de dormir.

Flo lève les yeux.

— J'espère que les événements d'aujourd'hui ne t'ont pas fait perdre de vue que nous habitons un trou à rats.

— Non, mais ce soir, je suis trop fatiguée et affamée pour me laisser déprimer par cet endroit. Je suppose qu'il n'y a rien qui ressemble à un restaurant à emporter, dans le coin ?

— En fait, il y a un Domino's dans la ville voisine. J'ai vu ça sur Google en chemin.

— Alléluia. La civilisation. On regarde ce qu'il y a sur Netflix ?

— Je croyais que BT [1] ne nous avait pas encore reliées à Internet ?

Merde.

— On est coincées avec la télé classique, alors.

— Même pas.

— Quoi ? Pourquoi ?

Elle se lève, s'assied à côté de moi sur le canapé et passe un bras autour de mes épaules.

— Qu'est-ce qu'elle a, cette image, Michael ?

Cette réplique de *Génération perdue* me tire un sourire. Au moins, certaines de mes références culturelles tiennent encore la route.

— Pas d'antenne TV. Tu sais ce que ça signifie quand il n'y a pas d'antenne TV ?

1. British Telecom.

— Bon Dieu. (Je rejette la tête en arrière.) Sérieusement ?

— Ouaip…

— Où est-ce qu'on a atterri ?

— Avec un peu de chance, pas dans la capitale mondiale du crime.

— Les vampires, je gère. S'il y a bien une chose dont je ne manque pas, c'est de croix.

— Et tu as un carton mystère.

Le carton. Que Durkin m'ait caché les circonstances de la mort du révérend Fletcher m'avait mise dans une telle colère que j'avais presque oublié ce qui l'avait déclenchée. Je regarde autour de moi.

— Je ne sais plus trop où je l'ai posé.

— Dans la cuisine.

Flo se lève d'un bond et revient avec le carton, qu'elle laisse tomber lourdement à côté de moi. Je le lorgne d'un œil dubitatif.

Révérend Jack Brooks.

— Alors ? fait Flo en brandissant une paire de ciseaux.

Je la lui prends des mains et fends le ruban de masquage qui scelle le carton. À l'intérieur, il y a quelque chose enveloppé dans du tissu, sur lequel repose une petite carte. Je m'en saisis.

> *Il n'y a rien de caché qui ne doive être découvert, ni de secret qui ne doive être connu. C'est pourquoi tout ce que vous aurez dit dans les ténèbres sera entendu dans la lumière, et ce que vous aurez dit à l'oreille dans les chambres sera prêché sur les toits.*
>
> *Luc 12 : 2-3*

Je jette un coup d'œil à Flo, qui hausse les sourcils.

— Un brin mélodramatique.

Je pose la carte et ouvre le tissu. Il contient une boîte, en cuir marron usé.

Je la fixe du regard. Les poils de mes bras se hérissent.

— Alors, tu l'ouvres ? m'encourage Flo.

Malheureusement, il ne me vient aucune excuse valable pour ne pas le faire. Je soulève la boîte et la pose sur le canapé. Quelque chose produit un bruit métallique au-dedans. Je détache les boucles.

Il n'y a rien de caché qui ne doive être découvert.

L'intérieur est doublé de soie rouge, et le contenu est maintenu en place par des sangles : une bible reliée de cuir, une lourde croix avec son Jésus prostré, de l'eau bénite, des linges en mousseline, un scalpel et un grand couteau cranté.

— Qu'est-ce que c'est ? demande Flo.

Je déglutis, saisie d'un léger malaise.

— Un kit d'exorcisme.

— Waouh. (Puis elle fronce les sourcils.) Je ne savais pas qu'on utilisait des lames, lors d'un exorcisme.

— En général, non.

Je m'empare du couteau par sa poignée en os usée. Elle est lisse et froide dans ma main. Je le sors de la boîte. Il est lourd, et ses dents acérées sont couvertes de taches brunes.

Flo se penche en avant.

— Maman, est-ce que c'est…

— Oui.

C'est la thématique du jour, visiblement.

Du sang.

5.

Le clair de lune. Vous ne croiriez pas qu'il est différent, et pourtant si.

Le bras tendu, il caresse l'herbe du bout des doigts. *L'herbe*. Ça aussi, c'est nouveau. À l'intérieur il n'y avait pas d'herbe. Rien de doux. Pas même la literie, ferme et rêche. La clarté lunaire s'infiltrait toujours par d'étroites fenêtres, partiellement occultée par les bâtiments menaçants alentour. Et quand elle tombait, elle s'écrasait sur le béton et l'acier.

Ici, la lumière s'étale librement, sans contraintes. Elle baigne – littéralement – d'argent le parc autour de lui. Elle se blottit délicatement près de lui sur l'herbe. Peu importe que le gazon soit clairsemé, jonché de détritus, de bouteilles de cidre et de mégots de cigarettes. Pour lui, c'est le paradis. Un putain de jardin d'Éden. Ce soir, un banc lui servira de lit, et il jouira même du luxe d'un carton et d'un sac de couchage volé à un ivrogne. Il n'y a pas d'honneur entre voleurs ou mendiants. Mais pour lui, c'est un lit à baldaquin couvert de draps de soie et d'oreillers en plumes d'oie.

Il est libre. Après quatorze ans. Et cette fois, il n'y retournera pas. Il est enfin clean, il en a fini de leur programme de désintox. Il a tourné le dos aux drogues, il s'est comporté comme un bon garçon.

Il n'est pas trop tard. C'est ce que lui ont dit les thérapeutes. *Vous pouvez encore vous bâtir une nouvelle vie. Vous pouvez mettre tout ça derrière vous.*

Mensonges, bien sûr. On ne laisse jamais son passé derrière soi. C'est une partie de nous-mêmes. Il se traîne à nos pieds comme un vieux chien fidèle qui refuse de nous quitter. Et parfois, il nous mord les fesses.

Il glousse silencieusement. *Elle* aurait aimé ça. Elle lui disait toujours qu'il savait y faire avec les mots. Peut-être, mais il savait aussi y faire avec les poings et les bottes. Il ne parvenait pas à maîtriser sa colère. Elle obscurcissait tout. Elle lui arrachait ses mots et les remplaçait par un épais brouillard rouge sang qui pulsait à ses oreilles et lui remplissait la gorge.

Tu dois contrôler ta colère, lui disait-elle. *Ou cette salope te bouffera.*

La nuit, dans sa cellule, il l'imaginait près de lui, sa main lui caressant les cheveux, le calmant par ses murmures. L'aidant à supporter le confinement et les symptômes du manque. Il sonde du regard l'obscurité autour de lui, la cherche. Non. Il est seul. Mais plus pour très longtemps.

Il tire le sac de couchage jusqu'à son menton, pose la tête contre le banc. La nuit est douce. Il est heureux de dormir à la belle étoile. Il peut contempler la lune et le firmament et attendre le matin avec impatience.

C'est quoi, déjà, cette chanson qui parle de demain ? Plus qu'un jour avant demain, quelque chose comme ça.

Ils la chantaient, parfois.

J'aimerais bien qu'on soit des orphelins, comme Annie, disait-elle. *Alors on pourrait partir d'ici.*

Et elle se lovait contre lui, tout en membres osseux et en cheveux emmêlés qui sentaient le biscuit.

Il sourit. *Demain, demain, je viendrai te chercher.*

6.

L'office du dimanche matin est le temps fort de la semaine d'un pasteur. Si vous voulez attirer une foule – et par foule, je parle d'un nombre à deux chiffres –, le dimanche est déterminant.

Dans mon ancienne église, à Nottingham, dont la congrégation était essentiellement noire, chacun se mettait sur son trente et un : chapeaux, costumes, boucles serrées et grandes révérences pour les petites filles. *Comme Ruby.*

Cela rendait ce jour unique. Cela *me* donnait l'impression d'être unique. Surtout en sachant, si vous y regardiez de plus près, que ces tenues étaient souvent usées jusqu'à la corde ou serrées autour de la taille. Les membres de ma congrégation venaient des plus pauvres quartiers de la ville, et pourtant ils faisaient cet effort. Se montrer dans ses plus beaux atours un dimanche matin était une question de fierté.

Même certaines de mes autres anciennes églises voyaient débarquer des clochards sur leurs bancs, parfois lors des offices. Ma foi, dans ce métier, on fait avec ce qu'on a.

Bien sûr, ça peut être décourageant, mais j'essaie toujours de garder à l'esprit que si ne serait-ce qu'une personne tire un peu de réconfort de mes paroles, c'est une victoire. L'Église n'est pas uniquement pour ceux qui croient en Dieu. Elle est pour ceux qui n'ont rien en quoi croire. Ceux qui sont seuls, perdus, sans même un toit sur la tête. C'est un refuge. C'est comme ça que je l'ai trouvée. Quand je n'avais nulle part où aller, personne vers qui me tourner. Quelqu'un m'a tendu la main. Je n'oublierai jamais cet acte de bonté. À présent, j'essaie de rendre ce qu'on m'a donné.

Je ne sais pas trop quoi attendre de cette nouvelle congrégation. Les villages accordent plus d'importance aux traditions. L'église joue un rôle prédominant dans la communauté. Mais les fidèles y sont souvent plus âgés. C'est fou, le nombre de personnes qui découvrent la foi en même temps que leur premier dentier.

Cela dit, ce n'est pas moi qui prêche, aujourd'hui. Je ne commence officiellement que dans deux semaines. Ce matin, la vedette est le révérend Rushton, de Warblers Green. Nous avons déjà échangé quelques e-mails. Il me fait l'effet de quelqu'un de gentil, dévoué et débordé. Comme la plupart des prêtres de campagne. Il partage actuellement son temps entre trois églises ; assurer en plus l'intérim à Chapel Croft n'est pas vraiment un choix, ou, comme il le dit lui-même :

« Dieu est peut-être omniprésent, mais je n'arrive pas encore à être à quatre endroits à la fois. »

Cela explique en partie l'urgence de ma nomination. Mais en partie seulement.

L'étrange boîte m'a laissé un sentiment de malaise. Je n'ai pas dormi, cette nuit. Le silence m'a tenue éveillée. Il m'a manqué le gémissement rassurant d'une sirène au loin ou les ivrognes criant sous ma fenêtre. Les événements de la journée tournaient en boucle dans ma tête : Poppy, le visage dégoulinant de sang. Le couteau cranté. Les traits de Ruby. Qui se confondaient avec ceux de Poppy. Avec le sang pour relier tous ces éléments.

Pourquoi ai-je accepté de venir ici ? Qu'est-ce que j'espère accomplir ?

Je finis par m'extirper du lit à 7 heures passées de quelques minutes. Un coq chante bruyamment. Merveilleux, vraiment. Après m'être fait un café, je cède à la tentation et sors ma rouleuse et mon tabac du tiroir de la cuisine où je les avais rangés, sous un torchon.

Flo me fait la guerre pour que j'arrête. J'essaie continuellement. Mais la chair est faible. Je roule ma clope clandestine sur la table, enfile un sweat à capuche sur mon débardeur, un jogging, et vais la fumer dehors, sans m'éloigner de la porte de derrière. Je m'efforce de mettre mes idées noires de côté. Il fait déjà chaud malgré les nuages. Une nouvelle journée. De nouveaux défis. Une chose pour laquelle je suis toujours reconnaissante. Demain n'est jamais sûr. Chaque jour est un cadeau, qu'il faut utiliser avec sagesse.

Mais, comme la plupart des pasteurs, je ne mets pas en pratique ce que je prêche.

Je termine ma cigarette et monte à l'étage prendre un bain tiède. Puis je me sèche et tâche de me rendre présentable. J'ai les cheveux encore noirs, à de rares exceptions près. Je n'ai pas trop de rides, mais ce sont sans doute mes kilos en trop qui les comblent. Je suppose que je ressemble à n'importe quelle mère stressée en milieu de quarantaine. Verdict : il faudra faire avec.

Je redescends d'un pas lourd. Flo est debout, étonnamment, pelotonnée dans le canapé avec une tasse de thé et un livre. Le dernier Stephen King, d'après la couverture.

— Alors, j'ai l'air de quoi ?

Elle lève les yeux.

— Tu as l'air crevée.

— Merci. Et à part ça ?

J'ai opté pour un jean, une chemise noire et mon col romain. Histoire que les gens sachent qui je suis, mais que je ne suis pas de service.

— Je ne suis pas sûre, pour le noir.

— Je garde le fluo et les bas résille pour plus tard.

— Quand ça ?

— Noël ?

— Vas-y en douceur avec eux.

— C'est le plan.

Elle sourit.

— Ton look est au top, maman.

— Merci.

J'hésite un instant, avant d'ajouter :

— Et toi ?

— Quoi, moi ?

— Ça va ?

— Oui.

— Vraiment ?

— On ne va pas revenir là-dessus, maman. *Non*, je ne te hais pas. *Oui*, je suis dégoûtée d'avoir quitté Nottingham. Mais ce n'est que temporaire, n'est-ce pas ? Comme tu le dis si bien : c'est comme ça et pas autrement.

— Tu es parfois beaucoup trop adulte.

— Il faut bien que l'une de nous le soit.

J'ai envie de jeter mes bras autour d'elle et de la serrer fort contre moi. Mais elle s'est replongée dans son livre.

— Tu viens, ce matin ?

— Je suis obligée ?

— Comme tu veux.

— En fait, je voulais aller voir le cimetière, prendre quelques photos.

— OK. Amuse-toi bien.

J'essaie de réprimer une pointe de déception. *Bien sûr* qu'elle n'a aucune envie d'aller écouter un office sec et poussiéreux dans une chapelle exiguë qui sent le renfermé. Elle a quinze ans. Et je ne pense pas qu'on doive imposer ses croyances à ses enfants.

Ma mère a essayé. Quand j'étais petite et incapable de me tenir tranquille, elle m'obligeait à mettre ma plus belle robe, celle qui grattait à force d'être lavée, et me traînait aux offices. Les bancs étaient durs, la chapelle, glaciale, et le prêtre dans ses habits noirs me faisait pleurer. Plus tard, la religion est devenue l'une des béquilles de ma mère, avec le gin et les voix dans sa tête. Ça a eu l'effet inverse, sur moi. Je me suis enfuie à la première occasion.

Croire devrait être un choix personnel, pas quelque chose qu'on vous fait entrer de force dans le crâne quand vous êtes trop jeune pour y comprendre quoi que ce soit. La foi n'est pas un héritage familial. Elle n'a rien de tangible ni d'absolu. Même pour un prêtre. Il faut continuellement l'entretenir, comme le mariage ou les enfants.

Il arrive qu'on doute. C'est normal. Il se passe parfois des choses horribles. Des choses qui vous amènent à vous demander si Dieu existe, et pourquoi c'est un tel connard. Mais la vérité, c'est que ces choses horribles n'arrivent pas *à cause* de Dieu. Il n'est pas assis au milieu de sa salle de contrôle céleste, à réfléchir à des moyens d'éprouver notre foi, comme un Ed Harris divin dans *The Truman Show*.

Les choses horribles arrivent parce que la vie est une série d'actes aléatoires et donc imprévisibles. On commet des erreurs en chemin. Mais Dieu les pardonne. Du moins, je l'espère.

Je pends mon sweat au dossier d'une chaise de la cuisine et repasse une tête dans le salon.

— Bon. Je ferais mieux d'y aller.

— Maman ?

— Oui ?

— Qu'est-ce que tu vas faire de cette boîte ?

Je n'en sais vraiment rien. Ça m'a secouée plus que je ne suis prête à le reconnaître. En tout cas devant Flo. *D'où est-ce qu'elle vient ? Qui a pu la laisser là ? Et pourquoi ?*

— On verra. Je vais peut-être en toucher deux mots à Aaron.

Elle fait la grimace.

— Il me fout les jetons.

Je voudrais lui dire de ne pas se montrer si dure, mais moi aussi, il me fout les jetons. Je ne sais pas trop pourquoi. On rencontre pas mal d'originaux et de solitaires, dans ma partie. Mais Aaron, c'est autre chose. Quelque chose qui fait naître en moi des sentiments que j'aurais préféré oublier.

— On en parlera plus tard, si tu veux bien.

Je passe un bras dans le sweat.

— OK. Et, maman ?

— Quoi ?

— Prends un autre sweat. Celui-ci pue la clope.

7.

Je trouve Aaron au fond de la chapelle en compagnie d'un pasteur replet aux cheveux bouclés. Il est 9 h 30, et les premiers fidèles ne sont pas encore là.

Pour une raison ou une autre – sans doute parce qu'ils se retournent immédiatement à mon arrivée –, j'ai l'impression qu'ils sont en train de parler de moi. Je suis peut-être parano. Ou pas. Et pourquoi ne parleraient-ils pas de moi ? C'est moi, la petite nouvelle. Mais ça me met mal à l'aise. Je plaque un sourire sur mon visage.

— Bonjour. Je ne voulais pas vous interrompre.

Le pasteur bouclé m'accueille d'un sourire franc.

— Révérend Brooks. Je suis le révérend Rushton – Brian. Nous nous rencontrons enfin en personne !

Il me tend une main potelée. C'est un homme de petite taille, corpulent, à la peau marbrée couleur corned-beef qui trahit une certaine complaisance pour les bonnes choses de la vie. Ses yeux brillants et mobiles respirent l'espièglerie. S'il n'avait eu son col clérical, je l'aurais pris pour un gérant de pub ou peut-être frère Tuck.

— Nous – enfin, moi, surtout – sommes tellement contents de vous avoir parmi nous.

Je lui serre la main.

— Merci.

— Alors, vous êtes bien installée ? Ou c'est encore trop tôt pour le dire ?

— Très bien, mais il faut toujours un peu de temps pour s'acclimater. Vous savez ce que c'est.

— Pas vraiment, non. Je n'ai pas bougé de Warblers Green depuis mon vicariat. Ça fait presque trente ans, maintenant. Très paresseux de ma part, je l'admets. Mais j'aime cette paroisse et, bien sûr (il se penche vers moi d'un air conspirateur), le pub voisin est plutôt pas mal.

Et il part d'un rire grave, rocailleux et contagieux.

— On ne peut pas vous en vouloir, alors.

— Ça doit beaucoup vous changer de Nottingham.

— Je ne vous le fais pas dire.

— Essayez d'être patiente avec nous autres, pauvres péquenauds. Nous ne sommes pas si mal, quand on nous connaît. Et nous n'avons brûlé aucun nouveau venu, récemment. Pas depuis le solstice, en tout cas.

Il glousse de nouveau, et son visage s'empourpre plus encore. Il sort un mouchoir de sa poche et se tamponne le front.

Aaron s'éclaircit la gorge.

— Le culte d'aujourd'hui aura pour thème les nouveaux amis et les commencements, dit-il d'un ton lugubre qui pourrait difficilement être moins amical. Le révérend Rushton a trouvé cela approprié.

— Ne vous sentez pas obligée de faire ou de dire quoi que ce soit, ajoute Rushton. Nous vous présenterons officiellement plus tard. Mais c'est bien que vous soyez là. (Il me fait un clin d'œil.) La nouvelle de votre arrivée s'est répandue. Tout le monde a hâte de voir la nouvelle dame pasteur.

Je me raidis.

— Bien.

— Bon, nous ferions mieux de nous préparer, alors. (Rushton fourre son mouchoir dans sa poche et frappe une fois dans ses mains.) Notre public ne va pas tarder à arriver !

Aaron s'éloigne vers l'autel. Je m'assieds sur un banc à l'avant.

— Oh, fait Rushton en se retournant à moitié de façon un peu trop nonchalante. Aaron m'a dit que vous aviez rencontré Simon Harper et sa fille, hier.

C'est donc de *ça* qu'ils discutaient à mon arrivée.

— Oui. Drôle de premier contact.

Il marque une pause, choisit ses mots avec soin.

— La famille Harper vit par ici depuis des générations. On peut remonter leur lignée jusqu'aux Martyrs du Sussex… Connaissez-vous les martyrs ?

— Les protestants qui ont été tués sous le règne de Mary Ire.

— Tout juste, dit-il avec un grand sourire.

— J'ai lu ça sur Internet.

— Ah, eh bien, vous entendrez beaucoup parler d'eux, dans le coin. Les ancêtres de Simon Harper faisaient partie des martyrs morts sur le bûcher. Il y a un monument à leur mémoire dans le cimetière.

— Nous l'avons vu. Quelqu'un a laissé des incandescentes tout autour.

Il hausse ses sourcils broussailleux.

— Des incandescentes ? Vous avez *vraiment* fait des recherches. Certains les trouvent un peu macabres, mais nous sommes très fiers de nos martyrs, dans le Sussex ! (Il rigole de nouveau, mais retrouve rapidement son sérieux.) Quoi qu'il en soit, les Harper sont ce qu'on pourrait appeler des « piliers de la communauté ». Ils sont très respectés, ici. Ils ont fait beaucoup pour le village et pour l'église au fil des ans.

— De quelle manière ?

— Donations, levées de fonds. Leur entreprise emploie de nombreux locaux.

L'argent. On en revient toujours à ça.

— Je songeais à les appeler pour passer les voir. Histoire de m'assurer que Poppy va mieux.

— Ma foi, ça ne pourrait pas vous faire de mal de vous familiariser avec les Harper. (Il me jette un regard pénétrant.) Et s'il y a quoi que ce soit d'autre que vous vouliez me demander, n'importe quoi, je serais ravi de vous aider.

Je songe à la boîte en cuir posée sur la table de la cuisine. L'étrange carte. Rushton sait-il quelque chose ? Peut-être. Mais je ne suis pas certaine que ce soit le bon moment pour en parler.

— Merci, je réponds avec un sourire. Si je pense à quelque chose, je n'y manquerai pas.

L'office passe vite. La chapelle est à moitié pleine ; la curiosité, sans doute, mais je n'ai pas vraiment l'habitude. Même dans ma précédente église, qui était plutôt fréquentée selon les standards citadins, je m'estimais heureuse de voir un quart des bancs rempli. Et tous ici ne sont pas des personnes âgées. Je repère un homme aux cheveux noirs dans la quarantaine, seul au bout d'une rangée. Quelques familles, aussi, mais pas les Harper. Visiblement leur soutien se limite au financement de l'église.

Tout le temps que dure le culte, je sens des yeux sur moi. C'est compréhensible. Je suis nouvelle. Je suis une femme. C'est le col romain qu'ils voient, pas moi.

Rushton est un orateur exubérant et chaleureux. Il est drôle quand il le faut et ne s'appesantit pas trop sur les textes liturgiques. Ça peut sembler bizarre, mais les gens ne viennent pas à l'église pour entendre des passages de la Bible. Déjà, elle a été écrite il y a des milliers d'années.

C'est un peu sec. Les meilleurs pasteurs traduisent la Bible en des termes proches de la vie et des préoccupations des membres de leur congrégation. Rushton met en plein dans le mille. Si je ne sentais pas autant de regards sur moi, je prendrais des notes.

Quoique j'officie depuis plus de quinze ans, j'ai toujours l'impression d'apprendre. Peut-être qu'en tant que femme, je suis d'autant plus consciente de la difficulté à être prise au sérieux. Ou peut-être que tous les adultes ressentent la même chose, à un moment ou à un autre. Comme si nous ne faisions que jouer à être adultes, alors que nous sommes en réalité des enfants qui s'agitent dans des vêtements trop grands en souhaitant que quelqu'un nous dise que les monstres n'existent pas.

Rushton met rapidement fin au culte sur une note positive. Bientôt la congrégation gagne la sortie en file indienne. Le révérend se tient à la porte de la chapelle, serre des mains, échange quelques mots avec chacun. Je reste en retrait, ne voulant pas m'imposer. Quelques personnes me demandent si je suis bien installée. D'autres font remarquer que c'est un plaisir de voir un nouveau visage. Certains m'ignorent ostensiblement. Ça me va aussi. Enfin, la dernière tête aux cheveux blancs et soyeux me dépasse d'un pas chancelant, et je laisse échapper un soupir de soulagement. Première apparition publique terminée. Rushton sort ses clés de voiture.

— Bien. Je dois être à Warblers Green à 11 h 30, alors je vous revois demain.

— Demain ?

— Réunion paroissiale. 9 heures, ici à la chapelle. Rien d'autre que d'ennuyeuses questions administratives.

— Oh, bien sûr.

J'ai dû oublier. Ou peut-être que personne n'a mentionné cette réunion. La mutation a été si rapide que c'en est presque suspect, comme si Durkin avait voulu se débarrasser de moi le plus vite possible.

— Peut-être pourrions-nous aussi faire connaissance de manière un peu moins formelle, un jour ou l'autre. Autour d'un café, ou mieux, d'une pinte ? poursuit Rushton.

— Avec plaisir.

— Excellent. J'ai votre numéro. Je vous envoie un WhatsApp.

Il attrape de nouveau ma main et la serre vigoureusement.

— Je suis sûr que vous vous intégrerez très bien, ajoute-t-il.

— Je me sens déjà chez moi, dis-je avec un sourire.

Il s'éloigne en trottinant jusqu'à sa Fiat jaune vif. Je lui adresse un salut de la main et retourne dans la chapelle. Aaron a ramassé les missels et disparu dans le bureau. Je ne sais pas vraiment quelles sont les compétences d'Aaron, mais disparaître et réapparaître silencieusement en fait indéniablement partie.

Je reste là un moment, à contempler la nef. Il s'en dégage toujours la même impression, unc fois la congrégation partie, comme un soupir précédant un repos bien mérité. La présence de toutes ces âmes laisse un écho derrière elle.

Sauf que la chapelle n'est pas vide. Pas complètement. Une silhouette est encore assise sur un des bancs à l'avant. Je croyais tout le monde parti, et me demande pourquoi Aaron n'a pas évacué la nef. Dieu n'est pas du genre à mettre quelqu'un à la porte, mais peu d'églises peuvent se permettre de rester ouvertes toute la journée. Dans les quartiers défavorisés, c'est le meilleur moyen d'y voir débarquer ivrognes, drogués et prostituées. Ici, j'imagine qu'on aurait plus probablement des renards, des chauves-souris et des lapins.

Je remonte lentement l'allée en direction de l'inconnu. À peine une ombre dans la lumière tamisée.

— Excusez-moi…

La silhouette ne se retourne pas. Elle n'est pas plus grande qu'un enfant, mais personne n'oublierait son enfant à l'église, n'est-ce pas ?

— Est-ce que ça va ?

La forme demeure immobile. Je me rends compte à présent d'une odeur. Ténue mais immanquable. La fumée. Le feu.

— Révérend ?

Je sursaute et fais volte-face en plissant les yeux pour distinguer quelque chose dans le contre-jour. Aaron. Encore.

— Jé… Vous pouvez arrêter de faire ça ?

— Faire quoi ?

— Pardon. Laissez tomber. Qui est cet enfant ?

— Quel enfant ?

— Le…

Je me retourne pour lui montrer la silhouette sur le banc.

Je cligne des paupières. Le banc est vide, à l'exception d'une veste noire posée sur le dossier, oublié par un des paroissiens. Le tissu fait une bosse, si bien que, dans la pénombre, le vêtement ressemble à une personne.

Aaron fait quelque chose avec ses lèvres. Je comprends au bout d'un moment qu'il sourit.

— Je parie que c'est la veste de Mme Hartman. Elle l'oublie toujours. Je passerai la lui déposer plus tard.

Il va chercher la veste et la glisse sous son bras. Je sens mes joues se colorer.

— Bien. Merci. Désolée. C'est juste que ça ressemblait…

Je laisse ma phrase en suspens. J'ai l'air stupide. Je dois réaffirmer mon autorité.

— Pourquoi n'irais-je pas moi-même la lui rendre ?

Il fronce les sourcils.

— Eh bien, elle habite tout au bout de Peabody Lane, pas loin de la ferme des Harper.

Mes oreilles se dressent. Je tends la main.

— Ce n'est pas du tout un problème.

8.

Joan Hartman vit dans un pittoresque cottage aux murs chaulés situé au bout d'un chemin de terre juste assez large pour qu'y passe un véhicule. Heureusement, je ne croise en sens inverse qu'une famille de faisans qui lorgnent un instant la voiture de leurs yeux orange et brillants avant de regagner les sous-bois en se dandinant.

— Vous avez des ailes. Dieu vous a donné des ailes ! je marmonne.

Je me gare devant le cottage et sors, la veste de Joan à la main. La porte d'entrée se trouve sur le côté de la maison. Je pousse le portail et m'engage dans une allée bordée de lupins et de roses trémières. En général, les paroissiens les plus âgés ne répondent pas avant que j'aie frappé au moins trois fois, vigoureusement. À ma grande surprise, le battant pivote sur ses gonds alors que j'ai seulement levé la main.

Joan Hartman me considère de ses yeux plissés et voilés par la cataracte ; un mètre cinquante et quelques, couronnée d'un nuage de cheveux blancs, vêtue d'une robe violette et lourdement appuyée sur une canne.

— Bonjour, dis-je, en songeant que je vais probablement devoir lui rafraîchir la mémoire. Je suis…

— Je sais. J'espérais que vous viendriez.

Elle s'en retourne dans le cottage de son pas trottinant.

Prenant cela pour une invitation à entrer, je la suis et referme la porte derrière moi.

Il fait sombre et agréablement frais à l'intérieur. De petites fenêtres vitrail percent les épais murs de pierre. On pénètre directement dans une cuisine si basse de plafond que ma tête frôle le bois déformé des poutres. Sur le sol en carreaux de carrière, une vieille cuisinière et un panier en piteux état dans lequel dort un chat nonchalant.

Joan traverse la cuisine en traînant les pieds et passe dans le salon en descendant une marche. La pièce étroite, aux poutres basses elles aussi, s'étend sur toute la largeur de la maison. Des portes-fenêtres donnent sur le jardin à l'arrière. Une immense bibliothèque occupe tout un mur, chacune de ses étagères chargée de livres aux dos usés serrés les uns contre les autres. Un canapé affaissé, un fauteuil à haut dossier et la table basse qu'ils entourent complètent l'ameublement. Sur cette dernière, une bouteille de sherry et deux verres. Deux.

J'espérais que vous viendriez.

Joan se laisse tomber dans le fauteuil. Je reste debout, un peu gauche, les mains toujours serrées sur sa veste.

— Je suis désolée de vous déranger, mais vous avez oublié ceci à l'église.

— Merci, ma chère. Posez-la où bon vous semble. Voudriez-vous me servir un sherry ? Prenez-en pour vous aussi.

— C'est très gentil à vous, mais je conduis.

Je remplis un verre généreux et le lui tends.

— Asseyez-vous, dit-elle en désignant le canapé fatigué.

Je regarde le tissu spongieux. Je suis à peu près certaine que si j'y pose une fesse, je ne pourrai plus jamais m'en extirper. Je m'y installe néanmoins, les genoux relevés jusqu'au menton.

Joan sirote son sherry.

— Alors, comment trouvez-vous notre paroisse ?

— Oh, très bien. Tout le monde m'a chaleureusement accueillie.

— Vous venez de Nottingham ?

— Exact.

— Ça doit vous changer.

La cataracte n'atténue en rien l'inquisition que je lis dans ses yeux. Je révise mon jugement à propos du sherry. Je me penche en avant – non sans difficulté – et m'en sers une petite dose.

— Je suis sûre que je m'y habituerai.

— On vous a dit, pour le révérend Fletcher ?

— Oui. Quelle tristesse.

— C'était mon ami.

— Alors je vous présente mes condoléances.

Elle hoche la tête.

— La chapelle vous plaît ?

J'hésite avant de répondre.

— C'est différent de mon ancienne église.

— Elle a une longue histoire.

— Comme la plupart des églises.

— Vous avez entendu parler des Martyrs du Sussex ?

— J'ai lu quelque chose dessus.

Sans se laisser démonter, elle poursuit :

— Six martyrs protestants, hommes et femmes, ont été arrêtés et brûlés sur le bûcher. Deux jeunes filles – Abigail et Maggie – se sont cachées dans la chapelle. Mais quelqu'un les a dénoncées. Elles ont été prises et torturées, avant d'être tuées, juste devant.

— C'est une histoire lourde.

— Avez-vous vu les poupées de brindilles, au pied du monument commémoratif ?

— Oui. On les confectionne pour honorer la mémoire des martyrs, c'est ça ?

Ses yeux se mettent à briller.

— Pas exactement. D'après la légende, les fantômes d'Abigail et de Maggie hantent la chapelle et apparaissent à ceux qui ont des ennuis. Si vous voyez les suppliciées, il va vous arriver malheur. C'est la raison pour laquelle les villageois ont fabriqué les poupées en premier lieu. Ils croyaient ainsi éloigner les esprits vengeurs des fillettes.

Je me tortille dans le canapé inconfortable. Ma nuque se couvre de sueur.

— Ma foi, que serait une église sans une bonne histoire de fantôme ?

— Vous ne croyez pas aux fantômes ?

La silhouette que je pense avoir vue me revient en mémoire. L'odeur de brûlé.

Rien d'autre qu'une veste. Et mon imagination.

Je secoue fermement la tête.

— Non. Et j'ai écumé pas mal de cimetières.

Joan rit gravement.

— Le révérend Fletcher était fasciné par cette histoire. Il a commencé à faire des recherches sur le passé du village. C'est comme ça qu'il en est venu à s'intéresser aux autres filles.

— Quelles autres filles ?

— Celles qui ont disparu.

— Je vous demande pardon ?

Je la dévisage, un peu désarçonnée par le flot de ses questions et la direction que prend soudain notre conversation.

— Merry et Joy, continue-t-elle. Quinze ans. Meilleures amies. Évaporées sans laisser de traces, il y a trente ans. La police a conclu à une fugue. Tout le monde n'était pas de cet avis, mais on ne les a jamais retrouvées, alors rien n'a pu être prouvé.

Des gouttes de transpiration coulent maintenant le long de mon épine dorsale.

— Cette affaire ne me dit rien.

Elle incline la tête de côté, comme un oiseau.

— Vous étiez bien jeune. Et il n'y avait ni informations en continu ni réseaux sociaux, à cette époque. (Ses lèvres dessinent un sourire triste.) Les gens oublient.

— Mais pas vous.

— Non. En fait, je suis probablement une des dernières à se souvenir d'elles. La mère de Joy, Doreen, a sombré dans la démence. Et la mère et le frère de Merry ont quitté le village. Presque un an jour pour jour après la disparition. Ils sont partis du jour au lendemain. Sans rien emporter.

— Le chagrin pousse parfois les gens à faire des choses étranges.

Je repose mon verre – il est vide. Il est temps de m'excuser.

— Merci beaucoup pour le sherry, Joan, mais je dois vraiment retourner auprès de ma fille.

Je commence à m'extirper du canapé.

— Vous voulez en apprendre plus sur le révérend Fletcher ?

— Peut-être une autre…

— Il pensait savoir ce qui était arrivé à Merry et à Joy.

Je me fige, à moitié penchée en avant.

— Ah bon ? Quoi ?

— Il ne me l'a pas dit. Mais quoi qu'il soit arrivé, ça l'a profondément troublé.

— Vous croyez que c'est pour ça qu'il s'est suicidé ?

— Non.

Ses yeux laiteux étincellent un instant, et je comprends deux choses – Joan n'a pas laissé sa veste à la chapelle par erreur, et j'ai beaucoup plus d'ennuis que je le pensais.

— Je crois que c'est pour ça qu'on l'a tué.

9.

Flo charge une pellicule vierge dans son appareil photo. Le poids du gros reflex la rassure. C'est comme un bouclier. Elle aura besoin d'une nouvelle chambre noire, ici. Sa mère a dit qu'il y avait une cave, ou sinon l'appentis à l'arrière du cottage. Elle ira jeter un coup d'œil aux deux plus tard.

Dans leur ancienne maison, le labo avait été son refuge. Flo éprouvait toujours un sentiment de calme et de satisfaction quand elle développait ses photos. C'était son espace à elle, plus que sa chambre, dans laquelle sa mère entrait parfois en ne frappant qu'un coup pour la forme.

Jack savait qu'elle ne devait jamais pénétrer dans le labo sans la permission de Flo, sans quoi elle risquait de bousiller ses photos. La pancarte « Ne pas entrer » à la porte semblait être efficace. Quelquefois, quand Flo voulait s'isoler, elle accrochait le panonceau et s'asseyait dans le noir, sans développer. Elle se ménageait du temps pour elle.

Elle ne l'a jamais dit à sa mère. Il y a beaucoup de choses qu'elle n'a jamais dites à sa mère, comme la fois où elle a fumé de l'herbe chez Craig Heron, ou celle où elle s'est bourré la gueule à une fête et a laissé Leon la doigter dans les toilettes, ce qui n'avait pas été spécialement agréable, pour être honnête (ni pour l'un ni pour l'autre), mais au moins tous deux pouvaient-ils s'en vanter et ne pas totalement passer pour des puceaux. Flo est presque sûre que Leon est gay, mais elle est heureuse de lui servir d'alibi jusqu'à ce qu'il soit prêt à l'assumer.

Elle ne le cache pas à sa mère parce qu'elle est pasteur. Elle le lui cache parce qu'elle est une *mère*, et bien que Flo l'aime énormément et qu'elles soient très proches, il y a certaines choses qu'on ne dit pas à sa mère.

Pasteur, ce n'est qu'un job. Comme n'importe quel autre, aux yeux de Flo, qui le range dans le même panier qu'assistant social ou médecin. Sa mère s'occupe de l'aumônerie, des kermesses et des petits-déjeuners paroissiaux, et se rend à des réunions avec des gens qu'elle n'apprécie pas vraiment. La seule différence est qu'elle porte un autre type d'uniforme.

Et après ? Tout le monde porte un uniforme, de l'avis de Flo. Même au lycée, et *malgré* l'uniforme officiel, votre sac, votre veste ou vos chaussures vous définissent. Riche ou pauvre. Cool ou pas cool.

Flo est heureuse d'avoir toujours été une anomalie (c'est ainsi que son amie Kayleigh a baptisé les gens comme elle). Un de ces gamins qui n'appartiennent à aucun groupe en particulier. Ni populaire ni tête de Turc. Invisible, la plupart du temps.

Bien sûr, il arrivait qu'on l'emmerde sur la profession de sa mère, mais alors elle se contentait de hausser les épaules, et ses harceleurs se lassaient rapidement. La meilleure défense contre ces petites brutes consiste à se rendre inintéressant.

Mais il y a eu cette fillette. Ruby. Sa mère et l'église ont fait les gros titres. C'est là que les choses ont pris une mauvaise tournure. Leur porte a été taguée, les fenêtres de l'église, brisées, et quelqu'un est même venu chez eux traiter sa mère de tous les noms.

Flo n'a jamais dit à Jack les insultes dont elle-même a écopé au lycée, ou les messages qu'elle a reçus sur Snapchat. Elle ne voulait pas l'accabler davantage. Alors Flo garde ses secrets. Elle est sûre que sa mère en a, elle aussi.

En grandissant, Flo remarque de plus en plus de choses. Comme le fait que sa mère ne parle jamais de sa famille. Elle lui a toujours dit que ses grands-parents étaient morts. Mais il n'y a aucune photo d'eux. Ni aucune de sa mère quand elle était plus jeune. Et celle-ci ne possède de compte sur aucun réseau social. Pas même sur Facebook.

« Les vrais amis sont plus importants que les contacts virtuels, dit-elle souvent. Un bon ami vaut mieux que douze de ces parasites. »

Flo comprend ça. Elle n'est pas du genre à mesurer sa vie au nombre de likes sur ses posts Insta. Observer le monde extérieur l'a toujours plus intéressée. C'est peut-être pour cette raison qu'elle aime la photographie. Mais parfois, elle ne peut s'empêcher de se demander s'il n'y a pas autre chose. Quelque chose que sa mère lui cache. Ou quelque chose *dont* elle se cache. Flo a plusieurs fois songé à lui poser la question, à creuser un peu, mais ce n'est jamais le bon moment. Encore moins maintenant, avec le déménagement et tout le reste.

Pellicule chargée, Flo passe l'appareil autour de son cou et sort tranquillement de la maison. Elle considère le cimetière. Les stèles inégales arrivent presque jusqu'à la porte d'entrée du cottage, ce qui est plutôt cool. L'église de Nottingham n'avait pas de cimetière. Elle se trouvait en plein centre-ville, cernée de rues étroites, bordée par une minuscule pelouse généralement couverte de crottes de chien et d'aiguilles usagées, où dormaient parfois des ivrognes, juste devant la porte de l'édifice.

La chapelle paraît plus traditionnelle, sauf qu'elle ne l'est pas. Elle ne ressemble pas à celles qu'on voit à la télé – la télé britannique, en tout cas. On la dirait tout droit sortie d'un tableau. C'est quoi déjà, celui avec un couple de vieux dont l'homme tient une fourche ? Elle ne s'en souvient pas. Mais c'est à ça qu'elle ressemble. Et c'est un trou à rats, aucun doute là-dessus. Mais elle est aussi flippante et bizarre, à sa manière. Ça devrait bien rendre en photo, se dit-elle, surtout en noir et blanc. Si elle teinte les clichés, ça donnera un vrai côté gothique.

L'herbe non tondue lui chatouille les jambes tandis qu'elle se faufile entre les pierres tombales. La plupart des inscriptions sont effacées. Mais sur certaines, elle parvient à déchiffrer les noms et les dates. Les gens ne vivaient pas vieux, jadis. Entre le dur labeur et les maladies, on avait de la chance d'atteindre quarante ans.

Elle prend en photo quelques-unes des épitaphes. Puis elle contourne la chapelle. À l'arrière, la pente s'accentue et les tombes, dont certaines plus récentes et mieux entretenues, se multiplient. L'herbe y est toujours aussi haute, chargée de pissenlits et de boutons-d'or. Flo immortalise l'édifice, assombri par le contre-jour.

Elle s'essuie le front du bras. Les deux dernières semaines ont été humides et irrespirables. Elle n'a pas bien dormi cette nuit. Son ancienne chambre lui manque ; peut-être qu'elle sentait un peu le renfermé, mais elle était spacieuse, et elle l'avait décorée à son image, avec des posters de ses groupes, films et séries préférés.

Ici, sa chambre est petite et étouffante. Les fenêtres minuscules ne s'ouvrent qu'à moitié, ne laissant passer qu'un filet d'air. Pire, elle se cogne continuellement la tête contre la pente du toit. Mais, comme sa mère aime à le répéter : c'est comme ça et pas autrement.

C'est surtout bien merdique.

Flo regagne l'arrière du cottage en faisant bruisser l'herbe haute. L'appentis, un bâtiment en brique en piteux état adossé à la cuisine, servait probablement de toilettes extérieures jadis. D'après sa mère, il est alimenté en électricité, mais en le regardant, Flo a de sérieux doutes. Elle pousse le battant vermoulu de la porte. Une odeur d'urine lui agresse les narines, rapidement suivie par un cri :

— *Merde !*

Flo cligne des paupières dans la pénombre. Une silhouette dégingandée remonte hâtivement sa braguette. Leurs yeux se croisent. Celui à qui ils appartiennent se retourne et essaie de se frayer un chemin vers l'extérieur à coups d'épaule. Mais ses années de cours d'autodéfense (qu'elle suit depuis l'âge de sept ans, sur l'insistance de sa mère) ont enseigné à Flo à réagir rapidement. Et à se foutre royalement de la beauté du geste. Elle l'attrape par les épaules, lui donne un coup de genou dans les parties et le repousse durement.

Il s'écroule à l'extérieur et roule sur lui-même en se tenant l'entrejambe.

— Aaaaaah. Mes couilles.

Flo croise les bras et le toise d'un regard peu amène.

— T'es qui, bordel, et de quel droit tu pisses dans notre appentis ?

10.

En laissant Miss Marple à son sherry, je me sens encore plus à côté de mes pompes que ce matin.

C'est n'importe quoi, bien sûr. Rien d'autre que les divagations d'un esprit désœuvré. J'apprécie *Inspecteur Barnaby* autant que n'importe qui, mais dans la réalité, personne ne s'en prend à un pasteur de province parce qu'« il en sait trop ».

Les choses ne se passent pas comme ça dans la vraie vie. Mes visites pastorales en prison m'ont appris que les crimes n'ont rien d'intelligent ou de compliqué. Ce sont des actes opportunistes et mal pensés. Les meurtriers « s'en tirent » très rarement, et, le cas échéant, il faut l'attribuer à la chance plutôt qu'à un plan machiavélique. Tuer quelqu'un est presque toujours un geste désespéré, sans égard pour les conséquences. Matérielles ou morales.

J'accélère jusqu'à cinquante kilomètres à l'heure. Je suis si préoccupée que je manque de rater le panneau indiquant la ferme des Harper.

— Zut.

Je freine fort, recule de quelques mètres et m'engage dans un long chemin gravillonné qui serpente à travers champs. Il conduit à un joli corps de ferme en brique rouge au toit d'ardoises juché au sommet d'une colline. La maison a été agrandie et modernisée par une immense fenêtre cathédrale et une vaste véranda qui offre une vue imprenable sur la campagne jusqu'aux Downs. C'est époustouflant.

Je me gare à côté d'un camion vétuste et de la Range Rover de Simon Harper. Une odeur de fumier et de vague pourriture m'agresse les narines sitôt que je suis sortie de la voiture. Un troupeau de vaches broute dans un champ, tandis que des moutons s'égaillent dans un autre.

Non loin, une zone a été convertie en enclos pour deux chevaux bais au pelage brillant. À gauche de la ferme, un chemin boueux mène à des granges et à un entrepôt moderne que je suppose être l'abattoir.

Je n'ai pas de sensibilité particulière à la cause animale. Je condamne fermement la cruauté dont ils peuvent être victimes, mais je mange de la viande et je sais qu'elle ne tombe pas du ciel ni ne pousse chez Tesco[1]. Un animal doit mourir, et le mieux que nous puissions faire, c'est nous assurer qu'il a eu une bonne vie et une mort rapide et indolore. À tous points de vue, j'approuve la présence des abattoirs sur le lieu même où les bêtes sont élevées. Mais l'idée qu'une petite fille y déambule me rend mal à l'aise. Comment s'est-elle retrouvée dans cette situation ? Je repense au regard vide de Poppy, aux fulminations agressives de Simon. Embarras ? Ou culpabilité ?

Le gravier crisse sous mes pas tandis que je rejoins la porte d'entrée du corps de ferme. C'est exactement le genre de chose que Mgr Durkin me déconseillerait de faire. Fourrer mon nez dans les affaires des autres. D'un autre côté, c'est pour ça que je suis devenue prêtre. Pour

1. Groupe international de distribution alimentaire et principale chaîne d'hypermarchés au Royaume-Uni.

protéger les innocents. Les gens parlent parfois plus facilement à un pasteur qu'à la police, ou même à un travailleur social. De plus, le col romain vous ouvre des portes qui restent d'ordinaire fermées. Ça marche presque comme une plaque d'inspecteur.

Je frappe quelques coups secs. Des voix me parviennent de l'intérieur, puis on m'ouvre. Une adolescente élancée vêtue d'un pantacourt en jean et d'un débardeur, ses cheveux blonds grossièrement retenus par une queue-de-cheval, s'appuie nonchalamment contre le chambranle.

La grande sœur, Rosie.

— Oui ?

— Bonjour, je m'appelle Jack Brooks – le nouveau pasteur de Chapel Croft.

Elle me dévisage toujours en silence.

— Il y a eu un incident avec votre sœur, hier. Je me suis dit que j'allais passer voir si elle allait mieux.

Elle soupire, s'écarte de la porte et lance :

— M'man !

— Qu'est-ce qu'il y a ? répond une voix féminine dans l'escalier.

— Le pasteur. À propos de Poppy.

— Dis-lui que j'arrive.

— Elle arrive, me lance-t-elle avec un petit sourire hypocrite, avant de pivoter sur un pied pédicuré et de s'éloigner sans m'inviter à entrer.

Parfait. J'entre néanmoins.

Je pénètre dans un vestibule massif, baigné de lumière par de grandes fenêtres. Un escalier en bois monte en colimaçon jusqu'à une mezzanine au premier étage. Je suppose que les affaires se portent bien.

— Bonjour.

Une autre blonde élancée descend les marches. L'espace d'un instant, je me demande s'il y a une troisième sœur, dont je n'ai pas connaissance. Alors qu'elle s'approche, je révise mon jugement. Cette femme est plus âgée ; le subtil travail cosmétique à l'œuvre sur son visage ne parvient pas tout à fait à tromper le processus de vieillissement. Néanmoins, la ressemblance avec sa fille aînée est frappante.

— Bonjour. Je suis le révérend Brooks. Jack.

La maîtresse de maison glisse sur les tommettes. Je me fais l'effet d'une prolétaire négligée en sa présence.

— Emma Harper. Ravie de vous rencontrer. Je suis au courant du petit malentendu d'hier. (Elle sourit.) Je suis navrée que vous ayez assisté à ça.

— Aucun problème. Je suis heureuse d'avoir pu aider. Je voulais m'assurer que Poppy allait bien.

— Comme un charme. Venez. Je suis sûre qu'elle aimerait vous dire bonjour. Un café ?

— Merci. Avec plaisir.

Emma est courtoise et accueillante, mais… N'est-elle pas un peu *trop* courtoise et accueillante ? Ou est-ce moi qui la juge en fonction de son mari ?

Je la suis jusqu'à une cuisine tout droit sortie de *Grand Designs*[1]. Immense îlot central, plans de travail en granite, appareils électroménagers reluisants. La totale. La pièce s'ouvre sur la véranda meublée d'une longue table, de bancs, de confortables canapés et d'un fauteuil cocon suspendu.

Je ressens une pointe d'envie. Je ne vivrai jamais dans un endroit comme celui-ci. Je ne posséderai probablement jamais ma propre maison. Si j'ai de la chance, l'Église me laissera finir mes jours dans celle de ma dernière affectation, en échange d'un occasionnel coup de main aux offices et pour les tâches administratives. Et si je n'en ai

1. Programme de la télévision britannique qui met à l'honneur des maisons à l'architecture sophistiquée.

pas, je serai mise à la porte, obligée de louer, sans un sou de côté.

Telle est la vie d'un pasteur. Certes, nous jouissons d'un logement de fonction qui ne nous coûte rien. En étant économe, on peut épargner un peu d'argent. Mais nous gagnons deux fois moins que le salaire moyen au Royaume-Uni et, avec une adolescente à charge, cela suffit à peine. À l'heure actuelle, mon bas de laine me permettrait d'acheter une baraque en préfabriqué à côté d'un terrain vague.

— Vous avez une maison magnifique.

— Oh, fait Emma en regardant autour d'elle comme si elle la voyait pour la première fois. Oui, merci.

Elle s'approche d'une élégante machine à café qui vaut sans nul doute plus cher que ma voiture. Le monstre aux yeux verts se met à gronder.

— Cappuccino, latte, expresso ?

Je me retiens de répondre « Nescafé ».

— Un café noir, merci. Sans sucre.

— Sans problème.

Pendant que la machine glougloute, je m'avance vers les portes-fenêtres et jette un coup d'œil à l'extérieur. Une partie du champ a été convertie en un jardin clos, avec cage à poules, toboggan et trampoline. Poppy est en train de sauter sur ce dernier – en haut, en bas, en haut, en bas –, ses cheveux volant autour d'elle. Mais son visage, quand elle le tourne vers moi, est toujours aussi vide. Cette absence de plaisir apparent est légèrement déconcertante.

— Elle peut sauter pendant des heures, dit Emma en me rejoignant de son pas silencieux et en me tendant mon café dans un mug.

— Elle doit aimer ça.

— C'est difficile à dire. On ne sait jamais trop ce que Poppy ressent. (Elle se tourne vers moi.) Vous avez des enfants, révérend ?

— Une seule. Florence, Flo – elle a quinze ans.

— Ah, le même âge que mon aînée, Rosie. Florence va-t-elle au lycée de Warblers Green ?

— Oui.

— Oh, très bien. Nous devrions les présenter l'une à l'autre.

— C'est une bonne idée.

Je ne les vois pas vraiment s'entendre, mais sait-on jamais.

— Alors, votre mari est pasteur, lui aussi ?

— Il l'était. (Je déglutis.) Il est mort quand Flo était petite.

— Oh, je suis navrée.

— Merci.

— Vous avez élevé Flo toute seule ? Ça a dû être difficile.

— Être parent est difficile, quelles que soient les circonstances.

— Ne m'en parlez pas. Si j'avais su que ça serait beaucoup plus dur avec Poppy qu'avec Rosie, je me serais arrêtée à une… (Elle se reprend.) Mais je ne regrette rien. Venez, allons nous asseoir.

Pour élégants qu'ils soient, les bancs ne sont pas très confortables.

— Comment va Poppy ? dis-je pour recentrer la conversation sur le motif de ma visite. Elle avait l'air bouleversée, hier.

— Ma foi, oui. Tout cela est très fâcheux.

— Ça ne doit pas être facile d'empêcher les enfants de s'attacher aux animaux.

— Non. Simon a montré l'abattoir à Rosie quand elle avait à peu près l'âge de Poppy.

— Ah oui ?

— Cela fait partie de leur héritage. C'est notre gagne-pain. Rosie n'a pas été particulièrement impressionnée. Elle n'est pas comme Poppy.

— Elle s'occupait de Poppy, hier ?

— Oui, elle est très patiente avec elle. Mais Poppy peut se montrer difficile. La pauvre Rosie était secouée.

— Je ne comprends toujours pas comment Poppy s'est retrouvée couverte de sang.

Son sourire se crispe.

— Il y a beaucoup de sang, dans un abattoir.

Ça, je m'en doute. Mais ça ne répond pas à ma question. Je jette un coup d'œil par la fenêtre, pour me rendre compte que le trampoline est désert. La porte de la cuisine s'ouvre et Poppy entre.

— Coucou, chérie, lance Emma.

Poppy s'aperçoit de ma présence.

— Bonjour, Poppy. Tu te souviens de moi ? On s'est vues hier.

Hochement de tête.

— Comment vas-tu ?

— Je vais avoir un hamster.

Je hausse les sourcils.

— Super.

— C'est l'idée de Simon, précise Emma. Mais rappelle-toi que tu devras nettoyer sa cage, Pops. Ce n'est pas maman qui va s'en occuper.

— Ni papa, tonne une voix dans notre dos.

Je me retourne. Simon Harper se tient dans l'encadrement de la porte, vêtu d'un pull effiloché, d'un jean taché et de grosses chaussettes. Il va chercher un verre dans un placard et le remplit d'eau fraîche du frigo. Il ne semble pas surpris de me voir, mais il a sûrement trouvé ma voiture dans la cour. L'autocollant sur le hayon – *Les pasteurs s'y connaissent, en révérences* – m'aura sans doute trahi. Ce n'est pas moi qui l'ai mis là, je précise. Comme la plupart de mes possessions, j'ai hérité ce véhicule d'un de mes prédécesseurs.

— Révérend Brooks. Ravi de vous revoir.

Le ton qu'il emploie suggère le contraire.

— J'espère que je ne vous dérange pas – je venais juste m'assurer que Poppy allait bien.

— Elle va bien. Pas vrai, Pops ?

Poppy hoche docilement la tête. La présence de son père semble lui avoir de nouveau retiré la parole.

Il se tourne vers Emma.

— Tu aurais dû me dire que nous avions de la visite.

— Désolée, je te croyais occupé.

— J'aurais fait une pause.

— Eh bien, je ne pensais pas…

— Non, manifestement.

Les mots restent suspendus entre eux, lourds d'accusations. Je les regarde l'un après l'autre, puis je me lève avant de dire quoi que ce soit qu'un pasteur ne devrait pas dire.

— Emma, merci pour le café. J'ai été ravie de vous rencontrer, et de te revoir, Poppy.

— Je vous raccompagne, dit Simon.

— Ne vous dérangez pas.

— J'y tiens.

Nous repassons dans l'entrée. Sitôt que nous ne sommes plus à portée d'oreilles, il déclare :

— Ne mettez pas votre nez dans nos affaires.

— Ce n'était pas mon intention.

— Je sais tout sur vous, révérend Brooks, ajoute-t-il d'une voix plus basse.

Je me raidis.

— Vraiment ?

— Je sais d'où vous venez.

Je m'efforce de garder une expression neutre, mais je sens la sueur inonder mes aisselles.

— Tiens donc.

— Et je suis sûr que ça partait d'un bon sentiment, mais vous n'êtes plus à Nottingham. Ici, ça n'a rien de commun avec les quartiers pourris que vous avez connus, où les gens maltraitent leurs enfants. Nous ne sommes pas comme eux.

— *Eux* ?

— Vous voyez ce que je veux dire.

— Non, dis-je avec un regard froid. Pouvez-vous développer ?

Il me toise de toute sa hauteur.

— Contentez-vous de veiller sur vos ouailles, et je veillerai sur les miennes, d'accord ?

Je sors d'un pas raide tandis qu'il me tient la porte ouverte, avant de la claquer derrière moi. *Quel connard.*

Je regagne ma voiture, le dos chauffé par le soleil de l'après-midi. Puis je me fige. La portière passager arbore deux estafilades qui forment une croix inversée. J'observe le symbole occulte en frissonnant malgré la chaleur. Je suis presque certaine qu'il ne s'y trouvait pas ce matin, quoique je n'aie pas vérifié. Je regarde autour de moi. L'allée est vide, mais j'ai la sensation qu'on m'épie. Le soleil m'oblige à plisser les yeux quand je les tourne vers la maison. Rosie se penche à la fenêtre d'une chambre. Elle sourit et agite la main d'un air moqueur.

Sois chrétienne. Sois chrétienne.

Je lui rends son sourire. Puis je lui fais un doigt, grimpe dans ma voiture et démarre dans un nuage de poussière.

11.

Le garçon a à peu près le même âge qu'elle. Mince, habillé d'un jean skinny, d'un sweat à capuche avec une tête de mort dans le dos et chaussé de Dr. Martens. Il a teint ses longs cheveux noirs, qui lui tombent sur le visage alors qu'il se tortille par terre.

— Je t'ai posé une question.

— Écoute, je suis désolé. Je viens parfois ici et…

— Et quoi ?

— Je… j'aime bien regarder… et dessiner des trucs.

— Quel genre de trucs ?

— Toutes sortes de trucs.

Il sort un carnet de croquis de sa poche arrière non sans difficulté et le lui tend d'un geste saccadé. Flo s'en saisit et commence à le feuilleter. Ce sont pour la plupart des esquisses au fusain des tombes et de l'église entre lesquelles s'intercalaient des monstres au graphisme bizarre et d'étranges silhouettes fantomatiques.

— C'est très bon.

— Tu trouves ?

— Oui. (Elle referme le carnet d'un geste sec et le lui rend.) N'empêche que tu n'avais pas à utiliser notre appentis comme toilettes.

— C'est toi qui vis ici, maintenant ?

— Ma mère est le nouveau pasteur.

— Écoute, il fallait vraiment que je… tu sais, que j'y *aille*, quoi, et je n'aime pas trop… (Il désigne les tombes d'un geste. Son bras est agité de violentes contractions.) C'est pas bien de faire ça ici.

Flo le jauge un moment du regard. Il paraît sincère, et elle a même un peu de peine pour lui, avec ses étranges spasmes involontaires. Elle lui tend la main et l'aide à se redresser.

— Je m'appelle Flo.

— W… Wrigley, répond-il, pris d'une nouvelle convulsion.

— C'est une blague[1] ?

— N… Non, c'est mon nom de famille. Lucas W… Wrigley.

— Oh.

— Ouais. Quelle ironie, hein ? C'est comme si je faisais la moitié du boulot des brutes. « Regardez, voilà Wrigley le secoué. »

— Ça craint.

— Ce n'est pas comme s'ils avaient une cervelle.

— Pas faux.

— Je souffre de dystonie, si tu veux savoir. Les spasmes et tout le reste. Les médecins disent que c'est neurologique. Il y a un truc qui cloche dans mon cerveau.

— On ne peut rien y faire ?

— Pas vraiment.

— C'est dur.

— Ouais. (Il avise l'appareil au cou de Flo.) Tu es photographe ?

Elle hausse les épaules.

1. *To wriggle* signifie « se tortiller », « gigoter » en anglais.

— J'essaie. Je me suis dit que je pourrais faire ma chambre noire dans l'appentis.

— Cool.

— Ouais, mais c'était avant de savoir que c'étaient des toilettes publiques.

— Désolé.

Elle agite la main.

— Il me reste encore la cave.

— Tu viens d'emménager ?

— Hier.

— Qu'est-ce que tu penses du coin ?

— Franchement ?

— Ouais.

— C'est merdique.

— Bienvenue dans le trou du cul du monde.

— Tu vis au village ?

— Ouais, de l'autre côté, avec ma mère. Et toi ?

— Je suis seule avec ma mère, aussi.

— Alors, tu vas aller au lycée de Warblers Green ?

— Je suppose.

— On se verra peut-être là-bas.

— Peut-être.

— OK. Cool.

La conversation tarie, tous deux se regardent en silence. Ses yeux sont d'un curieux vert argenté, remarque-t-elle. Presque félins. Ils rendraient bien en photo. Elle pourrait vraiment faire ressortir ces étranges mouchetures. Et puis elle se demande pourquoi elle pense autant à ses yeux.

— Ouais, bon, à bientôt.

— À bientôt.

Wrigley commence à se retourner, mais il s'arrête à mi-course.

— Tu sais, si tu aimes prendre des photos, je pourrais te montrer un coin vraiment cool.

— Ah ouais ?

— Il y a une vieille maison abandonnée, de l'autre côté des champs, par ici, dit-il en tendant un bras tremblant. C'est flippant à souhait.

Flo hésite. Wrigley est bizarre, mais bizarre ne veut pas forcément dire mauvais. Et s'il n'avait ces étranges contractions, il serait assez mignon, dans son genre.

— OK.

— Tu es là, demain ?

— Demain, j'ai un programme très chargé...

— Oh.

— Je déconne. Je ne fais rien. Quelle heure ?

— J'sais pas. 2 heures ?

— OK.

— Il y a un vieux pneu suspendu après le cimetière. On peut se retrouver là-bas.

— D'accord.

Il lui sourit sous ses cheveux avant de partir à grandes enjambées sautillantes. *Wrigley.* Flo secoue la tête. Espérons qu'elle n'ait pas rendez-vous avec le taré du village.

Elle prend quelques photos de plus, mais le cœur n'y est plus. Lorsqu'elle se met en route vers la chapelle, son pied bute sur quelque chose, et elle manque de s'étaler de tout son long. Elle retrouve son équilibre au dernier moment et parvient à éviter que son Nikon se fracasse contre la stèle devant elle.

— Merde.

Elle se retourne pour voir ce qui l'a fait trébucher. Une pierre tombale renversée, presque invisible dans les hautes herbes, à moitié couverte de mousse, son inscription quasi illisible. Elle lève l'appareil pour la prendre en photo, mais fronce les sourcils. L'image est un peu floue dans le viseur. Elle tripote un instant la bague de mise au point. Pas mieux. Elle se retourne alors pour tester ses réglages sur un sujet plus éloigné et manque d'avoir une crise cardiaque.

Une fillette se tient à quelques mètres d'elle.

Nue. En feu.

Des flammes orange dansent autour de ses chevilles et lui lèchent les jambes, lui noircissant la peau à mesure qu'elles remontent vers son pubis imberbe. C'est comme ça que Flo sait que c'est une fille. Ce serait difficile à dire, autrement.

Car il lui manque les deux bras et la tête.

12.

Bon sang. J'accélère le long des routes étroites en maudissant Simon Harper, sa famille et moi-même.

Incontestablement, mon boulot ici n'a pas grand-chose à voir avec la paisible scène pastorale que Durkin m'a brossée. En fait, j'aurais du mal à aggraver les choses, même en me déshabillant sur la place du village et en sacrifiant quelques poulets. Ou des faisans. Ces derniers semblent de toute façon décidés à se jeter sous mes roues.

Pourtant, l'expérience m'a enseigné que tout pouvait *toujours* empirer.

Je me gare devant la chapelle, gagne le cottage d'un pas lourd et entre. Le silence me met immédiatement en alerte.

— Flo ?

Pas de réponse. Je fronce les sourcils. Elle m'a dit qu'elle irait prendre quelques photos dans le cimetière. Je me demande si elle est toujours dehors, de l'autre côté. Je m'apprête à aller voir quand j'entends un craquement à l'étage.

— Flo ?

Je monte l'escalier. La porte de sa chambre est ouverte. Elle ne s'y trouve pas. J'essaie la salle de bains. Verrouillée. Je toque.

— Flo. Ça va ?

Toujours pas de réponse, mais je perçois un mouvement.

— Flo… Parle-moi.

— Attends !

Urgent. Agacé.

Je patiente. Quelques secondes plus tard, j'entends le bruit du loquet qu'on tire. Je prends ça pour une invitation et pousse la porte avec précaution.

— Vite, souffle Flo, et je comprends immédiatement pourquoi.

Un carton déplié occulte la minuscule fenêtre de la salle de bains. Du matériel photographique couvre chaque surface disponible et presque tout le lino craquelé. La petite pièce pue les produits chimiques. Flo a installé sa lampe inactinique portable sur la chasse d'eau. Le rideau de douche a été repoussé tout au bout de sa tringle, qui sert de fil de séchage. Des photos mouillées y pendent, attachées par des pinces à linge. En mon absence, Flo a converti la salle de bains exiguë en labo de fortune.

Je l'observe sortir avec précaution une feuille de papier photographique du bac de rinçage et l'accrocher à la tringle.

— Qu'est-ce que tu fais, mon cœur ?

— À ton avis ?

— À mon avis, je n'ai pas intérêt à avoir envie de faire pipi.

— Je dois développer cette pellicule.

— Ça ne peut pas attendre ?

— Non. Je dois voir la fille.

— Quelle fille ?

— La fille du cimetière.

Elle ajuste le cliché dans les pinces à linge et scrute la rangée d'images en noir et blanc.

Le cimetière, avec ses pierres tombales en vrac, y apparaît d'une beauté obsédante. Mais il n'y a pas de fille sur ces photos.

— Je ne vois personne.

— Je *sais* ! (Elle se tourne vers moi, manifestement frustrée.) Mais elle était là. Elle brûlait, et elle n'avait ni bras ni tête.

— Pardon ? dis-je en clignant des yeux.

Elle lève le menton avec un air de défi.

— Je sais à quoi ça ressemble.

— Bien…

— Tu me prends pour une folle, c'est ça ?

— Je n'ai pas dit ça. (Je m'interromps quelques secondes.) Tu penses avoir vu, quoi, une sorte de fantôme ?

— J'ignore ce qu'elle était. On aurait cru qu'elle était réelle. Et puis elle a disparu.

Le haussement d'épaules qui accompagne sa réplique est trop désinvolte. Elle essaie de donner le change et de ne pas avoir l'air d'une hystérique, mais je connais ma fille. Elle est terrifiée. Quoi qu'elle ait vu, ça l'a secouée.

— OK, dis-je avec douceur. Pourrait-il y avoir une autre explication ?

— Je *sais* ce que j'ai vu, maman. C'est pour ça que j'ai pris des photos – je me doutais que personne ne me croirait.

— Et si c'était une statue ou une sorte de… je ne sais pas… de jeu de lumière bizarre ?

Je me raccroche à ce que je peux. Flo croise les bras et plisse les yeux.

— C'était une jeune fille, en feu, sans bras ni tête. Pas un foutu jeu de lumière. (Elle se détourne et inspecte de nouveau les clichés.) Mais pourquoi n'a-t-elle pas été capturée sur la pellicule ?

— Pas la moindre idée.

Les mots de Joan me reviennent soudain en mémoire.

D'après la légende, les fantômes d'Abigail et de Maggie hantent la chapelle et apparaissent à ceux qui ont des ennuis. Si vous voyez les suppliciées, il va vous arriver malheur.

Je regarde le bric-à-brac qui encombre la salle de bains.

— Écoute, on va descendre et on verra ça plus tard, d'accord ?

Elle soupire bruyamment.

— D'accord. J'ai fini, de toute façon.

Elle me laisse la guider hors de la salle de bains.

— Pourquoi as-tu mis si longtemps ? demande-t-elle alors que nous descendons l'escalier.

— Visites paroissiales.

— À qui ?

— Simon Harper.

— Je croyais que tu étais censée faire profil bas.

Je ressens une pointe de culpabilité.

— C'est ce que je fais. Viens, je vais nous préparer de quoi déjeuner.

— Tu as fait les courses ?

Merde. Avec tout le reste, ça m'est complètement sorti de l'esprit. Je suis une mère atroce.

— Pardon, j'ai oublié. Ça ne te dirait pas qu'on mange une pizza, pour changer ?

— Ça me va.

Nous passons dans le séjour. Il n'est que 14 heures, mais le ciel s'est chargé de nuages, et l'atmosphère est sombre et lugubre. Par la fenêtre, je ne vois que le sommet des stèles parmi les hautes herbes. Nous restons debout à observer le cimetière.

— Tu penses que ça pourrait être une des deux filles dont tu m'as parlé ? demande Flo. Celles qui ont été tuées pour leur religion ?

Je rechigne à nourrir cette obsession, mais d'un autre côté, elle a vu *quelque chose.*

— Certains villageois croient que ces filles hantent la chapelle… mais ce ne sont que des racontars.

— Mais c'est possible ?

Je soupire.

— C'est possible.

Elle passe un bras autour de ma taille et pose la tête contre mon épaule. *Elle sera bientôt trop grande pour faire ça,* me dis-je tristement. *Mon Dieu, je sais qu'elle doit grandir, mais faut-il que ce soit si tôt ? Ne puis-je m'accrocher à elle, la protéger, encore un peu ?*

— Maman ?

— Oui ?

— Est-ce mieux ou pire que nous soyons deux à croire qu'une fille sans bras, sans tête et consumée par les flammes hante le cimetière ?

Je lui serre l'épaule en m'efforçant d'étouffer ma propre inquiétude.

— N'y pensons plus.

Je ne fais rien d'autre qu'y penser, évidemment. Plus que Flo, qui à présent ronfle bruyamment dans sa chambre, ses membres d'adolescente dégingandée emmêlés dans sa couette *L'Étrange Noël de M. Jack.*

Nous avons rangé son labo de fortune. Je lui ai dit que j'irai jeter un coup d'œil à la cave demain. L'appentis ne fera pas l'affaire, apparemment. Pas d'électricité, trop de lumière.

Le soir, nous réchauffons au micro-ondes les restes de pizza du déjeuner et des quartiers de pommes de terre et regardons de vieilles comédies en DVD. *Black Books. Father Ted.* Flo va se coucher quelques minutes après minuit, et je la suis de près.

Comme tous les soirs avant de me glisser sous les couvertures, je m'assieds en tailleur sur mon lit et je prie. Je ne sais pas trop si Dieu m'entend. D'un autre côté, j'espère qu'il a mieux à faire qu'écouter mes divagations. Mais je tire du réconfort de nos conversations nocturnes. C'est un exutoire à mes peurs, mes inquiétudes et mes joies. Elles apaisent mon âme et me clarifient l'esprit. Elles me rappellent qui je suis et pourquoi je suis devenue prêtre.

Ce soir, je lutte. Je n'arrive pas à trouver les mots. Mes pensées sont embrouillées, désorganisées. Comme si le fait d'être venue ici avait dispersé toutes les pièces que je maintiens d'ordinaire soigneusement en place, et que je ne retrouvais plus rien.

Je marmonne quelques remerciements et prières de pure forme, avant d'éteindre la lumière et de m'étendre sur le côté. Mais, sans surprise, le sommeil ne vient pas. Il fait une chaleur étouffante dans la petite pièce. Et je n'ai jamais été une bonne dormeuse. Je n'aime pas le noir. Je n'aime pas le silence. Surtout, je n'aime pas être seule avec mes pensées. Toutes les prières de mon répertoire ne peuvent empêcher les choses qui hantent mon esprit de ramper hors de leur cachette, prêtes à festoyer.

Je fixe le plafond bosselé en enjoignant à mes paupières de se fermer, afin que le sommeil puisse m'emporter dans l'oubli, mais mon esprit résiste obstinément.

Elle brûlait, et elle n'avait ni bras ni tête.

Si vous voyez les suppliciées, il va vous arriver malheur.

Folklore, légende urbaine. Conneries. Mais un soupçon de malaise me pèse lourdement sur le ventre.

Flo n'est pas du genre à avoir des idées folles. C'est une fille pragmatique, sensible et raisonnée. Elle n'inventerait pas une chose pareille. Alors, quelle est l'alternative ? Une sorte d'apparition ?

En tant que pasteur, je crois à la continuité de la vie après la mort. Mais aux fantômes ? Des entités physiques qui demeurent liées à cette terre en quête de vengeance ou d'une quelconque résolution ? Non. Je n'ai jamais rien vu qui pourrait m'en convaincre. Plus exactement, je ne *veux* rien voir qui pourrait m'en convaincre. Je préfère m'en tenir à ce qui me hante métaphoriquement plutôt que physiquement.

Je m'assieds, allume la lampe de chevet et bascule mes jambes hors du lit. Les lattes du parquet sont froides et rugueuses sous mes pieds. *Des tapis*, me dis-je en allongeant mentalement la liste des « ajouts pour rendre le cottage vaguement confortable ».

J'enfile mes chaussons usés jusqu'à la corde et sors en silence sur le palier. J'allume et m'engage dans l'escalier.

Dans la cuisine, j'ouvre un tiroir et cherche à tâtons ma rouleuse et mes feuilles sous le torchon. Rien. Je jure sous cape. *Flo.*

Heureusement, j'ai un plan de secours. Je passe dans le salon en n'oubliant pas cette fois de baisser la tête. La plupart de mes livres sont encore dans les cartons, mais j'en ai sorti quelques-uns pour habiller l'étagère fatiguée, dont une épaisse bible reliée de cuir. On dirait une relique prise dans une église, que j'ai en réalité trouvée dans un vide-greniers. Mais au lieu de contenir la parole de Dieu, elle est creuse. Une bonne cachette pour une flasque, si vous avez ce genre d'inclinations, ou, dans mon cas, du tabac, une rouleuse de rechange, un paquet de Rizla et un briquet.

Je retourne dans la cuisine, roule une cigarette et ouvre la porte. L'air du soir est lourd de l'écœurante et familière odeur de l'onagre, de la fleur de lune et du jasmin. *Fleurs de nuit.* Je me rappelle ce parfum qui entrait par la fenêtre de ma chambre d'enfant.

Je tire comme une forcenée sur ma cigarette pour renvoyer ce souvenir dans les limbes et absorber un maximum de nicotine, mais cela n'aide pas beaucoup à émousser les contours tranchants de mes angoisses. Je suis trop consciente du silence, de l'obscurité et de la clameur de mes pensées.

L'obscurité d'ici est très différente de celle de la ville. Là-bas, elle est atténuée par l'éclairage public, les vitrines des boutiques, les voitures de passage. Ici, c'est le noir complet. L'absence de lumière dans laquelle nous vivions avant le feu et l'électricité. Une pénombre affamée, pleine d'yeux cachés. *Ici réside le mal*, me dis-je, en me demandant d'où cette pensée me vient. Mon cerveau est vraiment sens dessus dessous, ce soir.

Je porte la cigarette à mes lèvres… et m'interromps. Il y a une lumière dans la chapelle.

Qu'est-ce que…

Elle clignote à l'une des fenêtres supérieures. Pourrait-il s'agir du reflet des phares d'une voiture ? Non, cette fenêtre fait face au cottage, pas à la route. Et voilà que ça recommence. Une petite lueur danse à l'étage. Une ampoule défectueuse ? Un faux contact ? Ou un intrus ?

Je fixe la lumière, indécise. Puis j'écrase le mégot de ma cigarette, rentre dans le cottage et vais ouvrir le placard sous l'évier. Je me souviens d'y avoir vu une lampe torche hier. Il y a des chances pour que la pile soit morte, mais il est hors de question que je m'aventure dans le noir armée de la seule lumière de mon portable. J'allume la lampe torche, qui émet un puissant rayon.

J'attrape mes clés et remonte l'étroit sentier qui mène à la chapelle, la lampe torche brandie devant moi. Une petite voix tout au fond de moi me souffle que c'est exactement le genre de choses que font les protagonistes dans les films d'horreur. Les idiots qui meurent invariablement d'épouvantable façon avant même le générique de début. Je m'efforce d'ignorer cette voix.

J'arrive à la porte de la chapelle. Je l'ai verrouillée hier soir. Je me souviens d'avoir fait pivoter la lourde clé. Elle s'était coincée, et j'avais dû peser de tout mon poids dessus pour qu'elle daigne enfin tourner.

La porte est à présent entrouverte.

J'hésite, puis la pousse un peu plus. J'entre. La lampe torche éclaire une petite section triangulaire de l'église, écrasée de part et d'autre par les ténèbres. Où sont les interrupteurs ? Je pivote vers la droite et les cherche à tâtons. Et maintenant l'obscurité est derrière moi. Où sont ces foutus boutons ? Mes doigts frôlent un boîtier en plastique.

Les lampes bourdonnent et s'allument en cahotant. Les ampoules jaunâtres, couvertes de poussière et de toiles d'araignées, dispensent une faible lumière. Elles ne parviennent pas vraiment à chasser les ténèbres. L'église a l'air d'être vide. Mais c'est tout le problème avec les églises. Elles sont pleines de coins et de recoins où se cacher.

— Il y a quelqu'un ?

Aucune réponse, étonnamment. Je serre le poing autour de la lampe torche. Elle est assez robuste pour servir d'arme de fortune. De l'autre main, je tiens la lourde clé. Je la cale entre mes doigts, son bout pointu vers l'extérieur. Comme je le faisais quand je sortais à la nuit tombée, en ville.

Puisque c'est à l'étage que j'ai aperçu la lueur, je grimpe l'escalier longeant le mur de la chapelle jusqu'au balcon. Il y fait encore plus sombre. Seules deux lampes délivrent un peu de lumière. L'étrange odeur est de nouveau là. Fumée, roussi. Je pointe la torche tout autour de moi. Rien que des rangées de bancs en bois. Je passe entre elles, éclairant tous les espaces plongés dans l'ombre où quelqu'un aurait pu se cacher. Personne.

Tout au bout du balcon, il y a une petite porte étroite. Un débarras, je suppose. J'avance dans cette direction, la clé toujours serrée dans une main, la lampe torche pointée devant moi dans l'autre. J'ouvre la porte brusquement. Une pile de coussins de bancs d'église me tombe dessus.

Je bondis en arrière, le cœur affolé. Puis je laisse échapper un gloussement soulagé. *Rien que des coussins.*

Je jette un coup d'œil au placard. Il est minuscule, encombré d'autres coussins et de missels ; personne ne pourrait s'y cacher. Je me penche pour ramasser les coussins que j'ai fait tomber et m'aperçois qu'ils sont noircis et en partie brûlés, comme si on y avait mis le feu. Étrange, mais ça pourrait expliquer l'odeur de fumée. Je les range à leur place et referme la porte. À cet instant, j'entends un bruit derrière moi. Un grincement, comme celui que produit la porte de la chapelle en s'ouvrant. Mon cœur fait un bond. Je repasse entre les bancs et redescends l'escalier à toute allure, en prenant garde de ne pas me tordre une cheville.

Une fois en bas, je pointe le faisceau de la torche partout dans la nef. Je ne vois personne. Je me retourne pour éclairer l'autel. La lampe de lecture est allumée. Je suis certaine qu'elle ne l'était pas un peu plus tôt.

Je remonte l'allée centrale. Il y a quelque chose sur le sommet de l'autel. Une bible. Petite, bleue. Du genre de celles qu'on donne aux enfants au catéchisme. Elle est ouverte sur une page dont on a surligné un passage : 2 Corinthiens, 11 : 13-15.

Ces hommes-là sont de faux apôtres, des ouvriers trompeurs, déguisés en apôtres de Christ. Et cela n'est pas étonnant, puisque Satan lui-même se déguise en ange de lumière. Il n'est donc pas étrange que ses ministres aussi se déguisent en ministres de justice. Leur fin sera selon leurs œuvres.

Je scrute les mots, transie tout à coup. Puis je m'empare de la bible. Un des coins est noirci, comme s'il avait été exposé à une flamme. Je fais défiler les pages jusqu'à la première. Quand j'allais au catéchisme, on nous demandait d'écrire nos noms sur la face antérieure de la couverture de notre bible. Ça ne manque pas, il y a bien un nom. À l'encre bleue, presque effacée maintenant. Je passe le doigt sur les lettres pâles :

Merry J. L.

Elles étaient étendues dans l'herbe haute derrière la maison. Cachées par le feuillage qui oscillait au gré du vent. L'aumônerie était terminée. Elles jouissaient de quelques instants de liberté avant de devoir rentrer.

Merry fouilla les poches de son jean et en sortit une cigarette froissée et un briquet Bic.

— On partage ?

— Je peux pas. Le révérend vient à la maison pour le thé.

— Pourquoi ?

— Ma mère veut que je suive des leçons particulières d'enseignement biblique.

— Particulières ? Avec le vieux Face-de-fion ?

— Non. Le nouveau. Tu l'as déjà vu ?

Merry haussa les épaules.

— Ouais.

— Il ressemble un peu à Christian Slater.

— Ça reste un bondieusard.

— Tu ne devrais pas dire ça.

— Pourquoi ?

— Dieu pourrait t'entendre.

— Dieu n'existe pas.

— Tu veux aller en enfer ?

— On dirait ma mère.

Joy se pencha vers elle et palpa délicatement l'hématome autour de l'œil de son amie.

— Ça fait mal ?

— Oui. Touche pas.

— Tu la détestes ?

— Parfois. Parfois je voudrais qu'elle soit morte. Mais la plupart du temps, je voudrais qu'elle soit différente.

Elles ne dirent rien pendant un moment. Puis Joy se leva.

— Je dois y aller. Je t'appelle plus tard ?

— OK.

Merry s'assit et regarda son amie s'éloigner dans l'herbe. Elle tourna les yeux vers la maison. Elle entendait sa mère crier à l'intérieur. Elle prit la bible et le briquet, puis elle fit jaillir la flamme à proximité du coin et observa le cuir noircir. Mais avant qu'elle s'embrase, elle jeta la bible sur l'herbe, se rallongea et alluma la cigarette.

Je me fous d'aller en enfer, *songea-t-elle.* Ça ne peut pas être pire qu'ici.

13.

Je boutonne ma chemise et ajuste mon col blanc. Je lisse mon vêtement sacerdotal. Puis je franchis les quelques pas qui séparent le vestibule de l'autel. J'observe la congrégation. Les fidèles s'asseyent, se penchent en avant, tête baissée, visage dans l'ombre.

— Bienvenue, dis-je, et, une à une, les silhouettes lèvent la tête vers moi.

Je vois d'abord mon mari, Jonathon. Il sourit toujours. Même les pires jours. Même aujourd'hui, avec son crâne enfoncé et ses cheveux collés par le sang et la matière grise. Ruby se tient près de lui. Bien sûr. Elle me jette un regard accusateur. Son visage est enflé et contusionné là où les poings, les bottes et ses propres jouets se sont abattus. Elle serre un lapin en peluche contre elle. Celui avec lequel je l'ai trouvée. Elle adorait ce lapin, mais de plus près, je me rends compte qu'il s'agit d'un véritable animal. Sans me quitter des yeux, elle se penche en avant et mange un morceau d'une de ses oreilles.

Je recule, le cœur battant, et quelque chose frôle le sommet de ma tête. Je lève le regard. Le révérend Fletcher est pendu au balcon au-dessus de moi. Ses pieds exécutent une danse macabre.

« *Si vous voyez les suppliciées*, halète-t-il entre ses lèvres noircies et craquelées, *il va vous arriver malheur.* »

Je ravale un cri. Sur les bancs, davantage de visages me scrutent. Certains que je reconnais. D'autres dont je me souviens à peine. Deux silhouettes se lèvent et s'engagent dans l'allée d'un pas vacillant dans ma direction. À mi-chemin, elles s'enflamment. Mais cela n'arrête pas leur progression.

Je recule en trébuchant. Une main froide s'abat sur mon épaule. Je comprends mon erreur. Je sens son haleine rance dire à mon oreille…

— Maman. *MAMAN !*

Je me débats, m'extirpant du sommeil comme une noyée crèverait la surface d'un lac fétide et sombre.

— *Maman !* Réveille-toi.

J'ouvre les yeux d'un coup et peine à faire le point sur Flo, qui me tient par les épaules et semble à la fois inquiète et en colère.

— Bon Dieu, tu m'as fichu la trouille.

— Je… Je…

— Tu faisais un cauchemar.

Un rêve. Juste un rêve. La conscience s'infiltre dans mon esprit. Je suis roulée en boule sur le canapé, dans des vêtements qui puent la transpiration et le tabac froid. Je m'assieds péniblement. La clarté du jour filtre par les rideaux.

Flo s'accroupit près de moi.

— Maman ?

— Je… euh… n'arrivais pas à dormir. Je suis descendue fumer une cigarette et j'ai vu de la lumière dans la chapelle. Alors j'y suis allée…

— Tu es sortie toute seule au milieu de la nuit ? (Flo se lève et me considère d'un regard peu amène, les mains sur les hanches.) Maman, c'est *totalement* stupide. Tu aurais pu te faire agresser, ou tuer.

— OK, OK. Mais il n'y avait personne.

— Et la lumière ?

— Je ne sais pas. Une ampoule capricieuse. Mon imagination.

— Et c'est tout ?

— Oui.

— Pourquoi as-tu dormi sur le canapé ? Tu pues la cigarette.

— Je suppose que j'ai dû me poser là cinq minutes, et je me serai endormie.

Elle me regarde toujours d'un air suspicieux. Puis elle soupire et secoue la tête.

— Bon. Tu veux du café ?

— Oui, merci… Au fait, quelle heure est-il ?

— Presque 9 heures.

9 heures. 9 heures du matin. Lundi. L'heure de la réunion. *Merde.*

— Bonjour à tous. Désolée d'arriver un peu en retard.

Je souris au petit groupe devant moi, en m'inspirant de l'expression bienveillante de Durkin. Pas sûre que ça marche. Le fait que je halète, les joues empourprées, tout en ajustant mon col romain n'aide probablement pas.

Le révérend Rushton se lève.

— Puis-je faire les présentations ?

— Merci, dis-je avec reconnaissance.

Foutu col.

Nous sommes entassés dans un minuscule bureau jouxtant la chapelle elle-même, qui paraissait déjà exigu quand il n'y avait personne dedans, mais à qui la présence de l'équipe paroissiale au complet donne des allures de maison de Hobbit.

Des paperasses s'empilent un peu partout. Un panneau d'affichage en liège déborde de notes de sécurité, de lettres d'information paroissiales et de liturgies. Même les murs sont chargés d'anciennes photos de la chapelle et de son clergé historique : un Rushton beaucoup plus jeune, un homme sévère coiffé d'une tignasse brune (*Révérend Marsh*, indique la légende), et le révérend Fletcher – la cinquantaine, les cheveux gris et la barbe bien taillée. À côté de lui, un carré de mur plus clair laisse deviner qu'une autre photo s'y trouvait. Je me demande pourquoi on l'a retirée.

Il y a à peine assez de place pour un bureau et deux chaises. C'est sans doute aussi bien, car notre « équipe » se compose de cinq membres, dont seulement quatre sont présents ce matin.

— Voici Malcolm, notre prédicateur laïc, déclare Rushton.

Un homme à lunettes aux traits anguleux acquiesce en souriant.

— Vous connaissez déjà Aaron.

Nous nous saluons d'un bref signe de tête.

— Notre administratrice, June Watkins est trop souffrante pour assurer ses fonctions. Heureusement, nous avons quelqu'un pour la remplacer temporairement…

À point nommé, la porte s'ouvre sur une grande femme, saisissante dans sa robe fluide, avec sa crinière de cheveux blancs nouée en un chignon grossier. Elle tient une thermos dans une main, et une pile de gobelets en plastique dans l'autre.

— Salut, tout le monde. J'avais oublié le café dans la voiture.

Je l'observe poser son chargement sur le bureau.

— La plupart d'entre vous connaissent Clara, reprend Rushton. Elle nous aide bénévolement, tel un ange envoyé par les cieux.

Clara regarde autour d'elle et sourit.

— Comme s'il pouvait dire autre chose – je suis sa femme !

Elle me tend la main.

— Jack ? Ravie de vous rencontrer. C'est le diminutif de quoi ?

— Euh… Jacqueline.

Ses yeux gris étincellent.

— Un joli nom. Son diminutif aussi, d'ailleurs.

— Merci.

— Une petite équipe, donc, comme vous pouvez le voir, conclut Rushton.

Une toute petite équipe. Mais bon, de nos jours, il n'y a tout simplement pas assez de demande pour que chaque église rurale ait son propre pasteur, sans parler d'un gardien ou d'un personnel attitré. En plus de Chapel Croft et de Warblers Green, Rushton et moi prendrons en charge deux plus petites églises de la paroisse – celles de Burford et Netherton –, en partageant notre temps entre elles du mieux que nous le pourrons.

— Je suis enchantée de tous vous rencontrer, dis-je en essayant de me composer une expression professionnelle. Comme vous ne l'ignorez pas, je m'appelle Jack Brooks et j'officierai en tant que prêtre intérimaire le temps qu'un titulaire soit désigné.

— Vous savez quand ? demande Malcolm un peu trop hâtivement.

— Je crains que non. Mieux vaut partir du principe qu'il va falloir me supporter un moment.

— Il n'est pas question de vous « supporter », proteste Rushton. Nous sommes ravis de vous avoir avec nous. Et si nous pouvons faire quoi que ce soit pour vous aider à vous installer, n'hésitez pas à nous solliciter.

— Évidemment, renchérit Clara. Je crois que nous aspirons à un nouveau départ, après… vous savez quoi.

Je me demandais qui serait le premier à évoquer le sujet.

— J'ai été très peinée d'apprendre ce qui est arrivé au révérend Fletcher.

— Si seulement nous avions su ce qu'il traversait, ajoute Malcolm. Enfin, nous savions qu'il vivait une période difficile, mais de là à s'ôter la vie…

— Ceux qui commettent un tel geste sont très forts pour le cacher à leurs plus proches amis et à leur famille, fais-je observer. Le suicide est une tragédie pour tout le monde.

— Et un péché.

Je fixe Aaron des yeux.

— Je vous demande pardon ?

— La vie est un don de Dieu. Lui seul a le pouvoir de la retirer, dit-il en croisant mon regard avec un air de défi.

Je m'efforce de répondre d'un ton calme.

— Ce n'est plus la position de l'Église d'Angleterre depuis longtemps, Aaron.

— Alors, nous choisissons d'ignorer le verbe de la Bible ?

— Le suicide n'est pas explicitement condamné dans la Bible et, tant que je suis pasteur ici, je ne veux pas entendre de telles paroles dans cette chapelle.

Je soutiens son regard jusqu'à ce que, à ma grande satisfaction, il baisse les yeux.

— Quoi qu'il en soit (Rushton s'éclaircit la gorge), la vie continue, comme on dit. Et si nous passions aux tâches qui nous attendent la semaine prochaine ?

Nous nous mettons au travail. Je suis soulagée de retomber dans une routine familière, pas si différente de ma précédente paroisse. Petits-déjeuners, fêtes de village, aumônerie, trois mariages et quatre funérailles à venir. Quoique je ne sois pas de service officiellement avant deux semaines, nous convenons que je devrais commencer à me faire connaître lors de ces événements.

— Oh, et nous devons bien sûr nous pencher sur la question des réparations du sol de la chapelle.

— J'ai vu que certaines dalles étaient brisées. Que s'est-il passé ?

— L'usure naturelle. Nous allons bientôt faire passer quelqu'un. En attendant, Jack, faites attention à ce que personne ne s'en approche. Nous ne voudrions pas que quelqu'un nous poursuive en justice pour une cheville cassée.

— Entendu.

— Bien. Je crois que nous en avons terminé. Vous désirez ajouter quelque chose ? dit Rushton en tournant sa face rubiconde vers moi.

Je pèse le pour et le contre. Manifestement, on s'attend à ce que je demande qui pourrait bien me laisser d'étranges et effrayants messages. Mais jusqu'à ce que j'en sache plus, je crois qu'il est plus sage de ne rien dire. Pour l'instant.

— Euh… non. Je pense que nous avons fait le tour.

— Parfait. Vous n'imaginez pas à quel point je suis soulagé que vous soyez là pour partager notre fardeau.

— Ravie de pouvoir aider.

Tout le monde se met en branle, rassemble ses affaires. Malcolm serre mes mains dans les siennes, osseuses, avant de partir.

— C'est un plaisir de vous avoir parmi nous, ma chère, dit-il.

Aaron m'ignore ostensiblement en brassant ses notes.

Je voudrais vraiment m'éclipser, mais je sens le regard de Clara posé sur moi tandis qu'elle enfile un long cardigan multicolore.

— J'ai entendu dire que vous aviez une fille, Jack ?

— Oui.

— Quel âge ?

— Quinze ans.

— Un âge difficile.

— J'ai eu de la chance jusqu'à maintenant. Vous avez des enfants ?

— Nous n'avons jamais été bénis par la présence d'un enfant, répond Rushton, mais nous avons eu beaucoup de filleuls au fil des ans. Et Clara enseignait, alors nous avons toujours eu des jeunes dans nos vies.

Je hoche poliment la tête. *Une institutrice. Évidemment.*

— Depuis combien de temps êtes-vous mariés ?

— Nous venons de fêter notre vingt-huitième anniversaire.

Ils forment une drôle de paire. La grande et élégante Clara avec le courtaud Brian. Non que je les juge.

— Félicitations.

— Vous êtes veuve ? demande Clara, me rappelant à quel point je déteste ce mot.

— Mon époux est mort, oui.

— Vous avez élevé Flo seule.

— Comme je l'ai dit, j'ai eu de la chance. C'est une bonne petite.

— Comment s'acclimate-t-elle ? s'enquiert Rushton. Je crains qu'il n'y ait pas grand-chose à faire au village, pour les jeunes.

— Ma foi, elle aime la photo. Nous pensions transformer la cave en labo.

— Ah…

— Quoi, il y a un problème avec la cave ?

— Non. C'est juste qu'il reste encore pas mal d'affaires du révérend Fletcher, dit Clara. J'en ai évacué autant que j'ai pu, mais…

— Il n'avait pas de famille ?

— Malheureusement, non. Il a légué tout ce qu'il possédait à l'Église, et nous avons donné tout ce que nous avons pu, comme les meubles, les vêtements, son ordinateur. Mais il y avait beaucoup de…

— Bordel, achève Rushton avec moins de tact. Pour être honnête, pas seulement celui du révérend Fletcher. Il y a aussi beaucoup de bric-à-brac sacerdotal. On ne savait pas quoi en faire, alors on l'a laissé là.

— Eh bien, on dirait que j'ai de quoi occuper les prochaines semaines.

Une autre pensée me vient.

— Le révérend Fletcher est-il enterré ici ? Sans doute devrais-je aller me recueillir sur sa tombe.

— Non, répond Rushton. Il est enterré à Tunbridge Wells, auprès de sa mère.

— Il ne souhaitait pas être inhumé ici, lance subitement Aaron resté derrière moi.

— Ah bon ? Pourquoi ça ? dis-je en me retournant.

— D'après lui, la chapelle serait corrompue.

— *Corrompue ?*

— Comme l'a mentionné Malcolm, intervient Clara, le révérend Fletcher traversait une période difficile.

— Il voulait la faire exorciser, poursuit Aaron. C'était juste avant que…

— Aaron ! le coupe abruptement Rushton.

Aaron le considère d'un regard étrange.

— Elle doit savoir.

— Savoir quoi ?

Rushton soupire.

— Peu avant sa mort, le révérend Fletcher a essayé de brûler la chapelle.

14.

— Ce n'est pas la première fois que quelqu'un tente de faire une chose pareille, bien sûr, dit Rushton en prenant une gorgée de son latte.

Nous sommes assis à une table au fond de la salle des fêtes qui, d'après une pancarte colorée écrite à la main sur la porte, sert le café les *Lundis, mercredis et vendredis de 10 heures à midi.* Clara s'est jointe à nous. Aaron, comme je m'en doutais, a décliné la proposition.

Je suis étonnée par le monde qu'il y a. À Nottingham, les petits-déjeuners paroissiaux ne sont fréquentés que par les dévots et les SDF. Je suppose que les autres ont peur de se voir infliger un sermon religieux ou pire, un café exécrable.

Ici, les participants sont plus âgés, mais bien habillés. Il y a deux mères avec leurs bébés. Même le café est buvable. Je suis agréablement surprise. Je le suis pour la première fois depuis mon arrivée.

— Que s'est-il passé ? je demande.

— Les séparatistes catholiques. Les descendants des persécuteurs de la reine Mary Ire ont brûlé la chapelle au XVIIe siècle. Ils ont tout détruit, y compris la plupart des registres paroissiaux. La chapelle actuelle est l'œuvre des baptistes, qui l'ont reconstruite quelques années plus tard.

— Pardon, je voulais dire : qu'est-il arrivé au révérend Fletcher ?

— Oh. Eh bien, heureusement, il n'a pas pu mettre son projet à exécution. Aaron est intervenu avant que le feu prenne.

— Qu'est-ce qu'Aaron faisait là ?

— Il était tard. Aaron, qui passait par là, a vu une lumière dans la chapelle. Il a trouvé le révérend Fletcher debout sur une pile de coussins enflammée.

— Il a prétendu que quelqu'un s'était introduit dans la chapelle, dit Clara en vidant une deuxième bûchette de sucre dans son café – apparemment, elle n'a pas besoin d'un régime pour garder la ligne.

— Est-ce possible ? dis-je en songeant à la lumière que j'ai aperçue la veille et à la porte entrouverte.

— Il n'y avait aucun signe d'effraction. Aaron et moi sommes les seules autres personnes à avoir les clés de la chapelle, répond Rushton.

— D'accord, dis-je en notant cela dans un coin de ma tête. Est-ce qu'on a pu la laisser ouverte ?

Rushton soupire.

— Matthew – le révérend Fletcher – se comportait bizarrement depuis quelque temps.

— C'est-à-dire ?

— Il affirmait avoir vu des apparitions, intervient Clara.

Je me raidis.

— De quelle sorte ?

— Les incandescentes.

Une main glacée se pose sur mon crâne.

— C'est une légende locale, précise Clara, les yeux brillants. Deux jeunes filles, Abigail et Maggie, mortes sur le bûcher avec six autres martyrs, au XVIe siècle.

— Je connais cette histoire. En partie, du moins.

— Jack a bien fait ses devoirs, explique Rushton. Elle est même au courant pour les poupées.

— Vraiment ? s'étonne Clara en haussant les sourcils. Où avez-vous entendu parler de ça ?

Quelque chose dans son regard inquisiteur me met mal à l'aise.

— Oh, sur Internet.

— Pas mal de gens les trouvent macabres.

— Vous m'en direz tant.

Elle sourit.

— Tous les villages ont leurs traditions, se défend-elle.

— Je vous crois sur parole.

— Vous avez grandi à Nottingham ?

— Oui.

— Vous n'en avez pas vraiment l'accent, si vous me permettez.

— C'est parce que ma mère était du Sud.

— Ah, ça explique vos voyelles douces.

Elle boit une gorgée de café avec désinvolture, mais ses questions n'ont rien de désinvolte, me semble-t-il.

Je me tourne vers Rushton.

— Croire en ces apparitions ne faisait pas forcément du révérend Fletcher quelqu'un d'instable. J'ai connu plusieurs prêtres dans ce cas.

— Ce n'était pas seulement ça. Il était devenu paranoïaque, avec le temps. Obsédé. Il était convaincu que quelqu'un lui voulait du mal. Il se sentait menacé. Il prétendait que des incandescentes avaient été déposées dans la chapelle et clouées à la porte du cottage.

— Est-il allé voir la police ?

— Oui, mais il n'avait aucune preuve.

— Quelqu'un avait-il des raisons de le menacer ?

— Non, répond Clara. Matthew était là depuis trois ans. Tout le monde l'aimait bien.

— Mais au cours de la dernière année, il a perdu ses deux parents, enchaîne Rushton. Un de ses proches amis s'est fait diagnostiquer un cancer. Il avait pas mal de problèmes personnels à gérer. Il a remis sa démission peu après l'incendie dans la chapelle. À mon avis, il était arrivé à la conclusion qu'il était dépassé par les événements.

Je réfléchis un instant. L'Église est encore loin derrière d'autres institutions en matière de reconnaissance des troubles mentaux. On ne nous encourage pas à en parler, et, sans doute parce que c'est une profession majoritairement masculine, de telles affections sont considérées comme des faiblesses.

La prière est un intermédiaire utile pour centrer son esprit. Mais ce n'est pas un remède miracle. Dieu n'est ni un thérapeute ni un psychiatre. Nous avons quand même besoin du soutien des autres, et parfois ces autres sont des professionnels. Les choses se seraient-elles passées différemment, si mon mari avait sollicité de l'aide plus tôt ?

Je prends une gorgée de café. Il n'est plus si bon.

Choisissant mes mots avec précaution, je demande :

— A-t-on soupçonné que la mort du révérend Fletcher puisse avoir été *autre chose* qu'un suicide ?

— Non. Bien sûr que non. Qui irait dire une chose pareille ?

— Une des paroissiennes a mentionné quelque chose…

Rushton lève les yeux au ciel.

— Joan Hartman. (D'un geste de la main, il me dispense de toute confirmation ou infirmation.) Joan est un personnage, mais il ne faut pas prendre tout ce qu'elle dit au sérieux.

— Parce qu'elle est vieille ?

— Non. Parce qu'elle est seule, qu'elle a une imagination débordante et qu'elle lit beaucoup trop de romans policiers. (Rushton se penche en avant.) Jack, puis-je me permettre un petit conseil ?

J'ai envie de répondre non. En général, quand les gens posent cette question, ce qui suit est aussi utile qu'un tas de fumier. Mais je souris et dis :

— Bien sûr.

— Ne vous enlisez pas dans le passé. Votre arrivée marque un nouveau départ. L'occasion de mettre les circonstances tragiques de la mort du révérend Fletcher derrière nous. Et, comme vous pouvez le constater, il y a ici largement de quoi vous occuper.

— Je suis certaine que vous avez raison, dis-je sans me départir de mon sourire.

Il pose sa main potelée sur la mienne et la serre un instant.

— D'ailleurs, il est temps de partir. Je dois retrouver les Baker pour parler des funérailles de leur père.

Il se lève, bientôt imité par Clara.

— À bientôt. Et ne perdez pas de vue ce que je vous ai dit.

— Je n'y manquerai pas. Au revoir.

Je les observe quitter la salle des fêtes en échangeant des salutations avec quelques-unes des personnes présentes. J'envisage brièvement de prendre un autre café, puis je regarde ma montre. Non. Il faut vraiment que j'aille faire les courses. Une femme et sa fille ne peuvent pas se contenter de pizzas.

Alors que je m'écarte de la table se produit un grand fracas. Je me retourne. Une très vieille femme gît sur le sol, entourée de vaisselle cassée et de café renversé. Quelques personnes la regardent, et un couple commence à se lever, mais je suis la plus proche. Je la rejoins à grands pas et lui prends la main.

— Ça va ? Vous vous êtes fait mal ?

Elle semble un peu étourdie. Je me demande si elle s'est cogné la tête.

— Tout va bien. Reposez-vous un moment.

Ses yeux font le point sur moi.

— C'est toi ?

J'essaie de retirer ma main, mais ses doigts agrippent les miens.

— Où est-elle ? Dis-le-moi.

— Je suis désolée. Je ne…

Puis j'entends une voix chaleureuse et apaisante déclarer :

— Ne vous inquiétez pas. Elle perd un peu la boule.

Une femme aux cheveux courts, vêtue d'une salopette et d'un tee-shirt, s'accroupit près de moi et s'adresse à la vieille femme avec douceur :

— Doreen ? Vous avez fait une petite chute. Vous êtes à la salle des fêtes. Vous allez bien ?

— La salle des fêtes ?

L'étreinte se relâche. La femme éloigne sa main de la mienne.

— On essaie de s'asseoir, Doreen ?

— Mais je dois rentrer chez moi. Elle va attendre son thé.

— Bien sûr, mais pourquoi ne boiriez-vous pas un verre d'eau, d'abord ?

— Je m'en occupe, dis-je.

Je me rends au passe-plat.

— Je peux avoir un verre d'eau ?

Quand je le rapporte, la vieille femme est assise sur une chaise et semble un peu moins confuse.

— Tenez.

Elle accepte le gobelet d'une main tremblante et le porte à sa bouche.

— Je suis vraiment désolée. Je ne sais pas ce qui m'a pris.

Elle m'adresse un sourire embarrassé. Et je me rappelle que la vieillesse n'est pas une maladie, mais une destination.

— Je vous en prie, dis-je. Il nous arrive à tous d'avoir un moment d'absence.

— Quelqu'un peut vous raccompagner chez vous, Doreen ? demande la femme aux cheveux courts.

Doreen. Pourquoi ce nom m'est-il familier ? *Doreen.* Et puis ça me revient. C'est Joan qui m'en a parlé.

« La mère de Joy, Doreen, a sombré dans la démence. »

La mère de Joy. Je la regarde. Doreen ne doit pas avoir beaucoup plus de soixante-dix ans, mais elle en paraît vingt de plus. Sa fragilité est frappante. Son visage semble fait d'une pâte molle, que surmontent des boucles arachnéennes.

— Je comptais rentrer à pied, ma chérie.

— Je ne suis pas sûre que ce soit une bonne idée, proteste la femme aux cheveux courts.

S'ensuit un silence durant lequel je pourrais prétexter devoir aller faire les courses et rejoindre ma fille pour filer. Au lieu de quoi, je m'entends dire :

— Je peux ramener Doreen chez elle.

La femme aux cheveux courts me remercie d'un sourire avant de se tourner de nouveau vers Doreen.

— Ça vous va, Doreen, si cette gentille femme vous raccompagne ?

— Oui, merci, répond l'aînée en me regardant.

La femme aux cheveux courts me tend la main.

— Je m'appelle Kirsty. J'anime l'aumônerie et j'aide quand on a besoin de moi.

— Jack, dis-je en lui serrant la main. Le nouveau pasteur.

— J'avais deviné. Vous avez été trahie par votre col blanc.

Je baisse les yeux.

— Ah, oui. C'est le problème avec les cols. Un peu comme avec les tatouages. Vous oubliez leur présence jusqu'à ce que quelqu'un vous regarde de travers.

Elle rit et relève la manche de son tee-shirt, révélant sur son bras une grande tête de mort ricanante.

— *Amen.*

Doreen vit le long d'une petite route bordée de maisons mitoyennes entassées sans grâce, aux façades chargées de jardinières et de paniers suspendus, non loin de l'artère principale du village.

J'aurais reconnu la sienne sans même que Kirsty m'en donne l'adresse. Les briques sont sales, le petit jardin livré à lui-même et les fenêtres crasseuses et sombres. Le chagrin et le deuil tombent sur elle comme une voilette de veuve.

Je me gare devant. Doreen n'a pas beaucoup parlé durant le court trajet, se contentant de tordre un mouchoir entre ses mains noueuses. J'ai laissé le silence s'étirer entre nous. Parfois, essayer de le combler le rend encore plus pesant.

Je descends de voiture et vais lui ouvrir la portière. Puis je l'aide à descendre et la guide dans l'allée jusqu'à sa porte d'entrée. Elle sort une clé de son sac.

— Merci beaucoup, ma chère.

— Je vous en prie.

— Voulez-vous entrer boire une tasse de thé ? me demande-t-elle après avoir ouvert la porte.

J'hésite. Je ne devrais vraiment pas. Je ne devrais même pas être là. Il faut que j'aille faire les courses puis que je retourne auprès de Flo et que je finisse de ranger le cottage. D'un autre côté… Je regarde la petite maison délabrée. Quelque chose me serre le cœur.

— Avec grand plaisir, dis-je avec un sourire.

L'entrée sombre sent la nourriture rance et l'humidité. La moquette à motifs est usée jusqu'à la corde. Un vieux téléphone à cadran trône sur un guéridon sous un tableau à l'effigie de la Vierge Marie. Ses yeux éplorés nous suivent jusque dans une cuisine défraîchie qui n'a pas dû changer depuis le milieu des années 1970. Lino craquelé, plans de travail en Formica et portes de placard vertes de guingois. Une petite table en demi-lune calée contre un mur accueille deux chaises placées de part et d'autre. Une croix est accrochée juste au-dessus, ainsi que deux plaques : *Moi et ma maison, nous servirons l'Éternel* ; *Arrêtez, et sachez que je suis Dieu.*

Doreen ôte son manteau et s'approche de la bouilloire d'un pas traînant.

— Vous voulez de l'aide ?

— Mon n'esprit n'est peut-être plus aussi affûté qu'autrefois, mais je me rappelle encore comme faire un thé.

— Bien sûr.

Les aînés ont leur fierté. Je tire une chaise et m'assieds sous les brèves citations de Dieu pendant qu'elle prépare du thé dans une théière antédiluvienne.

— Alors comme ça, vous êtes le nouveau pasteur ? dit-elle en apportant la théière de ses mains tremblantes.

— Oui. Révérend Brooks. Mais je vous en prie, appelez-moi Jack.

Elle retraverse la cuisine pour aller chercher deux tasses et soucoupes légèrement tachées.

— Je n'ai pas de sucre.

— Ça me va.

Elle se laisse tomber sur la chaise en face de moi.

— Oh, bon sang. J'ai oublié le lait.

— Voulez-vous que j'y aille ?

— Oui, merci.

Je vais ouvrir le petit frigo, vide à l'exception de deux plats préparés, du fromage et un quart de litre de lait. Ce dernier est périmé depuis hier. Je le renifle discrètement et l'apporte à table.

— Et voilà, dis-je en en versant un nuage dans chaque tasse.

— Nous n'avions pas de femme pasteur, à mon époque.

— Ah non ?

— L'Église n'était pas la place des femmes.

— Ma foi, autres temps, autres mœurs.

— Les prêtres étaient toujours des hommes.

J'entends souvent ça, surtout de la part des paroissiens les plus âgés. J'essaie de ne pas le prendre personnellement. Nous n'allons pas tous au même rythme que le progrès. Lorsqu'on arrive à un certain âge, la vie nous laisse sur le bord de la route. Nous nous accrochons à nos déambulateurs et à nos fauteuils roulants électriques, mais au final nous ne la rattrapons jamais. Si je parviens jusqu'à soixante-dix ou quatre-vingts ans, je regarderai sûrement le monde autour de moi avec le même sentiment de perplexité, en me demandant ce qui diable a bien pu arriver à tout ce que je tenais pour vrai.

— Eh bien, les choses changent, dis-je en prenant une gorgée de thé et en dissimulant une grimace.

— Êtes-vous mariée ?

— Veuve.

— Je suis navrée. Des enfants ?

— Une fille.

Elle sourit.

— J'en ai une, moi aussi. Joy.

— C'est un joli prénom.

— Nous l'avons appelée Joy, parce que c'était un bébé très joyeux. (Ses mains tremblent légèrement quand elle prend sa tasse de thé.) Elle est partie.

— Ah ?

— Mais elle va revenir. D'un jour à l'autre.

— C'est une bonne chose.

— C'est une bonne *fille*. Pas comme l'autre. (Son expression s'assombrit.) Une mauvaise graine, celle-là. Très mauvaise.

Elle secoue la tête. Un nuage passe devant ses yeux, et je la vois dériver loin de moi, se glisser dans les invisibles interstices du temps.

Je déglutis.

— Est-ce que je peux utiliser vos toilettes ?

— Je vous en prie, c'est…

— Je trouverai. Merci.

Je sors de la pièce et grimpe l'étroit escalier, dont le mur arbore d'autres citations de la Bible. Les toilettes sont à gauche. Je m'enferme à l'intérieur, tire la chasse et m'asperge le visage d'eau froide au lavabo. Je suis mal à l'aise dans cette maison. Il est temps de la quitter. Je ressors sur le palier et m'arrête. Il y a une porte à ma droite. Une petite pancarte annonce : « Chambre de Joy ».

Ne fais pas ça. Redescends cet escalier, excuse-toi et pars.

Je pousse doucement la porte.

Cette chambre, comme tout dans la maison, est figée dans le temps. À une époque où Joy était encore vivante. Personne ne semble y avoir touché depuis sa disparition.

Le lit soigneusement fait est recouvert d'une courtepointe à motifs floraux passés. Une petite coiffeuse le prolonge, sur laquelle on a disposé une brosse et un peigne. Rien d'autre, ni bijoux ni maquillage.

Un coin de la pièce est occupé par une armoire ordinaire, et sous la fenêtre, une bibliothèque basse déborde de livres de poche aux couvertures cornées. Enid Blyton, Judy Blume, Agatha Christie, et quelques volumes plus épais comme *Jésus dans votre vie*, *La Chrétienté pour les filles*, ainsi que, posée à l'horizontale au-dessus d'eux, une grande bible reliée de cuir.

Je sors la bible de l'étagère. Elle est légère. Bien trop pour contenir la parole du Seigneur. Je m'assieds au bord du lit et l'ouvre. Comme la mienne, celle-ci est creuse. Mais ici, c'est du fait main. Les pages du milieu ont été découpées aux ciseaux ou au cutter afin de créer une cavité juste assez grande pour garder quelques précieux secrets.

Je les sors un par un avec précaution : un joli coquillage monté sur une broche. Un paquet de chewing-gums Juicy Fruit. Deux cigarettes et une compilation sur cassette. Bien sûr. Échanger des compilations. C'est ce que faisaient les meilleures amies, avec les fringues et les bijoux.

Sur l'étiquette collée à la cassette, l'écriture est tassée. On n'avait pas d'autre choix quand on voulait marquer les titres et les noms des artistes dans un espace aussi petit. The Wonder Stuff, Madonna, INXS, Then Jericho, Transvision Vamp. Ces noms me tirent un sourire affectueux. Sacrée époque.

Je pose la cassette sur le lit et sors le dernier objet. Une photo sur laquelle deux filles, bras dessus, bras dessous, sourient à l'objectif. L'une d'elles est d'une beauté hypnotisante, avec ses grands yeux bleus et ses longs cheveux blonds nattés. Une Sissy Spacek adolescente. L'autre est brune, coiffée d'une coupe au bol peu flatteuse. Elle est très mince, ses yeux creusent des cavités sombres dans son visage et son sourire réservé tient plus de la grimace.

Toutes deux portent au cou des chaînes en argent au bout desquelles pendent des lettres. *M* pour Merry. *J* pour Joy.

« Quinze ans. Meilleures amies. Disparues sans laisser de traces. »

Une chaise racle contre le parquet en bas. Je sursaute, puis remets les objets dans la bible et repose celle-ci sur l'étagère où je l'ai trouvée.

La photo est restée sur le lit. Je la regarde encore un instant.

Merry et Joy. Joy et Merry.

Puis je la ramasse et la glisse dans ma poche.

— Tu sais, à seize ans, tu peux partir de chez toi. Personne ne peut te retenir.

Elles étaient assises sur le lit, dans la chambre de Joy. Merry n'était pas souvent invitée à entrer dans la maison. Mais la mère de Joy était sortie faire des courses.

— Encore presque un an à attendre.

— Je sais.

— On irait où ?

— À Londres.

— Tout le monde va à Londres.

— Alors où ?

— En Australie.

— Là-bas, l'eau tourne dans le mauvais sens en s'échappant par la bonde.

— C'est vrai ?

— Ouais… J'ai lu ça quelque part.

Joy monta le son de sa petite stéréo. Elles écoutaient la compilation que Merry lui avait faite. Madonna brayait « Like a Virgin ».

— J'adore cette chanson, dit Joy.

— Moi aussi.

— Oooh, fit Joy en se retournant soudainement. Je t'ai trouvé quelque chose.

— Quoi ?

Joy se tendit vers son étagère et s'empara de l'épaisse bible noire. Elle avait creusé un compartiment secret à l'intérieur. Elle y cachait ce qu'elle ne voulait pas que sa mère voie. Elle l'ouvrit et en sortit un petit sachet en papier, qu'elle lui donna.

Merry le prit et en versa le contenu sur le couvre-lit. Deux chaînes en argent en tombèrent. À l'une pendait la lettre M, *à l'autre la lettre* J.

— Des colliers de l'amitié, fit Joy.

Merry en souleva une, qui refléta la lumière.

— Elles sont magnifiques.

— Mettons-les.

Elle sourit à son amie.

— J'ai une idée…

La porte d'entrée claqua. Leurs regards se croisèrent.

— Merde.

— Joy Madeleine Harris. J'espère que ce n'est pas toi qui écoutes cette musique barbare.

Joy bondit du lit et éjecta la cassette du lecteur, avant de la fourrer dans la bible. Des pas lourds se firent entendre dans l'escalier. Nulle part où aller. La porte de la chambre s'ouvrit à la volée.

La mère de Joy, une femme mince aux yeux bleus sauvages auréolée d'un nuage de cheveux blonds, apparut dans l'encadrement de la porte. Elle était plus petite que celle de Merry, et moins encline à la violence, mais elle n'en était pas moins effrayante quand elle se mettait en colère. Elle fusilla Merry du regard.

— J'aurais dû m'en douter.

— M… Maman, fit Joy d'une voix plaintive.

— Je t'ai déjà dit qu'elle n'était pas la bienvenue ici.

— C'est mon amie, maman.

— Je voudrais qu'elle parte.

— Mais…

— C'est bon, dit Merry. Je m'en vais.

Elle ramassa le pendentif d'un geste brusque et sortit en toute hâte de la pièce.

Sur le palier, elle jeta un coup d'œil en arrière. La mère de Joy s'était emparée de la stéréo. Elle s'approcha de la fenêtre ouverte et la balança à l'extérieur. On entendit un grand fracas. Joy se cacha le visage dans les mains.

Merry serra les poings.

Partir. Maintenant. *Si seulement elles le pouvaient.*

15.

« Petite course à faire, puis je m'occupe du ravitaillement. Si faim, argent dans le pot habituel. »

Flo lit le texto de sa mère – qu'elle a envoyé trois fois, sans doute parce que les deux premiers étaient restés bloqués – et regarde l'heure. 11 heures passées, déjà.

La ponctualité de sa mère est au mieux approximative, et ce matin elle n'était vraiment pas dans son assiette. Il s'est passé quelque chose hier soir, et quoique Flo ait cru sa mère quand elle lui a dit qu'elle avait vu une lumière dans la chapelle, elle soupçonne qu'elle lui cache quelque chose. Sa mère pense probablement la protéger en agissant ainsi, mais Flo a souvent envie de lui rétorquer : *Tu ne me protèges pas en me cachant la vérité, tu ne fais que m'inquiéter.*

C'est le problème avec les mères. Bien qu'elles prétendent vouloir vous traiter en adultes, Flo sait que quand la sienne la regarde, elle voit toujours une enfant de six ans.

Après que sa mère est partie en catastrophe ce matin, en essayant sans y parvenir de faire tenir son col clérical, Flo a fouillé les placards de la cuisine en quête d'un petit-déjeuner. Elle a trouvé un paquet de gâteaux secs et un sachet de chips fromage-oignon qu'elle a consciencieusement démolies en terminant le roman de Stephen King (assurément l'un de ses meilleurs). Mais son estomac gronde de nouveau. Et elle a la sensation agaçante de perdre sa journée. Pas de télé, pas d'Internet. Il faut qu'elle se lève et *fasse* quelque chose.

Elle pourrait aller jeter un coup d'œil à la cave, voir si elle ferait une bonne chambre noire, mais elle n'est pas très chaude à l'idée de se retrouver dans un espace sombre et rempli de toiles d'araignées pour l'instant. Quoiqu'elle répugne à l'admettre, elle est encore un peu secouée par ce qu'elle a vu dans le cimetière hier.

De jour, après une bonne nuit de sommeil, le souvenir perd en netteté, et son esprit peine à le rationaliser. Peut-être que c'était effectivement une illusion d'optique. Ou un plaisantin qui lui jouait un mauvais tour. C'est arrivé si vite. Elle a pu être désorientée, ses yeux l'auront trompée. Et s'il y avait vraiment eu quelque chose, l'appareil l'aurait fixé sur la pellicule.

Flo n'a jamais cru aux fantômes. Le travail de sa mère l'a mise en contact avec les cimetières et la mort bien plus souvent que la plupart des enfants de son âge. Elle ne leur a jamais rien trouvé d'effrayant ou de troublant. Les morts sont morts. Nos corps ne sont rien de plus que des morceaux de chair et d'os.

D'un autre côté, l'idée qu'on puisse laisser des traces dans le monde ne lui est pas étrangère, un peu comme une empreinte photographique. Un moment capturé dans le temps par une combinaison chimique complexe.

Son estomac gargouille de nouveau. OK, assez pensé aux fantômes. Elle va dans la cuisine chercher le bocal en verre sur le rebord de la fenêtre. Il est rempli de petite monnaie et de quelques billets. Elle récupère sept livres. L'épicerie du village n'est qu'à quinze minutes à pied.

Elle sort, verrouille la maison, et la clé va rejoindre l'argent dans sa poche. Puis elle est prise d'un remords. Son appareil. Il y aura peut-être des photos sympas à faire en chemin. Elle rentre en vitesse, le trouve et passe la sangle autour de son cou.

L'étroit trottoir menant au village disparaît parfois sous les herbes hautes et les orties. Elle ne voit pas beaucoup de voitures. Le ronronnement des machines agricoles et les rares meuglements éplorés des vaches sont les seuls bruits qui l'accompagnent.

Elle s'arrête à deux reprises pour prendre des photos. Une grange à l'abandon, un arbre foudroyé. Bientôt, elle rencontre les premiers signes d'habitation. Une salle des fêtes à sa droite entourée de terrains de sport, une aire de jeux défraîchie, où une mère pousse un petit enfant sur une balançoire.

Plus loin, une école primaire se dresse à sa gauche, et les maisons commencent à se rapprocher les unes des autres, deux rues perpendiculaires partent de chaque côté de l'axe principal. Elle dépasse un pub aux murs blanchis à la chaux, où abondent les paniers suspendus. Le Barley Mow, proclame l'enseigne.

L'épicerie du village se trouve juste après. Supérette Carter. Elle pousse la porte. Un carillon vieux jeu signale son entrée. Une femme entre deux âges avec un épais casque de cheveux gris est assise derrière le comptoir. Elle lève les yeux.

La jeune fille sourit.

— Bonjour.

La femme la fixe sans vergogne, comme si elle avait deux têtes. Elle finit par lâcher un « b'jour » bourru.

Flo tâche d'ignorer la sensation d'être épiée tandis qu'elle arpente les rayons. Les gens portent un regard suspicieux sur les adolescents, surtout sur ceux qui ont l'air un peu différents. Elle voit ça tout le temps. Les coups d'œil inquiets que vous jettent les petites vieilles, comme si tous les ados nourrissaient le désir secret de voler leur sac à main. Elle a souvent envie de leur crier : *Nous sommes juste jeunes. Nous ne sommes pas tous des agresseurs, vous savez.*

Elle achète une miche de pain, du beurre, une barre chocolatée et un Coca light. Cela devrait la sustenter jusqu'à ce que sa mère revienne du supermarché. La femme l'encaisse rapidement, comme s'il lui tardait de voir Flo quitter la boutique. *Sentiment partagé*, songe-t-elle.

Elle mange la barre chocolatée en flânant sur le trottoir et la fait descendre d'une gorgée de Coca. Elle est presque arrivée à la salle des fêtes quand elle s'avise qu'elle pourrait avoir un peu de réseau dans le village. Elle sort son téléphone. Trois barres. Un miracle. Assez pour envoyer un message à Kayleigh et à Leon. Elle regarde autour d'elle. La mère et son enfant sont partis. L'aire de jeux est déserte. Elle y entre et va s'asseoir sur un banc branlant près du tourniquet. Puis elle ranime son téléphone et ouvre Snapchat.

Elle a à peine tapé quelques mots qu'elle entend le portail de l'aire de jeux grincer. Elle lève les yeux. Deux adolescents entrent. Une blonde pimpante en jean skinny et veste ajustée et un brun costaud en tee-shirt et short. Pas sa tribu. Immédiatement, quelque chose dans leur démarche lui dit qu'elle pourrait avoir des ennuis. Mais il est trop tard pour se lever et partir. Pas sans passer pour une bouffonne. C'est le genre de choses que les parents ne comprennent pas. L'adolescence est un champ de mines permanent, où l'on passe son temps à essayer d'éviter des situations qui pourraient vous exploser au visage.

Flo garde la tête baissée tandis que le couple s'assied sur les balançoires à proximité, mais elle n'arrive pas à se concentrer. Elle sent leurs regards sur elle. Sans surprise, la fille lance :

— Eh ! Vampirina.

Flo l'ignore. Elle entend les balançoires couiner lorsqu'ils se lèvent et s'approchent d'elle. Cou-de-taureau s'assied à côté d'elle, envahissant délibérément son espace. Son déodorant bas de gamme ne masque que difficilement son odeur corporelle.

— T'es sourde ?

Super. C'est donc bien ce qu'ils veulent.

Elle redresse la tête et répond poliment :

— Je ne m'appelle pas Vampirina.

— Tu devrais. Goth.

— Je ne suis pas goth.

Blondie la toise de haut en bas.

— T'es quoi, alors ?

— Une fille qui s'occupe de ses oignons.

Ne pas élever la voix. Ne leur donner aucune prise, et ils finiront par se lasser.

— T'es nouvelle ici.

— Rien ne t'échappe.

Blondie lui jette un regard curieux, puis claque de ses doigts manucurés.

— *Attends.* Ta mère, c'est pas le nouveau pasteur ?

Flo sent ses joues s'empourprer.

Un rictus déforme les lèvres de Blondie.

— C'est elle, pas vrai ?

— Et ?

— Ça craint, non ?

— Pas vraiment.

— Alors, t'es une espèce de grenouille de bénitier ?

— Ouais. Voilà exactement ce que je suis. Une grenouille de bénitier goth.

Cou-de-taureau montre son reflex du doigt.

— C'est quoi, cette antiquité ?

Elle se raidit.

— Un appareil photo.

— Qu'est-ce qui ne va pas avec ton téléphone ?

— Rien.

— Vas-y, fais voir.

Il tend la main pour le lui prendre. Flo agrippe la sangle et se lève d'un bond. Elle le regrette immédiatement. Elle a montré une faiblesse. Quelque chose qui la rend vulnérable. Elle repère l'étincelle dans les yeux de Cou-de-taureau.

— C'est quoi ton problème ?

— Rien. Pourquoi toi et Taylor Swift n'allez pas voir ailleurs si j'y suis ?

Il se lève.

— Montre-moi ton appareil.

— Non.

Tout se passe très rapidement. Il plonge en avant. Instinctivement, Flo lance sa main. Elle s'écrase sur son nez. Il crie et se prend le visage à deux mains. Du sang gicle entre ses doigts, tachant son tee-shirt blanc de rigoles écarlates.

— Mmmm… puuutain.

— Tom ! s'écrie Blondie. Tu lui as pété le nez, espèce de tarée.

Flo les dévisage, pétrifiée, la main toujours à moitié tendue.

— Je suis désolée, marmonne-t-elle. Je…

La porte de la salle des fêtes s'ouvre. Une femme courtaude aux cheveux bruns apparaît dans l'entrebâillement.

— Qu'est-ce qui se passe ici ? Oh, mon Dieu, Tom… Tu es plein de sang.

Flo s'apprête à assurer sa propre défense, mais avant qu'elle puisse dire quoi que ce soit, Blondie s'avance.

— C'est juste un saignement de nez, madame C. Vous avez des mouchoirs ?

— Oh, bien sûr, Rosie. Oui, oui. Venez à l'intérieur.

Tom entre dans la salle des fêtes en titubant, les mains toujours serrées autour de son nez sanguinolent, gratifiant Flo d'un regard meurtrier au passage.

Blondie se tourne vers elle et crache :

— Casse-toi d'ici.

— Mais…

— J'ai dit… (Elle lui décoche un sourire venimeux.) C*ours*, Vampirina.

Flo ne se le fait pas répéter. Elle prend ses jambes à son cou. Aussi vite qu'elle le peut, sans lâcher son précieux appareil photo. Elle ne s'arrête qu'une fois la chapelle en vue. Puis elle ralentit et se plie en deux pour retrouver son souffle. Bon sang, mais qu'est-ce qu'elle a fait ? Et s'il portait plainte pour agression ? Sa mère péterait un plomb. Puis elle se rappelle le regard de Blondie.

Cours, Vampirina.

Flo connaît ce regard. Celui du chat qui tourmente une souris. Qui joue avec sa proie.

Ce n'est pas terminé. Ce n'est que le début.

16.

Le supermarché est bondé, sans doute parce que c'est le seul dans un rayon de cinquante kilomètres. Je fais aussi vite que je peux, mais l'un des désavantages du col clérical, c'est que vous ne pouvez pas vous montrer grossière avec les gens ou leur foncer dessus quand ils vous bloquent le passage avec leur chariot, vous rentrent dedans avec leur poussette ou vous doublent dans la queue (néanmoins ma visite achève de me convaincre que les caisses automatiques sont bel et bien l'œuvre du diable).

Quarante minutes de routes sinueuses me séparent de la maison. Les Romains avaient oublié leur règle, quand ils ont débarqué dans le Sussex. Je sens la photo dans ma poche. Je n'aurais pas dû la prendre. Mais quelque chose sur celle-ci a piqué ma curiosité. Alors que je m'engage dans un virage, j'entends les courses se renverser et les bouteilles s'entrechoquer. J'écrase la pédale de frein.

— *Merde !*

Une vieille MG est arrêtée sur le bas-côté. Sa partie arrière mange sur l'étroite route. Un homme brun vêtu d'un jean et d'un tee-shirt est accroupi à côté d'elle et tente sans succès de la soulever avec un cric. Un peu plus, et je l'emboutissais.

J'envisage un instant de baisser la fenêtre et de lui dire de bouger sa voiture de là. Il pourrait causer un accident ou se faire tuer. D'un autre côté, il a vraiment l'air d'avoir besoin d'aide et… *sois chrétienne.*

Je soupire, me gare derrière lui et sors.

— Vous voulez un coup de main ?

L'homme se redresse. Sexy, vaguement familier et manifestement agacé. La quarantaine bien entamée, le visage buriné, les cheveux bruns striés de gris. Ça me revient. Il était hier à l'office.

Il me lance un sourire triste.

— Est-ce que vous pouvez prier pour qu'un jour je sache changer une roue ?

— Non, mais je peux vous aider à mettre ce cric au bon endroit.

Il affiche une expression surprise.

— Oh. OK. Je veux dire, merci. Ça serait super. Je suis vraiment nul en mécanique.

Je m'approche du véhicule. Il recule pour que je puisse m'accroupir, et je repositionne le cric sous la voiture. Puis je pompe.

— Clé ?

— Oh, oui.

Il ramasse une clé rouillée et la laisse aussitôt tomber sur son pied.

— Ouch, lâche-t-il en se tenant les orteils.

Je ravale un sourire moqueur.

— Vous n'avez pas menti sur votre niveau en mécanique.

— Merci pour votre compassion. Très chrétien de votre part.

— Je dirai une prière pour votre gros orteil plus tard. Ça va ?

— Ma carrière de danseur étoile est terminée, mais sinon… (Il pose le pied sur le sol avec précaution.) Ça va.

Je ramasse la clé et retire rapidement les écrous un à un. Puis je sors la roue, que je cale dans l'herbe avant de m'essuyer les mains sur mon jean.

— L'autre ?

— Quoi ?

— La roue de secours ?

— Ah, oui.

Il contourne la voiture jusqu'au coffre. Son expression s'assombrit.

— Merde.

— Quoi ?

— J'avais oublié. Je n'en ai pas.

Je le dévisage.

— *Vous n'avez pas de roue de secours.*

— Si, j'en avais une. (Il désigne du menton la roue que je viens de démonter.) C'est celle-ci.

Seigneur.

— J'imagine que vous n'êtes pas membre de l'AA ni du RAC[1]… Votre assurance prend-elle en charge les pannes ?

Il me regarde d'un air encore plus penaud.

— OK. Alors, je suppose que vous pouvez appeler un garage et attendre ici que…

— Je dois vraiment rentrer chez moi.

— Vous vivez où ?

— Juste après Chapel Croft.

— Dans ce cas, je peux vous déposer.

— Merci. C'est très gentil.

Il ferme la MG à clé et me suit jusqu'à ma voiture.

— Je ne crois pas connaître votre nom, dis-je.

---

1. The Automobile Association et The Royal Automobile Club sont des organismes britanniques d'assistance aux automobilistes.

— Oh, Mike. Mike Sudduth.

Il me tend une main, que je serre.

— Jack Brooks.

— Je sais. Le nouveau pasteur.

— Les nouvelles vont vite.

— Il n'y a pas beaucoup de sujets de conversation, par ici.

— Je tâcherai de ne pas l'oublier. (Je jette un coup d'œil à sa voiture, abandonnée sur le bas-côté.) Elle ne risque rien ?

— Elle n'ira de toute façon pas bien loin.

— Certes, mais si quelqu'un rentrait dedans ?

— Il me rendrait service.

— Pas faux, dis-je en avisant les nombreuses bosses et rayures de la MG.

Je m'installe à ma place. Mike ouvre la portière passager. Il fronce les sourcils à la vue de la croix inversée gravée dans la peinture.

— Vous avez remarqué ? Quelqu'un a vandalisé votre voiture.

— Ouais.

Il se laisse tomber sur le siège à côté de moi et boucle sa ceinture.

— Ça ne vous embête pas ?

Bien sûr que si, mais je ne suis pas prête à l'admettre.

— Ce ne sont que des gosses. Qui se croient malins.

— En gravant des symboles sataniques ?

— J'ai fait bien pire dans ma jeunesse.

— Comme ?

Je démarre le moteur.

— Vous ne voulez vraiment pas savoir.

Nous ne sommes qu'à une quinzaine de minutes de Chapel Croft. Je nous mets de la musique – The Killers.

— Alors, comment trouvez-vous le coin ? demande Mike tandis que, dans l'autoradio, Brandon se désole que ce crime n'avait aucun motif et que Jenny était son amie.

— Eh bien, ça ne fait que deux jours que je suis là, donc…

— Vous réservez votre jugement.

— Quelque chose comme ça.

— Quand commencez-vous officiellement ?

— Dans deux semaines. Le diocèse nous laisse toujours un peu de temps pour nous installer, faire connaissance avec les paroissiens.

— Ma foi, si vous voulez les rencontrer, le *Barley Mow* est un bon point de départ. La plupart d'entre eux y sont le dimanche après-midi. On y sert un rôti passable et une excellente sélection de vins et de bières. (Il me jette un coup d'œil en biais.) Enfin, à ce qu'on m'a dit.

— Vous ne buvez pas ?

— Plus.

— Vous vivez ici depuis longtemps ?

— Je me suis installé à Chapel Croft il y a seulement deux ans. Avant, j'habitais à Burford. J'ai emménagé ici après que ma femme et moi nous sommes séparés.

— Oh.

— Non, ça va. C'est pour le mieux. Et je vois souvent mon fils. Vous avez des enfants ?

— Une fille. Flo. Quinze ans.

— Ah, l'adolescence. Comment vit-elle votre métier ?

— Comme beaucoup d'ados, elle trouve sa mère pathétique et embarrassante la plupart du temps.

Il glousse.

— Harry a douze ans, il en arrive tout juste à ce stade.

— Estimez-vous heureux. D'après ce que j'ai entendu dire, les garçons sont plus faciles. Ils se contentent de s'enfermer dans leur chambre. Alors que les filles testent les limites chaque fois qu'elles le peuvent.

Je souris, mais lui garde son air sérieux. En fait, son visage se raidit, traversé par une expression indéchiffrable. J'hésite à reprendre la parole quand une jolie maison de brique rouge apparaît dans notre champ de vision.

— On y est, dit-il.

— OK.

— Oh, et… (Il fouille sa poche et en sort une carte cornée.) Voici mon numéro – s'il y a quoi que ce soit que vous vouliez savoir sur le village, je peux vous donner quelques tuyaux.

Je regarde la carte. *Michael Sudduth. Weldon Herald.*

— Vous êtes journaliste.

— Si on peut appeler ça comme ça. Je couvre principalement les ventes de gâteaux et les vide-greniers. On a des vols de tondeuse, à l'occasion, mais rien de plus excitant.

Je sens mes muscles se contracter. Un journaliste.

— Parfait. Merci pour la carte.

— Et merci pour votre aide.

Il descend de voiture, puis se retourne.

— Ça vous dirait de donner une interview ? Parler de votre arrivée ici, de ce que c'est que d'être une femme pasteur. J'aimerais beaucoup…

— Non.

— Oh.

Je le gratifie d'un regard noir.

— C'est pour ça que vous êtes venu au culte hier ? Pour me sonder ?

— En fait, j'assiste à l'office tous les dimanches.

— Vraiment ?

— Oui. Pour ma fille.

— Je croyais que vous aviez un garçon.

— Aussi. Ma fille est morte. Il y a deux ans. Elle est enterrée dans le cimetière de cette chapelle.

Mon visage s'empourpre.

— Je suis désolée. Je ne m'étais pas rendu compte…

Il me jette à son tour un regard noir.

— Merci de m'avoir ramené. Peut-être que vous devriez « réserver votre jugement » encore un peu plus longtemps.

Il claque la portière et rejoint la maison sans se retourner.

Super. Bravo pour ton sens du contact, Jack.

Je me demande un instant si je devrais aller m'excuser. Puis je décide qu'il vaut mieux en rester là pour le moment. Je ne ferais sûrement qu'aggraver les choses.

Alors que j'ouvre la boîte à gants pour y ranger la carte de Mike, un papier plié en tombe. Je le ramasse… et jure.

J'avais oublié qu'il était là. Ou plutôt, je m'étais efforcée d'oublier qu'il était là.

Mon travail m'amène souvent à parler d'honnêteté, mais je suis une hypocrite. L'honnêteté est une vertu très surfaite. La seule différence entre une vérité et un mensonge est la fréquence à laquelle vous le répétez.

Je n'ai pas accepté ce poste uniquement à cause de l'ultimatum de Durkin. Pas non plus à cause de Ruby ou de mon besoin de m'amender. Mais à cause de ceci.

Services pénitentiaires de Nottingham. Notification de libération anticipée.

Je remets la lettre dans la boîte à gants et la ferme d'un coup sec.

Il est sorti.

Et je ne peux que prier pour qu'il ne vienne pas me chercher ici.

17.

« Vois comme je t'aime. » C'est ce que Maman lui murmurait. « Même quand tu as été très méchant. »

Et puis elle le faisait descendre dans le trou. Sans nourriture. Sans eau. Avec rien d'autre à voir que le petit disque de ciel au-dessus de sa tête et les oiseaux qui y tournoyaient.

Les croassements des corbeaux le ramènent au présent. *Une volée*, pense-t-il. Une volée de corbeaux. Il lève les yeux sur le vieux bâtiment. C'était un asile, à l'époque victorienne. Une structure richement décorée dans les environs de Nottingham, cernée de pelouses ondoyantes. Puis, dans les années 1920, on en avait fait un hôpital. Mais, plus tard, l'établissement avait définitivement fermé ses portes, on avait condamné ses grandes fenêtres en ogives, et la bâtisse et son terrain avaient été laissés à l'abandon.

Il le sait car il y a vécu un moment, après sa fugue. Il squattait là avec d'autres SDF. Des drogués, des alcooliques, des gens mentalement dérangés. Ça ne manque pas d'ironie. La mendicité lui permettait de rapporter un peu d'eau et de nourriture. Ses compagnons d'infortune étaient gentils avec lui, parce qu'il était petit.

Puis un nouveau groupe avait emménagé. Cinq jeunes hommes et femmes aux cheveux longs et aux nombreux piercings. Ils portaient des baggys et des hauts multicolores, et passaient leurs soirées à fumer des cigarettes qui sentaient bizarre et à parler de « politique » et du « régime fâcheux ».

Du régime *facho*, avait-il compris des années plus tard.

— Ils ne sont pas comme nous, lui avait dit Gaff, un des plus vieux ivrognes.

— C'est-à-dire ?

— Ils ont des maisons. Des familles. C'est juste qu'ils ne veulent pas vivre là-bas.

— Pourquoi ?

— Ils se prennent pour des putains de rebelles, avait dit Gaff avec mépris en crachant un énorme glaviot plein de sang.

Il avait été choqué. Que quelqu'un choisisse cette vie parmi les gravats et les fientes d'oiseaux, sans chauffage ni lumière, alors qu'il pouvait rentrer chez lui à tout moment. Auprès de parents qui l'aimaient. Et puis il s'était senti furieux. Comme si les nouveaux venus se moquaient de lui.

Un des membres du groupe – un type tout maigre avec des dreadlocks qui se faisait appeler Ziggy – lui déplaisait plus que les autres. Ziggy essayait parfois de lui parler. Il s'asseyait trop près. Lui proposait ses cigarettes bizarres. Il avait testé, à une ou deux reprises. Il n'aimait pas vraiment l'état dans lequel elles le mettaient. Après, il se sentait à côté de ses pompes et encore plus affamé. Plus tard, il s'y était habitué. Être « à côté de ses pompes » deviendrait un mode de vie.

— Pourquoi tu me parles ? avait-il demandé à Ziggy.

— Comme ça, pour être sympa.

— Dans quel but ?

— Mes parents sont riches, tu sais. Ils m'envoient de l'argent.

— Et alors ?

— Tu as besoin d'argent.

— Ouais.

— Alors si tu es sympa avec moi, peut-être que je t'en donnerai.

Ziggy lui avait fait un clin d'œil et lui avait souri de toutes ses dents jaunes.

Quelques nuits plus tard, un bruit étrange, moitié gémissement, moitié grognement, l'avait réveillé. Il s'était assis. Ziggy était debout au-dessus de lui, les mains dans son pantalon, qu'il agitait vigoureusement de haut en bas.

— Qu'est-ce que tu fais ?

Ziggy avait souri.

— Suce-moi. Et je te file dix livres.

— Quoi ?

Ziggy s'était approché, avait baissé son pantalon, révélant son pénis en érection entouré de poils roux frisés.

— Allez, mec. Juste une pipe.

— Non.

Le visage de Ziggy s'était modifié.

— Fais-le, espèce de petite merde.

Le sang s'était rué à ses oreilles. Un voile rouge l'avait aveuglé. Il s'était levé et avait repoussé Ziggy. Défoncé, le jeune homme avait trébuché et s'était écroulé.

— Putain, mec !

Il avait regardé autour de lui. Des gravats et des morceaux de briques jonchaient le sol de l'asile en ruine. Il avait ramassé un de ces débris et avait frappé Ziggy à la tête à plusieurs reprises, jusqu'à ce que ce dernier cesse de bouger.

Puis il avait reculé. La rage avait reflué, mais il voyait toujours du rouge partout : les dreadlocks de Ziggy et les briques en miettes.

Il avait entendu la voix féminine :

Qu'est-ce que tu as fait ?

— Il voulait que je le suce, avait-il répondu dans un murmure. Je suis désolé.

Tu ne peux pas rester ici. Tu dois partir. Ce soir.

— Et lui ?

Il avait regardé Ziggy. Il avait le crâne en bouillie et curieusement incliné, mais il respirait faiblement.

Tu ne peux pas le laisser comme ça.

Il avait secoué la tête.

— Je ne peux pas aller voir la police…

Non. J'ai dit que tu ne pouvais pas le laisser comme ça. *Il pourrait t'identifier.*

Ziggy avait grogné ; un œil bleu l'avait désespérément fixé au milieu de tout ce sang.

Il avait compris. *Elle* savait toujours quoi faire.

Il s'était avancé vers Ziggy et avait levé la brique à nouveau.

Les corbeaux croassent. Il serre les paupières. Il n'est plus ce garçon. Ni ce jeune junky qui a passé l'essentiel de sa vingtaine à entrer et sortir de prison pour des crimes mineurs – possession de drogue, agression, vol. Il a changé. Tous le lui ont dit. Les thérapeutes. Le comité de probation. Mais ça ne suffit pas. Il a besoin de l'entendre d'*elle*.

Elle lui avait écrit, après l'avoir abandonné pour la première fois. C'était comme ça qu'il avait su où la chercher. Mais Nottingham est une grande ville. Et quand il l'avait enfin trouvée, la colère avait de nouveau pris le dessus. Il avait fait de très vilaines choses, il avait tout gâché.

Elle n'était venue le voir en prison qu'une seule fois. Les lettres qu'il lui avait écrites lui étaient revenues, pas même ouvertes. Il ne lui en veut pas. Elle avait ses raisons. Et il l'a pardonnée.

C'est maintenant à son tour à elle de le faire. Et ils pourront de nouveau être ensemble. Comme avant.

Il lui montrera.

Tu vois comme je t'aime.

18.

Flo descend l'escalier alors que je finis de ranger les courses. Je remarque immédiatement sa tension.

— Salut. Comment ça va ?

— Ça va.

— Qu'est-ce que tu as fait ?

— Je suis allée à l'épicerie.

— Il s'est passé quelque chose d'intéressant ?

— Non. (Elle traîne une chaise sur le lino et s'y assied sans croiser mon regard.) Comment se sont passées tes visites ?

— Bien.

— Il s'est passé quelque chose d'intéressant ?

J'interromps mon rangement, un sac de petits pois à la main, en songeant à la mère de Joy, à la photo dans ma poche et à ma rencontre avec Mike Sudduth. Je secoue la tête.

— Non, dis-je en fourrant les petits pois dans le congélateur. Je pensais qu'on pourrait aller jeter un coup d'œil à la cave, après le déjeuner. Voir si on pourrait t'y installer un labo. Mais il va falloir la vider. Apparemment, il y a pas mal de bazar.

— Oh. D'accord.

Pas vraiment la réaction enthousiaste que j'espérais.

— Je croyais que tu voulais une nouvelle chambre noire.

— Oui. Mais j'avais prévu d'aller prendre quelques photos après le déjeuner. Wrigley m'a parlé de cette…

Je tourne vivement la tête.

— Waouh, rembobine. Qui est Wrigley ?

Elle baisse les yeux et se met à tripoter la glissière de son sweat à capuche.

— Quelqu'un que j'ai rencontré hier.

— Tu ne m'en as pas parlé.

— J'ai oublié.

— D'accord, mais je vais avoir besoin d'un peu plus d'informations.

— C'est juste un garçon, OK ?

Non, ce n'est pas OK. Mais je ne peux pas dire ça. Et ce n'est pas comme si je ne voulais pas que Flo ait des amis, petits ou grands. *Petit. Ami.* Mais je préférerais que ces deux mots restent séparés le plus longtemps possible.

— Wrigley, donc… C'est bizarre comme nom.

— C'est son nom de famille. Il se prénomme Lucas.

— OK. Et comment l'as-tu rencontré ?

— Je l'ai croisé dans le cimetière. Il dessine. Il est vraiment bon.

— Il dessine des tombes. Sympa.

— Je les prends bien en photo, moi.

— Vous êtes apparemment faits l'un pour l'autre, alors.

— M'man… (Elle lève les yeux au ciel si vivement que je suis surprise de ne pas voir de la fumée lui sortir des oreilles.) Tu n'y es pas du tout.

— D'accord, dis-je sans la croire une seconde. Et donc, qu'a dit Wrigley ?

Elle semble hésiter.

— Où veut-il t'emmener ? dis-je pour l'encourager.

— Voir… (Nouvelle hésitation.) Ces très jolis bois.

— Bien sûr.

Elle me jette un regard noir.

— Ne dis pas ça comme ça.

— Comme quoi ?

— Tu sais.

— Écoute, je ne suis pas certaine de vouloir que tu ailles courir les bois avec un garçon que tu viens de rencontrer.

— Tu préfères que je m'y rende seule ?

— Non.

— Mais tu ne veux pas non plus que j'y aille avec un ami qui connaît le coin.

Oh, qu'elle est douée, ma fille. Je ne veux pas qu'elle y aille tout court. Mais elle a quinze ans. Elle a besoin de liberté. Elle a aussi besoin de nouveaux amis. Et le lui interdire ne ferait que lui en donner encore plus envie.

Je soupire bruyamment.

— D'accord, tu peux y aller…

— Merci, maman.

— *Mais*… fais attention. Prends ton téléphone. Au cas où tu tombes dans un fossé ou je ne sais quoi.

— Comme me faire attaquer par une vache folle ?

— Par exemple. (Je lui jette un coup d'œil suspicieux.) Et je veux voir ce Wrigley.

— Sans déconner ? Maman…

— C'est le deal.

— *Je* viens seulement de le rencontrer.

— Pas forcément maintenant, mais je veux savoir qui ma fille fréquente.

— Je ne le… Oh, bon sang, d'accord.

— Parfait.

— Super.

— Et tu n'es pas en train d'inventer tout ça pour ne pas m'aider à ranger la cave ?

— Est-ce que je te mentirais ?
— Tu as quinze ans. Donc, oui.
— Comme si tu ne mentais jamais.
— Bien sûr que non. Je suis pasteur.
Elle secoue la tête, mais je vois un soupçon de sourire.
— Pasteur ou pas, tu iras quand même en enfer.
— En première classe. Bon, tu veux manger quoi ?

Debout devant la fenêtre de sa chambre, j'observe Flo s'éloigner sur ses jambes maigrichonnes d'un pas tranquille et affecté entre les tombes à l'arrière du cottage, son reflex autour du cou. J'ai un nœud à l'estomac. Elle me cache quelque chose. D'un autre côté, je peux difficilement reprocher à ma fille d'avoir des secrets.

Je redescends au rez-de-chaussée. L'instantané dans ma poche se rappelle à mon souvenir. Je le sors et l'observe de nouveau. Merry et Joy. L'une blonde, l'autre brune. Toutes deux minces, vêtues de pulls amples et de leggings, leurs colliers de l'amitié brillant autour du cou.

Joy est la plus belle. Ses yeux bleu clair et ses cheveux de lin lui donnent des airs de poupée. La beauté de sa camarade n'est pas si évidente. Elle sourit moins ouvertement, ses yeux affichent une certaine méfiance. C'est un visage qui parle déjà d'espoirs perdus, de peur, de soupçons.

Qu'êtes-vous devenues ?

Je range la photo dans ma bible creuse et reste un moment immobile dans le salon, désœuvrée. Je songe à me rouler une cigarette, mais me ravise. J'ai besoin de faire quelque chose de plus productif, et moins mauvais pour mes poumons. J'ai dit à Flo que j'allais mettre de l'ordre dans la cave, alors autant commencer tout de suite.

Je récupère des sacs-poubelle et des gants en caoutchouc dans le placard de la cuisine et rejoins la porte de la cave, qui se trouve dans un renfoncement sous l'escalier, entre la cuisine et le séjour. Je l'observe un moment. Quelle était cette réplique de *Donnie Darko* ? Quelque chose comme : dans l'infinité des possibles combinaisons de mots, « porte de cave » est la plus belle.

Vrai. Et pourtant je doute que quiconque se soit jamais approché d'une porte de cave sans un frisson d'anticipation. Une porte qui mène au cœur des ténèbres d'une pièce cachée dans la terre. Je me traite d'idiote et l'ouvre sans cérémonie. Une odeur de moisi et un nuage de poussière me sautent au visage. Je tousse et essuie mon nez sur ma manche. J'aperçois un bout de ficelle qui pend près de la porte. Je tire dessus. Une petite flaque de lumière jaune se répand sur les marches inégales, comme une tache d'urine. Ça devra faire l'affaire.

Je descends prudemment l'escalier, légèrement courbée pour ne pas heurter le plafond. Heureusement, ce dernier s'élève une fois que je suis en bas, me révélant la cave entière.

— Seigneur Dieu !

Quand Rushton a parlé de bordel, il ne plaisantait pas.

Des cartons défraîchis empilés les uns sur les autres, des papiers jaunis et des meubles cassés remplissent le moindre centimètre cube du vaste espace. Je pointe ma lampe de tous côtés et fais apparaître davantage de cartons et de monticules impossibles à identifier recouverts de vieux draps. Je ne sais pas par où commencer. Peut-être que le mieux à faire serait d'appeler une entreprise de débarras et de les laisser s'en occuper.

D'un autre côté, me dis-je en considérant les cartons non sans une pointe de ressentiment, combien coûteraient les services de tels professionnels ? Plusieurs centaines de livres. L'Église ne me donnera pas un sou, je suis fauchée, et je doute qu'une levée de fonds pour vider la cave du nouveau pasteur soit une priorité dans l'agenda du conseil paroissial.

Je soupire et m'approche de la pile la moins intimidante. Je vais commencer par les cartons, car tout ce qu'ils contiennent doit être bon pour le recyclage. Et qui sait ? Peut-être y dénicherai-je un trésor oublié qui se révélera valoir son pesant d'or.

Il ne me faut pas plus d'une demi-heure pour comprendre que je ne vais pas passer dans *Antiques Roadshow*[1] de sitôt. J'ai rempli deux sacs noirs de vieux numéros du *Church Times*, j'ai bazardé des sermons et des lettres d'information périmées, des gobelets en plastique et des assiettes en carton sans doute destinés à des kermesses ou autres événements, mais dévorés par la moisissure depuis longtemps. Une caisse contient une pile de chapeaux de Noël, de serpentins et de papillotes surprises pourrissants.

Je passe à un nouveau carton, qui se révèle plein de DVD. Ceux du révérend Fletcher, je présume. *Star Wars* (la trilogie originale), *Blade Runner*, la trilogie du *Parrain*, *Ghostbusters*. Fletcher avait bon goût. Puis je repère une copie d'*Anges et démons* au fond de la boîte (ma foi, je suppose que tout le monde s'autorise un plaisir coupable de temps à autre). Le carton suivant contient des CD. Principalement des artistes de l'écurie Motown et de la soul. Quelques compilations pop. Des vieilleries des années 1980. Alison Moyet, Bronski Beat, Erasure. Je vois. Éclectique. Mais étant donné que j'écoute My Chemical Romance à fond dans la voiture, qui suis-je pour juger ?

1. Émission de télévision dont les animateurs parcourent le Royaume-Uni à la recherche d'antiquités de valeur.

Un troisième carton est rempli de livres. Je me souviens avoir entendu Clara dire qu'elle avait évacué l'essentiel des effets personnels du révérend Fletcher. On ne peut pas dire qu'elle se soit donnée à fond.

Je sors quelques-uns des épais volumes reliés. C. J. Sansom, Hilary Mantel, Ken Follett, Bernard Cromwell. D'énormes essais sur l'histoire, les légendes locales, les superstitions.

Les centres d'intérêt de Fletcher se dessinent clairement. J'ai pour la première fois l'impression d'apprendre quelque chose sur mon prédécesseur. On ne peut certes pas juger un livre à sa couverture, mais on peut se faire une idée assez précise de quelqu'un à ses livres. Je pense que le révérend Fletcher m'aurait plu. S'il était encore en vie, nous aurions probablement apprécié de bavarder autour d'un café.

Je sors quelques volumes de poche. Et fronce les sourcils.

Le Cours de sorcellerie. Une douche de sortilèges. À la recherche du convent perdu.

Ceux-là ne cadrent pas vraiment avec les autres. J'en retourne un pour lire le texte de quatrième de couverture. C'est une série YA dont l'action se déroule dans une école pour sorcières – quelque part entre *Malory School* et *The Craft*.

L'autrice est une certaine Saffron Winter. Ça me dit vaguement quelque chose. N'est-elle pas cette écrivaine YA dont les livres ont été adaptés au cinéma (quoique ça ne réduise pas vraiment le champ de recherche) ?

La photo en noir et blanc au dos de la couverture montre une femme d'à peu près mon âge, aux cheveux bruns bouclés et au sourire suffisant. Je me demande pourquoi, sur les clichés officiels, les auteurs ont toujours l'air si imbus d'eux-mêmes. *Regardez, j'ai écrit un livre. Je suis intelligente, n'est-ce pas ?*

Je découvre alors un morceau de papier manifestement utilisé comme marque-page. On dirait une vieille liste de tâches :

Kermesse d'été – volontaires ?
Café paroissial, nouvelle bouilloire
Répondre à Rushton sur projets
Aaron
Click & collect, Sainsbury's

Je me sens soudain triste. Ce n'est qu'une *to-do list* tout ce qu'il y a de plus ordinaire. Et donc d'autant plus émouvante. Je me souviens d'une paroissienne récemment veuve me disant que ce n'étaient ni les funérailles de son mari, ni la veillée funèbre, ni même l'annonce de sa mort qui l'avaient bouleversée, mais une livraison Amazon d'ouvrages qu'il avait précommandés.

« Il se faisait une joie de les lire, et il ne le fera jamais. »

Ces pages que personne n'avait jamais tournées. Voilà ce qui l'avait anéantie.

Nous faisons tous ce genre d'investissement futur. Des places de concert, des réservations d'hôtel ou de restaurant. Sans jamais imaginer que nous puissions ne pas être là pour en profiter, qu'un événement inattendu ou une rencontre puisse nous arracher à l'existence. Nous parions tous sur demain. Quand bien même chaque jour est un acte de foi, un pas au-dessus de l'abîme.

Je m'essuie le front d'un revers de bras. L'air est humide et lourd, ici. Il doit y avoir une aération quelque part, mais elle est sans doute obstruée par la poussière et bloquée par une pile ou une autre. J'ai déjà rempli trois sacs-poubelle, sans que la métropole de cartons semble en être affectée le moins du monde.

C'est l'heure de la pause. Je vais monter mon chargement, faire un café et je m'attaquerai à la suite plus tard. Je me sens sale, poussiéreuse et…

— *Merde !*

Un de mes sacs accroche une pile de cartons branlante. Je la vois basculer un instant avant que cela se produise, mais je ne peux rien y faire. Je lâche mon fardeau pour essayer d'éviter le désastre, en vain. Toute la pile s'effondre, m'envoyant bouler dans le tas de déchets par terre. Le sac-poubelle plein de magazines amortit heureusement ma chute, mais n'empêche pas mon coude de percuter violemment le sol de la cave. Je jure en me tenant l'os endolori, que je frotte vigoureusement.

— Nom de Dieu !

Je jure de nouveau et me redresse avec précaution, sans lâcher mon coude meurtri. Je regarde autour de moi. Par chance, les cartons renversés ne contiennent rien qui risque de se casser ou de me briser le crâne – encore de vieux journaux et magazines, que j'entreprends de fourrer à leur tour dans les sacs noirs. Mais alors, je remarque un carton différent des autres, plus neuf et exempt de moisissure. Il est fermé par du scotch marron. Il devait se trouver à l'intérieur d'un carton plus ancien. Caché ? Je le fais glisser dans ma direction, enfonce mes ongles inexistants sous le ruban adhésif et finis par arriver à le décoller et à ouvrir les rabats.

Mes yeux tombent en premier lieu sur un dossier fermé par un élastique, sur lequel on a écrit à la main les mots : *Martyrs du Sussex*. Je le sors. Il est épais. Des documents dépassent de tous côtés. Il y en a un deuxième en dessous, plus mince. Celui-ci est estampillé : *Merry et Joy*. Le révérend Fletcher s'intéressait vraiment à l'histoire du village, au point de faire des recherches approfondies.

Je reporte le regard dans le carton. Il y a autre chose au fond. Un petit objet rectangulaire et noir. Je le sors à son tour.

Il s'agit d'un vieux magnétophone portable. Une cassette y est toujours engagée. Je la considère avec un sentiment de malaise croissant. Sur son étiquette, on a inscrit d'une écriture nette et précise :

Exorcisme de Merry Joanne Lane.

19.

Wrigley est déjà là. Sa silhouette étroite se balance d'avant en arrière dans le pneu suspendu. Il adresse à Flo un geste saccadé de la main, tandis qu'elle se fraie un chemin vers lui dans les herbes enchevêtrées.

— Salut, dit-elle.

— Tu es venue.

— Pourquoi ne serais-je pas venue ?

— Tu aurais pu décider qu'un rencard avec le taré du village n'était pas une si bonne idée.

— Ne te donne pas trop d'importance. Tu n'as pas encore rencontré ma mère.

Il saute de la balançoire.

— Elle ne peut pas être si bizarre que ça. C'est un pasteur, non ?

— Exactement.

Leurs pas se synchronisent tandis qu'ils s'engagent dans un sentier tracé au milieu du champ qui conduit à un petit bosquet.

— Et ta mère ? fait Flo.

Wrigley hausse les épaules.

— Quoi, ma mère ?

— Je demande ça comme ça.

— Elle est OK, mais elle en fait parfois trop.
— Ah ouais ?
— J'en ai pas mal bavé à mon ancien lycée. C'est pour ça qu'on a emménagé ici. Ma mère est du genre surprotectrice.
— C'est un peu son boulot, non ?
— C'est gênant.
— Toutes les mères le sont.
— Ouais.
Ils arrivent à un échalier envahi par la végétation. Malgré ses étranges contractions, Wrigley le franchit facilement. Flo, peu habituée à ce genre d'acrobaties et encombrée par l'appareil photo autour de son cou, a plus de mal. Wrigley lui tend une main tremblante, qu'elle saisit à contrecœur. Elle bondit de l'autre côté du muret et retire vivement sa main.
— Ça t'arrive de te faire emmerder parce que ta mère est pasteur ?
Flo songe au graffiti sur la porte de leur ancienne maison. Les vitres brisées de l'église. Les messages sur les réseaux sociaux.
Salope. Pute. Tueuse d'enfants.
— Pas vraiment. La plupart des gens s'en foutent.
— Ouais, ben, fais gaffe, par ici.
— Pourquoi ?
— Petit village. Dans certaines parties du monde, on crie : « Révolution, révolution ! » Ici c'est plutôt : « Évolution, évolution ! On veut des pouces ! »
Flo lui jette un regard surpris.
— Bill Hicks ?
Il se tourne vers elle en souriant.
— Tu connais ?
— Ma mère est fan. Elle m'a montré pas mal de trucs des années 1980 et 1990.

— Cool. C'est quoi ton film préféré ?

— Hum… *Génération perdue*, c'est un classique. Et toi ?

— *Usual Suspects.*

— Keyser Söze ?

— « Le coup le plus rusé que le diable ait jamais réussi, ça a été de faire croire à tout le monde qu'il n'existait pas. »

Ils échangent un sourire, puis baissent les yeux précipitamment.

— Bref, dit-il. C'est juste un conseil. Il y a pas mal de consanguins, par ici.

— C'est méchant.

— Mais vrai.

— Ouais, bon, je sais me défendre.

Il hausse de nouveau les épaules, et son corps tout entier est saisi d'une convulsion.

— Au moins, tu es prévenue.

Ils empruntent un sentier inégal à travers les arbres, si étroit qu'ils doivent avancer en file indienne. Flo se surprend à observer la démarche tressautante de Wrigley, qui lui rappelle quelque chose. Enfin, elle arrive à mettre le doigt dessus : Edward aux mains d'argent. Ses gestes ont le même côté mécanique. Ça le rend étrangement séduisant.

Arrête. Pas de crush bizarre. Tu ne sais rien de lui.

Le suivre dans une forêt sombre jusqu'à une maison abandonnée n'est donc pas nécessairement la meilleure idée qu'elle ait eue.

— Par là, indique Wrigley. Il faut prendre le pont qui enjambe le ruisseau.

Une fois qu'ils ont passé ledit pont, le chemin monte, et le bosquet se termine sur un nouvel échalier. Wrigley bondit par-dessus. Flo parvient à l'escalader avec un peu plus de dignité que la première fois et saute de l'autre côté.

— Waouh !

Devant eux se dresse la coquille d'un vieux bâtiment désolé et loin de tout, ses briques noircies et ses fenêtres percées de trous béants. Si un réalisateur cherchait la parfaite maison hantée pour un film d'horreur, le repéreur en mouillerait sa culotte.

— Elle est cool, pas vrai ? dit Wrigley en se rapprochant d'elle.

— Ouais.

Flo lève son reflex et commence à shooter. La bâtisse a quelque chose de menaçant, même à travers l'objectif. Si la chapelle possède une sorte de mélancolie gothique, cet endroit exsude…

Le mal.

Le mot glisse comme un glaçon le long de son cou. Stupide. Insensé. Elle ne croit pas au mal. Il n'existe rien de tel. Juste des tordus qui font des trucs tordus.

— C'est la seule voie d'accès ? demande-t-elle, un peu mal à l'aise.

— Il y a un chemin qui part de la route là-bas, répond-il en indiquant le champ. Mais il est quasiment impraticable. En plus, quelqu'un y a mis une barrière – pour empêcher les gamins de venir y fouiner, ajoute-t-il avec un sourire entendu.

— OK.

— Attends de voir l'intérieur.

— L'intérieur ?

Il la devance déjà de sa curieuse démarche.

— Il y a encore des meubles et toutes sortes de trucs. Comme si ceux qui vivaient là étaient partis sur un coup de tête.

Il franchit d'un bond un muret éboulé et atterrit dans le jardin. *Ce n'est qu'une maison*, se dit-elle. *Une maison vide et flippante.* Elle cavale pour le rattraper, saute à son tour par-dessus le muret et regarde autour d'elle.

L'herbe pleine de ronces et de chiendent lui monte au genou. Dans un coin du jardin, elle voit une balançoire rouillée à moitié effondrée. Un vieux tricycle disparaît presque entièrement sous un massif d'orties. Des enfants ont vécu là. Une famille. C'est dur à croire. Elle observe la bâtisse abandonnée, essaie de se la représenter avec des fenêtres, une porte d'entrée peinte d'une couleur vive, peut-être des fleurs violettes cascadant sur les murs.

Elle lève de nouveau son appareil photo. Mais elle ne parvient pas à trouver l'angle idéal. Elle recule de deux pas. Puis de deux autres. Wrigley l'attrape soudain par le bras et la tire sur le côté si vivement qu'elle manque de s'étaler.

— Bon sang, mais qu'est-ce que tu fous ?

Elle retire son bras et lui jette un regard noir, le cœur battant.

— Le puits !

— Quoi ?

— Tu as failli tomber dans ce *putain* de puits.

Il lui montre l'endroit où elle se tenait à l'instant. C'est alors qu'elle le voit : un cercle de pierres inégales surélevées, presque entièrement caché sous les herbes hautes. Elle s'avance et jette un coup d'œil prudent par-dessus le rebord. Une longue chute dans les ténèbres. Encore un pas, et elle aurait basculé. Elle se tourne de nouveau vers Wrigley, l'air contrite.

— Désolée. C'est juste que tu m'as fait peur…

— Pourquoi ? Tu croyais que j'allais faire quoi ?

— Rien.

— T'agresser ? T'assassiner ?

— Bien sûr que non.

— Peut-être que c'est ce que font les tarés dans mon genre, pas vrai ?

— Ne sois pas idiot. Je suis *désolée*, d'accord ?

Il la regarde de sous sa longue frange, une expression indéchiffrable au visage. Puis il sourit.

— Si j'avais vraiment voulu te tuer, je t'aurais laissée tomber dans le puits. (Il se retourne et s'éloigne en traînant les pieds.) Allez, viens.

Flo hésite un moment. Elle jette un nouveau coup d'œil au puits. *Connard.* Puis elle lui emboîte le pas.

20.

Mon sang pulse à mes oreilles, pompé par mon cœur qui se contracte et se dilate à un rythme effréné. *Exorcisme. Merry Joanne Lane.* Le nom dans la bible. *Merry J. L.* La vieille boîte en cuir. J'appuie sur le bouton d'éjection, mais la cassette est coincée. Je n'arrive pas à glisser mes ongles dans l'interstice. Il me faudrait un petit tournevis ou un stylo.

Je me redresse. Les coups sourds à mes oreilles gagnent en intensité. Et puis je me rends compte que ça vient d'au-dessus de moi. Je lève les yeux. Quelqu'un frappe à la porte. Merde.

À contrecœur, je range le magnétophone dans la boîte, ainsi que les dossiers. Puis je grimpe l'escalier en vitesse et vais ouvrir.

Aaron se tient sur le perron. Un faible rayon de soleil se reflète sur ses cheveux gominés. Il arbore ses habituels costume noir et chemise grise.

— Aaron. Qu'est-ce que vous faites là ?

— Je venais vous… Est-ce que ça va ?

Je prends soudain conscience de mon apparence : hors d'haleine et couverte de poussière. Je frotte un instant ma blouse afin de retrouver un peu de ma dignité.

— Bien. J'étais en train de sortir quelques cartons de la cave.

— Je vois. J'ai un message du révérend Rushton.

— Il ne pouvait pas téléphoner ?

— Je passais dans le coin.

Aaron semble souvent passer dans le coin. Les mots de Rushton me reviennent : *Aaron et moi sommes les seules autres personnes à avoir les clés de la chapelle.*

— J'ai remarqué que quelqu'un a vandalisé votre voiture, ajoute-t-il. Très fâcheux.

— Oui, je sais, dis-je avec impatience. Quel est le message ?

— Le révérend Rushton devait aller voir des futurs mariés pour leur parler de la cérémonie prochaine, mais il a pris deux rendez-vous en même temps. Puisque c'est vous qui officierez, il s'est dit que vous pourriez aller discuter avec eux.

— D'accord. Vous avez leurs coordonnées ?

— Oui. Je vous les ai écrites.

Il sort de sa poche une feuille de papier pliée et me la tend.

— Merci.

Nous nous regardons en silence. Je lui intime intérieurement de partir. Il ne bouge pas, comme s'il attendait quelque chose – la parousie, peut-être.

Je soupire.

— Voulez-vous entrer boire un café ?

— Merci, mais je ne bois pas de caféine.

— Ah. Je crains de ne pas avoir de déca. (*Quel intérêt ?*) Mais j'ai peut-être du thé à la menthe au fond d'un placard.

— Ce sera parfait, merci.

Super. Il me suit dans la cuisine.

— Asseyez-vous, dis-je.

Il tire une chaise au bord de laquelle il pose une fesse, comme s'il avait peur d'actionner un quelconque bouton d'éjection s'il s'installait plus confortablement.

Je mets la bouilloire en route et sors deux mugs.

— Nous n'avons pas encore eu l'occasion de papoter, n'est-ce pas ?

— Non.

— Depuis combien de temps êtes-vous le gardien de la chapelle ?

— Officiellement, à peu près trois ans.

— Excusez ma question, mais vous êtes très jeune pour exercer ce métier, non ?

La plupart des gardiens sont des retraités, et malgré ses habits vieux jeu, Aaron doit être en milieu de trentaine.

— Peut-être, mais il se trouve que j'aide à la chapelle depuis que je suis petit.

— Votre famille s'est beaucoup investie dans l'église ?

Il me regarde drôlement.

— Mon père en a été le pasteur pendant plus de trente ans.

— Votre *père* ?

— Le révérend Marsh.

Marsh. Je n'ai jamais demandé son nom de famille à Aaron. Mais à présent, sa ressemblance avec la photo du bureau me saute aux yeux. Les mêmes cheveux bruns, les traits découpés.

— Vous paraissez surprise.

— Je, euh… non, mais je n'avais pas fait le lien.

Je me détourne et, d'une main mal assurée, je dépose un sachet de thé dans un mug et une cuillerée de café soluble dans l'autre.

— Alors, je suppose que c'est la maison où vous avez grandi.

— Oui, jusqu'à ce que mon père prenne sa retraite.

La pensée qu'Aaron a passé son enfance entre ces murs, possède ses propres souvenirs de cet endroit, me met un peu mal à l'aise, comme si cela faisait de moi une intruse.

— Et vos parents vivent toujours au village ?

— Ma mère est morte quand j'avais six ans. Cancer des cervicales.

— Je suis désolée. Et votre père ?

— Il est très malade. C'est pour ça qu'il a pris sa retraite.

— Je vois. Il est à l'hôpital ?

— Je m'occupe de lui à domicile. Il a la maladie de Huntington. Aucun hôpital ne peut rien pour lui.

— Oh, c'est affreux.

Un vrai cauchemar. Une maladie horrible et cruelle qui prive progressivement ses victimes de leurs mouvements et de leurs facultés cognitives comme parler, manger, et en définitive respirer. Elle est incurable, implacable et pire, héréditaire. Un enfant a cinquante pour cent de chance d'hériter du gène défectueux de son parent malade.

— Vous vous occupez seul de lui ?

— Il y a des infirmières qui passent. Sinon, oui.

Je considère Aaron avec plus de compassion. C'est dur d'être un aidant. Vous devez mettre votre propre vie sur pause. Vous vous retrouvez isolé des autres, il est quasiment impossible de travailler. Je suppose que c'est ainsi qu'Aaron a fini gardien d'église – une tâche qu'il peut assumer en plus des soins qu'il prodigue à son père, et qui lui donne un but. Je me rends compte que j'ai pitié de lui, avant de m'aviser qu'il n'en a certainement rien à faire.

— Eh bien, j'apprécie grandement votre aide et le dévouement dont vous faites preuve à l'égard de la chapelle, et ceci malgré un emploi du temps que j'imagine compliqué.

— Merci. Elle a toujours fait partie de ma vie.

— Et de celle de votre père ?

— Oui.

— Son histoire doit vous être familière.

— Vous parlez des incandescentes ? (Un petit sourire lui éclaire le visage.) Elles sont très populaires au village. Je suppose que, pour une étrangère, cette coutume doit paraître plutôt bizarre.

— Je ne sais pas. J'ai connu plus bizarre.

— Mon père n'appréciait pas beaucoup qu'on brûle des effigies. Il trouvait cela païen. Mais on ne change pas une tradition vieille de plusieurs siècles.

— Ma foi, si c'était le cas, on brûlerait encore les sorcières et on utiliserait toujours des sangsues pour guérir les maladies mentales.

Il me gratifie d'un regard incertain.

— Pardon, dis-je en agitant la main. Mais je trouve que « tradition » est une excuse commode pour justifier des choses qu'en d'autres circonstances la morale réprouve.

Surtout au sein de l'Église. J'apporte nos boissons à table et m'assieds face à lui.

— Aaron, je voulais vous poser une question…

— Oui ?

— Le carton que vous m'avez donné quand je suis arrivée. Vous n'avez vraiment aucune idée de qui a pu le laisser là ?

— Non. Pourquoi ? Qu'y avait-il à l'intérieur ?

— Un nécessaire d'exorcisme.

— *Quoi ?*

Aaron paraît sincèrement choqué, et je ne crois pas qu'il soit un acteur.

— Il semble assez vieux. Je me demande d'où il peut venir.

— Je l'ignore. Vous avez posé la question au révérend Rushton ?

— Non. Il saurait qui me l'a laissé ?

— Eh bien, les affaires de l'église n'ont aucun secret pour lui. Il est pasteur à Warblers Green depuis longtemps.

— Combien de temps ?

— Pas loin de trente ans, je pense.

— Il a connu votre père ?

— Oui, il est devenu le vicaire de mon père après…

Sa voix faiblit, il se reprend.

— Après quoi ?

— Après le départ du précédent vicaire.

Je songe à l'espace vide sur le mur du bureau, comme si un cadre avait été décroché et que personne n'avait pris le temps de le remplacer.

— Oh. Où est-il parti ?

— Je l'ignore. Pardon, mais quel rapport avec tout le reste ?

— Je suis simplement curieuse de savoir qui m'a fait passer un vieux kit d'exorcisme. J'ai l'impression que c'est un genre de message.

— Comme je l'ai déjà dit, je n'en ai pas la moindre idée. Aucun de nous ne connaissait votre identité avant il y a quelques jours. Tout a été fait dans la précipitation. Les événements précédant votre arrivée nous ont causé un choc.

Je suis frappée d'entendre chaque fois que le suicide du révérend Fletcher a été perçu comme tel, alors que tout le monde s'accorde à dire qu'il traversait une sorte de crise. Quelque chose ne colle pas.

— Vous étiez proche du révérend Fletcher ?

— Matthew et moi étions collègues.

Collègues ? Je note pourtant qu'il l'appelle par son prénom.

— C'est vous qui l'avez trouvé ?

Les rares couleurs désertent son visage.

— Désolée. Je ne voulais pas…

Il chasse mes protestations d'un geste de la main.

— Ça va. C'était juste très… déplaisant.

Un euphémisme, j'en suis sûre. J'enchaîne rapidement.

— Je voudrais en savoir un peu plus sur lui. Quel genre d'homme était-il ?

Je le sens se détendre légèrement.

— Un homme bon. Gentil, généreux. Plein de vie. Tout le monde au village l'aimait bien, et il s'investissait énormément dans la paroisse et dans la chapelle.

— J'ai cru comprendre qu'il s'intéressait de près à son histoire.

— Oui. Aux martyrs, surtout.

— A-t-il déjà mentionné les prénoms Merry et Joy ?

— Les filles qui ont disparu ?

— Vous en avez entendu parler ?

Un tic agacé.

— C'est un petit village. Ce genre de choses n'arrive pas tous les jours.

— Mais c'était il y a longtemps. Vous deviez être très jeune.

Il soupire.

— Révérend Brooks… Matthew et moi discutions des affaires de l'église. Pour tout le reste, vous feriez mieux de vous adresser à Saffron Winter.

Saffron Winter. Il me faut un moment pour remettre ce nom. Celui qui figure sur le livre. L'autrice.

— C'est une écrivaine, précise Aaron, qui a interprété mon froncement de sourcils comme de l'ignorance. Elle a emménagé ici assez récemment. Matthew s'est lié d'amitié avec elle au cours des mois qui ont précédé sa mort.

J'entends nettement la désapprobation dans sa voix. Ce qui me porte immédiatement à croire que Saffron Winter est une personne selon mes goûts. Ça explique aussi les livres dans la cave. Je me note de faire quelques recherches sur elle… quand nous aurons Internet.

Je bois une gorgée de café et adoucis ma voix.

— Aaron, si vous me permettez de vous poser cette question, est-ce que Matthew vous semblait suicidaire ?

Une expression indéchiffrable traverse son visage.

— Je pense, dit-il lentement, que Matthew n'aurait pas dû… faire ce qu'il a fait.

— Peut-être avait-il perdu tout espoir.

— Il aurait pu se tourner vers Dieu.

— Dieu n'a pas toutes les réponses.

— Ça ne justifie pas le suicide.

— Non, pas toujours.

Il lève le menton d'un air de défi.

— Mon père est mourant, révérend. Il ne peut pas parler. Manger est une épreuve. Bientôt, son système nerveux s'effondrera complètement. Il *savait* ce qui l'attendait. Mais il n'a jamais songé à se tuer.

— Tout le monde n'a pas sa force.

Ou son égoïsme. Condamner son fils à des années d'enfermement, à devoir s'occuper de lui. Si le geste de Fletcher inspire une telle colère à Aaron, c'est peut-être parce que son père n'a pas eu le courage de le commettre.

— Aaron…

Il regarde ostensiblement sa montre.

— Je vous prie de m'excuser, je devrais probablement rentrer à la maison.

Il se lève brusquement et bute dans la table. Son thé, qu'il n'a presque pas touché, déborde du mug.

— Pardon.

— Ce n'est pas grave.

— Quel maladroit je fais.

La raideur de ses mouvements. La maîtrise presque robotique qu'il exerce sur ses gestes. Le refus de boire de la caféine, un stimulant. Et je me souviens que la maladie de Huntington est héréditaire.

Il savait ce qui l'attendait.

Je hoche la tête.

— Je vous en prie.

Je raccompagne Aaron à la porte et l'observe s'éloigner sur la route. Un homme étrange, pas nécessairement mauvais. Mais il en sait plus qu'il ne veut bien le dire.

Les noms de Merry et Joy lui étaient immédiatement familiers. Et il s'est repris en parlant du prédécesseur de Rushton.

Que sait-il d'autre ?

21.

Ça pue, à l'intérieur de la maison. L'urine, la merde, le tabac froid et l'herbe rance. D'une certaine façon, se dit Flo, ces odeurs rendent l'endroit un peu moins flippant. Personne ne vit dans cette maison depuis des années, mais elle n'est pas inoccupée. Des gens, sans doute des ados, y viennent. Évidemment. Partout où il y a des bâtiments abandonnés, il y a des jeunes pour y traîner, fumer, boire, se droguer et baiser.

Il y a deux pièces au rez-de-chaussée. Une cuisine et ce qui devait être le séjour. La cuisine n'est plus qu'une coquille vide. La cuisinière et l'évier ont disparu. Le sol carrelé est fendu. Les portes de placard pendent sur leurs gonds, révélant la présence de vieilles boîtes de conserve rouillées et de crottes de rats.

Le séjour ne vaut guère mieux. Un canapé affaissé et piqué de moisissure, dont les ressorts apparents lui font comme des épis indisciplinés, trône dans un coin. Les tiroirs du buffet posé en équilibre instable contre un mur ont depuis longtemps servi de bois de chauffe. Le sol est couvert de cadres et d'objets de décoration brisés.

Flo lève son reflex et shoote en continu. Elle s'accroupit pour faire des gros plans des bibelots en pièces. Des figurines d'anges et de Jésus. Des croix et différents artefacts religieux. Ça fera de bonnes photos.

Wrigley reste à proximité en sautillant d'un pied sur l'autre, de plus en plus incapable de contenir les tressaillements de son corps. Elle a remarqué que les spasmes empirent sitôt qu'il n'a pas l'esprit occupé. Elle s'attarde un peu plus longtemps que nécessaire sur ses photos. Elle ne lui a pas encore tout à fait pardonné l'incident du puits.

— Prête à aller jeter un coup d'œil là-haut ?

— C'est très différent d'ici ?

— Vachement mieux.

Flo lui coule un regard soupçonneux.

— OK.

Elle le suit dans un escalier branlant que leur poids fait dangereusement grincer. Flo songe à la pourriture et aux vers du bois. Ils arrivent à un palier qui dessert trois autres pièces. Elle passe la tête par la porte de la salle de bains, crasseuse et exiguë. Le lavabo et la baignoire portent des traces d'une substance indéfinissable et répugnante. Flo bat rapidement en retraite et traverse le palier, en prenant soin d'éviter les trous dans le plancher. Elle préfère les fantômes à une chute fatale.

La première chambre ne contient plus aucun meuble. Quelques cadres sont encore accrochés de travers aux murs, leurs sujets presque effacés par l'humidité, mais elle parvient à discerner des scènes et des citations de la Bible :

Honore ton père et ta mère, afin que tes jours se prolongent dans le pays que l'Éternel, ton Dieu, te donne.

Enfants, obéissez en toutes choses à vos parents, car cela est agréable dans le Seigneur.

Soumettez-vous donc à Dieu ; résistez au diable, et il fuira loin de vous.

— Je parie que ta mère se sentirait chez elle, dit Wrigley en enfonçant négligemment le doigt dans un trou du mur pour déloger quelques gravats.

— J'en doute, répond Flo en shootant certains des cadres. Elle n'aime pas rapporter du travail à la maison.

En fait, songe Flo, sans son col blanc, personne ne devinerait la profession de sa mère. Parfois, Flo se demande comment elle devenue pasteur. Sa mère n'en parle pas beaucoup, se contente de dire qu'elle a entendu l'« appel », mais elle a une fois suggéré qu'elle n'avait pas eu une enfance facile, et qu'un membre de l'Église l'avait aidée.

Elle s'approche de la fenêtre et jette un coup d'œil à l'extérieur. Elle discerne à peine le puits, bouche béante tout au bout du jardin en friche. Les bois sombres commencent juste derrière, menaçants. De là où elle se trouve, ils semblent encore plus près de la maison. Comme si les arbres s'étaient avancés pendant que personne ne regardait. Flo réprime un frisson. Une tache blanche attire son attention sous les frondaisons. Une silhouette ? Elle lève de nouveau l'appareil photo. *Clic*, *clic*.

— Alors, prête à voir ce qu'il y a derrière la dernière porte ?

Elle sursaute. Wrigley se tient derrière elle, agité de soubresauts.

— L'anticipation me coupe le souffle.

— Tu ne seras pas déçue, dit-il avec un sourire en coin. Fais-moi confiance.

Elle n'est pas sûre de le pouvoir, mais elle le suit quand même sur le palier jusqu'à la seconde chambre. Wrigley pousse la porte.

Elle entre et regarde autour d'elle.

— Bordel de Dieu.

La pièce est vaste. En son centre trône encore un lit, surmonté d'un matelas taché et moisi. Flo n'a pas envie de penser à ce qui s'est passé dessus, sous l'effet des canettes de cidre et des nombreux mégots de joints qui jonchent le parquet.

Mais ce n'est pas cela qui lui bloque la respiration. Ce sont les murs. Couverts d'un papier peint effrité et chargés de graffitis. Non pas les habituels « Kerry est une pute » ou « Jordan baise des trouducs ». C'est bien plus bizarre.

Des pentagrammes, des croix inversées, des mauvais œils, d'indéchiffrables inscriptions en – ce qui lui semble être – du latin, d'étranges silhouettes bâtons, des têtes de chèvres, la croix du Léviathan. La plupart de ces symboles sont grossièrement reproduits, mais leur accumulation, le fait qu'ils couvrent tous les murs et même certaines parties du sol, lui donne la chair de poule.

Elle s'avance dans la pièce. De près, on peut voir que les dessins et les inscriptions se chevauchent, les nouveaux se superposant aux anciens, que le temps a à moitié effacés. Des gens, des jeunes, font ça depuis des années. Et avec le plus grand sérieux. Pas un pénis ni une blague douteuse ne côtoie les symboles.

— Grave *Blair Witch*, non ? lance Wrigley, qui tend la main vers un des murs.

Flo se retient de lui dire de ne pas le faire. Au lieu de quoi, elle empoigne de nouveau son reflex d'un geste maladroit.

— C'est quoi, exactement ? Un culte satanique ? Tu viens ici sacrifier des chèvres ?

— Pas moi. J'aime bien les chèvres. Je viens dessiner.

— Alors qui a fait tout ça ?

— J'en sais rien. Les premiers symboles sont apparus il y a très longtemps, et on continue d'en ajouter.

— Mais pourquoi ? Il s'est passé quelque chose de grave ici ?

Il s'avance à son tour dans la pièce, en donnant des coups de bottes dans la poussière. Puis il s'assied sur le bord du matelas taché.

— OK. D'après la légende, la fille de la famille qui vivait là a disparu. Avec sa meilleure amie. Certains soutiennent qu'elles se sont enfuies, d'autres qu'elles ont été tuées. Mais personne ne peut prouver quoi que ce soit.

« Et puis, genre un an après la disparition de la fille qui vivait ici, sa mère et son frère se sont eux aussi évaporés. Comme ça, du jour au lendemain. Personne ne les a jamais revus, et la maison a été laissée à l'abandon.

— Une famille entière, évanouie dans la nature ?

— Ouais. Il y a quelques années, une autre famille était sur le point d'acheter la propriété, mais leur fille est morte dans un accident. Les gens disent que l'endroit est maudit, hanté, damné. Appelle ça comme tu veux.

— Hmm… Ça ne signifie pas que ça ait quoi que ce soit à voir avec le diable.

— Tu ne crois pas que certains lieux sont simplement pourris ? Comme des taches noires dans la terre, où des trucs horribles arrivent tout le temps ?

Flo baisse son appareil. Elle voudrait répondre que non, qu'elle ne croit pas dans ces conneries, mais alors elle se souvient d'une fois où elle prenait des photos au Rock Cemetery de Nottingham.

Elle s'y était déjà promenée, mais cette fois elle s'était retrouvée dans une partie du cimetière qu'elle ne connaissait pas, une zone entourée d'arbres à l'ombre d'un petit affleurement rocheux. C'était un bel endroit, mais avec quelque chose d'étrange. Elle avait pris quelques photos, sans parvenir à se débarrasser de ce sentiment d'étrangeté, comme une démangeaison sur la nuque. Elle était partie plus vite qu'elle n'en avait eu l'intention, mais la sensation l'avait suivie, comme un cauchemar persistant.

Le lendemain, elle en avait parlé à Leon, dont les yeux s'étaient agrandis. « Une fille est morte précisément à cet endroit il y a deux ans. »

Elle ne l'avait pas cru – Leon avait un certain goût du mélodrame –, mais plus tard elle avait fait des recherches sur Internet. Elle avait trouvé un article sur le sujet. Une fille de seize ans avait été violée et tuée en rentrant chez elle après une soirée, et son corps avait été abandonné dans le cimetière. La photo montrait le même promontoire.

Elle hausse les épaules.

— Je ne suis pas vraiment superstitieuse.

— Je pense que des gamins viennent ici faire des séances de spiritisme, ce genre de conneries.

— Pas toi ?

— On ne me choisit jamais en premier dans une équipe, même celle des adorateurs de Belzébuth. En plus, ça craint. De faire comme si la mort était un jeu. Si un de tes proches décédait, tu n'aurais pas envie qu'une bande de crétins alcoolisés vienne le tourmenter pour le plaisir.

Elle songe à son père. Elle était toute petite quand il est mort, et sa mère ne parle jamais vraiment de lui. Flo suppose que la plaie est encore trop vive. Mais elle comprend ce que Wrigley veut dire. La mort n'est pas un jeu. Les défunts méritent la paix et le respect. Il remonte dans son estime.

— J'imagine que non, dit-elle.

Il se lève brusquement.

— Bon, t'as fini ?

— Euh… Ouais.

Wrigley arrive en bas de l'escalier avant même qu'elle ait terminé de remettre le cache de son objectif. Elle embrasse la pièce du regard une dernière fois et lui emboîte le pas. Quelque chose crisse sous sa semelle. Elle baisse les yeux, s'attendant à trouver une bouteille brisée, mais il s'agit d'un cadre photo.

Elle se penche pour l'examiner. Il s'agit d'un vieil instantané, partiellement effacé par le temps. Elle y distingue deux enfants. Une adolescente aux cheveux sombres et un garçon plus jeune. Elle est en train de l'observer quand une détonation la fait sursauter. *Merde.* C'était quoi ? Puis une deuxième, cette fois suivie d'un tonnerre de battements d'ailes et d'un chœur de croassements affolés. Des coups de feu, comprend-elle.

— Wrigley ?

Elle descend l'escalier à toute allure et sort, momentanément aveuglée par la lumière du soleil. Elle cligne des yeux et repère le jeune homme, accroupi, tenant quelque chose entre ses mains.

— Qu'est-ce qui se passe ?

Il se retourne, et elle a un mouvement de recul. C'est un grand corbeau, dont les plumes luisent comme une tache d'huile dans les rayons du soleil. Son bec acéré bée légèrement. Un de ses yeux n'est plus qu'une masse de chair sanguinolente. L'autre brille toujours d'un faible éclat terrifié. Un dernier soubresaut agite le volatile, et l'œil s'éteint à son tour.

Wrigley se lève, le corps entier secoué par la rage. Pâle et les traits tendus, il hurle en direction de la forêt :

— Vous en avez eu un. Vous êtes content ?

Silence. Énorme après les détonations et les cris terrifiés des oiseaux. Flo scrute le sous-bois. Quelques instants plus tôt, le soleil mouchetait d'or le tapis forestier. Ses rayons sont à présent lourds de menaces.

— Wrigley, je pense que…

Nouveau coup de feu. Une tuile se détache du toit de la maison et s'écrase à leurs pieds. Wrigley recule en chancelant, les mains serrées sur son visage. Du sang ruisselle sur sa joue.

— Wrigley ?

Il écarte les doigts et dévoile une vilaine entaille juste au-dessus de l'arcade. Elle a l'air superficielle, mais c'est difficile à dire avec tout ce sang.

— Il faut qu'on se casse d'ici, dit Flo en se retournant, avant de se figer.

Deux silhouettes ont émergé à l'orée des bois. La grande blonde et le garçon qu'elle a croisés ce matin. Rosie et Tom. *Quelles sont nos putains de chances ?* Un fusil à air comprimé pend au bout du bras de Tom. De mieux en mieux.

Wrigley laisse échapper un soupir pesant.

— Les enfoirés.

— Tu les connais ?

— Rosie Harper et son cousin Tom. Des connards finis.

— Je suis tombé sur eux ce matin.

— Comment ça s'est passé ?

— Pas bien.

— Pourquoi ça ne m'étonne pas ?

Harper, songe-t-elle. Pourquoi ce nom lui dit-il quelque chose ? Puis elle le remet : la fillette et son père. Rosie pourrait-elle être sa sœur ?

Le duo s'approche. Tom a le nez enflé, et des hématomes se forment sous ses yeux. Sa cousine et lui sautent par-dessus le muret effondré.

Rosie sourit.

— Tiens donc, c'est Vampirina et Wrigley le secoué.

Wrigley lui lance un regard noir.

— Tiens donc, ce sont les deux crétins qui tuent des animaux pour s'amuser.

— On éclaircit les rangs de la vermine.

Tom sourit à son tour.

— Sale coupure, Wrigley.

— Ça va mieux, ton nez ? demande Flo d'une voix doucereuse. Ce n'est pas trop douloureux ?

Le sourire disparaît.

— Tu as bien fait de te sauver, espèce de tarée.

Wrigley se tourne vers elle.

— C'est *toi* qui as fait ça ?

— C'était un accident.

— Qu'est-ce que vous foutez là, tous les deux ? s'enquiert Rosie. Vous baisez ?

— En quoi ça te regarde ? réplique Flo en la dévisageant durement.

— Étant donné que mon père a racheté ce terrain, ça me regarde carrément. C'est une propriété privée.

— Parfait. On allait justement partir. (Flo attrape Wrigley par le bras.) Viens.

Alors qu'ils se mettent en route, Tom lève son fusil.

— On ne vous en a pas donné la permission.

Flo s'immobilise, le cœur battant.

Tom désigne le Nikon.

— File-moi cette merde autour de ton cou, et vous pourrez partir.

Ne montre aucune peur. Ne montre aucune peur.

— Non.

Wrigley s'avance d'un pas.

— Laisse-la tranquille.

— Reste en dehors de ça, golio. Affaire en cours. (Tom pointe le canon vers la poitrine de Flo.) J'ai *dit* : File-moi ton appareil.

Flo serre la sangle. Elle sent son cœur battre dans sa gorge.

Donne-lui l'appareil. Ce n'est pas important. Voilà ce que sa mère dirait.

Mais c'*est* important. Pour elle.
Elle laisse sa main retomber le long de son corps.
— Va te faire foutre.
Il sourit.
— Salope.
Et presse la détente.

22.

Nous avons tous nos cachettes. Pas seulement dans le monde physique. Des lieux profondément enfouis en nous-mêmes, où nous mettons ce que nous voulons dissimuler aux yeux des autres. Les choses les moins convenables. Je l'appelle *notre coffret de Saint-Pierre*, car nous prions pour que le gardien des portes du paradis ne le remarque pas le jour où nous essaierons d'y entrer.

Je prends ma rouleuse et mon papier dans ma bible évidée sur l'étagère, me roule une cigarette et sors par la porte de la cuisine. J'inhale de profondes bouffées, savourant le shoot de nicotine. Nous avons tous nos vices, également. Les addictions, les besoins, les désirs. Là aussi, certains sont plus convenables que d'autres.

Je songe au petit magnétophone noir.

Exorcisme de Merry Joanne Lane.

L'Église ne peut pas vraiment se glorifier de la façon dont elle a traité les femmes par le passé. L'exorcisme en est un bon exemple. Ce n'est pas un hasard si la majorité d'entre eux ont été pratiqués sur des jeunes femmes. Des jeunes femmes qui souffraient probablement de dépression, de maladie mentale ou qu'on taxait d'« inconvenance » lorsqu'elles ne se conformaient pas aux ordres de leur mari ou de leur père.

Toutes sortes de comportements féminins « indésirables » pouvaient être attribués à une possession démoniaque, et donc « guéris » par des exorcismes violents et abusifs. Tout cela au nom de Dieu.

L'Église d'Angleterre a, au fil des ans, opté pour une approche plus modérée. La compassion pastorale plutôt que l'expulsion brutale du mal. Mais beaucoup seraient surpris de savoir qu'encore aujourd'hui, en ces temps de progrès scientifiques, de nombreux diocèses ont un *ministère de la Délivrance*. En gros, une équipe de spécialistes chargés de s'occuper des expériences paranormales. Ils travaillent souvent de pair avec des conseillers psychiatriques, mais leur présence est avérée et reconnue. Même des prêtres ordinaires sont parfois appelés à enquêter sur des cas de possession démoniaque ou de hantise.

Je me souviens d'une visite que j'ai rendue, à l'époque où j'étais le vicaire du révérend Blake, mon mentor – un homme solidement bâti au crâne dégarni, au regard fier et à l'accent de Manchester plus fier encore. À vingt-sept ans – j'avais commencé mon apprentissage trois ans plus tôt –, nous avions été appelés pour voir une jeune femme dans le quartier de Meadows à Nottingham.

Je m'attendais au lot habituel. Abus de drogues, alcoolisme, possibles maltraitances. Mais ce n'était pas ça (quoique les drogues et l'alcool n'aient sans doute pas arrangé les choses). La jeune femme que nous venions rencontrer était convaincue que son appartement était hanté, possédé. Elle voulait que nous pratiquions un exorcisme.

— Crois-tu en Dieu ? m'avait demandé Blake.

Nous étions assis dans sa vieille Honda Civic et mangions rapidement un McDo à emporter sur le chemin de la lugubre tour d'habitation où vivait la femme que nous venions voir.

J'avais regardé Blake par-dessus mon Big Mac, en me demandant s'il s'agissait d'une question piège. Jusqu'à ce moment, j'avais toujours répondu juste. Ou plutôt, j'avais appris les bonnes réponses. J'étudiais tous les soirs, en plus de mon emploi à temps partiel. J'avais passé toutes les épreuves haut la main. J'excellais aux examens, et aux débats. J'excellais à dire ce que les gens voulaient entendre. J'apprenais vite et bien. Mais je ne pouvais ni mentir à Blake ni le bluffer. Il me connaissait trop bien. Il pouvait. Il m'avait sauvée de la rue quand j'avais seize ans.

— J'ai la foi, avais-je répondu.

— Et rien ne peut ébranler ta foi ?

Le Big Mac s'était coincé dans ma gorge. J'avais pris une goulée de Coca. La paille avait gargouillé dans le gobelet en carton.

— Je ne pense pas.

— Donc, d'une certaine manière, peu importe que Dieu existe ou pas, tant que tu crois en lui.

J'avais froncé les sourcils, incertaine de la réponse à donner.

Il avait souri.

— Ne t'inquiète pas. Je n'essaie pas de t'entraîner dans la version théologique du chat de Schrödinger.

— Alors pourquoi discutons-nous de ça ?

— Parce que je sens que notre visite d'aujourd'hui te rend sceptique.

Il avait raison. Comme toujours.

— Je suis un peu mal à l'aise.

Il avait hoché la tête, avant de s'essuyer la bouche avec une serviette en papier qu'il avait ensuite fourrée dans son cornet de frites vide.

— Parce que ?

— J'ai l'impression que cette femme a besoin de l'aide de professionnels de santé, de thérapeutes, peut-être de médicaments.

— Et si tout cela s'est révélé inutile ?

— Mais… l'exorcisme ? Vraiment ?

— Tu ne crois pas en la possession démoniaque ?

— Non.

Il avait arqué les sourcils.

— Je crois que le mal existe, avais-je expliqué. Dans le cœur de tous les hommes et de toutes les femmes. Notre part d'ombre, si vous préférez. Des démons extérieurs à nous-mêmes… non, je n'y crois pas.

— Mais cette jeune femme, elle, y croit. Elle y croit résolument. Elle est désespérée et elle a sollicité notre aide. Devrions-nous lui tourner le dos ?

— Non, bien sûr que non.

— Jack, ce que nous croyons n'entre pas en ligne de compte. *Elle* y croit, et l'esprit humain est une chose puissante.

— Ne risquons-nous pas d'encourager ses illusions ?

— Demandes-tu son aide à Dieu quand tu as des difficultés ?

— Oui.

— Et pourtant, tu sais qu'il ne va pas tout lâcher pour s'occuper de ton problème.

J'avais acquiescé de nouveau.

— Mais ça te procure du réconfort.

— Oui.

— Notre travail est de pratiquer l'exorcisme. Que les démons existent ou pas, ce rituel lui procurera du réconfort. Cette jeune femme croira que le démon est parti et que son appartement est purifié. Dieu aura triomphé. La foi, jusqu'à un certain point, est un placebo. Si tu crois que ça marche, ça marche.

— J'imagine que oui, avais-je répondu sans réelle conviction.

Il m'avait fait un clin d'œil.

— Bien. Maintenant, allons chasser quelques fantômes.

Une grande tristesse m'envahit. Blake est mort il y a cinq ans. Le temps. C'est effrayant, quand on y pense. J'écrase ma cigarette et réintègre la cuisine. Le carton de la cave trône sur la table. J'en sors le magnétophone et appuie sur le bouton de lecture. Sans surprise, il ne se passe rien. Je retourne l'appareil. Les vis donnant accès au compartiment des piles sont couvertes de rouille. J'essaie une fois encore d'éjecter la cassette, mais en vain. Le mécanisme est bloqué, et la cassette donne l'impression d'être coincée à l'intérieur.

OK. Je fouille les tiroirs à la recherche d'un tournevis ou d'un stylo. Je trouve finalement mon bonheur dans une boîte que j'avais étiquetée « Clés ». Elle ne contient aucune clé, mais des trombones, de la Patafix, des pinces à linge, de vieux écouteurs et, tout en dessous, un petit tournevis argenté. Je le sors triomphalement de la boîte et entreprends de déloger la cassette. Je parviens à la décoincer, et voilà qu'elle saute brusquement de son emplacement… et se brise.

— Bordel !

Je suis en train de me demander comment la réparer – avec du ruban adhésif ? – quand la porte d'entrée claque, assez fort pour secouer les murs du cottage. Je range précipitamment cassette et magnétophone dans le carton, pose celui-ci par terre et le pousse sous la table d'un coup de pied.

Je me retourne. Flo se tient dans l'encadrement de la porte, le bras passé autour d'un adolescent maigrichon dont le visage est maculé de sang. Elle a les cheveux en bataille, et le Nikon qui pend à son cou est en pièces.

Elle me regarde un instant en silence, puis prononce les mots propres à glacer de peur le cœur de n'importe quel parent :

— Maman… Ne te mets pas en colère.

23.

— Un fusil à air comprimé ? Seigneur. Je croyais que c'était à Nottingham qu'il fallait s'inquiéter des armes à feu, pas ici.

Je tamponne le front de Wrigley. C'est la deuxième fois en trois jours que je me livre à cette activité.

— Je sais, marmonne Flo.

— Vous avez vu qui a tiré ?

— Non, trop loin.

Je me retiens de la contredire. Je ne suis pas spécialiste des fusils à air comprimé, mais je doute qu'ils aient une si longue portée.

— Il faut prévenir la police.

— C'était juste un accident.

— Qu'est-ce que tu en sais ? Tu aurais pu te faire tuer. Vous auriez tous les deux pu vous faire tuer.

— Aïïïïe, gémit Wrigley.

Je m'aperçois que mes gestes sont un peu brusques, quoique je ne le tienne pas pour responsable de ce qui s'est passé. Pas totalement.

— Désolée.

Je balance le torchon rouge de sang dans l'évier. La coupure est superficielle, mais les blessures à la tête pissent toujours le sang. J'ai récupéré le kit de premiers secours dans la salle de bains. J'applique une crème antiseptique et colle deux grands pansements sur son front. Je lui lève le menton pour inspecter mon travail. Il est plutôt beau garçon. Je me demande d'où lui viennent ses étranges contractions musculaires. Un genre d'affection neurologique ?

— Voilà. Ça devrait faire l'affaire, pour le moment.

— Merci, révérend. J'apprécie, vraiment. Ma mère n'est pas aussi cool que vous pour ce genre de choses.

Je le dévisage.

— *Cool* ? Je ne suis pas *cool* du tout. Croyez-moi, je suis loin de prendre tout ça à la légère. (Je me tourne vers Flo.) Quelqu'un se balade dans la campagne et tire sur tout ce qui bouge avec un fusil à air comprimé. Vous auriez pu tous les deux vous faire tuer. Combien de fois vais-je devoir le répéter ?

— On va bien, dit Flo avec impatience.

— Ce n'est pas la question.

Je prends le Nikon sur la table. L'objectif est en miettes. Le plomb s'est logé à l'arrière, où il a fait bomber le métal.

— Regarde ça. Quelques millimètres de plus et il t'aurait percé le cœur.

J'ai la nausée en le disant.

— Maman, n'exagère pas.

— Je n'exagère pas du tout.

— Il ne visait pas mon cœur, il visait l'appareil.

— *Il* ? Tu as dit que vous ne connaissiez pas l'idiot qui vous avait tiré dessus.

— Mais non. C'est juste une façon de parler.

Je les regarde tour à tour, impuissante. Ils me cachent quelque chose. Mais forcer un adolescent à cracher le morceau est impossible. Parfois, ça prend du temps. Je pourrais les menacer. Je pourrais consigner Flo. La priver de télé, d'Internet (si nous l'avions). Mais si elle ne veut pas parler, elle ne parlera pas.

Nous avons tous nos secrets. Les ados plus que quiconque. Je cachais beaucoup de choses à ma mère. Et malgré toutes les cruautés qu'elle m'infligeait, elle ne m'a jamais brisée.

— Promettez-moi une chose, dis-je. Que vous ne retournerez pas vous balader dans les bois.

Ils échangent un regard. Flo tourne le sien vers son reflex.

— Maintenant que mon appareil est foutu, ça ne sert plus à grand-chose.

— Nous vous le promettons, révérend Brooks, dit Wrigley.

Flo soupire.

— Promis.

— Bien.

Je jette un coup d'œil à l'horloge. Presque 18 heures. L'après-midi s'est évaporé.

— Wrigley… Tu veux dîner ici ?

— Je ferais mieux de rentrer.

— Je te dépose ?

— Non, c'est bon. Je vais marcher.

— Tu es sûr ? Où est-ce que tu habites ?

— Juste de l'autre côté du village. Ça ira. Mais merci.

— D'accord.

Je le raccompagne à la porte.

— Merci encore, révérend, dit-il. Je veux juste que vous sachiez une chose…

Je lève la main.

— Non. Je veux que *toi*, tu saches une chose. (Je referme à moitié la porte derrière moi.) J'ai peut-être le titre de révérend, mais ne laisse pas le col t'abuser. Je suis avant tout une mère. S'il arrive quoi que ce soit à ma fille par ta faute, je me ferai un devoir de te pourrir la vie au-delà de tout ce que tu peux imaginer. Est-ce que c'est clair ?

L'espace d'un instant, ses tressautements semblent s'être mis en pause. Il m'observe en silence de ses yeux vert et argent.

— Comme de l'eau de roche.

De nouvelles convulsions lui secouent alors tout le corps. Il fait demi-tour et s'éloigne sur le chemin de sa démarche tressautante. Je le regarde partir, un peu gênée. Puis je referme la porte et retourne à l'intérieur.

Flo est avachie sur la table de la cuisine, le Nikon cassé entre les mains. Elle lève les yeux à mon entrée.

— Bon, maintenant que Wrigley n'est plus là, tu vas vraiment m'engueuler, je suppose ?

Je m'assieds à côté d'elle et secoue la tête.

— Non.

J'écarte les bras comme autrefois, quand elle faisait un caprice infantile. Le réconfort dissipe toujours la colère plus efficacement que les cris. Elle se laisse aller contre moi. Au bout d'un moment, elle lève les yeux.

— Je suis désolée, maman.

— Je sais, dis-je en lui caressant les cheveux. Ce n'est pas ta faute.

— Mon appareil est foutu.

— C'est réparable. Contrairement à toi.

— Ça va coûter une fortune.

— On se débrouillera, d'une façon ou d'une autre.

Nous restons assises en silence un moment, puis j'entends l'estomac de Flo gargouiller.

— Tu as faim ?

— Ouais. Un peu. (Nouveau grondement.) Beaucoup.

— Une poêlée de légumes avec un DVD, ça te tente ?

— OK.

— Tu veux quoi ?

— Un truc trash et rétro.

— *Breakfast Club* ? *Rose bonbon* ?

Elle lève les yeux au ciel.

— Pitié. La fille cool qui préfère le sportif sans cervelle à l'adorable meilleur ami ?

— OK. C'est toi qui choisis.

— *Fatal Games* ?

La jolie héroïne qui tombe amoureuse d'un fou dangereux.

— D'accord.

Elle monte se changer. J'ouvre le frigo pour y prélever plusieurs légumes. Poivrons, champignons, oignons. Je les pose sur une planche à découper et prends un couteau.

J'ai tout juste commencé à trancher les légumes quand Flo réapparaît dans la cuisine avec un short large et un débardeur. Elle est mince, fatiguée et douloureusement belle. J'ai envie de l'entourer de mes bras et de ne plus jamais la laisser sortir de la maison.

Elle va chercher un Coca light dans le frigo.

— Maman, qu'est-ce que tu penses de Wrigley ?

J'essaie de garder une voix légère.

— Eh bien, nous ne nous sommes pas vraiment rencontrés dans les meilleures circonstances.

— Ce n'était pas sa faute.

— Certes. Il m'a l'air plutôt sympa. C'est quoi, ses mouvements convulsifs ?

— Dystonie. Un genre de mauvais branchement dans son cerveau.

— D'accord, dis-je en choisissant un gros poivron rouge. La question, c'est comment tu le trouves, toi ?

Haussement d'épaules.

— Il est réglo. Tu vois ce que je veux dire.

Je vois. Je reserre ma prise sur le manche du couteau, en me répétant que ce n'est qu'un gamin. Sans doute inoffensif. Tous les jeunes hommes ne sont pas des prédateurs.

Elle s'éloigne du frigo et tire une chaise.

— C'est quoi ? demande-t-elle en regardant sous la table.

Merde. Le carton est toujours là.

— Oh, juste de vieux trucs qui appartenaient au révérend Fletcher. Il faisait des recherches sur l'histoire du village. Rien de très intéressant.

Insuffisant pour l'empêcher de fouiller le carton et d'en sortir un dossier.

— C'est qui, Merry et Joy ?

— Deux… *Aïe !* Merde !

Flo se retourne vivement.

— Maman, tu t'es coupée.

Je me suis ouvert le doigt avec la lame acérée. Du sang perle de l'estafilade.

— Tiens, dit-elle en m'apportant un pansement du kit de premiers secours.

— Merci, chérie.

Je passe mon doigt sous le robinet, le sèche et y colle le pansement.

— Tu devrais faire plus attention, maman.

J'arque un sourcil.

— L'hôpital, la charité…

— Ouais, ouais.

— Pourquoi n'irais-tu pas nous trouver ce DVD ?

— OK.

Elle sort de la cuisine. Je l'entends farfouiller parmi les boîtiers dans le salon. Je ramasse le dossier sur la table, le range dans le carton et pousse celui-ci dans le placard sous l'évier. Hors de vue.

Mon doigt me fait drôlement mal. Je n'avais pas l'intention de l'entailler si profondément, mais au moins la diversion a-t-elle fonctionné. Le temps que Flo choisisse le DVD, j'ai jeté mes légumes émincés dans le wok, et tout intérêt pour Merry et Joy s'est envolé.

24.

Il poursuit son pèlerinage. De l'asile désaffecté au centre-ville. Il a dormi là à la dure pendant quelque temps, sous les arches du canal et dans le passage souterrain près du vieux centre commercial.

Ce sont toujours des endroits populaires. Il est tôt, mais déjà les sacs de couchage s'entassent, les cartons se déplient. Il lui est arrivé des bricoles, ici. Un vieil alcoolique avait essayé de le voler, il avait dû défendre ses affaires. Il avait regardé son corps flotter dans le canal, avant que les algues et le poids des gravats dans ses poches l'entraînent dans l'eau immonde.

Il marche en direction de Market Square. La place est bondée. Les mois d'été, elle devient « la Plage ». Une grande pataugeoire entourée de sable crasseux pour donner aux citadins l'impression d'être à la mer. Il y a un bar, des attractions foraines et des stands qui vendent de la nourriture et des boissons. De la bière tiède dans des gobelets en plastique. Des burgers graisseux et des oignons frits pressés dans des petits pains anémiques.

Il se tient à l'orée de la foule, sans trop s'approcher. Tant de bruit, tant de gens, de lumière. Il respire le parfum du pop-corn, des donuts et des hot dogs ; les gargouillements de son estomac lui rappellent qu'il n'a pas mangé depuis deux jours. Des enfants crient et rient sur les manèges.

Un vieux regret lui tiraille le cœur. Enfant, il ne s'est jamais rendu à une fête foraine, il n'a jamais fait l'expérience étourdissante des manèges à grande vitesse ni goûté le sucre filé de la barbe à papa. Pour sa mère, de tels plaisirs étaient des péchés. Avant même qu'il finisse à la rue, la nourriture était souvent basique ou périmée. Une journée sans prendre une raclée était une friandise.

Il n'avait compris que sa vie différait de celle des autres enfants que lorsqu'il s'était échappé. Il les observait parfois passer en sautillant et en souriant aux bras de parents qui les embrassaient, les serraient contre eux, leur caressaient les cheveux. Pendant qu'il se recroquevillait dans ses cartons, attentif à rester loin des yeux de ceux qui pourraient se demander pourquoi un jeune garçon dormait à la belle étoile.

Il se remet en route, soudain conscient qu'une des mamans lui jette des regards suspicieux, téléphone en main. Son apparence laisse à désirer. Silhouette voûtée aux habits défraîchis, propre mais pas vraiment soigné, qui lorgne les enfants. Il rougit. Il n'est pas un homme recommandable, mais il n'a pas *ce* genre de penchants. De plus, il ne peut pas se permettre de la laisser appeler la police. Retourner en prison n'est pas une option. Il a des choses à faire.

Il presse le pas, se contraignant à avancer malgré l'heure tardive. Il a faim et soif, mais il n'a que de la petite monnaie en poche. Heureusement, l'endroit où il se rend devrait résoudre ce problème.

Les bruits de la fête foraine décroissent derrière lui. Il arrive en centre-ville, où les rues sont plus sombres et étroites. Poubelles débordantes, aboiements de chiens, pulsations de basses puissantes. L'air est imprégné de fumée de cannabis et de violence. Certaines choses ne changent pas. Quand il parvient enfin à destination, il lève les yeux.

Un grand bâtiment aux briques noircies par la crasse de la ville, aux vitraux protégés par d'épaisses grilles en métal, à la flèche qui se dresse contre le gris du ciel vespéral.

L'église Sainte-Anne.

La lumière qui filtre par les portes ouvertes tombe sur le trottoir. Quelques SDF errent à l'extérieur, en fumant. Une pancarte accrochée au portail proclame, dans une écriture manuscrite :

Soupe populaire du lundi soir. Mangez, buvez, venez passer un moment/prier.

Il sourit, parcourt l'allée et entre.

L'église est chauffée, brillamment éclairée et sent la cuisine riche et roborative. Son estomac gronde de nouveau. La nourriture sera excellente, mais ce n'est pas la seule raison de sa présence. Ses yeux scrutent l'assemblée avec avidité. Quatre bénévoles en tablier se tiennent derrière une longue table à tréteaux, où ils servent des portions de ragoût et de curry prélevées dans de grandes casseroles en métal. Où est-elle ? Il voit alors une silhouette sortir de l'arrière de l'église, vêtue d'un costume sombre et d'un col clérical.

L'inconnu s'approche de lui et sourit, révélant des dents d'un blanc éblouissant.

— Bonsoir. Puis-je vous aider ?

Il dévisage le pasteur noir de forte carrure.

— Qui êtes-vous ?

— Le révérend Bradley, répond le prêtre en lui tendant la main. Et je suis heureux de vous accueillir dans notre église.

— Non, fait-il en secouant la tête.

Ça ne va pas. Ce n'est pas ainsi qu'il avait imaginé les choses. Ça ne cadre pas avec son plan.

— Où est l'autre pasteur ?

— Je crains qu'elle ne soit partie.

— Où est-elle allée ? demande-t-il sans parvenir à masquer le désespoir dans sa voix.

Le pasteur fronce les sourcils.

— Je l'ignore.

Il ment, songe-t-il. *Le gros pasteur noir ment.* Il sait où elle se trouve, mais il ne veut pas le lui dire.

Le prêtre a toujours la main tendue.

— Vous allez bien ?

Il ravale sa colère et serre la main du menteur. Elle est grande et étonnamment douce.

— Oui. Je suis juste fatigué et affamé.

— Pourquoi n'iriez-vous pas vous chercher à manger ? Je vous recommande chaudement le poulet au curry.

Il plaque un sourire sur son visage et hoche la tête d'un air soumis.

— Merci.

Il se joint à la queue et accepte la ration qu'on lui sert. Puis il emporte son assiette et s'assied au bout d'un banc, avalant mécaniquement la nourriture. Elle sent bon, mais il ne prête pas vraiment attention au goût. Il devra revenir plus tard, quand le menteur sera seul. Il lui fera dire ce qu'il a besoin de savoir. Le prêtre est peut-être costaud, mais il n'a pas l'air en très bonne condition physique. Ça ne devrait pas durer trop longtemps.

Il se reprend, secoue la tête. Non. Il ne doit pas lui faire de mal. Il a changé. Il n'est plus cet homme-là. Contrôler sa colère n'est pas une faiblesse. C'est une force.

Mais il doit la trouver.

Alors lui faire mal juste ce qu'il faut.

Juste ce qu'il faut. Il réfléchit. Contrôler sa colère n'est pas une faiblesse. Peut-être y arrivera-t-il. Il sourit. Très bien.

Et essayer de ne pas y prendre plaisir.

Elle se recroquevillait dans les ténèbres de la cave.

Elle entendait sa mère s'agiter au-dessus d'elle, la télé braillant Songs of Praise[1]. *Tel était son châtiment pour avoir blasphémé un dimanche. C'était en tout cas l'excuse de sa mère. En vérité, il s'agissait seulement d'un de ses jeux pervers. Favoriser un enfant, punir l'autre. Au moins, maintenant qu'ils étaient plus vieux (et plus grands), elle leur épargnait le pire des sévices. Le puits. Au fond duquel elle les laissait jadis croupir pendant des heures.*

La cave n'était pas si mal. Exception faite de l'obscurité. Et des rats.

Elle réfléchit au plan. L'évasion. Depuis la première fois qu'elles l'avaient évoquée, elle voyait moins Joy. Sa mère faisait en sorte de les tenir éloignées l'une de l'autre. Et maintenant, deux soirs par semaine, Joy prenait des leçons d'enseignement biblique avec le nouveau prêtre.

Joy était passée en vitesse devant elle l'autre jour, se fendant à peine d'un bonjour. Elle avait quelque chose de différent.

1. Littéralement : « Chants de louange ». Émission religieuse de la BBC qui diffuse des hymnes chrétiens.

Une rougeur aux joues. Un secret dans son sourire. Que se passait-il ? Était-ce ce prêtre ?

Elles étaient nombreuses à craquer sur lui. Mais Merry ne l'aimait pas. Chaque fois qu'il lisait des passages de la Bible, surtout ceux qui concernaient les péchés et la damnation, ses yeux devenaient vitreux et son visage s'empourprait. Elle aurait juré l'avoir vu bander, une fois.

Sa mère monta le son de la télé.

Elle entendit un froissement dans un coin. Elle plissa les paupières pour percer l'obscurité. Elle détestait l'obscurité. Elle détestait le sentiment de vulnérabilité qui l'étreignait dans le noir. Elle essaya de se remémorer les mots d'un des vieux livres de son enfance. Elle se les récita.

« C'est amusant, la nuit ! C'est doux, la nuit ! C'est[1]... »

La voix de sa mère couvrit la musique : « Mon âme te chante alors, Dieu, mon Sauveur. Que Tu es grand, que Tu es grand. »

Le bruissement se rapprocha.

---

1. Jill Tomlison, *La Chouette qui avait peur du noir*, trad. Marie Saint-Dizier, Gallimard Jeunesse, 1991.

25.

— Merde !

J'ouvre les yeux. Mon débardeur me colle à la peau, moite de sueur, et mes draps gisent en boule au pied du lit. La chambre prend forme autour de moi. *Ma* chambre, dans le cottage. Encore un cauchemar.

Je m'assieds et attrape mon verre d'eau sur la table de nuit, que j'avale d'un trait. La lumière argent du jour affleure autour des rideaux. La maison est silencieuse et étouffante. Je regarde le réveil : 6 h 13. Je ne risque pas de me rendormir, alors autant me lever. Avec la consultation matrimoniale qui m'attend ce matin, ça ne me fera pas de mal d'être debout tôt.

J'enfile mon jogging et descends l'escalier grinçant à pas de loup. Le cottage sent la poêlée de légumes que j'ai préparée au dîner. Après celui-ci, Flo et moi nous sommes pelotonnées sur le canapé avec un grand paquet de M&M's et avons visionné *Fatal Games* jusqu'à ce que je m'aperçoive qu'elle s'était endormie sur mon épaule. Je l'ai laissée ainsi un moment, profitant de cette proximité. Quand elle était petite, elle se lovait sur mes genoux lorsque nous regardions un film ensemble. Rien que nous deux. Comme toujours.

Le père de Flo est mort quand elle n'avait que dix-huit mois. Elle ne se souvient pas vraiment de lui. Il a été agressé par un intrus dans son église. Durant l'altercation, il est tombé et s'est cogné la tête. Je l'ai dit à Flo dès qu'elle a eu l'âge de comprendre. Je lui ai aussi dit quel bon père il a été et combien il l'aimait. Ce qui est vrai. En grande partie. Mais comme souvent, c'est une version de la vérité. Une histoire si fréquemment racontée que j'en suis presque venue à la croire.

Quelques minutes après minuit, j'ai réveillé Flo et nous nous sommes laborieusement mises au lit. Nos assiettes sales sont toujours dans l'évier. Le reflex de Flo trône sur la table de la cuisine. Je m'approche et le prends en main. Je n'ai pas la moindre idée du coût de la réparation, mais les six livres et demie sur mon compte épargne n'y suffiront certainement pas.

Tandis que je l'examine à nouveau, mon ventre se noue. Les jeunes se croient invincibles, mais quand on grandit, et surtout quand on devient parent, on voit le danger partout. Flo sait qui a tiré. J'en suis sûre. Wrigley aussi. Mais pour une raison que j'ignore, ils ne veulent pas me le dire. Et que penser de Wrigley ? Je n'arrive pas à me décider. Est-ce que je me méfie de lui comme je me méfierais de *n'importe quel* garçon que Flo ramènerait à la maison, ou y a-t-il autre chose ?

Je soupire et lève les yeux vers la chapelle de l'autre côté de la fenêtre. Je ressens un besoin urgent de prier. Pour un pasteur, ça n'a rien d'inhabituel. Je prie tous les soirs, et cela m'arrive aussi en journée. Ces fois-là, je ne prie pas « à genoux, mains jointes ». Ce sont plutôt de brèves conversations. Des mots que j'ai besoin d'extérioriser.

Dieu est une oreille attentive. Il ne vous juge ni ne vous interrompt, et n'a jamais de meilleure histoire à vous raconter. Et même si je me parle à moi-même la plupart du temps, le simple fait d'exprimer mes pensées est une bonne thérapie.

Certains jours plus que d'autres, prier tient de la compulsion, un peu comme une envie de fumer. C'est le cas ce matin. Les filaments de mon rêve s'accrochent encore à moi. Des choses que je préférerais ne pas me rappeler. Les mauvais souvenirs sont comme des échardes. Ils nous meurtrissent parfois, mais on apprend à vivre avec. Le problème, c'est qu'ils remontent toujours à la surface.

Je prends la clé de la chapelle que j'avais posée sur le plan de travail et sors du cottage. Une trouée dans les nuages laisse apparaître un rayon de soleil. Mes yeux tombent sur le monument funéraire, vers lequel je me dirige.

Il y a davantage de poupées de brindilles aujourd'hui. Quand nous sommes arrivées, elles étaient une demi-douzaine. Il y en a maintenant dix ou douze. Certaines sont revêtues de bouts de tissu, qui les rendent encore plus effrayantes. Le genre de créatures qui peuplent les cauchemars des enfants. Je les imagine prendre vie la nuit, se mettre en branle sur leurs petites jambes, s'approcher du cottage, se glisser par les interstices des fenêtres…

Arrête, Jack. Tu n'es plus une enfant. Je réprime un frisson et porte mon attention sur le monument. Une inscription figure sur sa partie haute.

En mémoire des Martyrs protestants ci-après dénommés, qui, pour leur loyauté sans faille à la vérité de Dieu, furent, sous le règne de Mary Ire, immolés par le feu devant cette chapelle, le 17 septembre 1556. Cet obélisque, financé par les dons des paroissiens, a été érigé en 1901.

S'ensuit une liste de noms :

Jeremiah Shoemann
Abigail Shoemann

Jacob Moorland
Anne Moorland
Maggie Moorland

Abigail et Maggie. Les deux incandescentes. Je passe le doigt sur les lettres gravées dans la pierre. Elle est froide, malgré la chaleur du jour.

Sous les noms des filles :

James Oswald Harper
Isabel Harper
Andrew John Harper

Les Harper. Bien sûr. Qu'avait dit Rushton ? Qu'on pouvait remonter la généalogie de Simon jusqu'aux Martyrs du Sussex. Grand bien lui fasse. Quelque chose dans le monument m'attriste pourtant. Ceux qui sont morts pour leur religion me font toujours cet effet. Leur lutte est aussi vaine que s'ils essayaient de prouver à qui appartient le ciel ou le soleil. Sans Dieu, je suis certaine que les gens le feraient.

Je me détourne du monument et de sa congrégation de poupées de brindilles, et me mets en route vers la chapelle. Je contemple un instant le vieux bâtiment blanc. *Rachete le temps, car les jours sont mauvais.* OK. Je dois faire la paix avec cet endroit si je veux que ça marche. Je déverrouille la porte et l'ouvre.

Le soleil qui filtre par les fenêtres colore les bancs d'écarlate et d'or. J'ai toujours aimé ces effets de lumière créés par les vitraux.

Une minute. Il n'y a pas de vitraux, ici.

Je cligne des yeux et regarde autour de moi. Giclées rouges sur le verre. Odeur amère et métallique. Je parcours l'allée centrale, avec un malaise croissant et un horrible sentiment de déjà-vu.

« Plic, plic. Vous ne me prendrez pas ma Ruby. »

Il y a quelque chose par terre près de l'autel. Une masse rouge et noir.

La bile me remonte dans la gorge.

Un corbeau. En piteux état, les ailes cassées, le corps tordu.

Il a dû se retrouver piégé à l'intérieur, paniquer et se jeter de toutes ses forces contre les vitres, tentative d'évasion désespérée. Je m'accroupis près du volatile mort. Je remarque alors autre chose, à moitié caché sous le cadavre déformé. Je pousse le corbeau sur le côté avec une petite grimace.

Mon cuir chevelu se contracte. Une nouvelle poupée de brindilles. Celle-ci est vêtue de noir avec un bout de tissu blanc autour du cou. *Un col clérical.* Une feuille de papier pliée est punaisée à la poitrine de la poupée. Une coupure de presse. Je l'enlève et la déplie. Mon propre visage me renvoie mon regard : « Le pasteur qui a du sang sur les mains. »

Je sens mon cœur battre sous mon crâne. *Comment ? Qui ?* Puis j'entends derrière moi le grincement de la porte de la chapelle. Je me retourne avec un sursaut.

Une silhouette se tient dans l'encadrement, à contre-jour. Je plisse les yeux tandis que l'inconnue remonte l'allée dans ma direction. Grande, mince. Cheveux blancs pris dans un chignon. Legging de sport et haut fluo. Clara Rushton. Je fourre la poupée et la coupure dans ma poche.

— Bonjour, Jack ! Vous êtes matinale.

— Et vous donc.

— Vous affûtez vos sermons ?

— En fait, je ramasse un corbeau mort.

Elle jette un coup d'œil vers l'autel.

— Oh, mon Dieu. Pauvre créature.

— Je me demandais comment il a pu entrer.

— Il y a pas mal de trous dans le toit. Nous avons déjà eu des pigeons, quelques moineaux. Jamais encore de corbeau. (Elle m'adresse un regard compatissant.) Pas vraiment la meilleure façon de commencer la journée.

— Non. Et il n'est pas 7 heures. (J'avise sa tenue de sport.) Vous êtes toujours debout si tôt ?

— Oui. Brian me prend pour une folle, mais j'apprécie le calme de l'aube. Vous courez ?

— Même pas pour attraper un bus.

Elle glousse.

— J'étais en train de récupérer quand j'ai vu que la porte était ouverte, alors je me suis dit que j'allais passer une tête.

Cela semble légèrement présomptueux. Voire indiscret. Un peu comme Aaron et ses « je passais dans le coin ». J'ai presque l'impression qu'ils gardent un œil sur moi.

— Eh bien, je ne veux pas vous retenir, dis-je. Il faut que je nettoie tout ce bazar.

— Il y a des ustensiles de ménage dans le cagibi du bureau. Et quatre mains iront plus vite que deux. Je vais vous aider.

Je ne vois aucune raison de refuser.

— Merci.

Bien sûr, elle essaie de se montrer utile. Mais alors que je la suis jusqu'au bureau, je ne peux m'empêcher de me demander depuis combien de temps elle m'observait du seuil de la chapelle.

Quarante minutes plus tard, nous avons nettoyé les fenêtres, et la carcasse du corbeau gît dans une poubelle à l'extérieur.

— Et voilà ! s'exclame Clara en regardant autour d'elle. C'est bien mieux comme ça.

De fait, ça l'est. Décrasser les vitres a permis de faire entrer davantage de lumière dans la nef, qui paraît moins lugubre et vieillotte.

— Merci, dis-je à nouveau. J'apprécie, vraiment.

— Je vous en prie, dit-elle en levant une main gantée de caoutchouc. C'est comme ça, à Chapel Croft. On s'entraide.

— Je suis ravie de l'apprendre.

Elle sourit. Elle doit avoir la cinquantaine bien entamée, mais elle fait moins, même avec ses cheveux blancs. Certaines femmes, comme elle, embellissent avec l'âge.

— Vous savez, ça vous ferait peut-être du bien de vous changer un peu les idées. Et si vous nous accompagniez, Brian et moi, ce soir, au pub ? C'est soirée quiz.

Mon expression doit me trahir.

— Pas fan de quiz ?

— Pas trop.

— Et de vin rouge ?

— Ça, ça pourrait me décider.

— Excellent. Un nouveau membre dans l'équipe.

— Qui y a-t-il d'autre ?

— Moi, Brian et Mike Sudduth. Je ne sais pas si…

— Je l'ai rencontré.

— Oh, parfait. Il travaille pour le journal local. (Son regard s'éclaire.) Peut-être qu'il pourrait écrire un article sur vous…

— Je ne crois pas, dis-je un peu trop vite.

— Non ?

— Je suis quelqu'un d'assez ennuyeux. Il n'y a pas grand-chose à dire de moi.

— Oh, je suis sûre que si, Jack. Je parie que vous avez des tas d'histoires à raconter, ajoute-t-elle d'un ton enjôleur.

Je soutiens son regard.

— Je les garde pour *Jackanory*[1].

Elle rit.

— Excellent. Quoi qu'il en soit, si vous changez d'avis, Mike est très sympa, bien qu'il ait vécu deux années assez difficiles… (Elle s'interrompt un instant.) Vous êtes au courant pour sa fille ?

— Oui. Il me l'a dit.

— Quel malheur. C'était une adorable gamine. Huit ans seulement.

Mon cœur se serre à la pensée de Flo au même âge. L'âge de l'innocence, où la personnalité commence à peine à se former. Imaginer que la vie me l'arrache… Je sens une boule grossir dans ma gorge.

— Que s'est-il passé ?

— Un accident tragique. Elle jouait dans le jardin d'une amie, avec une balançoire. Je ne sais pas comment Tara a fait son compte, mais elle s'est enroulé la corde autour du cou. Le temps que quelqu'un s'en aperçoive, il était trop tard.

— Mon Dieu.

— Ils ont essayé de la réanimer, mais au final, Mike et sa femme ont dû prendre la décision de la débrancher.

— Quelle horreur.

— Oui. Les familles se sont brouillées. Les mères s'entendaient bien, mais après ça, Fiona ne s'est plus jamais adressée à Emma.

— Emma… Emma *Harper* ?

— Oui, c'est arrivé chez elle. Poppy et Tara étaient meilleures amies. Tout le monde a été dévasté. Poppy n'a pas prononcé un mot pendant plus d'un an. Encore aujourd'hui, elle parle à peine.

---

1. Programme de fictions pour les enfants, diffusé par la BBC entre 1965 et 1996 et destiné à encourager la lecture.

Je me remémore notre rencontre devant l'église. L'étrange mutisme de Poppy. Je commence à comprendre. Voir sa meilleure amie mourir sous ses yeux. C'est abominable.

Je secoue la tête.

— Je ne peux qu'imaginer la douleur. Envoyer sa fille jouer chez une camarade et ne jamais la voir revenir.

— Et bien sûr, Fiona a fait porter la responsabilité à Emma.

— C'est compréhensible, mais personne ne peut surveiller des enfants à chaque seconde.

— Emma n'était pas là.

— Quoi ?

— Elle était sortie faire une course. Juste au coin de la rue, mais…

— Elle les a laissées seules ?

— Non. Les filles étaient sous la surveillance de la grande sœur de Poppy, Rosie.

26.

J'ai marié des centaines de couples prometteurs (et pas mal qui en sont revenus). J'ai enterré les corps de jeunes, de vieux et de nouveau-nés. J'ai oint la peau douce du front d'innombrables bébés et consolé les victimes de terribles traumatismes. J'ai visité des prisons, servi à la soupe populaire et départagé plus de concours de gâteaux que je ne peux en compter.

Mais je crois que rien de tout cela ne fera la moindre différence aux yeux d'Emily et de son fiancé, Dylan.

La jeune femme me lorgne d'un air suspicieux.

— Vous êtes vraiment pasteur ?

— Oui, depuis plus de quinze ans.

Elle fronce les sourcils.

— Et vous avez terminé votre apprentissage.

Bon Dieu, cette matinée va être longue.

— Tout à fait, dis-je avec un sourire forcé.

— C'est juste que… (Elle agrippe la main de Dylan, un jeune homme robuste qui arbore une barbe et des cheveux souples.) Nous voudrions que ce soit un mariage très *traditionnel.*

— Bien sûr. Il s'agit de votre mariage. Il prendra la forme que vous voulez. C'est de cela que nous discutons aujourd'hui.

Ils échangent un regard.

— Nous aimions beaucoup l'autre prêtre, intervient Dylan.

— C'est un excellent prêtre, dis-je d'une voix égale. Mais vous souhaitez vous marier le 26 septembre, et le révérend Rushton n'est pas disponible ce jour-là. Du reste, je suis désormais le pasteur de Chapel Croft.

— D'accord.

— Vous voulez vous marier dans cette chapelle, n'est-ce pas ?

— Oui, comme nos parents avant nous. Vous savez, c'est…

— La tradition ?

— Oui.

— OK. Eh bien, pourquoi ne m'en diriez-vous pas un peu plus sur vous ?

Silence. Nouveaux regards nerveux. Je soupire et pose mon stylo.

— Ou pourquoi ne me diriez-vous pas ce qui vous tracasse ?

— Nous ne doutons pas que vous feriez un excellent travail, dit Emily.

— Oui, nous sommes sûrs que vous êtes qualifiée et tout, renchérit Dylan.

— Tant mieux.

— Mais bon, les photos…

— Les photos ?

— Eh bien… (Elle m'examine de haut en bas.) Vous n'iriez pas sur les photos.

Je mets la bouilloire en route et sors du pain pour faire des toasts. J'ai renvoyé Emily et Dylan chez eux réfléchir à ce qui compte le plus à leurs yeux : se marier dans la chapelle ou le fait que je ne possède pas de pénis (quoique je ne l'aie pas exactement formulé ainsi).

Ce rendez-vous n'a pas amélioré mon humeur. La poupée de brindilles et la coupure de presse me travaillent. Je ne suis pas facilement effrayée ou intimidée. Mais je dois songer à Flo. Je ne veux pas d'une redite de ce que nous avons traversé à Nottingham.

Je les ai fourrées au fond de la poubelle, mais je me demande qui d'autre sait. Qui d'autre a pu lire l'article dans le journal ou sur Internet ? Ce n'est pas difficile à trouver. J'ai pensé en premier lieu à Simon Harper. Je le vois comme un homme vindicatif, une petite brute. Mais je doute qu'il ait une telle imagination. Alors qui d'autre ? Seuls Rushton, Aaron et moi avons la clé de la chapelle. Mais suis-je sûre de ça ? Des clés peuvent disparaître, être copiées, empruntées. Je songe à Clara, debout dans l'encadrement de la porte, à m'observer.

J'enfourne le pain dans le toaster d'un geste brusque. Maintenant que les images du corbeau mort et des fenêtres ensanglantées de la chapelle tournent en boucle dans ma tête, je n'ai plus très faim.

Je suis en train de chercher la confiture quand Flo descend l'escalier en trottinant. Je jette un coup d'œil à l'horloge. 10 h 30.

— Salut. Bien dormi ?

Elle bâille.

— Ça va.

— Tu veux des toasts ?

— Non, merci.

— Du café ?

— Non plus.

Elle ouvre le frigo et prend la brique de lait.

— Tu as prévu quoi aujourd'hui ?

— J'irais bien faire un tour à Henfield.

Henfield est la petite ville la plus proche de Chapel Croft.

— Oh, très bien. Pour quoi faire ?

— Drogue. Alcool. Peut-être un peu de porno.

Je la fixe des yeux. Elle secoue la tête.

— C'est quoi, toutes ces questions ?

— Pardon. Tu as raison. Pourquoi devrais-je me soucier de ce que ma fille fait ? Ce n'est pas comme si elle avait manqué de se faire tuer hier.

Elle me jette un regard peu amène.

— Quand est-ce que tu vas arrêter avec ça ?

— Je ne sais pas. Quand tu auras trente ans, ou quarante.

Elle se remplit un verre de lait.

— En fait, je vais à Henfield voir une boutique de photographe.

— Vraiment ?

— Ouais. Je l'ai trouvée sur Google, et il y a un service de réparation.

— Tu as du réseau sur ton téléphone, là-haut ?

— À peine. Quand est-ce que BT vient, au fait ?

— Je ne sais pas. Je vais les relancer, dis-je en me radoucissant. Je te dépose ?

— Non. J'ai téléchargé les horaires de bus.

— Oh, d'accord.

Parfois, je suis fière que ma fille fasse preuve de sens pratique, de maturité et d'autonomie. D'autres fois, j'aimerais bien qu'elle ait un tout petit peu plus besoin de moi. Quinze ans, c'est l'âge où on commence à les perdre. Quoique, en réalité, on commence à les perdre au moment où ils glissent hors de notre ventre et prennent leur première inspiration.

— Tu t'en sortiras avec le bus ?

Elle me lance un regard plein de morgue.

— Figure-toi que j'ai *déjà* pris le bus. L'arrêt n'est qu'à quinze minutes à pied.

— Je sais, mais…

— J'ai compris. J'ai failli me faire tuer. J'essaierai de n'embêter aucun retraité à la gâchette facile.

— Attention, il paraît qu'ils chassent en meute.

Un petit sourire.

— Ça va aller, maman. Je veux juste aller faire réparer mon appareil. OK ?

— OK.

— Et, ne le prends pas mal, mais j'ai vraiment besoin de sortir un peu de cette maison. D'aller quelque part où j'aurai du réseau. Je n'ai pas encore réussi à avoir des nouvelles de Leon et de Kayleigh. J'ai besoin de passer un peu de temps dans la civilisation. Enfin, se reprend-elle, la semi-civilisation.

Évidemment. La culpabilité me balance un direct à l'estomac. J'ai arraché ma fille à une métropole bourdonnante pour la transplanter au milieu de nulle part. Et pour quoi ? Pour me racheter. Parce que Durkin ne m'a pas vraiment laissé le choix. À cause de ma propre culpabilité ? Je peux bien me dire que nous sommes en sécurité ici, mais je suis plus inquiète pour Flo que je l'ai jamais été.

Je souris à contrecœur.

— D'accord. Mais si tu as le moindre problème, tu m'appelles et je viens te chercher, OK ?

— Maman, je vais aller voir cette boutique photo, puis je me trouverai un café qui a du Wi-Fi. Je n'aurai aucun problème.

Je lève les mains en un geste de reddition.

— Très bien. Tu as assez d'argent pour ton ticket de bus et ton café ?

— En fait, tu pourrais me passer dix livres ?

Je soupire. Aucun problème, elle a dit.

Après le départ de Flo, je me prépare un café, résiste à la tentation d'une cigarette et sors le carton de Fletcher de sous l'évier de la cuisine.

Je considère la cassette brisée. De ruban adhésif. Je suis à peu près sûre que c'est ce dont j'ai besoin pour la réparer, mais je suis aussi à peu près sûre de ne pas en avoir. Je mets la cassette de côté et soulève le dossier étiqueté « Martyrs du Sussex ».

Beaucoup de villages ont un passé sombre. L'histoire elle-même est tachée du sang des innocents et écrite par ceux qui n'ont aucune pitié. Dieu ne triomphe pas toujours du mal. Les prières ne remportent pas de batailles. Parfois, on a besoin d'avoir le Malin de son côté. Le problème, c'est qu'une fois qu'on lui a laissé la place d'honneur, il est difficile de s'en débarrasser.

Je m'assieds et commence à éplucher les documents. Certains sont des copies d'écran imprimées. D'autres semblent avoir été scannés dans des livres. Le texte est érudit, sec et émaillé de dates et de références historiques à propos du règne de la reine Mary et de la purge en général. La première mention de Chapel Croft n'apparaît pas avant la seconde moitié du dossier. Un très vieil article, visiblement, peut-être issu d'une sorte de revue. L'impression est mauvaise, la langue archaïque, mais Fletcher l'a résumé et a ajouté ses propres notes dans la marge.

Village pris d'assaut, martyrs tirés du lit et rassemblés. Ceux qui ont abjuré marqués au fer rouge mais relâchés. Ceux qui ont refusé accusés d'hérésie et envoyés au bûcher. Deux jeunes filles, Abigail et Maggie, cachées dans la chapelle. Trahies. Sorties de force. Châtiment des filles encore plus barbare. Maggie énucléée. Abigail démembrée et décapitée. Toutes deux brûlées.

Je déglutis. Démembrée et décapitée.

Elle n'avait ni bras ni tête.

Flo ne pouvait en aucune façon le savoir. Mon café a refroidi, mais je le bois à grandes gorgées. Fletcher ajoute dans la marge : « Trahies *par qui ?* »

Le document suivant est plus grand, plié plusieurs fois sur lui-même. Je l'ouvre et le pose à plat sur la table. Il me faut un moment pour comprendre de quoi il s'agit : ce sont les plans d'architecte de la chapelle, ou plutôt de l'église qui se dressait là avant elle.

Je plisse les yeux pour discerner les dessins à moitié effacés. Le plan au sol du bâtiment est le même. Je distingue la nef, la sacristie. Mais je n'arrive pas à comprendre à quoi correspondent certaines autres zones, dont l'usage semble avoir changé. Un débarras supplémentaire ? Une cave ? Je ne pensais pas que la chapelle en avait une. Des caveaux, peut-être ? J'observe le plan encore un instant avant de ranger soigneusement tous les documents dans le dossier et de le refermer.

Puis je m'intéresse à l'autre. *Merry et Joy.* Le besoin de fumer est maintenant si fort que mes mains me démangent. J'ouvre le dossier et commence à feuilleter les coupures de journaux. Il n'y en a pas tant qu'on pourrait le croire. Les disparitions n'ont pas suscité un grand intérêt, au niveau national. Ce qui est inhabituel. Merry et Joy étaient jeunes, blanches et de sexe féminin. Cela dit sans cynisme, de parfaites candidates pour les médias. Dès le début, la police a traité l'affaire comme des fugues. Des appels leur avaient été lancés pour qu'elles rentrent chez elles, qu'elles contactent leurs mères. On n'a visiblement jamais soupçonné qu'elles puissent être empêchées de le faire. Et le plus triste – je ne le sais que trop bien pour avoir travaillé avec des SDF –, c'est que la police met plus d'énergie à rechercher les filles mortes que les vivantes.

Le journal local leur a consacré des articles sur une période beaucoup plus longue, mais au fil du temps, même ceux-ci se sont vus relégués de la une aux pages intérieures. Au bout d'un moment, il n'en reste plus que des entrefilets servant de bouche-trous.

Ce sont les mêmes photos scolaires qui illustrent tous les articles. Elles sont d'assez mauvaise qualité. Vieilles, floues. Les deux filles paraissent plus jeunes que sur la photo que j'ai trouvée dans la chambre de Joy. Je me demande si cela a freiné les recherches.

Je tombe enfin sur un article plus conséquent, qui semble avoir été écrit quelque temps après la disparition, et pas pour un journal. Je plisse les yeux. En haut de la page, en petits caractères, l'en-tête indique : *Histoires du Sussex – Légendes et mystères locaux. Mars 2000. Numéro 13.*

LA MYSTÉRIEUSE AFFAIRE DES FUGUEUSES DU SUSSEX

Merry et Joy étaient meilleures amies. Inséparables, aux dires de beaucoup. Elles ont grandi ensemble, été à l'école ensemble, joué ensemble, fait du vélo ensemble. Et au cours du printemps 1990, à l'âge de quinze ans, elles ont disparu ensemble.

Curieusement, il n'y a pas eu de recherches effrénées. Les villageois n'ont pas fait de battue. Aucun plongeur n'a dragué les rivières et les ruisseaux. On a présumé dès les premières heures qu'elles avaient fugué. L'enquête de police a été superficielle, pour dire le moins, et l'affaire n'a pas vraiment réussi à capter l'attention de la presse nationale. Pour comprendre pourquoi cette disparition a suscité si peu d'intérêt, le mieux est peut-être de commencer par le village dans lequel elles ont grandi.

Chapel Croft est un hameau de l'East Sussex où l'on trouve principalement des fermes et une église. Héritière d'un passé sanglant, la communauté protestante y est très pieuse.

Durant les persécutions religieuses perpétrées par la reine Mary en 1556, huit villageois furent immolés par le feu, dont deux jeunes filles. Un monument commémoratif se dresse dans le cimetière. Chaque année, le jour de l'anniversaire de la purge, on brûle de petites poupées de brindilles appelées des *incandescentes* en mémoire des martyrs.

Comme beaucoup de villages, Chapel Croft est un lieu fermé, replié sur lui-même, son église et ses traditions.

Merry et Joy venaient de familles dévotes. Toutes deux avaient perdu leur père très tôt. Mais les points communs s'arrêtent là. Joy s'est épanouie dans un foyer strict mais aimant. Doreen était une bonne mère, qui choyait sa fille, son unique enfant.

Merry, elle, a grandi dans un environnement beaucoup plus chaotique. Sa mère, Maureen, était une femme pieuse, mais également une alcoolique. Merry et son frère n'allaient pas toujours à l'école. Ils portaient des vêtements sales, de seconde main. Merry arborait souvent des hématomes inexpliqués.

De nos jours, on parlerait de maltraitance et de négligence. Mais dans une telle communauté, il y a dix ans, les gens ne mettaient pas le nez dans les affaires familiales qui ne les concernaient pas.

Le révérend Marsh, le pasteur de l'époque, a plus tard admis avoir regretté de ne pas en avoir fait plus : *« Il était évident que quelque chose ne tournait pas rond dans cette maison. Peut-être que si quelqu'un était intervenu, la tragédie aurait été évitée. »*

Peut-être, en effet. Seuls son amitié avec Joy et le temps qu'elles passaient ensemble soulageaient Merry des tourments qu'elle endurait chez elle. Mais même cela lui serait bientôt arraché.

La mère de Joy désapprouvait vivement que sa fille fréquente Merry. Ce n'était pas une personne « convenable » à ses yeux. Merry et Joy suivaient déjà les leçons de catéchisme du révérend Marsh. Mais il fut décidé que Joy prendrait des cours supplémentaires pour « la garder sur le droit chemin ».

Ces cours étaient dispensés par un prêtre effectuant son apprentissage à la chapelle, le vicaire Benjamin Grady. Il était jeune – vingt-trois ans –, ambitieux, bel homme et séduisant de prime abord. Bien des filles du village avaient un faible pour lui. Était-ce aussi le cas de Joy ?

Joy était une jolie fille, et selon certaines rumeurs que n'étaye aucune preuve, elle se serait rendue certains soirs à la chapelle, en dehors de ses horaires de cours particulier. Cependant, quelques semaines avant sa disparition, Joy avait subitement arrêté de suivre les cours de Grady.

Une peine de cœur ou un amour non réciproque pourrait-il expliquer la fugue de Joy ? Ou s'agissait-il de quelque chose de plus sinistre ? Grady, après tout, était un adulte en position de pouvoir.

La police a interrogé le vicaire. Mais le jour où Joy avait été vue pour la dernière fois, à un arrêt de bus à Henfield, Grady avait un alibi. Il préparait un office avec le révérend Marsh.

Joy est demeurée introuvable après ce jour.

Les policiers se sont rendus chez Merry pour lui poser des questions sur la disparition de sa meilleure amie, mais on les a informés qu'elle était « souffrante ». Pour une raison inconnue, ils ne sont jamais revenus.

Moins d'une semaine plus tard, Merry disparaissait à son tour.

Aux yeux de la police, ce nouveau développement corroborait l'hypothèse de la fugue. Joy avait fait son sac. Merry avait laissé un mot : *Je suis désolée. Nous devions partir. Je vous aime.*

Ce « nous » suggérait que les filles avaient prévu de s'enfuir ensemble. Peut-être avaient-elles eu dès le départ l'intention de fuguer séparément pour se rejoindre ensuite. Dès lors, les inquiétudes pour leur sécurité s'étaient faites moins fortes, et leur avaient succédé des appels à se mettre en rapport avec leurs familles.

Ce qu'elles n'ont bien sûr jamais fait.

Curieusement – coïncidence ou pas –, juste après la disparition de Merry, Grady s'est lui aussi volatilisé. On ne trouve ensuite plus aucune trace de lui. Peut-être a-t-il quitté l'Église. Peut-être a-t-il changé de nom. Mais pourquoi ? Fait encore plus étrange, presque un an jour pour jour après la disparition de Merry, sa mère et son petit frère se sont évaporés à leur tour, abandonnant leur maison et tout ce qu'elle contenait. Là encore, personne n'a plus jamais entendu parler d'eux.

Personne à Chapel Croft n'est très enclin à évoquer les deux fuyardes. La mère de Joy a sombré dans la démence et croit toujours que sa fille est sur le point de revenir. Il paraît bien cruel de la priver de cet espoir.

Joy et Merry sont peut-être allées chercher de nouvelles vies, un nouveau destin. Peut-être ne veulent-elles simplement pas qu'on les trouve.

Mais on ne peut s'empêcher de croire que quelqu'un, quelque part, sait ce qui est arrivé aux deux meilleures amies, les fugueuses du Sussex. Merry et Joy, dont les noms sont inséparables.

Je reste assise un moment, en proie à diverses émotions. La tristesse. La colère. Je regarde la signature au bas de l'article. Deux rouages s'emboîtent. Je reviens aux papiers précédents du journal local, pour vérifier l'identité de leur auteur. C'est le même. *Évidemment.*

Journaliste un jour, journaliste toujours.

J. Hartman. Joan.

27.

— Je dirais qu'il y en a pour environ cent livres, plus les pièces.

L'employé de la boutique photo la considère avec sympathie.

Flo soupire.

— Je vois.

— Pas ce que tu voulais entendre ?

— Non, mais c'est ce à quoi je m'attendais.

— Désolé, ma grande.

— Merci quand même.

— Peut-être que si tu demandes gentiment à ton père ou à ta mère ?

— Ouais, peut-être.

Elle se retourne pour partir.

— Oh, une seconde.

L'homme lui tend une pellicule.

— Je te l'ai récupérée. Je ne crois pas qu'elle ait été endommagée.

— Ah. Merci.

Elle empoche le rouleau. Au moins n'a-t-elle pas perdu les photos. Maigre consolation. Comment diable va-t-elle trouver cent billets ?

Elle sort de la boutique avec un air abattu. La clochette qui carillonne à son passage ne fait qu'assombrir un peu plus son humeur. *Putain de connard de péquenaud tueur de corbeaux.* Si elle s'était sentie coupable d'avoir explosé le nez de Tom, elle espère maintenant qu'il restera tordu. Et que Tom souffrira des sinus jusqu'à la fin de sa vie pourrie.

Pas très chrétien, dirait sa mère. Et après ? Sa religion leur a fait tant de bien jusqu'ici. Elle les a arrachées à leur maison, les a obligées à s'enterrer dans ce trou à rats. Ouais, la dévotion, ça paie.

Elle repère un café de l'autre côté de la rue et traverse la chaussée. Tout ce qu'elle souhaite à cet instant, c'est prendre des nouvelles de Leon et de Kayleigh et se sentir normale. Elle entre. L'endroit est bondé, mais elle aperçoit une table libre près de la fenêtre. Elle pose son sweat sur le dossier de la chaise, se joint à la queue et commande un moka et un muffin, qu'elle rapporte à sa place.

Puis, tout en sirotant sa boisson, elle se connecte au Wi-Fi. Quatre barres. Alléluia. Elle ouvre Snapchat. Flo n'est pas une grande fan des réseaux sociaux. Chacun s'y invente une vie formidable et modifie son visage à coups de filtres au point de ne même plus avoir l'air humain. Tout est faux, contrefait. Prendre des photos avec son portable ne l'intéresse pas non plus ; elle préfère utiliser son Nikon (ce qui ne risque pas d'arriver dans l'immédiat), mais Kayleigh et Leon sont sur Snapchat, et c'est le seul moyen de rester en contact avec ses amis.

Ils lui manquent. Et elle aimerait mieux les voir en vrai. Elle essaie de ne pas trop y penser, mais c'est parfois difficile. Quand sa mère avait initialement évoqué le déménagement, elle s'était mise en colère. Elles s'étaient disputées, les portes avaient claqué – la totale. D'accord, elle *savait* qu'elles devaient quitter Sainte-Anne. Les choses avaient pris des proportions ingérables. Sa mère était tendue et inquiète en permanence. C'était dur.

Mais pourquoi *ici* ? Pourquoi pas une autre église à Nottingham ? Ou quelque part qui ne soit pas à des centaines de kilomètres de là ? Elle se raccroche à la pensée que son exil ne durera pas trop longtemps. Sa mère n'occupe le poste que par intérim. Quand ils auront nommé un pasteur titulaire, elles retourneront à Nottingham, et avec un peu de chances les choses se seront tassées.

Elle passe en revue les posts les plus récents. Certains des selfies de ses amis la font sourire. Elle trouve dans sa galerie la photo qu'elle a prise de la poupée de brindilles flippante et la publie avec le message suivant : « Ce que les gens du coin font pour "s'amuser" (smiley hurlant). Donnez-moi des nouvelles de la civilisation. » Elle attend les réponses en buvant une gorgée de son moka, les yeux distraitement tournés vers l'extérieur.

Une silhouette attire son attention. Debout près de l'arrêt de bus un peu plus haut dans la rue. Un adolescent maigrichon tout en noir : jean, sweat à capuche, longs cheveux bruns. *Wrigley ?* songe-t-elle en plissant les yeux. Le nom du café et les tasses imprimées sur la vitre déforment l'image. Mais ça lui ressemble beaucoup. La façon dont il se tient. Dont il regarde autour de lui. Dont il la regarde, elle ? Un bus s'arrête, lui bloquant la vue. Quand il redémarre, la silhouette n'est plus là.

Elle fronce les sourcils. Elle n'a aucun moyen de savoir si c'était lui. Le Sussex ne compte certainement pas qu'un seul garçon correspondant à sa description. Mais il pourrait tout à fait être ici. Henfield est la ville la plus proche de Chapel Croft, après tout. Ce n'est pas comme s'il y avait beaucoup d'options.

Elle reporte son attention sur son moka. Comme pour lui donner raison, une ombre s'attarde sur sa table. Elle lève les yeux.

— *Sérieusement ?*

Rosie sourit.

— Salut, Vampirina.

Flo lui jette un regard noir.

— Tu me suis, ou quoi ?

Rosie tire la chaise en face de Flo.

— Prends pas tes désirs pour des réalités.

— Qu'est-ce que tu fais là ?

— J'ai rendez-vous avec des potes. On va se faire faire les ongles. C'est ma mère qui allonge.

— Waouh. La chance.

— Pas vraiment. Cette salope me paie tout ce que je veux tant que ça me tient éloignée d'elle. Et toi ?

— J'étais en train d'essayer de me rappeler la dernière fois où je suis allée quelque part sans que tu te pointes.

— C'est petit ici, Vampirina. Tu te rendras vite compte que c'est difficile d'éviter qui que ce soit.

— Manifestement. (Flo croise les bras.) Qu'est-ce que tu veux ?

— M'excuser, en fait.

— Vraiment ?

— Vraiment.

— Parce que tu as peur que je porte plainte ?

— Tu l'as fait ?

— Pas encore.

Rosie jette un coup d'œil au Nikon.

— Tu sais, je pourrais te payer la réparation.

— Je n'ai pas besoin de ton argent.

— OK.

— On a terminé ?

— Il n'y a aucune raison pour qu'on ne soit pas amies.

— J'en vois quelques-unes.

— Tu préfères traîner avec Wrigley le secoué ? Tu ne trouves pas ses tics répugnants ? Ou peut-être que tu aimes ça ?

— Va te faire foutre.

— Alors, c'est ça, il te plaît.

— Je viens seulement de le rencontrer.

— Tu veux mater une photo de sa bite ?

Flo la dévisage en silence. Rosie éclate de rire.

— Je l'ai sucé, une fois. Pour un pari.

— Je ne te crois pas.

— Pourquoi ? Tu penses qu'il est différent ? Fais-moi confiance… Il est comme les autres. Il se fout de l'endroit où il la met. Grandis un peu.

Flo hausse les épaules.

— Qu'est-ce que tu veux que ça me fasse ?

Ça lui fait néanmoins quelque chose. Plus ou moins. Il a quelque chose de spécial. Du moins l'avait-elle cru.

— La photo est excellente, je l'ai montrée à tout le monde. Tu es probablement la seule personne au village à ne pas l'avoir vue. Il en a une grosse, d'ailleurs.

— Tu es malade.

— Quoi, tu n'aimes pas la bite ? T'es plutôt branchée minou ?

— Vas-y, casse-toi.

— En fait, je voulais te donner un conseil d'amie.

— Ouais ?

— Est-ce que Wrigley t'a parlé de son précédent lycée ?

— Je te l'ai dit, je viens juste de le rencontrer.

— Il s'est fait virer.

— Et après ?

— Tu n'es pas curieuse de savoir pourquoi ?

— Je suis curieuse de savoir pourquoi je croirais un seul mot qui sort de ta bouche.

— Il a essayé d'y mettre le feu. Il a presque tué une fille.

— N'importe quoi.

— Cherche sur Internet. La Ferndown Academy à Tunbridge Wells.

— Je te répète que je n'en ai rien à foutre.

Rosie se lève et hausse les épaules.

— C'est toi qui vois. Mais à ta place, je resterais le plus loin possible de Wrigley. (Elle lui fait un clin d'œil.) Je te dis ça pour ton bien.

Flo l'observe s'éloigner d'un pas nonchalant, en espérant que quelqu'un lui jettera accidentellement son café brûlant au visage. Elle reporte son attention sur son téléphone. Un message de Kayleigh l'attend. Son pouce s'attarde un instant au-dessus. Puis elle ouvre Safari et tape « Ferndown Academy ».

28.

— Vous écriviez pour le journal local.

Joan gagne la table d'une démarche chancelante. Deux mugs de café manquent de vaciller entre ses mains noueuses, mais elle parvient à ne pas en renverser une goutte.

— C'est exact.

— Pourquoi ne me l'avez-vous pas dit la dernière fois ?

— Si je vous donne toutes les réponses, vous ne poserez plus de questions.

— Mais peut-être que j'aurais pris plus au sérieux ce que vous m'avez dit sur le révérend Fletcher.

Elle feint la surprise.

— Parce que ce n'était pas le cas ? Vous pensiez qu'il s'agissait des divagations d'une vieille folle ?

— Je suis désolée.

— Ne le soyez pas. J'ai l'habitude. Quand vous êtes vieux, peu importe ce que vous avez accompli au cours de votre vie, les gens ne voient que votre âge. Cela dit, vous pouvez tourner la chose à votre avantage, ajoute-t-elle avec un clin d'œil. Je n'ai pas porté un sac de courses jusqu'à ma voiture depuis des années.

Je souris.

— La disparition des filles a dû faire les gros titres du journal local.

— Au début. Mais pas longtemps.

— Pourquoi ?

— Les petits villages sont d'étranges endroits. Rétrogrades, par certains aspects. Oh, je sais que certains n'aiment pas entendre ça, mais c'est la vérité. Ils sont réfractaires au changement. Certaines familles vivent ici depuis des générations, et elles ont leurs habitudes.

Je sirote une gorgée de café.

— Ils se connaissent tous, poursuit-elle. Ou plutôt, c'est ce qu'ils aiment penser. Le fait est qu'ils savent ce qu'ils ont envie de savoir et croient ce qu'ils ont envie de croire. Tout ce qui menace leur communauté, leurs traditions, leur église déclenche une levée de boucliers collective.

Elle a raison. Pas seulement dans les villages, mais dans n'importe quelle communauté, et même en ville. C'est ainsi que des quartiers deviennent des ghettos. Nous et eux. Et qu'importe que le « nous » soit composé d'individus peu recommandables : on protège les siens.

— Est-ce qu'on vous a demandé de cesser d'écrire sur ce sujet ?

— Pas directement. Mais mon rédacteur en chef m'a clairement découragée de poser trop de questions. Je crois que l'inspecteur chargé de l'affaire, un certain Layton, ne voulait pas passer pour un incompétent, et l'église exerçait une forte influence sur la communauté. Suggérer que des méfaits avaient été commis était quasiment taxé d'hérésie.

— Les méfaits que vous évoquez ont un rapport avec Benjamin Grady, le vicaire ?

— Oui.

— Vous le connaissiez ?

— Plus ou moins. Je vivais à Henfield, à l'époque. Je ne lui ai parlé qu'une fois après la disparition de Joy.

— Et ?

Elle hésite un instant.

— Il m'a fait une assez mauvaise impression…

— Pourquoi ?

— Il dégageait quelque chose. Je n'arrivais pas à mettre le doigt dessus. Il avait cependant la cote auprès des filles du village.

— Il arrive souvent que des filles aient un béguin pour leur prêtre. Bien sûr, la plupart d'entre eux n'abuseraient jamais de leur position.

Elle hoche la tête.

— Grady était certainement conscient de la séduction qu'il exerçait. Et Joy était jolie.

— Tel que vous le dites, ça paraît très romantique, dis-je en me raidissant. Mais c'était un adulte en position de pouvoir, et Joy n'avait que quinze ans.

Elle acquiesce de nouveau.

— A-t-il jamais été soupçonné dans la disparition de Joy ?

— Pas sérieusement. La police l'a interrogé, évidemment. Mais la dernière fois que Joy a été vue par un témoin, Grady avait un alibi. Il préparait un office avec le révérend Marsh.

— Le témoin a-t-il pu se tromper ?

— Sa description des vêtements de Joy correspondait à celle qu'en avait faite sa mère.

— Qui était le témoin ? Ça n'est stipulé dans aucun rapport.

— Clara Rushton.

Je la dévisage un instant.

— Vous voulez dire, la femme du révérend Rushton ?

— Oui, quoique, à l'époque, elle s'appelait encore Clara Wilson. Elle enseignait.

— Je sais… enfin, elle l'a mentionné. (Je marque une pause.) Alors elle connaissait les filles *et* Grady ?

— Oui. En fait, Clara et Grady ont grandi ensemble à Warblers Green. Puis Grady est parti pour l'université et au séminaire. Quand il est revenu, Clara aidait beaucoup à la chapelle. Le révérend Marsh ne conduisait pas, aussi Clara faisait-elle souvent des courses pour l'église.

— Vous avez vraiment fait des recherches.

— Oh, c'est une habitude chez moi, répond-elle avec un sourire.

La façon dont elle prononce ces mots m'amène à me demander subitement si elle a fait des recherches sur moi. Je poursuis rapidement :

— Alors il est *envisageable* que Clara ait protégé Grady ?

— Mais comment aurait-elle su ce que Joy portait ce soir-là ?

— Peut-être l'a-t-elle vue plus tôt, quand Grady n'avait pas d'alibi ?

— De là à faire un faux témoignage…

— Peut-être qu'il la manipulait ?

— Possible. Comme je l'ai dit, Grady se savait bel homme. Clara était peut-être sous son charme. Mais à cette époque, elle était assez ingrate, aussi large que haute. Je crois que j'ai une photo quelque part.

Elle se lève avec difficulté. Tandis que nous parlions, son esprit affûté m'a presque fait oublier son âge. Elle se rend dans l'entrée. En attendant, j'essaie de me représenter la digne et élégante Clara dans la peau d'une jeune femme en surpoids au physique difficile. C'est ainsi, le temps nous change tous. Pour le meilleur et pour le pire.

Joan revient avec deux photos, qu'elle me tend. La première montre une Clara beaucoup moins âgée, brune et bien en chair, que j'ai du mal à reconnaître. Elle arbore une expression sérieuse et une tenue d'un autre temps. C'est manifestement le portrait officiel de l'école où elle travaillait. Je l'imagine bien, punaisé dans le hall d'entrée. Son nom figure en légende. *Mlle Wilson.*

Je pose le cliché sur la table basse et m'intéresse au second. Je retiens ma respiration.

Grady. Il est assis, face à l'objectif. Le dos droit, les mains croisées sur les genoux, un sourire presque moqueur. Il a le visage glabre, les traits féminins. Des pommettes proéminentes, des lèvres pleines. Un front haut, des cheveux blonds coiffés en arrière. Bel homme, en effet, et pourtant… Même dans cette image figée, quelque chose me donne la chair de poule.

— Avez-vous remarqué sa bague ? demande Joan.

Elle se penche en avant et tapote la photo d'un doigt arthritique. Je n'ai guère d'autre choix que de regarder de plus près. La plupart des prêtres ne portent pas de bijoux, en dehors d'une croix. Mais une imposante chevalière en argent enserre une des phalanges de Grady. J'y distingue une forme et des mots en latin. Je déglutis, la bouche sèche.

— Curieux, n'est-ce pas ? commente Joan. La phrase en latin est un extrait de la prière à saint Michel. J'ai dû me procurer une loupe pour la lire. Vous la connaissez ?

Je hoche la tête.

— *Sancte Michael Archangele, defende nos in proelio.* « Saint Michel archange, défendez-nous dans le combat. » C'est une prière de protection. Contre les forces du mal.

Je pose la photo sur la table, réprimant l'envie subite d'essuyer mes mains sur mon jean.

Joan me considère avec curiosité.

— Tout va bien, ma chère ?

— Oui. Très bien. C'est juste que… je ne sais pas trop ce que je peux faire. Je suis un pasteur, pas un inspecteur de police. Et tout cela s'est passé il y a longtemps.

— C'est vrai. Mais vous pourriez essayer d'apprendre ce que Matthew avait découvert.

Elle se renfonce dans sa chaise. Elle semble souffrir. Arthrite, ou peut-être ostéoporose. Je patiente.

— Vous croyez sincèrement que quelqu'un l'a tué ?

Elle finit par s'immobiliser.

— Je l'ai vu quelques jours avant sa mort. Il ne m'a pas donné l'impression d'être sur le point de se suicider. Il paraissait même assez déterminé.

— Les candidats au suicide savent très bien cacher leurs intentions.

— Vous avez l'air de parler d'expérience.

J'hésite un instant, avant de m'entendre dire :

— Mon mari, Jonathon, a fait plusieurs tentatives.

— Je suis navrée, ma chère.

— Il souffrait de dépression. Il avait de bons jours, excellents même, mais les heures sombres… Eh bien, elles étaient vraiment sombres.

— Comme cela a dû être difficile.

Je songe aux heures qu'il passait affalé devant la télé. À la paranoïa, qui l'a un jour conduit à exploser son téléphone à coups de masse. Au jour où on l'a retrouvé marchant pieds nus le long d'une voie rapide. Certaines affections sont visibles. Mais la dépression est une maladie de l'esprit incapacitante qui change celui ou celle que vous aimez en une personne méconnaissable.

— J'étais sur le point de demander le divorce, quand il est mort.

Cette confession réveille une vieille culpabilité. Même avec le soutien de Dieu, je ne m'en sortais pas. Pas avec un enfant en bas âge. Pas avec la crainte quotidienne que son état mette notre fille en danger.

— Il a finalement réussi à se supprimer ? demande Joan avec douceur.

— Non, dis-je avec un sourire amer. Il s'est fait tuer par un intrus, dans son église. Triste ironie.

— Oh, mon Dieu, c'est horrible. Le meurtrier a-t-il été arrêté ?

Je songe à la lettre dans la boîte à gants.

— Oui. Il a écopé de dix-huit ans de prison.

Elle pose sa main parcheminée sur la mienne.

— Vous en avez bavé.

— Je n'évoque jamais Jonathon. Je suppose que j'ai essayé de mettre tout ça derrière nous. Je n'utilise même plus mon nom marital.

— Les journalistes savent s'y prendre pour faire parler les gens.

— Très juste.

Et confesser une vérité peut être un bon moyen de détourner l'attention de certaines autres.

Joan change de position et rajuste son cardigan sur ses épaules. Je me rappelle que c'est une octogénaire et que nous bavardons depuis un moment. Ce doit être une épreuve pour elle.

— Je ferais mieux de partir. Vous êtes fatiguée.

Elle balaye l'argument d'un geste de la main.

— J'ai quatre-vingt-cinq ans. Je suis toujours fatiguée. Est-ce qu'on vous a parlé de Saffron Winter ?

— L'écrivaine ? Oui. Aaron m'a dit que le révérend Fletcher et elle étaient amis.

— Si vous voulez en savoir plus sur Matthew, vous devriez aller la voir. Ils étaient proches.

— Proches au point d'avoir une liaison ?

— Il ne me l'a jamais confié, mais j'avais l'impression qu'il avait *quelqu'un* dans sa vie.

Intéressant. Mon téléphone vibre dans ma poche. J'envisage de l'ignorer, mais un coup d'œil à l'écran m'apprend que c'est Durkin.

— Pardon, ça vous dérange si…

— Non, je vous en prie. La réception est meilleure à l'extérieur.

— Merci.

Je me lève, traverse la cuisine et sors dans le jardin.

— Allô ?

— Jack. Vous avez eu mon message ?

— Non, désolé, je n'ai pas consulté mon répondeur.

Durkin parle d'une voix tendue qui tranche avec son habituel ton glissant de ver des sables, et qui m'alerte immédiatement.

— Il y a un problème ?

Profond soupir.

— Oui. Il s'est passé quelque chose de grave, et je voulais que vous soyez la première à le savoir.

— Allez-y.

— Vous connaissez le révérend Bradley ?

— Oui, mon remplaçant. Que lui est-il arrivé ?

— Il a été agressé hier soir, à l'église Sainte-Anne.

— Comment va-t-il ?

Une pause. Le genre de pause qui ne peut précéder qu'une terrible nouvelle.

— Il est mort, je le crains.

29.

Il pose la tête contre la vitre du train. Le mouvement l'apaise. La fraîcheur du verre calme son mal de crâne.

Le trajet jusqu'à Londres dure un peu moins de deux heures, puis il devra prendre une correspondance pour le Sussex. De là, il lui faudra trouver un bus ou marcher.

Par chance, le gros prêtre avait beaucoup de liquide dans son portefeuille. Suffisamment pour payer son billet de train, et il en reste encore un peu. Il a passé la nuit précédente dans l'église. Elle était propre et pas trop froide. Il y avait même une petite salle de bains pour nettoyer le sang.

Le gros prêtre lui a dit ce qu'il voulait savoir assez vite. Il ne se rappelle pas vraiment pourquoi il a ressenti le besoin de le frapper autant et si fort. Peut-être à cause de la façon dont le prêtre le regardait. Peut-être parce qu'il prétendait le pardonner pour ses péchés. Peut-être parce qu'il lui rappelait un peu trop sa mère.

Vois comme je t'aime.

— Billet, s'il vous plaît.

Il ouvre les yeux. Ses poings se serrent instinctivement. Combat ou fuite. Non, se reprend-il. Il a son billet dans sa poche. Tout va bien. Il a tous les droits de se trouver dans ce train. Il lui suffit de se comporter normalement. De garder la tête froide. De ne pas perdre de vue son objectif. Sinon, tout aura été vain.

Le contrôleur se rapproche. Il se redresse, billet en main, en s'efforçant de maîtriser ses tremblements.

— Bonjour, monsieur.

— Bonjour.

Il lui tend son billet. Le contrôleur le poinçonne, s'apprête à le lui redonner, mais s'interrompt.

La panique le saisit. Que se passe-t-il ? A-t-il dit ou fait quelque chose de travers ? Le contrôleur a-t-il vu la culpabilité sur son visage ou le sang sur ses mains ?

L'homme sourit et lui rend son billet.

— Bon voyage, révérend.

Ah. Évidemment.

Il se détend et porte les doigts à son col clérical.

Le gros prêtre a su ce qui allait lui arriver au moment où il lui a demandé de se déshabiller. Il a vu la terreur dans ses grands yeux bruns et la tache humide sur ses sous-vêtements.

Le costume est un peu ample, mais pas suffisamment pour que ça paraisse louche. Il rend son sourire au contrôleur.

— Dieu vous bénisse, monsieur.

30.

— Tu es sûre que tu ne veux pas m'accompagner ?

Flo me jette un regard désobligeant.

— Euh… Un quiz, au pub ? Non, merci.

— Ça ira, toute seule ?

— Tant que tu n'oublies pas de me mettre dans mon parc.

— Très drôle.

— Ça ira très bien, ne t'inquiète pas.

Mais elle n'a pas l'air bien. Le nez fourré dans un livre, ma fille paraît préoccupée et malheureuse, le teint pâle.

Je m'assieds à côté d'elle sur le canapé.

— Écoute, je vais essayer de trouver de l'argent pour réparer ton appareil. Je pourrais peut-être demander une carte de crédit.

— Je croyais que les cartes de crédit étaient l'œuvre du diable.

— Plein de choses le sont et je les utilise quand même.

— C'est bon, maman. Ce n'est pas l'appareil.

— Alors qu'est-ce qui te tracasse ?

— Rien du tout. (Elle se lève du canapé.) Je monte.

— Tu ne manges pas ?

— Je me préparerai quelque chose plus tard.

— Flo…

— Maman, laisse tomber, OK ? Je ne suis pas une de tes paroissiennes. Si tu veux savoir ce qui ne va pas, regarde autour de toi.

Elle gravit l'escalier d'un pas rageur et claque la porte de sa chambre, secouant tout le cottage.

D'accord. Je suppose que ça me pendait au nez. Je me laisse aller dans le canapé et me masse les tempes. Le mal de tête ne devrait pas tarder. La dernière chose dont j'ai envie, c'est d'aller jouer au pub. D'un autre côté, un verre ne serait pas de refus. Je ne cesse de penser au révérend Bradley. *Agressé. Mort.*

Durkin m'a dit que la police penchait pour un intrus, peut-être un des SDF venant à la soupe populaire. Le portefeuille de Bradley a été volé, ainsi que ses habits.

Mais j'ai un mauvais pressentiment. Sainte-Anne est mon ancienne église. Est-ce qu'il me cherchait ? Est-ce que le révérend Bradley s'est mis en travers de son chemin ?

Non. Je me monte la tête toute seule. C'était il y a quatorze ans. On ne l'aurait pas laissé sortir pour bonne conduite s'il n'avait pas fait preuve de remords ; démontré qu'il était un nouvel homme. Pourquoi me chercherait-il maintenant ?

Mais je connais la réponse. Je l'ai abandonné. Et je ne suis jamais revenue.

Je me lève. Ça suffit. La meilleure chose à faire est peut-être de laisser un peu d'air à Flo, de sortir et de me changer les idées pendant quelques heures. Je me traîne à l'étage, prends une douche et enfile de nouveaux vêtements. J'inspecte mon reflet dans le miroir en pied posé contre le mur. Jean, chemise noire, Dr. Martens. Je commence à me faire une queue-de-cheval puis, me ravisant, je rabats simplement mes cheveux derrière mes oreilles. J'attrape un sweat à capuche au passage. L'air est encore lourd, mais ça pourra se rafraîchir au retour.

Je frappe doucement à la porte de Flo.

— J'y vais.

Pas de réponse. Je soupire.

— Je t'aime.

J'attends un instant et une voix étouffée me répond :

— Ne bois pas trop.

Je souris, un peu rassurée. Comportement d'ado typique. Ça passera. Peut-être que tout passera. D'un autre côté, deux précautions valent mieux qu'une. Je retourne dans ma chambre et sors de l'armoire la vieille boîte en cuir, dans laquelle je prends le couteau à manche en os. Je regarde un instant les taches de rouille. Puis je vais le glisser sous le matelas.

S'il nous trouve, je serai prête.

Le *Barley Mow* est brillamment éclairé. Je n'ai pas mis les pieds dans un pub depuis longtemps. Je ne bois pas tant que ça. Un verre de rouge de temps à autre à la maison, mais guère plus. Un pasteur ne peut pas vraiment se permettre d'être vu à vider des shots de tequila dans un bar. De plus, je n'aime pas la sensation de perte de contrôle, de lâcher-prise, de ne pas savoir ce qui sortira de ma bouche l'instant d'après.

J'arrive à la porte. 19 h 37. J'hésite un moment, en tripotant mon col. Un tic nerveux qui me rassure. Je pourrais choisir de ne pas le porter. En certaines occasions, je ne le fais pas. Mais il agit aussi comme un bouclier. Quand les gens le voient, ils ne vous voient pas vraiment, *vous*.

Je pousse la porte. Odeurs de pub. La levure, la nourriture, les vieux meubles, la sueur rance. Le bruit des rires et le tintement des verres. Quelqu'un en cuisine qui crie quelque chose d'inintelligible. J'entre et scrute rapidement mon nouvel environnement. C'est une habitude, comme de toucher mon col clérical. Évaluer la situation. Déterminer qui sont les ennemis et les amis. Repérer les sorties.

Le pub est cosy et bas de poutres. À gauche, le bar et quelques tables. À droite, une grande cheminée ouverte où ne brûle pour le moment aucun feu, d'autres tables et chaises et deux canapés en cuir fatigués. Les murs de brique s'ornent d'un certain nombre de plaques « humoristiques ».

L'argent ne fait pas le bonheur, mais il peut vous payer une bière.

L'alcool ne résoudra pas vos problèmes, mais l'eau non plus.

Chiens bienvenus, enfants tolérés.

Des casseroles en cuivre et des objets en fonte pendent autour de la cheminée, où s'empilent également des bûches. La plupart des clients sont plutôt âgés ; quelques-uns ont des chiens. C'est ce genre de pub.

Un groupe de mâles plus jeunes agglutinés autour du bar discutent avec un des barmen, un garçon pas tout à fait sorti de l'adolescence avec deux yeux au beurre noir et un nez enflé. M'apercevant, il dit quelque chose à un de ses congénères, qui éclate de rire. J'essaie de les ignorer, mais mes mâchoires se crispent.

— *Jack*, par ici !

Je me retourne en entendant la voix de Rushton. Il me fait signe depuis une table ronde dans un coin de la pièce. Clara est assise à côté de lui, mais je ne vois pas Mike Sudduth. Je me fraie un chemin jusqu'à eux, enjambant deux chiens au passage. Une pinte de bière trône devant Rushton, à laquelle Clara a préféré un verre de vin rouge. Sitôt que je les ai rejoints, Rushton se lève et me gratifie d'une accolade chaleureuse.

— Je suis bien content que vous soyez là. Vous buvez quoi ?

— Euh… (Je songe à demander un Coca light, avant de me dire : *Et merde.*) Vin rouge, s'il vous plaît. Un malbec ou un cabernet sauvignon, s'ils en ont.

— Aucun problème.

Il s'éloigne en trottinant, et je tire un des tabourets vacants pour m'asseoir en face de Clara. Ce soir, elle a détaché ses cheveux, qui lui font comme un manteau de neige chatoyante sur les épaules. Je songe aux vieilles photos que Joan m'a montrées. À la Clara mal fagotée. Au beau Grady.

A-t-elle pu mentir pour lui ?

— Alors, comment allez-vous ? s'enquiert-elle avec chaleur.

— Oh, bien.

— Comment s'est passée votre consultation matrimoniale ?

— Rien qu'un changement de sexe ou une fausse barbe ne puisse résoudre.

Elle rit.

— Ils s'y feront. Certaines personnes sont juste un peu étroites d'esprit.

— Je sais. Je ne suis pas née de la dernière pluie.

— Bien sûr.

Rushton revient avec un grand verre de vin, Mike Sudduth sur ses talons.

— Regardez sur qui je suis tombé au bar !

Il pose ma boisson devant moi avec un sourire rayonnant.

— Cabernet sauvignon. Et j'ai cru comprendre que vous aviez déjà rencontré Mike, aussi nous passerons-nous des présentations.

Je souris poliment.

— Comment va votre voiture ?

— Elle a de nouveau quatre roues. Merci pour votre aide.

— Je vous en prie. Et à propos de ce que j'ai dit…

— Ne vous inquiétez pas pour ça. (Il s'assied sur le tabouret à côté de moi et pose un verre de jus d'orange sur la table.) Alors, quel est votre sujet de prédilection ?

Je le regarde un moment sans comprendre.

— Oh, le quiz.

— Clara est notre experte en culture générale, explique Rushton. Moi, c'est le sport.

— Et vous ? je demande à Mike.

— TV et films.

— D'accord. (Je bois une gorgée de vin.) Eh bien, j'aime lire.

— Parfait. Alors vous serez notre experte en littérature.

— Je suis peut-être un peu rouillée.

— Ne vous inquiétez pas, fait Rushton en gloussant. On est là pour s'amuser.

Mike et Clara échangent un regard.

— Ne le laissez pas vous mettre des idées pareilles dans la tête, dit Mike. Les soirées quiz, c'est du sérieux.

— Maintenant, je suis inquiète.

— Mais non, renchérit Clara. C'est juste une question de vie ou de…

Elle ne termine pas sa phrase, les yeux braqués vers la porte. Je me retourne. Une bouffée d'air frais s'engouffre dans le pub en même temps que deux personnes. Simon et Emma Harper. Je regarde subrepticement Mike. Son visage s'est fermé, les mâchoires crispées. La douleur dans ses yeux est presque tangible. Il s'absorbe soudain dans la contemplation de la feuille du quiz sur la table.

— Et si on parlait du nom de notre équipe ? intervient rapidement Rushton. Je pense que nous devrions choisir quelque chose d'inédit, étant donné que nous avons un membre de plus.

— Tout à fait, acquiesce Clara. Nouveau départ, tout ça.

Ils me regardent avec espoir. C'est une des raisons pour lesquelles je déteste ce genre de jeu.

— Euh…

— Les Quatre Mousquetaires, suggère Rushton.

— La Sainte Trinité, propose Clara.

— Une trinité, c'est trois, je lui rappelle.

— Ah.

— Les Quatre Cavaliers de l'Apocalypse, soumet Mike.

Peste, Guerre, Famine et Mort.

Je souris.

— Ça me va.

Nous perdons. Nettement et sans surprise. Un groupe de bonshommes renfrognés en Barbour et bottes en caoutchouc s'étant eux-mêmes baptisés (de façon assez ironique) les Fermiers fringants remporte la mise. Je soupçonne cependant que le nombre anormalement élevé de questions sur les tracteurs les ait avantagés.

Je me suis malgré tout beaucoup amusée, plus que je ne m'y attendais. Rushton et Clara sont de bonne compagnie, et Mike a un humour pince-sans-rire. Je commence à me détendre un peu.

— C'est ma tournée, déclare Mike en se levant.

— Une pinte de Speckled Hen pour moi, dit Rushton, mais il se ravise sous le regard sévère de Clara : Bon, alors juste un demi.

— La même chose ? me demande Mike.

Je réfléchis à la question. J'ai déjà bu un grand verre. Je devrais probablement prendre un soda ou…

— OK, m'entends-je répondre.

Il hoche la tête et part vers le bar. Ma vessie se rappelle à mon souvenir.

— Je vais me repoudrer le nez, dis-je en m'extrayant de mon siège.

Les toilettes dames se trouvent derrière le comptoir. Une soupente, avec deux cabinets, un petit lavabo et un miroir. Au moment où je tire la chasse, j'entends la porte venant du bar s'ouvrir. Je sors de mon cabinet et tombe sur Emma Harper. J'ignore pourquoi, mais j'ai la nette impression qu'elle m'a suivie ici. Nous échangeons le sourire maladroit de circonstance.

— Bonsoir.

— Salut.

Je tourne le robinet pour me laver les mains, m'attendant à ce qu'elle disparaisse dans un des cabinets. Elle n'en fait rien. Elle s'approche du lavabo et entreprend de se recoiffer devant le miroir. De près, sous la vive lumière des néons, sa peau paraît tirée – lifting ? Botox ? – et son nez ciselé semble avoir été retouché. J'ai bien conscience que l'éclairage ne fait pas non plus de cadeau à ma complexion ramollie. Je ferme le robinet et cherche des yeux les serviettes en papier.

— Je ne m'attendais pas à vous voir ici, dit-elle d'une voix un peu pâteuse.

— Clara m'a invitée à participer au quiz.

— Ça vous a plu ?

— Beaucoup. (Je fais une boule avec la serviette et la jette dans la poubelle.) Quoique les quiz ne soient pas trop mon truc.

— Le mien non plus, mais c'est une sorte de tradition du village. (Un sourire en coin.) Simon est très attaché aux traditions. Elles sont partout, ici.

— Vous n'êtes pas de la région ?

— Moi ? Non. J'ai rencontré Simon à l'université à Brighton. Nous avons vécu là-bas quelques années. Et puis nous avons emménagé ici après notre mariage.

— Oh, pourquoi ça ?

— La ferme. Son père arrivait à l'âge de la retraite. Il souhaitait que Simon prenne sa suite.

— Je vois. Et vous étiez d'accord ?

— Je n'ai guère eu le choix. J'étais enceinte de Rosie… Et ce que Simon veut, Simon a.

Difficile de passer à côté de l'amertume. L'alcool, ce formidable sérum de vérité.

— Et vous ? me demande-t-elle.

— Oh, je m'acclimate.

Elle sort un rouge à lèvres de sa poche et commence à l'appliquer.

— On dirait que vous vous entendez bien avec Mike.

— J'essaie de m'entendre avec tous mes paroissiens, dis-je sans me démonter.

— Je suppose que vous avez eu vent de ce qui s'est passé avec sa fille ?

— Oui. Je suis désolée. La mort d'un enfant est une tragédie. Pour tout le monde.

Elle me dévisage dans le miroir. Ses pupilles sont contractées. La main qui tient le rouge à lèvres tremble légèrement. Peut-être son état ne s'explique-t-il pas uniquement par l'abus d'alcool. Médicaments, peut-être ?

— Ce n'était pas ma faute.

— Je le sais.

— Vraiment ?

— Ça m'a l'air d'avoir été un terrible accident.

— Je n'aurais même pas dû garder Tara cet après-midi-là. Je rendais service à Mike. Il m'a appelée et m'a suppliée d'aller la chercher à l'école.

— Pourquoi ?

Un petit sourire, qui tient plus du rictus.

— Parce qu'il était ivre. Trop pour conduire. Et ce n'était pas la première fois.

Mike m'a dit qu'il ne buvait plus. Le verre de jus d'orange.

— Donc, il avait un problème avec l'alcool ?

— C'était un alcoolique. C'en était au point que Fiona envisageait de le quitter. Elle lui avait donné une dernière chance. S'il la foutait en l'air, elle partirait, avec Tara. Il ne supportait pas l'idée de perdre sa fille.

L'ironie de la chose me noue la gorge.

— Alors vous avez accepté de le couvrir ?

— J'essayais juste d'aider. Je sais que je n'aurais pas dû laisser Tara et Poppy sous la surveillance de Rosie, mais ce n'était que quelques minutes…

— Vous n'avez rien à vous reprocher.

Cela dit, sortir en confiant la responsabilité de deux enfants à une troisième à peine plus âgée était imprudent. Rosie devait avoir treize ans au moment des faits. D'un autre côté, combien de fois ai-je laissé Flo sans surveillance parce que j'étais occupée ou distraite ? Personne n'est parfait. Et on croit tous que les drames n'arrivent qu'aux autres, pas vrai ?

Elle secoue la tête.

— Lorsqu'on est mère, on fait tout ce qu'on peut pour les garder en sécurité. Et puis, en une seconde, ils peuvent nous être arrachés.

— Vous ne pouviez pas prévoir ce qui s'est passé.

— Mais j'aurais dû. (Elle tourne vers moi un regard plus affûté.) Vous croyez au mal, révérend ?

J'hésite un instant.

— Je crois aux actes malveillants.

— Mais pas que quelqu'un puisse être né mauvais ?

Je voudrais lui répondre non. Je voudrais lui répondre que nous sommes tous une page vierge à la naissance. Que les meurtriers, les violeurs et les pédophiles sont des produits de leur environnement plutôt que de quelque noirceur d'âme. Mais j'ai rencontré de nombreux délinquants en prison. Certains sont victimes de terribles circonstances et d'une éducation effroyable. Un schéma de maltraitance qui se répète à l'infini. Mais les autres ? D'autres viennent de milieux favorisés, ont grandi aux côtés de parents aimants et ont néanmoins choisi de tuer, de torturer et de mutiler.

— Je pense que nous sommes tous capables du bien et du mal, dis-je. Mais chez certains, l'un prévaut sur l'autre.

Elle hoche la tête et se mord la lèvre. Je l'observe attentivement. Il y a quelque chose sous le vernis reluisant. Quelque chose que le Botox et les pilules ne masquent pas totalement.

— Emma, si vous souhaitez me parler, vous pouvez toujours venir à la chapelle. Je serais…

La porte du bar s'ouvre soudainement. Une grand-mère vêtue de tweed et de bottes en caoutchouc entre d'un pas chancelant, nous salue d'un hochement de tête et s'enferme dans un cabinet.

— Emma ?

Quand elle sourit, son masque a repris sa place.

— Merci pour la discussion, révérend. Et il faudrait vraiment que nous fassions se rencontrer nos filles, un jour. Au revoir.

Et elle s'en va, dans un nuage de parfum et de douleur.

Je soupire et observe mon reflet dans le miroir. Mon visage me surprend parfois. Les poches sous mes yeux, mes joues tombantes. Si Emma a choisi de se déguiser à coups d'aiguilles et de bistouri, j'ai fait l'inverse. Je me suis laissée aller. Les années ont effacé la jeune fille que j'étais, l'ont cachée derrière les pattes-d'oie et l'expansion de la quarantaine.

Je repense à ce qu'elle m'a dit. *Croyez-vous au mal ?* Peut-on être né mauvais ? L'inné et l'acquis. Le cas échéant, peut-on changer ? Ou ne peut-on rien espérer de mieux que de nier sa nature, de dissimuler sa noirceur, d'essayer de s'intégrer et de se comporter comme tout le monde ? Je n'ai pas la réponse, mais je me demande bien de qui elle voulait parler.

Je regagne la salle et m'assieds. Mike pousse mon verre de vin vers moi.

— À la vôtre.

— Merci.

— Vous en avez mis, du temps.

— Il y avait la queue.

Il hoche la tête et porte son jus d'orange à ses lèvres. Son abstinence prend tout son sens à présent. Expiation. Il se reproche la mort de sa fille, même s'il n'en est pas responsable. Rien qu'un drame imprévisible. Comme tous les drames. C'est ce qui les rend si insupportables. Ils nous rappellent que la vie est arbitraire et parfois cruelle. Nous cherchons un coupable. Nous n'acceptons pas que les choses se produisent sans raison. Que tout ne soit pas sous notre contrôle. Nous nous croyons le démiurge de notre propre univers, sans rien de la miséricorde, de la sagesse ou de la grâce de Dieu.

Je bois une gorgée de vin.

— Nous aurions besoin de votre avis, Jack, dit Rushton en interrompant le cours de mes pensées. Nous discutions d'importants sujets théologiques.

— Oh. Vraiment ?

— Oui. Qui, selon vous, incarne le mieux le diable à l'écran ? Al Pacino ou Jack Nicholson ?

Je souris.

— Qui a dit que le diable devait être un homme ?

31.

À ta place, je resterais le plus loin possible de Wrigley. Je te dis ça pour ton bien.

Foutue Rosie. Une garce et une petite brute, oui, mais une menteuse aussi ? Flo la soupçonne de pouvoir tordre la réalité jusqu'à la faire crier. Mais son avertissement s'était accompagné d'une expression qui n'avait pas plu à Flo.

Elle avait trouvé l'article sur Internet. Il avait fait la une du canard local. Un incendie criminel s'était déclaré dans le complexe sportif de Ferndown Academy. Il avait dévasté les installations, mais ne s'était pas propagé au lycée lui-même. Les pompiers avaient secouru une fille restée coincée dans une des réserves.

Un élève avait été mis en examen, mais l'article ne disait pas qu'il avait été inculpé. Pas plus qu'il ne donnait son identité ni celle de la victime. Rien ne prouvait qu'il s'agissait de Wrigley. Et même si c'était le cas, le juge n'avait manifestement pas eu assez d'éléments pour l'inculper. Ça pouvait n'être qu'une rumeur. Dans les lycées, les rumeurs se répandent à la vitesse, eh bien, d'un feu de broussailles.

Dans le pire des scénarios, Wrigley avait bel et bien allumé ce feu. C'était grave, certes. Mais ça ne signifiait pas qu'il savait qu'il y avait quelqu'un dans la réserve. Ce n'était peut-être qu'un accident.

D'un autre côté, à quel point le connaissait-elle ?

Si j'avais vraiment voulu te tuer, je t'aurais laissée tomber dans le puits.

Elle avait essayé de ne pas y penser quand elle était rentrée chez elle, s'absorbant dans un livre – un vieux Clive Barker. Mais en vain. Le mauvais pressentiment était toujours là, comme une démangeaison. Et puis sa mère était arrivée et l'avait soûlée avec son stupide quiz.

Elle avait craqué. Perdu patience. Elle n'aurait pas dû tourner sa colère vers sa mère. Ce n'était pas sa faute, pas vraiment.

Elle se rallonge dans son lit. Quel bordel. Et le plus débile, c'est que ce n'est même pas l'incendie criminel qui la travaille le plus, c'est que Rosie ait prétendu avoir sucé Wrigley. L'image de Rosie la bouche pleine de sa queue la dérange plus que sa possible implication dans une tentative de meurtre. Elle est jalouse. C'est complètement idiot. Elle n'a passé que quelques heures avec lui. Mais elle le croyait différent. C'est le seul ami qu'elle s'est fait ici. Qui se révèle maintenant être un pyromane et le genre de blaireau qui laisse une connasse comme Rosie lui tailler une pipe.

Sa mère frappe doucement à sa porte.

— J'y vais.

Elle ne répond pas. La colère lui obstrue la gorge.

— Je t'aime.

Ce n'est pas sa faute.

— Ne bois pas trop, réplique-t-elle d'une voix brusque.

Elle entend sa mère retourner dans sa chambre puis descendre l'escalier d'un pas lourd. La porte d'entrée claque, et Flo se retrouve seule. Elle roule sur elle-même et tente une nouvelle fois de reprendre sa lecture. Mais il fait trop chaud dans la petite pièce, malgré la fenêtre ouverte. Et le silence de plomb qui règne dans le cottage la déconcentre. Elle se crispe, dans l'attente que quelque chose le brise, même si elle sait qu'elle est seule. *Quel serait le bruit le plus flippant ?* Un escalier qui grince dans une maison vide. Le chuintement de pieds qui n'existent pas. Appartenant peut-être à une incandescente sans bras ni tête.

Fous-moi la paix, cerveau ! Elle prend son casque audio, le cale sur ses oreilles et choisit quelque chose de bruyant pour se changer les idées. Frank Carter and The Rattlesnakes.

Elle arrive au bout de l'album et de plusieurs chapitres avant que son estomac se mette à gargouiller. Contrairement à ce qu'elle a dit à sa mère, elle meurt de faim. Elle n'a rien d'autre dans le ventre qu'un muffin.

Elle se lève, sort de sa chambre et descend l'escalier à pas feutrés. Quoiqu'il ne fasse pas encore totalement nuit et que les lampes soient allumées, le cottage est toujours rempli d'ombres. Cela tient à la forme des pièces elles-mêmes. La lumière semble ne jamais vouloir atteindre tous leurs coins biscornus.

Elle frissonne malgré la chaleur. C'est ce qui arrive quand on lit trop de romans d'horreur. Elle se mettra bientôt à voir des foutus clowns. Elle se rend dans la cuisine et ouvre le frigo. Sa mère a fait les courses, mais il ne paraît pas vraiment plus rempli. Les tâches domestiques ne sont pas exactement ses points forts. Elle fait de son mieux, mais elle ne sera jamais une de ces mères parfaites qui vous sortent un plat gastronomique en tourbillonnant dans leur tablier.

Elle dégotte des œufs, du fromage et des poivrons. De quoi faire une omelette, suppose-t-elle. Elle rassemble les ingrédients, claque la porte du frigo et les pose sur la table.

Puis elle va chercher un couteau dans l'égouttoir près de l'évier.

Un mouvement furtif attire son attention à l'extérieur. Une tache blanche parmi le gris des stèles. De là où elle est, elle ne distingue qu'une étroite rangée de tombes à gauche de la chapelle, ainsi que le bâtiment lui-même. Elle plisse les yeux. Voilà que ça recommence. Une silhouette. Une fille ? Qui progresse rapidement du cimetière vers l'édifice. Flo se retourne instinctivement à la recherche de son appareil photo, avant de se souvenir qu'il est cassé. Quand elle revient à la fenêtre, la fille a disparu. *Si elle a jamais été là.*

Elle tergiverse, prise d'une envie irrésistible de la suivre. Mais elle se rend bien compte que partir à la poursuite d'un spectre dans une chapelle déserte au crépuscule est le comportement typique de l'idiote des films d'horreur qui meurt à la première scène. Dommage qu'elle ne porte pas un soutien-gorge rembourré et un pantalon sexy pour parfaire le cliché.

Pourtant, il y a quelque chose chez cette fille qui la titille. Elle prend son téléphone et se dirige vers la porte d'entrée, son petit couteau d'office à la lame tranchante toujours en main. Elle songe à aller le reposer dans l'égouttoir, puis décide de le glisser dans la poche arrière de son jean. Au cas où.

Il ne fait pas beaucoup plus frais dehors. L'air est encore épais de la chaleur du jour. Flo écrase plusieurs moucherons. Des mouches tonnerre, comme sa mère les appelle, annonciatrices de l'orage. En ville, l'éclairage public commencerait à s'allumer en clignotant. Ici, à part la faible lueur qui filtre à travers les fenêtres du cottage, Flo ne peut compter que sur la lumière déclinante du ciel, tout en nuances d'argent et d'anthracite.

La chapelle elle-même a des airs fantomatiques. Elle semble tirée d'un livre d'histoire. Flo parcourt le chemin inégal menant à sa porte, restée ouverte. Sa mère ne l'avait-elle pas fermée avant de partir ?

Elle hésite. Elle pourrait l'appeler, mais cela ne servirait qu'à la faire rappliquer en courant, paniquée. Elle était déjà sur les nerfs après l'histoire du fusil à air comprimé. Flo refuse de lui donner un nouveau prétexte pour la traiter comme une enfant. De plus, la porte ne présente aucun signe d'effraction. Et qui pourrait bien entrer dans la chapelle ? Qu'y a-t-il à voler ? Les fausses fleurs à côté de l'autel ? Sa mère aura simplement oublié de fermer. Elle est distraite depuis qu'elles ont emménagé ici, un peu à côté de ses pompes.

Flo pousse doucement le battant. Il fait bien plus sombre à l'intérieur. Elle s'arrête dans le vestibule pour laisser le temps à ses yeux de s'habituer à l'obscurité. Puis elle pénètre dans la nef et regarde autour d'elle. Une clarté faible et poussiéreuse tombe des hautes fenêtres. Les bancs s'alignent tels des fidèles en prière de part et d'autre de l'autel. Ils paraissent vides, tout comme la nef elle-même. La partie supérieure de la chapelle lui reste cependant invisible.

Elle s'avance encore un peu dans l'allée. Elle se trouve à mi-chemin de l'autel, le souffle court, quand une détonation sourde secoue le bâtiment. Elle se retourne dans un sursaut. La porte s'est refermée en claquant. Elle cligne des yeux. La poussière tourbillonne dans l'air.

Et elle la voit, qui se tient tout au bout de l'allée, près de l'entrée. Robe blanche, cheveux sombres. Ce n'est pas la fille qu'elle a rencontrée précédemment. Celle-ci a une tête et des bras. Flo sent ses poils se dresser, son cœur s'accélérer légèrement. Elle cherche son téléphone à tâtons. Cette fois, elle *aura* une photo.

La fille commence à s'approcher d'elle, lentement, la tête baissée, le visage dissimulé derrière ses mèches emmêlées. Elle porte une blouse blanche sale et rien sur les pieds. Elle est menue, mais ce n'est pas une enfant.

— Vous allez bien ?

La fille demeure silencieuse.

— N'ayez pas peur. Je ne vais pas vous faire de mal.

Toujours aucune réponse.

— Je m'appelle Flo. Comment vous…

La fille lève la tête.

Flo hurle. Le visage de la fille est un amas de chair brûlée et noircie qui laisse apparaître l'os et l'ébauche de petites dents. Là où devraient se trouver ses yeux, il n'y a plus que deux cratères vides. Flo recule d'un pas chancelant, le souffle coupé par la terreur.

Non, non, non. Ce n'est pas possible.

Sous ses yeux horrifiés, les cheveux de la fille se mettent à crépiter et à prendre feu. D'autres flammes jaillissent au bout de ses doigts et de ses pieds et remontent avidement le long de ses membres, noircissant la peau jusqu'à ce qu'elle se détache comme du papier brûlé.

Un terrible cauchemar. De ceux qui paraissent atrocement réels. Je dois me réveiller.

La fille s'approche davantage, ses mains enflammées tendues devant elle. Flo perçoit la chaleur, la puanteur de la chair rôtie, les craquements de sa peau calcinée.

Trop réel.

Elle recule encore d'un pas, mais l'autel bloque sa progression. L'abomination avance toujours. Flo est saisie de picotements. La sueur ruisselle sous ses bras. Ce n'est pas un rêve. Il faut qu'elle sorte d'ici.

Elle plonge à droite et percute les barrières de fortune qui circonscrivent le dallage brisé. Elle trébuche, retrouve son équilibre et saute par-dessus l'obstacle. Son pied touche le sol… et passe au travers.

Elle crie. Une douleur aiguë lui traverse la jambe. Son téléphone lui échappe.

Nom de Dieu. Son pied est coincé. Impossible de le dégager. Elle regarde autour d'elle, aux abois. Tout ce qui l'entoure se brouille par intermittence. À travers le choc et la douleur, elle prend cependant conscience que la chaleur, l'odeur et la fille sont parties. Elle est seule.

Elle baisse les yeux. Sa jambe gauche disparaît à moitié dans le dallage de la chapelle. La pierre fragilisée a dû céder sous son poids, et son genou est maintenant pris entre deux dalles fissurées. Elle essaie de s'en dégager. Une vive douleur lui traverse le membre. Son téléphone est tout juste hors de sa portée. Évidemment. Il ne doit de toute façon pas y avoir de réseau ici, mais cela ne l'empêche pas de se tendre dans sa direction, ordonnant silencieusement à ses doigts de grandir de quelques centimètres. Peine perdue. Aucun espoir de ce côté-là.

Elle ravale un sanglot. Sa mère ne rentrera pas avant au moins une heure. Et si elle n'allait pas vérifier que Flo se trouve bien dans sa chambre ? Si. Elle le fera, comme toujours. Après quoi, elle la chercherait dans la chapelle, n'est-ce pas ? Mais si elle ne le faisait pas ? Si elle croyait Flo endormie dans son lit… *Arrête,* se morigène-t-elle. *Ne panique pas. Quelqu'un va venir et… Attends !*

Elle entend quelque chose. Le grincement de la porte ? Des pas. Oui, clairement. Elle essaie de se tourner, mais sa position ne lui permet pas de voir de qui il s'agit. C'est forcément sa mère. Elle a dû revenir plus tôt. Une vague de soulagement la traverse.

Elle est sur le point de l'appeler quand la silhouette apparaît dans son champ de vision au bout de la rangée de bancs. Les mots se flétrissent sur sa langue. Elle lève les yeux et sent son cœur battre dans sa gorge.

— Flo.

Elle fouille fébrilement dans sa poche arrière et en sort le couteau.

— Recule. Ne fais pas un pas de plus.

32.

Rushton vide sa pinte et regarde ses coéquipiers avec un air de regret.

— Ce fut une délicieuse soirée, mais il est l'heure d'y aller.

— Ça a été un plaisir de vous avoir avec nous, Jack, dit Clara en se levant. Du sang neuf.

— Oui, je crois que c'était notre meilleure performance, renchérit Rushton en passant les bras dans une parka bleue usée.

— J'aurais détesté voir la pire, dis-je.

— Nous n'en parlons pas, répond Rushton en riant.

— Je me suis bien amusée.

Je m'aperçois en le disant que je le pense. J'ai apprécié la soirée et ceux avec qui je l'ai passée.

— Bien. Je suis content de l'entendre. On se revoit bientôt.

Je regarde Rushton et Clara s'en aller, tout en cherchant mon sweat.

— Vous partez ? demande Mike.

J'hésite. Je devrais. J'ai déjà bu deux verres de vin. Ma limite habituelle. Flo m'attend. D'un autre côté, je me sens détendue, à l'aise. Il n'est que 21 h 30. Je suppose qu'un de plus ne me tuera pas.

— Ma foi.

— Je peux vous raccompagner.

— Juste un petit verre, alors.

— D'accord.

Je repose mon sweat sur mon tabouret, et Mike s'en va d'un pas nonchalant vers le bar. Je note qu'Emma et Simon Harper sont partis, et je repense à la conversation que nous avons eue dans les toilettes. Emma avait visiblement un coup dans le nez, et peut-être autre chose. Je ne la juge pas. La culpabilité est une forme de chagrin. Un cancer de l'âme. Tous deux vous rongent de l'intérieur. Mais si on peut apprendre à vivre avec le chagrin, la culpabilité ne fait que croître et étendre ses tentacules au fil des ans. Qui ne prendrait pas une pilule de temps à autre pour s'en soulager ?

Mike revient du bar avec un petit ballon de rouge pour moi et un café noir pour lui-même.

— Plus de cabernet sauvignon. J'espère qu'un merlot fera l'affaire.

— Parfait. Au risque de passer pour une philistine, après le premier verre, je trouve que la plupart des vins ont le même goût.

— Je n'en ai pas bu depuis un moment, dit-il en souriant, mais j'aurais tendance à être d'accord avec vous.

Je porte un toast.

— À nos palais ignares.

Il m'imite avec sa tasse.

— Figurez-vous que je suis devenu affreusement snob avec le café.

— Comment celui-ci se débrouille-t-il ?

Il boit une gorgée.

— Pas mal. Un peu trop doux, mais je m'attendais à pire, après avoir vu le barman le sortir d'une boîte de conserve.

Je ris. Nous sirotons un instant nos boissons. S'ensuit un silence maladroit, que nous essayons de combler tous les deux en même temps.

— Alors…

— Je vous en prie, dit-il.

— Eh bien, je voulais m'excuser pour avoir pris un si mauvais départ, l'autre jour. J'ai une nette tendance à mettre les pieds dans le plat.

— Ça doit poser quelques problèmes, quand on est pasteur.

— Dans ce cas, je m'en remets à la grâce de Dieu.

Il mime un coup de cymbale. Puis il me considère avec une curiosité nouvelle.

— Ne le prenez pas mal, et je ne voudrais pas paraître présomptueux, mais vous n'avez pas vraiment l'air d'un pasteur.

— Parce que je suis une femme ?

— Non, non, se défend-il en rougissant.

— Je plaisante.

— Je veux dire que vous n'avez pas… la ringardise qui va avec.

Je glousse.

— La ringardise ? C'est la première fois que je l'entends, celle-ci.

— Habituellement, on reconnaît un pasteur même sans son col. Comme le révérend Rushton. Mais vous, vous êtes plus… normale. Oh, bon Dieu.

Il cache son visage entre ses mains.

— Donnez-moi cette pelle avant de vous enfoncer davantage. (Je bois une gorgée de vin.) Je vois ce que vous voulez dire.

— Vraiment ?

— J'ai rencontré beaucoup de pasteurs. Hommes et femmes. Et vous avez raison. La plupart d'entre eux sont… ringards. Nombre de ceux qui entrent dans les ordres viennent d'un terreau religieux. Et souvent d'un milieu privilégié. Ils n'ont pas une grande expérience de la vie en dehors de l'Église. Ils sont par conséquent un peu déconnectés du quotidien.

— Ce n'est pas votre cas ?

— Non. (J'hésite, avant de poursuivre.) Je n'ai pas eu une enfance facile. Notre mère était… ma foi, je suppose que « mentalement instable » est une description assez juste. Ma maison n'était pas un endroit enviable. Je l'ai quittée sitôt que j'ai pu. J'ai dormi dans la rue, j'ai fait la manche. J'aurais aisément pu devenir une triste statistique. Alors, un homme bon, qui s'est trouvé être un pasteur, est venu à mon secours. Il m'a montré qu'on pouvait faire beaucoup de bien autour de soi en travaillant pour Dieu. Aider les SDF, les paumés, les victimes de maltraitance.

— Il y a d'autres façons d'aider les gens – les associations caritatives, les services sociaux…

— C'est vrai, mais en ce qui me concernait, il y avait aussi ce sentiment d'appartenir à quelque chose. Je n'avais jamais connu ça auparavant. Dieu avait besoin de moi, et il s'est avéré que j'avais également besoin de lui.

Il me regarde avec intensité, et je me surprends à baisser les yeux et à boire une gorgée de vin plus conséquente que je n'en avais eu l'intention. Je lui en ai dit plus qu'à beaucoup de gens. Mais ça reste une version enjolivée, qui laisse de côté certaines choses moins avouables. *La seule différence entre une vérité et un mensonge est la fréquence à laquelle vous le répétez.*

— Avant, j'étais athée, dit-il.

— Avant ?

— Ouais. Avec ferveur. Dieu n'existe pas. La religion est la cause du mal. Nous ne sommes que des animaux. Il n'y a rien après la mort. Le paradis et l'enfer ne sont que des vœux pieux, etc.

— Qu'est-ce qui vous a fait changer d'avis ?

Son visage s'assombrit.

— J'avais une magnifique petite fille… et je l'ai perdue.

— Je suis désolée, dis-je à nouveau.

— J'ai soudain compris que toute cette rhétorique, cette brillante et arrogante conviction n'était rien d'autre que des conneries. Parce que Tara n'était pas seulement faite de chair et de sang. Mon joyeux petit bordel de contradictions. Son cœur glorieux, sa curiosité, ses rêves, sa vitalité, son énergie… Tout cela n'avait pas pu simplement *disparaître*. Comme si ça n'avait jamais existé. Comme si *elle* n'avait jamais existé. J'ai besoin de croire que son âme persiste quelque part. Je ne pourrais pas continuer si je n'en avais pas la certitude.

Sa voix se brise. Il baisse les yeux. Je pose instinctivement la main sur son avant-bras.

— L'âme de votre fille est tout ce qu'il y a de plus vivant. Je perçois sa présence dans chacun des mots que vous avez prononcés. C'est une énergie merveilleuse tout autour de nous. C'est ainsi qu'elle continue de vivre, en *vous*.

Il relève les yeux et croise les miens. Ce que j'y vois l'espace d'un instant me fait me sentir nue, exposée. Puis il cligne des paupières.

— Merci.

Il se saisit de sa tasse d'une main tremblante.

— Pardon. C'est encore…

— Bien sûr.

Et ça le sera toujours. La douleur s'émoussera, mais elle ne s'en ira jamais, au point qu'un jour il oubliera ce que ça fait de vivre sans.

— Et voilà, dit-il en essayant de rassembler ses esprits. Je me suis mis à nu. Et vous ?

— Moi ?

— J'ai perçu une certaine hostilité l'autre jour… à l'égard des journalistes.

— Oh, c'est sans importance.

— Vraiment ?

« Plic, plic. Vous ne me prendrez pas ma Ruby. »

Peut-être est-ce le vin, peut-être est-ce parce que je me sens redevable, toujours est-il que je me surprends à dire :

— Il s'est passé quelque chose de terrible à ma précédente église. Une fillette est morte. La presse n'a pas été tendre.

Le pasteur qui a du sang sur les mains.

Il contemple sa tasse et répond, d'un air un peu penaud :

— Je sais.

— *Vous savez* ? dis-je en ouvrant de grands yeux.

— J'ai fait quelques recherches sur Internet. Désolé. Trouver l'article à propos de votre précédente église ne m'a pas pris longtemps. Mais ce n'est pas tout. J'ai aussi reçu ça dans ma boîte à lettres ce matin. (Il fouille dans sa poche et en sort une feuille pliée, qu'il pose sur la table.) Je ne voulais pas en parler devant les autres.

Je déplie le papier. C'est une photocopie de l'article que j'ai trouvé punaisé à la poupée dans la chapelle. En dessous, quelqu'un a tapé :

> Celui qui cache ses transgressions ne prospère point, mais celui qui les avoue et les délaisse obtient miséricorde. (Proverbes, 28 : 13)

Le vin tourne à l'aigre dans mon estomac. Je regarde Mike.

— Vous avez une idée de sa provenance ?

— Non, mais je doute d'être la seule personne à l'avoir reçu.

Je déglutis. Super.

— Je m'apprêtais à en informer la police, mais je me suis dit que vous voudriez être au courant avant.

— Merci. Je préférerais qu'on n'y mêle pas la police.

— D'accord.

— C'est juste que… Je n'ai pas envie de remuer tout ça. Je suis venue ici dans l'espoir de mettre tout ça derrière nous.

— Compris. Et ça marche ?

Je souris faiblement.

— Pas vraiment.

— Vous voulez en parler ?

Je le regarde un instant. Et je découvre que oui.

33.

— Flo.

Wrigley s'approche, le visage blanc comme un linge.

— Recule. Ne fais pas un pas de plus.

Elle tente de s'éloigner à quatre pattes sur le dallage endommagé, mais sa jambe est toujours prise au piège.

— Waouh. N'essaie pas de bouger. Tu vas te blesser.

— Qu'est-ce que tu fais là ?

— J'étais dehors, je t'ai entendue crier.

— Qu'est-ce que tu faisais dehors, à fouiner dans le cimetière ?

— Je ne fouinais pas.

— Alors pourquoi es-tu ici ?

— Je suis passé te voir.

— Tu ne pouvais pas téléphoner ?

— Tu ne m'as jamais donné ton numéro.

— Oh.

— Pourquoi tu brandis ce couteau vers moi ?

— Parce que je… j'avais peur.

— De moi ?

Les mots de Rosie lui reviennent à l'esprit. « À ta place, je resterais le plus loin possible de Wrigley. » Mais à qui faire confiance ?

Lentement, elle baisse la lame.

— Non.

Il contourne le banc et s'accroupit près d'elle.

— Qu'est-ce qui s'est passé ?

— Je… J'ai cru entendre quelqu'un et je… mon pied a traversé le sol.

— Merde, dit-il en tirant sur une des pierres bordant le trou. Ça devait être creux en dessous. Pas étonnant qu'ils aient circonscrit la zone.

Elle essaie de hocher la tête, mais un mal de crâne naissant l'en dissuade. Elle se sent épuisée et frigorifiée. Elle se met à trembler.

— Tiens.

Wrigley ôte son sweat à capuche d'un geste saccadé et le lui tend. Elle l'enfile avec reconnaissance.

— Merci.

— Maintenant, donne-moi ce couteau.

— Quoi ? Pourquoi ?

— Je vais tenter de déloger ce morceau de dalle.

Flo hésite, avant de le lui confier.

— Qu'est-ce que tu fais avec un couteau, d'ailleurs ?

— Je me suis dit qu'il y avait peut-être un intrus.

— C'était le cas ? demande-t-il en coinçant la lame sous la dalle de pierre et en essayant de la desceller.

Elle songe à l'incandescente, les bras tendus vers elle.

— Non.

Il hausse les épaules.

— Avant, j'en avais toujours un sur moi.

— Hein ?

— Pour me protéger.

La dalle bouge un peu. Elle ravale une grimace.

— De qui ?

— Des autres. Au lycée.

— Tu avais un couteau *au lycée* ?

— Je l'admets, c'était stupide. Mais tu ne sais pas ce que je vivais. Ce qui s'est passé.

La lame gratte la pierre, très proche de sa jambe. Mais elle est certaine d'avoir senti la dalle bouger.

— Tu veux dire… ton ancien lycée ?

Il se raidit.

— Qui t'en a parlé ?

— Rosie…

— Évidemment.

— Elle dit que tu as essayé de tuer une fille.

— C'est un mensonge.

— Alors tu n'as pas mis le feu au lycée ?

Un silence, que seul le grattement du couteau contre la pierre vient troubler. Il ne va pas répondre, pense-t-elle.

Il soupire et lève les yeux sur elle.

— Si, j'ai bien tenté de mettre le feu au lycée. (Sourire sans joie.) Voilà, maintenant tu es au courant. Je suis un fou dangereux.

— Pourquoi ?

— Je suis né comme ça, j'imagine.

— Non, je veux dire : pourquoi as-tu essayé de brûler le lycée ?

Leurs regards se croisent. Elle est de nouveau frappée par l'étrangeté de ses yeux vert et argent. Curieusement hypnotiques.

— Parce que je haïssais cet endroit. J'en haïssais chaque aspect. Les professeurs, les autres élèves. L'odeur. Les règles. Je haïssais la façon dont ils traitaient ceux qui n'entraient pas dans leur moule. Les lycées débitent de beaux discours sur le harcèlement, mais ils ne font rien. Tout ce qui les intéresse, ce sont les bons élèves, les élèves normaux, qui boostent leurs résultats académiques.

« Une fois, une bande de connards m'a acculé sur le terrain de sport. Ils m'ont obligé à me déshabiller et à ramper à plat ventre dans la boue. Puis ils m'ont forcé à manger des vers. Quand je suis retourné au lycée, nu et couvert de crasse, tu sais comment ont réagi les professeurs ? Ils ont ri.

— Seigneur.

— Même quand ma mère est venue se plaindre, rien n'a vraiment changé. Il n'y avait pas un seul bon jour. Pas un. Je pouvais m'estimer heureux quand on ne me torturait pas trop.

— Je suis désolée.

— Alors, j'ai craqué. Je… Je voulais juste effacer cet endroit de la surface de la Terre.

— Et la fille ?

— Je ne savais pas qu'elle était là.

— Et après, qu'est-ce qui s'est passé ?

— Quelqu'un a appelé les pompiers. Ils l'ont secourue. Je me sentais merdeux. Je ne ferais jamais de mal à personne.

— Et toi ?

— Je m'en suis plutôt bien sorti. Ma mère a payé les services d'un psychologue de luxe. J'ai eu droit à une thérapie, à une supervision. On a déménagé et j'ai changé de lycée. Note que les choses ne sont pas vraiment mieux ici. (Il reporte son attention sur la pierre.) J'y suis presque.

Un morceau de dalle se brise. Sa jambe est libre. Douloureuse, mais libre. Elle la sort du trou avec précaution. À travers la déchirure de son jean, elle aperçoit une profonde lacération et un hématome. Elle fait jouer sa cheville. Ça fait un mal de chien. Mais ça aurait pu être pire.

— Merci, dit-elle.

— Tu devrais probablement aller nettoyer ça.

— Et appeler ma mère.

Il regarde autour de lui et ramasse son téléphone.

— Pas sûr qu'il marche, dit-il. On dirait qu'il a pris un méchant coup.

Il le lui tend. Leurs doigts se frôlent. Elle se rend soudain compte qu'ils sont assis tout près l'un de l'autre. Vraiment très près. Elle déglutit. Puis elle repense à ce que lui a dit Rosie.

— Wrigley… Il y a autre chose…

Mais il regarde derrière elle.

— *Merde.* T'as vu ça ?

Ses yeux sont fixés sur le trou où sa jambe était coincée.

— Quoi ?

— C'est super profond. Tu as eu de la chance de ne pas tomber tout en bas.

Elle se retourne avec raideur et le rejoint. Elle ne distingue pas grand-chose entre les bords irréguliers, mais assez pour lui donner raison. Le trou est profond. Beaucoup plus qu'il ne devrait l'être, non ? À moins qu'il n'y ait quelque chose sous l'église ? Une sorte de cave ?

— Tu as une lumière sur ton téléphone ? demande-t-elle.

Wrigley sort son portable et éclaire la cavité.

— Bordel de Dieu !

Flo prend une vive inspiration.

— Est-ce que c'est…

Ils échangent un regard avant de le replonger dans le trou.

Des cercueils.

34.

J'ai rencontré Ruby quand sa tante l'a amenée pour qu'elle soit baptisée. Elle venait d'avoir cinq ans. Les joues rondes et les plus grands yeux bruns que j'aie jamais vus. Je ne connaissais pas son histoire à cette époque, mais elle a émergé petit à petit de mes conversations avec les autres paroissiens. La communauté était très resserrée. Tout se savait. Un peu comme dans un village.

La mère de Ruby était morte d'une overdose. Pas de père dans les parages. La sœur de sa mère s'était portée volontaire pour l'élever. Tante Magdalene était une femme imposante et joviale qui n'avait pas pu avoir d'enfants. Elle vivait avec son amie, Demi, une Noire aussi maigre que Magdalene était plantureuse.

Je ne les connaissais pas particulièrement bien. Avant de prendre Ruby en charge, elles avaient fréquenté une autre église, mais avaient ensuite décidé de rejoindre ma congrégation. Les deux femmes amenaient Ruby tous les dimanches à l'office familial et parfois à l'atelier artistique du jeudi soir.

Lena (comme tout le monde l'appelait) était bavarde, toujours souriante, le rire facile. Demi était plus silencieuse, réservée. Elles semblaient cependant former un couple dévoué, même si j'avais quelquefois l'impression que le désir d'enfant était plus celui de Lena que de Demi. Néanmoins, je n'ai vu aucun signe avant-coureur. Pas au début. Ou peut-être que si, et que j'ai inconsciemment choisi de les ignorer. Comme nous le faisons tous.

Après la cérémonie, je me rappelle avoir entendu Lena dire qu'elle était soulagée que sa nièce soit baptisée. Le choix des mots m'ayant paru curieux, j'avais demandé pourquoi.

— Sa mère était une mécréante, m'avait-elle répondu. Elle aurait laissé sa fille mourir, et Ruby serait restée au purgatoire.

Je lui avais poliment et diplomatiquement fait remarquer que Dieu accueillait tous les enfants, qu'ils soient baptisés ou non. Elle m'avait jeté un regard étrange.

— Non, révérend. Ceux qui n'ont pas reçu le baptême errent sur la terre pour l'éternité. Je veux que ma Ruby aille au paradis.

Je ne l'avais pas prise au sérieux. J'aurais dû le faire. J'aurais dû savoir que la frontière est étroite entre la foi et le mysticisme. D'un autre côté, nombre de mes paroissiens étaient bien plus branchés « Ancien Testament » que moi. Je m'efforçais autant que possible de moderniser leurs croyances, de les encourager à se préoccuper davantage d'amour et de tolérance que des feux de l'enfer et de la damnation, mais leur façon de voir les choses ne faisait pas d'eux de mauvaises personnes pour autant.

J'ai commencé à me poser des questions le jour où Ruby s'est présentée à l'atelier artistique avec un grand bleu sur le front. « Elle est tombée », m'a dit Lena. De fait, les enfants tombaient. Beaucoup. Je le savais. Flo était couverte de bleus à l'âge de Ruby. Je me souviens d'une fois où elle s'était pris les pieds dans le tapis en courant dans le salon et s'était étalée la tête la première contre la cheminée. Une bosse de la taille d'un œuf avait immédiatement poussé sur son front, et je l'avais conduite aux urgences, paniquée. Les accidents, ça arrive.

Mais ils arrivaient de plus en plus souvent à Ruby. Hématomes, écorchures. Puis un jour, un bras cassé. « Elle est tombée de la cage à poules, dans le jardin », avait dit Lena avec un sourire rassurant. Elle n'était jamais à court d'explications plausibles et raisonnables.

Je connaissais leur adresse. Lena m'avait un jour invitée à prendre le thé. Elles habitaient une petite maison mitoyenne à loyer modéré à la périphérie de Sainte-Anne. Impeccablement rangée lors de ma visite. Les jouets de Ruby s'empilaient dans des boîtes en plastique rose. Je me rendais compte qu'en m'y présentant à l'improviste, je franchissais une ligne rouge. Mais mon inquiétude ne faisait que croître. Je ne pouvais plus l'ignorer. J'ai acheté des bonbons pour Ruby et me suis convaincue que je ne m'y rendais que par acquit de conscience.

Quand je suis arrivée, il semblait n'y avoir personne. Et la maison n'était plus aussi propre et bien tenue que lors de ma première visite. Même à l'extérieur. Les rideaux étaient tirés, mais des trous dans la haie non taillée laissaient voir un jardin à l'abandon. De vieux jouets traînaient dans l'herbe. Des poubelles débordaient. Et nulle part il n'y avait de cage à poules.

C'est à ce moment que j'ai fait part de mes inquiétudes à Durkin. Il avait souri (avec bienveillance).

— Je ne suis pas sûr qu'un jardin en friche soit une preuve de maltraitance.

— Et la cage à poules ?

— Peut-être voulait-elle parler de celle du parc.

— Elle a bien dit « dans le jardin ».

— Elle se sera trompée de mot.

— Il n'y a pas que les bleus. Je suis certaine que Ruby a maigri.

— Les enfants passent par différents stades de croissance.

— Je suis inquiète pour elle.

— Jack, s'il y avait un problème, l'école l'aurait remarqué. Ou les services sociaux, puisqu'elle est suivie.

— Je suppose que oui, mais…

— Je sais que vous avez toujours porté une grande attention au bien-être de vos paroissiens, et je vous admire pour cela. Mais aucun parent n'est parfait, après tout. Pas même vous, j'en suis sûr. Flo n'a-t-elle jamais eu d'accident ?

Évidemment, mais sa réaction ne m'en avait pas moins irritée.

— Ne jugez point, afin que vous ne soyez point jugés, dit Durkin.

— Bien sûr.

Va au diable, avais-je pensé.

L'après-midi même, j'avais appelé l'école de Ruby pour prendre rendez-vous avec sa maîtresse. Mais je n'avais pas pu, parce que Ruby avait été retirée de l'école plusieurs semaines plus tôt. Ses tantes la scolarisaient désormais à domicile, m'avait expliqué la directrice. Lena ne m'en avait jamais parlé, pas plus que Ruby. Mais ces derniers temps, elle ne parlait plus beaucoup. Elle n'avait plus rien de la fillette souriante aux joues rondes qui avait rejoint ma congrégation.

Les sirènes d'alarme criaient maintenant à pleine voix. Malgré tout, j'essayais encore de leur trouver des excuses. Lena et Demi avaient peut-être du mal. Élever un enfant demande beaucoup d'énergie. Un jour, j'ai pris Lena à part après l'office.

— Est-ce que tout va bien avec Ruby ?

— Bien sûr, révérend, m'avait-elle répondu avec un large sourire. Revenez nous voir un jour pour le thé.

— Avec grand plaisir, avais-je dit, en sachant que ni elle ni moi ne le pensions. Comment ça se passe, en classe ? avais-je ensuite demandé sur le ton de la conversation.

Son visage s'était assombri.

— Révérend, je dois vous confesser que nous avons été négligentes. Ruby était harcelée à l'école, et nous ne nous en sommes pas rendu compte. Un autre élève la brutalisait et lui volait son déjeuner. Nous aurions dû réagir plus tôt. Nous nous en voulons beaucoup. Mais nous la scolarisons maintenant à domicile, où nous pouvons veiller sur elle comme il faut.

Elle m'avait de nouveau gratifiée d'un sourire franc. Son histoire était une fois de plus parfaitement plausible, mais je savais en mon âme et conscience que le mensonge se cachait derrière ses dents brillantes.

J'ai passé un appel anonyme aux services sociaux. J'ai attendu. Il ne s'est rien produit. Ruby a continué à venir à l'église, chaque semaine un peu plus maigre. Je ne pouvais pas lui parler, car il y avait toujours Lena ou Demi avec elle. J'ai remarqué que Lena portait des habits neufs et que Demi arborait un nouveau collier en or autour de son cou décharné.

J'ai rappelé les services sociaux. J'ai de nouveau attendu. Et puis un jour, durant l'atelier artistique, pendant que Lena était aux toilettes, j'ai tenté ma chance et me suis accroupie près de Ruby.

— Coucou, chérie, comment vas-tu ?

Elle a gardé la tête baissée sur son dessin, une profusion de colle et de paillettes.

— Bien.

— Tout va pour le mieux à la maison ? Est-ce que tu manges bien ?

— Oui.

— Tu en es sûre ?

Elle avait levé sur moi des yeux remplis de peur et de désespoir.

— Je suis une mauvaise fille. J'ai le diable en moi. Je dois être purgée.

Et elle avait éclaté en sanglots.

— Ruby…

— Qu'est-ce que vous faites ?

J'ai vu du coin de l'œil un mouvement de tissu rouge. Lena avait traversé la pièce en trombe et m'avait poussée sans ménagement.

— Qu'est-ce que vous avez dit ? Pourquoi bouleversez-vous cette enfant ?

— Je suis inquiète pour elle, Lena.

Elle avait attrapé Ruby par le bras, l'avait tirée de son siège et m'avait jeté un regard empli de haine.

— C'est *vous*, n'est-ce pas ? qui appelez ces gens. Qui nous causez des ennuis. Salope de Blanche.

Je l'avais dévisagée, abasourdie.

— Je suis une femme bien, j'essaie d'élever cette enfant comme il faut, et vous, vous colportez des mensonges sur nous. J'aime cette enfant. Je fais ce qu'il y a de mieux pour elle, vous entendez ?

Je me suis efforcée de garder mon calme, consciente que tout le monde nous regardait à présent.

— J'entends. Mais elle n'a pas l'air bien, Lena.

— C'est ce que vous pensez ? Que les gens comme *nous* ne savent pas élever leurs enfants correctement ? Pas comme vous autres Blancs parfaits, c'est ça ?

— Non, ce n'est pas ça.

— Comment osez-vous ? Vous ne me prendrez pas ma Ruby. Personne ne me prendra ma Ruby.

Et elle était partie en trombe, traînant Ruby derrière elle.

J'aurais dû aller voir la police, à ce moment. J'aurais dû tambouriner à la porte des services sociaux jusqu'à ce qu'ils daignent m'écouter. J'aurais dû la suivre. J'aurais dû faire *quelque chose*. Mais je n'ai rien fait. J'avais peur. Peur du regard des autres parents. Peur que ce qu'elle avait dit soit vrai, d'une certaine façon. Est-ce que je jugeais Lena et Demi plus durement à cause de la couleur de leur peau, même inconsciemment ? Étais-je en train de commettre une terrible erreur ?

Je n'ai pas revu Ruby de toute la semaine suivante. Je suis passée en voiture près de leur maison, qui avait l'air fermée. Peut-être avaient-elles déménagé. Je l'avais perdue.

Je suis allée à l'église comme d'habitude le dimanche d'après. J'aimais y arriver tôt pour préparer l'office dans un calme contemplatif. Début février, il faisait encore nuit jusqu'à 8 heures. J'ai déverrouillé les portes, je suis entrée, et je me suis immédiatement rendu compte que quelque chose n'allait pas.

Une sensation étrange. L'odeur. Métallique. Riche, écœurante. Quelque chose gisait sur les marches menant à l'autel. Et le bruit. Un liquide qui goutte. *Plic, plic, plic.*

Mes jambes ont avancé, comme mues par une volonté propre. Je devais voir. Je devais savoir. Quand bien même chaque fibre de mon être me disait que je ne voulais pas voir, que je ne voulais pas savoir.

Elle était recroquevillée au pied de l'autel. Nue. Si maigre que ses côtes saillaient comme les rayons d'une roue de vélo, que ses petits membres fragiles paraissaient des allumettes. Elle serrait toujours contre elle un vieux lapin en peluche. Ses yeux grands ouverts dardaient sur moi un regard accusateur. Sa gorge ouverte d'un côté à l'autre lui faisait un sourire moqueur.

Plic, plic, plic. Vous ne me prendrez pas ma Ruby.

La police a arrêté Lena et Demi à la station-service de Toddington sur la M1. Elles avaient empoché l'argent qu'elles recevaient pour l'éducation de Ruby. Elles menaient grand train et mettaient de côté pour les vacances. De très longues vacances. Ruby avait été affamée, battue et, pour finir, sacrifiée. C'était l'excuse de Lena.

— Cette enfant était possédée, avait-elle dit par la suite à la police. Il fallait que j'exorcise les démons. À présent, son âme ira au paradis.

Encore aujourd'hui, j'ignore si elle y croyait vraiment ou si ce n'était qu'une stratégie pour plaider la folie. Quoi qu'il en soit, les journaux s'en sont donné à cœur joie. Les divagations de Lena ont mis l'église sous les feux des projecteurs. J'ai été désignée comme le pasteur ayant laissé le drame se jouer sous ses yeux. La communauté m'a tenue pour responsable ; la presse également. Mais surtout, je m'en suis tenue pour responsable. Le pasteur qui a du sang sur les mains.

Mike me regarde avec compassion.

— Mais ce n'était pas votre faute. Vous avez fait tout ce qui était en votre pouvoir pour aider cette fillette.

— Ça n'a pas suffi.

— Parfois, rien ne suffit. (Il baisse les yeux sur son café.) Je suppose que Brian et Clara vous ont raconté comment Tara est morte.

— Ils m'ont dit que c'était un accident.

Il secoue la tête.

— Un accident qui ne serait pas arrivé si je n'avais pas merdé. Je devais aller la chercher à l'école ce jour-là. Mais j'étais ivre. Je ne pouvais pas conduire. J'ai demandé à

Emma de s'occuper d'elle. Tara n'aurait même pas dû être chez elle.

— Mais ça aurait pu se produire un autre jour. Vous n'avez pas causé l'accident. C'est arrivé, c'est tout. Accepter qu'il n'y ait aucun responsable, aucune raison à un drame est la chose la plus difficile que nous puissions faire. Mais il le faut, c'est le seul moyen d'avancer.

— Et vous y êtes parvenue, avec Ruby ?

— Pas encore, dis-je en souriant faiblement.

— Et si nous n'arrivons jamais à l'accepter ?

— La vie continue. Il nous appartient de choisir si nous voulons continuer avec elle.

— Et si nous ne le pouvons pas ?

— Mike…

Mon téléphone vibre sur la table. Je jette un coup d'œil à l'écran, mais ne reconnais pas le numéro. Je fronce les sourcils. Très peu de gens ont mes coordonnées, et tous sont enregistrés dans mes contacts. Je ne reçois pas d'appels de numéros inconnus.

Mike désigne mon téléphone du menton.

— Vous ne le prenez pas ?

Ma main reste un instant en suspens au-dessus de l'appareil. Puis je le ramasse et décroche.

— Allô ?

Une respiration à l'autre bout de la ligne. Je me raidis.

— Maman ?

— *Flo ?* Qu'est-ce qui se passe ? De quel téléphone m'appelles-tu ?

— Celui de Wrigley.

J'essaie de ne pas me hérisser en entendant son nom. Encore.

— Pourquoi m'appelles-tu du portable de Wrigley ?

— C'est une longue histoire. Maman, tu peux rentrer ?

— Pourquoi ? Que s'est-il passé ? Tu vas bien ?

— Oui. Enfin, je me suis un peu abîmé la jambe. Mais ne t'inquiète pas. Il y a quelque chose que tu dois voir. Dans la chapelle.

Les questions se bousculent sur ma langue. Comment s'est-elle blessée ? Qu'est-ce que Wrigley fait là ? Que font-ils dans la chapelle à cette heure-ci ? Mais je m'efforce de garder un ton calme et raisonnable.

— J'arrive.

Je range mon téléphone dans ma poche. Mike me regarde d'un air interrogateur.

— Des ennuis ?

— Ma fille. Je dois rentrer chez moi.

— Je vous dépose.

— Merci.

En me levant, je constate que j'ai les jambes qui tremblent. Je m'accroche au bord de la table. Un court instant, quand ce numéro inconnu s'est affiché, j'ai eu le terrible pressentiment que ça pourrait être *lui*. Que, d'une façon ou d'une autre, il m'avait retrouvée. Comme l'autre fois.

L'homme qui a assassiné mon mari.

Mon frère. Jacob.

35.

Il pose la tête contre la paille. Les étoiles brillent à travers les trous du toit en tôle rouillée. La saleté, le froid et l'odeur de bouse de vache ne font pas de la grange le meilleur endroit où passer la nuit, mais il en a connu de pires. Et elle est proche ; si proche qu'il arrive presque à sentir sa présence.

Ce qui rend sa situation encore plus frustrante. Sa cheville le lance méchamment. Foulée, pas cassée, selon lui. Mais ça n'en reste pas moins un problème. Son col est sale, son costume déchiré. Un autre problème. Et il n'a pas d'argent. Elle est toute proche, mais elle pourrait aussi bien se trouver à un million de kilomètres de là. Il sent sa colère enfler. Il est parvenu si loin. Il avait tout prévu.

Son train était arrivé à l'heure à Saint-Pancras. Il avait débarqué parmi une foule grouillante. Il avait jugé Nottingham animé. Ici, il devait se retenir de ne pas remonter immédiatement en voiture pour se rouler en boule sur son siège.

La prison était bondée, mais il avait passé l'essentiel de son temps carcéral dans sa cellule. Même à la cantine et dans les zones récréatives, le flux des corps était ordonné.

Les contacts physiques, limités. Heureusement, car les heurts accidentels se traduisaient souvent par un nez cassé ou pire.

La station était un chaos. La ruée de tant de gens. Le grondement des valises sur le quai. L'écho des voix contre le haut plafond voûté. Le cri suraigu des freins des trains. La logorrhée robotique des annonces délivrées par les haut-parleurs.

Il avait serré les dents et s'était forcé à progresser avec calme à travers la foule. Arrivé aux tourniquets, il avait eu un moment de confusion. Les barrières avaient été ouvertes à Nottingham. Qu'était-il censé faire ?

— Vous avez besoin d'aide, monsieur ?

Il avait sursauté. Une petite brune en uniforme le regardait.

— Euh… oui, désolé. Je ne voyage pas souvent.

— Votre billet ? avait-elle aimablement demandé.

Il l'avait sorti de sa poche et le lui avait tendu. Elle y avait jeté un bref coup d'œil avant de lui ouvrir la barrière.

— Et voilà, révérend.

— Merci. Dieu vous bénisse.

Il s'était joint au flux de voyageurs descendant l'escalator. Un panneau lui enjoignait de tenir sa droite. Il avait obéi. Suivre les ordres, ça le connaissait.

Les préposés à la billetterie s'étaient montrés d'un grand secours. Évidemment. Un uniforme – n'importe quel uniforme – vous attirait le respect. Le col romain faisait autorité. Était-ce pour cela que sa sœur aimait le porter ? Ou était-ce pour l'anonymat ? Avec ce col, vous n'étiez plus une personne, mais un prêtre.

Il s'était demandé en passant si l'on avait déjà trouvé le cadavre du pasteur.

L'après-midi était bien entamé quand il avait embarqué pour le Sussex. Un train plus petit, à moitié vide. Il s'y était installé et avait observé le paysage tandis qu'il traversait en cahotant les conurbations et les banlieues de Londres, puis s'enfonçait dans la campagne. Un étrange désir l'avait saisi. Il y avait si longtemps qu'il n'avait pas vu de champs, de bétail, de ciels ouverts.

Une heure et demie plus tard, le train s'était arrêté à la gare de Beechgate. Guère plus qu'un hangar et un quai étroit pourvu d'un unique banc. Il avait été le seul à descendre. Des moutons paissaient dans le champ qui bordait les voies. Si l'agitation de Londres l'avait désorienté, l'immensité et le calme qui régnait ici étaient tout aussi déroutants. Il avait regardé autour de lui, humé l'air, contemplé le ciel. Tant de ciel.

Un panneau en bois clair à l'extérieur de la gare l'avait informé qu'il se trouvait à seize kilomètres de Chapel Croft. Il n'y avait aucun arrêt de bus en vue, et il ne lui restait qu'une cinquantaine de pennies en poche. Il avait redressé son col et s'était mis en branle.

La route était étroite et sinueuse. Il n'y avait pas de trottoir, alors il avait marché sur la chaussée et s'était déporté sur l'accotement chaque fois qu'il avait entendu une voiture approcher. Ce qui, heureusement, ne s'était pas souvent produit. La route était virtuellement déserte.

Au bout d'une heure, le ciel avait commencé à s'assombrir. Il n'avait pas de montre – il n'en avait jamais eu besoin en prison –, mais il avait appris à estimer l'heure assez précisément. Il devait être aux alentours de 20 heures. Il avait légèrement accéléré le pas. Il ne voulait pas se faire surprendre par l'obscurité sur la route.

Il sortait tout juste d'un virage particulièrement serré quand il avait entendu la voiture arriver. Puissante. Rapide. Plus rapide que les autres. Il s'était retourné et avait entraperçu la grande calandre, senti le moteur gémir alors que le conducteur freinait brusquement pour couper l'épingle. Il avait bondi en arrière, mais sa cheville s'était tordue sous son poids, et il était tombé dans le fossé. Le 4 × 4 ne s'était pas arrêté. Il doutait même que le conducteur l'ait vu.

Il était resté étendu dans l'eau croupie du fossé. Son flanc le lançait là où il avait atterri. Pire, sa cheville pulsait d'une douleur sourde. Il s'était péniblement remis en position assise et était parvenu à grimper sur l'accotement. Mais sitôt qu'il avait essayé de se lever, son articulation avait hurlé, et il était retombé sur ses genoux. Il ne pouvait plus marcher. Que faire ? Par une trouée dans une haie, il avait vu une ferme à quelque distance. Plus proche, dans le champ en friche qui bordait la route, une grange abandonnée. Ça ferait l'affaire.

Il s'était mis à ramper dans cette direction.

Il ferme les yeux. Si seulement il avait quelque chose pour faire passer la douleur. Peut-être que sa cheville est bel et bien cassée, après tout. Il s'assied et remonte la jambe de son pantalon. Ce n'est pas beau à voir. L'articulation est plus enflée que jamais. La peau distendue affiche un camaïeu noir, violet et rouge. Il grogne et se laisse retomber sur la paille.

Il n'ira pas loin, avec sa cheville hors d'usage. Et personne ne prendra en stop un homme en si piteux état, même en voyant son col clérical. Il doit se laver. Il a besoin d'antidouleurs. Il se retourne et regarde à travers le trou béant dans le mur de la grange. Du côté opposé du champ, les fenêtres de la ferme laissent filtrer une lumière chaude.

Tu portes un col de prêtre. Dis-leur que tu as eu un accident. Ils te laisseront entrer.

Et après ? Je ne ferai de mal à personne d'autre.

Mais ils auront des antalgiques. De l'alcool. Peut-être de l'argent, aussi.

Non. Ils auront probablement des enfants. Ils sont innocents. Il ne peut pas faire de mal à des innocents.

Personne n'est totalement innocent.

La douleur irradie dans sa cheville. Il essaie de l'ignorer, mais en vain. Il s'assied. Jette un nouveau coup d'œil à la ferme. *Antalgiques. Alcool.* Il n'aura peut-être pas à leur faire mal. Pas trop. Juste assez pour les maîtriser. Pour prendre ce dont il a besoin. Autrement, comment fera-t-il pour arriver jusqu'à elle ?

Il se lève péniblement.

36.

Je m'agenouille et pointe la lampe torche dans le trou, dont la circonférence avoisine celle d'un ballon de football. Un caveau, sous l'église. Je distingue la courbure d'un mur voûté. Sur ma gauche, ce qui ressemble à des marches en pierre. Et des cercueils. Trois. Empilés n'importe comment dans un coin. Le bois semble avoir pourri et s'être gondolé. Le couvercle d'un des cercueils s'est fendu, me permettant de discerner un crâne grimaçant à l'intérieur.

— Je peux jeter un coup d'œil ? demande Mike.

Il m'a accompagnée jusque dans la chapelle, quand bien même je lui ai dit que ça irait, que je n'avais pas besoin d'un chaperon. Après m'être occupée de la jambe de Flo – qui est salement amochée mais pas cassée, heureusement –, j'ai laissé ma fille et Wrigley à la maison avec du lait et des biscuits. Je présume qu'ils ne peuvent pas se faire grand mal avec un paquet de Hobnobs au chocolat.

Flo m'a expliqué qu'elle pensait avoir vu quelqu'un entrer dans la chapelle, qu'elle est allée jeter un coup d'œil, qu'elle a trébuché et que son pied a traversé les dalles brisées. Wrigley, qui passait dans le coin (l'activité favorite des locaux, visiblement), l'a entendue crier et est venu l'aider. Leur histoire est aussi pleine de trous que, ma foi, le sol de la chapelle, mais les questions devront attendre. Pour le moment.

Je tends la lampe à Mike.

— Je vous en prie.

Il s'agenouille à son tour et se penche en avant.

— Waouh. Ça, c'est une découverte. Ça date de quelle époque, à votre avis ?

Je réfléchis un instant.

— Rushton m'a dit que l'église originelle avait été ravagée par un incendie. La chapelle a été construite sur le même plan. L'entrée du caveau a dû être condamnée durant les travaux.

Mais pour quelle raison scellerait-on ainsi ce lieu ? Au contraire, un caveau privé est une marque de prestige que la famille des défunts voudrait préserver.

Mike observe toujours les dalles.

— Je ne sais pas. Ça a l'air plus récent. Regardez, cette dalle-ci est beaucoup plus fine, moins ancienne que le reste du dallage. Et on voit que le mortier est plus frais. C'est un raccord.

— Je vous ignorais expert en maçonnerie.

— J'ai de nombreux talents.

— Parmi lesquels ne figure pas la modestie.

Il sourit.

— OK, j'ai écrit un article sur la restauration d'églises pour le journal local, l'an dernier.

Je hausse un sourcil.

— Vous n'avez pas le temps de vous ennuyer.

— Ouch.

Je reporte les yeux sur le trou dans le sol, l'esprit toujours en ébullition. S'il a raison, et que le dallage a été réparé dans un passé récent, comment se fait-il que personne n'ait remarqué cet immense foutu caveau sous la chapelle ?

— Que voulez-vous faire ? interroge Mike.

Pour tentant qu'il soit d'aller chercher un démonte-pneu et de voir ce qui se trouve exactement là-dessous, je ne suis pas certaine que ce soit le meilleur moyen de m'attirer les bonnes grâces des puissances supérieures, et je ne parle pas de Dieu.

— Je pense que je vais devoir appeler un maçon qualifié et lui demander de dégager soigneusement la zone, afin que nous puissions mener l'enquête.

— Pour ça, je peux peut-être vous aider, dit-il en sortant son téléphone. J'ai toujours le numéro du maçon que j'avais interviewé.

— Pratique.

— Il se trouve qu'on est allés boire un coup une ou deux fois, après ça.

— Oh.

J'essaie de ne pas laisser transparaître ma surprise. Parce qu'il a été marié à une femme, j'étais partie du principe que Mike était hétéro.

— Elle est vraiment bonne dans son domaine, ajoute-t-il.

— Parfait.

Elle. Idiote. Comment ai-je pu tomber dans le panneau, moi entre tous ?

— Vous avez AirDrop ?

— Euh… oui.

Je sors mon téléphone, qui me signale un message entrant de Mike. J'appuie sur « accepter ».

— Merci.

— Vous croyez qu'il y a quoi là-dessous ?

— En général, les caveaux comme ceux-ci accueillaient les notables du village.

— Je vois. Ainsi, même dans la mort, ils n'avaient pas à côtoyer la plèbe.

— C'était l'idée.

Nous nous penchons de nouveau vers le trou.

— La question n'est donc pas vraiment quoi, mais qui ?

Je m'assieds au bord du lit de Flo, ce que je n'ai pas fait depuis qu'elle est petite. Elle est adossée contre ses oreillers et laisse sortir sa jambe bandée de la couette. Elle a le teint pâle, les yeux cernés de noir.

— Tu es en colère contre moi ?

— Je ne suis pas en colère, dis-je. Plus maintenant. Je suis juste inquiète pour toi. Je veux te protéger.

— Je sais, maman. Mais tu ne peux pas me protéger de tout. Ce qui est arrivé dans la chapelle n'était qu'un accident.

— Certes. (Je la regarde plus attentivement.) Et ce prétendu intrus ?

Une hésitation. Et voilà. Je savais bien qu'elle me cachait quelque chose.

— OK. Promets-moi que tu ne me prendras pas pour une folle.

— Je te le promets.

— J'ai cru voir encore une fille, comme celle dans le cimetière.

— La même fille…

— Non, celle-ci avait une tête et des bras – mais elle était en proie aux flammes et brûlée de partout. C'était horrible.

Je la regarde avec intensité. *Incandescentes.*

— Je n'invente rien.

— Je le sais, dis-je en soupirant. Tu es certaine que personne d'autre ne t'a parlé des incandescentes ? Wrigley, peut-être ?

— Pourquoi ? Tu penses que mon esprit convoque ces visions à partir de ce qu'on m'aurait dit ?

— Je cherche des explications rationnelles. Je n'ai jamais cru aux fantômes.

— Moi non plus.

— Mais je *te* crois.

Ce que je ne dis pas, c'est que je crois aussi que ces dernières semaines ont été traumatisantes. Tous ces problèmes à Nottingham. Le déménagement soudain. Flo ne m'a jamais donné de raison de m'inquiéter de sa santé mentale. Elle a toujours été remarquablement équilibrée. Mais bon, Jonathon était un excellent acteur. Et certains professionnels pensent que les troubles psychiatriques sont héréditaires.

— Alors, qu'est-ce qu'on va faire ? demande-t-elle.

— Je ne sais pas.

— Un exorcisme ? Au moins, tu as un kit.

Je souris faiblement.

— S'il y a des âmes perdues coincées sur cette terre, je doute que les en arracher dans la violence et la colère soit la meilleure façon de traiter le problème.

— Peut-être pas.

— D'après la légende, les incandescentes apparaissent à ceux qui ont des ennuis.

— Tu crois que j'ai des ennuis ?

Je baisse les yeux sur sa jambe.

— C'était un accident, répète-t-elle.

— Le deuxième en deux jours.

— Nous y voilà. Et tu vas dire que c'est la faute de Wrigley.

— Les deux fois où tu étais avec lui, il t'est arrivé quelque chose.

— Il m'a porté secours, ce soir.

— Et je lui en suis reconnaissante.

— Mais ?

— Mais as-tu songé que ça aurait pu être lui, l'intrus que tu as suivi dans la chapelle ?

— Ce n'était pas lui.

— OK. Mais qu'est-ce que tu sais vraiment de lui ?

— Il vit un peu à l'écart du village avec sa mère.

— Et ?

— Et rien. Je ne lui ai pas fait passer un interrogatoire.

— Il n'empêche que j'aimerais bien la rencontrer.

— On ne sort pas ensemble. (Avisant mon sourcil levé, elle ajoute :) Ça n'a rien à voir.

— Est-ce qu'*il* est au courant ?

— Oui. Et toi et ce mec, Mike ?

— Ça n'a rien à voir, rien du tout.

— Est-ce qu'*il* est au courant ?

— Bon, ça suffit, jeune fille, dis-je en me levant. On en reparlera demain matin.

Elle se retourne et tend le bras pour éteindre, puis s'interrompt.

— Maman, qui est enterré dans le caveau, à ton avis ?

— Je n'en ai pas la moindre idée. Nous verrons ça demain. Repose-toi. Tu crois que tu arriveras à dormir ?

Elle bâille.

— Les incandescentes ne hantent que la chapelle, pas vrai ?

— Je suppose.

— Alors ça devrait aller.

— Bonne nuit. Je t'aime jusqu'à la lune et retour.

Une phrase que nous nous disions quand elle était petite.

— Je t'aime jusqu'à l'autre bout de l'univers et retour.

— Je t'aime jusqu'à l'infini et retour.

— Je t'aime jusqu'au Big Bang et retour.

Je souris et sors de sa chambre doucement. Puis je vais faire ma toilette, me brosser les dents et enfiler un pyjama.

Je me sens épuisée, mais aussi nerveuse, comme si je marchais en équilibre au bord d'un précipice ; un très profond précipice. Un vertige me saisit à cette pensée.

Il vient par ici quelque maudit[1].

Je touche la chaîne en argent que je porte autour du cou. Une fois dans ma chambre, je m'agenouille près du lit. Mais je ne prie pas. Je glisse ma main sous le matelas. Mes doigts palpent les lattes de bois en vain. Je soulève alors le matelas, les sourcils froncés par l'incrédulité.

Le couteau a disparu.

1. Shakespeare, *Macbeth*, IV-1, trad. François Guizot.

37.

On ne devrait pas prier pour soi, disait Blake, mon vieux mentor. *Dieu n'est pas un concierge. Il n'est pas à ton service. Demande-lui conseil, mais si tu as besoin d'aide, tu dois apprendre à t'aider toi-même.*

J'ai toujours essayé de suivre ses recommandations. Ainsi que son autre enseignement biblique important : tout est plus simple après une bonne nuit de sommeil, un café noir et une cigarette.

J'enfile un peignoir, descends me préparer un café serré et récupère ma rouleuse, mon tabac et mon papier. J'emporte le tout dans ma chambre, ouvre la fenêtre et m'assieds sur le rebord. Fumer là n'est ni sûr ni hygiénique, mais j'ai besoin de réfléchir et de passer quelques coups de fil. Et c'est le seul endroit où je peux faire les deux.

Je roule une cigarette en contemplant les champs au-delà de la route. L'herbe scintille de rosée. Le disque argenté du soleil brille dans un ciel bleu voilé de brume. C'est beau, mais ça n'améliore en rien mon humeur.

Le couteau a disparu. J'ai revérifié en me levant. Il n'est pas sous le matelas. Ni dans l'armoire ni dans la boîte. Comment a-t-il pu se volatiliser ? Qui peut l'avoir subtilisé ? Seules deux personnes en plus de moi ont occupé la maison hier soir : Flo et Wrigley.

Flo a-t-elle pu le trouver ? L'a-t-elle pris pour me protéger, comme elle le fait avec mon tabac ? Parce qu'elle est inquiète pour moi ? Mais comment aurait-elle pu tomber dessus ? Pourquoi irait-elle regarder sous le matelas ?

Mon premier réflexe avait été de lui poser la question directement, hier soir. Mais j'avais changé d'avis, considérant qu'il était tard et que nous étions toutes les deux fatiguées. Et si ce n'était pas elle, cela nous aurait conduites à une discussion encore plus glissante. Pourquoi avais-je caché un couteau sous mon matelas ? Qui d'autre avait eu l'opportunité de fureter dans la maison ? *Wrigley* ?

Ce déménagement était censé nous permettre de laisser nos problèmes derrière nous. De nous en détacher pour repartir sur des bases saines. Mais tout ce que je trouve ici, ce sont de nouvelles inquiétudes et des questions sans réponse. J'ai l'impression d'avoir mis le pied dans une flaque, qui se révèle être en définitive des sables mouvants, et plus je m'agite pour m'en dépêtrer, plus je m'enfonce dans ce bourbier.

La lettre de libération de la prison pourrit toujours dans ma boîte à gants. La mort du révérend Bradley reste en toile de fond de mon esprit. J'ai beau me dire que ces événements n'ont aucun rapport entre eux, le doute persiste. Et quid des mystérieux objets laissés à mon intention ? Et de la coupure de presse ? Qui les a envoyés ? Quel message essaie-t-on de me faire passer ?

Je tire une profonde bouffée sur ma cigarette et sors mon téléphone. OK. Première tâche sur ma liste : appeler le maçon et lui demander de découvrir ce qu'il y a exactement sous la chapelle, et pourquoi personne ne semble être au courant de sa présence. Il est à peine 8 h 30. Elle ne travaille probablement pas à cette heure-ci, mais ça vaut le coup d'essayer. Je passe l'appel, m'attendant à moitié à tomber directement sur le répondeur, mais, à ma grande surprise, une voix féminine enjouée lance :

— TPK, bonjour.

— Oh, bonjour. Ici le révérend Brooks de Chapel Croft. Je me demandais s'il vous serait possible de venir voir une partie du dallage endommagé de la chapelle.

— Oui, bien sûr. De quelle sorte de dégâts parle-t-on ? Effritement, fissures ?

— Plutôt un bon gros trou dans le sol sous lequel on a découvert un caveau secret.

— Waouh… Ça, ça m'intéresse ! J'ai justement eu une annulation, ce matin. Je pourrai être là dans une demi-heure, si ça vous va.

— Ce serait super. Merci.

— À très vite, alors.

Je raccroche. Première mission accomplie, à la suivante. Je ne peux pas continuer à risquer ma vie pour avoir trois barres de réseau. Je dois appeler BT et…

— Bonjour, là-haut !

Je sursaute et manque de me défenestrer.

— Seigneur !

Je baisse les yeux. Un homme chauve dans ce qui ressemble étonnamment à un uniforme de BT se tient juste sous ma fenêtre. J'étais si accaparée par mes pensées que je n'ai pas vu sa fourgonnette s'arrêter.

— Je cherche le révérend Brooks ? Vous êtes sa femme ?

Je souris. *Merci, mon Dieu.*

— En fait, je *suis* le révérend Jack Brooks.

— Ah, d'accord. Je suis envoyé par BT. Frank.

— Et vous êtes littéralement la réponse à mes prières.

Pendant que Frank farfouille dans les câbles et perce des trous dans le mur du salon, je me douche et m'habille. Flo passe une tête échevelée hors de sa chambre au moment où je m'apprête à redescendre.

— C'est quoi, tout ce bruit ?

— Celui de la civilisation.

— Internet ?

— Ouaip.

— Alléluia.

Je la considère un instant. *Le couteau.*

— Comment va ta jambe ?

— Ça tire un peu, mais ça va.

— Tu veux une tasse de thé ou de café ?

— Un café, ce n'est pas de refus.

— D'accord, je te le monte.

Elle me dévisage d'un air suspicieux.

— Pourquoi es-tu si gentille ce matin ?

— Parce que je t'aime.

— Et ?

— Il faudrait une autre raison ? dis-je avec un sourire affectueux.

— T'es bizarre, conclut-elle avant de battre en retraite dans sa chambre.

Je descends et lui prépare un café au lait, avec un sucre. J'en profite pour aller voir où en est Frank dans le salon.

— Ça se passe bien ?

— J'ai presque fini ici, Miss. Ensuite, il faudra que j'aille vérifier le relais un peu plus haut sur la route.

Je souris poliment pour masquer mon agacement à m'entendre appeler « Miss ».

— Merci. Vous n'imaginez pas à quel point on est heureuses de retrouver une connexion à Internet.

— C'est drôle. J'aurais jamais cru que les pasteurs utilisaient Internet.

— Envoyer des prières à Sainsbury's pour se faire livrer les courses ne marche pas si bien que ça.

Il me dévisage un instant et éclate d'un rire maladroit.

— Oh, OK. Excellente. (Il regarde autour de lui.) Vous savez, je me rappelle du type qu'était là avant vous.

Évidemment. Petit village. Même l'installateur de BT est un local.

— Le révérend Fletcher ?

— Ouais, un gars bien. C'est triste, ce qui lui est arrivé.

— Oui, très triste.

— Je pensais que ça serait terminé, pour être franc.

— Que quoi serait terminé ?

— Tout ça. La chapelle.

— Pourquoi ?

— Bah, ils l'avaient mis en vente, à un moment.

Première nouvelle.

— Vraiment ?

— Ouais. Quand le vieux pasteur – Marsh – a pris sa retraite, elle est restée fermée pendant plus d'un an. Le révérend Rushton a commencé à faire des pieds et des mains pour la sauver. Ils ont reçu cette énorme donation et ont décidé de la laisser ouverte.

— Quel coup de chance. Qui était le généreux donateur ?

— Un type du coin. Simon Harper. Je l'aurais jamais pensé porté sur la religion, mais faut croire que c'est l'histoire du village, pas vrai ?

— Sans doute.

— Bon, dit-il en se levant. Je file voir ce que ça donne au niveau du relais sur la route. Je reviens dans une minute.

— D'accord.

Je monte son café à Flo, l'esprit préoccupé. Comme ça, Simon Harper a fait un don important à la paroisse. Rushton avait mentionné que la famille était très impliquée dans l'église – il devait parler de ce renflouement.

Mais pourquoi ? Pour se faire bien voir ? Ou pour une autre raison ?

Je frappe à la porte de Flo.

— Entre.

J'obtempère. Elle est étendue sur son lit, son casque sur les oreilles. Je pose son café sur la table de chevet.

— Merci, marmonne-t-elle.

Elle remarque que je m'attarde dans la pièce et ôte ses écouteurs.

— Oui ?

Le couteau.

— Je voulais te demander quelque chose, à propos d'hier soir.

— Euh… d'accord.

— Quand vous étiez dans la maison, avec Wrigley, vous êtes restés ensemble tout le temps ?

— Oui. Pourquoi ?

Sa réponse est trop rapide. Elle ment.

— Il n'est pas allé aux toilettes, ou autre ?

— Peut-être. Pourquoi tu me demandes ça ?

Je hausse les épaules.

— Il n'a pas rabaissé la lunette.

— C'est un crime ?

— Dans cette maison, oui.

Elle plisse les yeux.

— En vrai, pourquoi tu me poses cette question ?

Je tergiverse. Je ne veux pas accuser Wrigley sans preuve, et encore moins déclencher une autre dispute. Un coup à la porte d'entrée me sauve fort opportunément. Frank.

— Je ferais mieux d'aller ouvrir, dis-je.

— Fonce.

Et elle remet ses écouteurs.

J'ai malgré tout ma réponse. On dirait que Lucas Wrigley et moi allons avoir une nouvelle conversation. Je descends au pas de course et ouvre la porte, m'attendant à voir le crâne chauve de Frank luire au soleil. Mais c'est une jeune femme aux cheveux courts et au bras tatoué d'une tête de mort sous la manche de son tee-shirt qui me fait face. J'ai l'impression de l'avoir déjà vue.

— Rebonjour, lance-t-elle.

Et puis je percute. C'est la personne que j'ai rencontrée à la salle des fêtes. Kirsty ?

— Oh, salut. Je peux vous aider ?

— Je crois que c'est plutôt moi qui vais *vous* aider.

Elle lève une grande caisse à outils estampillée « Maçonnerie TPK ».

— Et si on allait voir ce caveau secret ? dit-elle avec un sourire.

38.

Ils n'ont pas d'enfants.

Ils ont en revanche un chien, un petit terrier brun et blanc qui passe son temps assis à ses pieds à lorgner le bacon du sandwich qu'il grignote, quand il ne se lève pas pour donner des coups de patte à la porte du séjour.

— Du calme, lui dit-il, et il lui jette un morceau de couenne.

L'animal regarde la porte, gémit et vient manger le bacon au petit trot.

Le meilleur ami de l'homme, songe-t-il. *Ouais, tu parles.* La dévotion d'un chien se mesure à la quantité de nourriture qu'on lui offre. À sa décharge, le terrier ne comprend pas vraiment que ses maîtres n'iront plus jamais le promener.

Il jette un coup d'œil à la porte. Il n'avait pas eu l'intention d'en arriver là. Mais il n'avait pas eu le choix. Lorsqu'il était arrivé à la ferme, sa cheville le faisait tant souffrir qu'il parvenait à peine à clopiner. Même s'il avait pu convaincre les occupants des lieux de le laisser entrer, jamais il n'aurait réussi à les maîtriser. Il n'avait pu compter que sur la surprise. Il avait trouvé la hache plantée dans un rondin sous un abri, à l'extérieur. Il avait vu le couple à travers les baies vitrées. Elles n'étaient pas verrouillées. Des vieux. Trop confiants. Ignorants des horreurs tapies dehors, même ici, au milieu de nulle part.

Ç'avait été rapide. Sanglant, mais rapide. Tous deux étaient assis devant la télé, lui tournant le dos. D'un coup, il avait presque fait sauter la tête aux cheveux gris clairsemés de la femme. Son mari, tout aussi gris et marqué par les années, avait commencé à se lever, mais un autre moulinet lui avait ouvert la poitrine. Le coup de grâce lui avait fendu le crâne en deux parties quasiment égales. Le terrier n'en finissait plus de pousser des aboiements hystériques, puis, quand il s'était tourné vers lui avec sa hache dégoulinante, l'animal était parti ventre à terre se réfugier dans son panier.

Il avait considéré l'amas sanguinolent de corps sur le tapis usé. Moins de deux minutes avaient suffi pour les faire passer de vie à trépas. Mais ils étaient vieux, s'était-il raisonné. Ils avaient vécu. Il ne les avait sans doute amputés que de quelques années. Il ne se sentait pas si mal. Ç'avait été nécessaire.

Il était monté à l'étage et avait razzié la salle de bains en quête d'antidouleurs. Être tombé sur des vieux présentait un autre avantage : leur armoire à pharmacie était bien garnie. Il s'était enfilé quatre cachets de codéine, puis il était redescendu chercher de l'alcool. Il avait trouvé deux bouteilles de sherry et une d'un brandy passable dans un placard de la cuisine. Il avait ouvert le brandy et s'était octroyé plusieurs goulées. Enfin, il s'était allongé sur leur grand lit double et avait fermé les yeux.

Il avait rêvé. D'une maison perdue dans les brumes du temps. De sa sœur aînée. De cette façon qu'elle avait de se lover contre lui dans son lit quand il pleurait, de l'entourer de ses bras et de lui chanter que tout irait mieux demain. Jusqu'à la nuit où elle était partie. Et n'était jamais revenue.

Il termine son sandwich et tend la main vers son mug de thé. Puis il se ravise et opte pour la bouteille de sherry qu'il a ouverte un peu plus tôt, dont il savoure la douce brûlure dans sa gorge.

Sa cheville est toujours rouge et noir, et plus enflée que jamais. La peau semble se craqueler. Il est de plus en plus convaincu qu'elle est cassée. Mais avec les cachets et l'alcool, il remarque à peine la douleur.

En revanche, il est parfaitement conscient de l'odeur qu'il dégage. Il a besoin de se doucher, se dit-il. Puis il prendra la Toyota des vieux et ira faire un tour à Chapel Croft pour repérer les lieux. Il a déjà posé les clés sur la table. Ça fait un moment qu'il n'a pas conduit. Mais c'est une voiture récente, une automatique, avec un peu de chance. Les retraités ont des automatiques, non ?

Il rapproche une nouvelle fois la bouteille de sherry de sa bouche… et se fige. Il a entendu quelque chose. Le moteur d'un véhicule, des pneus qui roulent sur le gravier de l'allée. Le terrier part comme une flèche dans le vestibule en jappant. Il se lève de sa chaise et le suit. Une petite fenêtre jouxte la porte d'entrée en bois.

De fait, une Nissan grise s'est arrêtée devant la maison. Il est écrit « Cathy Nettoyage » sur l'aile de la voiture. Que faire ? Il est hors de question de lui ouvrir, mais elle a probablement une clé. Sans compter que ce foutu chien aboie tout ce qu'il peut. Fait chier.

Une femme mince – la trentaine bien entamée, châtain clair – sort de la voiture. Il jette un coup d'œil vers le salon. La hache est toujours plantée dans la tête du vieux. Il boitille jusque dans la cuisine et ouvre le tiroir à couverts, où il trouve un grand couteau à pain. Puis il retourne près de la porte d'entrée, le cœur battant.

La fille contourne la voiture et sort du coffre un aspirateur et une caisse de produits d'entretien. Elle apporte cette dernière sur le perron. Il resserre sa prise sur le couteau. Elle repart vers la voiture. Ferme le coffre et ramasse l'aspirateur. Puis elle s'interrompt, comme si elle venait de se souvenir de quelque chose. Elle va ouvrir la portière arrière et prend sur la banquette une tunique violette frappée du logo de sa société, qu'elle passe par-dessus son tee-shirt. Il voit un siège bébé.

Elle verrouille la voiture et remonte une nouvelle fois l'allée en faisant crisser le gravier sous ses pas. Il baisse les yeux sur le couteau. Les repose sur la porte. Il remarque qu'il y a une chaîne, qu'il s'empresse de mettre. Puis il recule. Elle sonne. Le terrier gratte le bas de la porte en aboyant avec force. Il entend la femme dire :

— Salut, Candy, tout va bien ?

Elle sonne de nouveau. Il monte l'escalier et s'assied sur le palier, hors de vue. Il l'entend tourner une clé dans la serrure et pousser la porte, dont la course est brutalement interrompue par la chaîne.

— Hé ho… Roz, Geoff ? Vous avez mis la chaîne ?

Le chien donne des coups de patte dans l'interstice.

— Coucou, Candy. Tout va bien, chérie.

Elle essaie de nouveau d'ouvrir, et soupire. Pourquoi ne part-elle pas ? Qu'est-ce qu'elle fait ? Une sonnerie de portable à l'intérieur de la maison répond à sa question. Au bout de cinq tonalités, elle s'arrête. Il entend la fille dire :

— Bonjour, c'est Cathy. Je suis chez vous, mais je ne peux pas entrer, il y a la chaîne. Votre voiture est là. Est-ce que tout va bien ? Rappelez-moi. Je vais y aller, mais je pourrai toujours revenir plus tard. À bientôt.

Il attend.

— Salut, Candy. Attention à ta truffe.

Elle referme la porte, et il écoute ses pas s'éloigner sur le gravier. Au bout de quelques secondes, la voiture démarre et s'en va. Il laisse échapper un soupir de soulagement.

Il retourne dans la cuisine chercher les clés de la Toyota. Il sort par la porte de service et fait le tour de la ferme en clopinant.

Tu ne peux pas prendre la voiture.

Pourquoi ?

Parce que c'est la première chose que la police recherchera quand elle trouvera les corps.

Son humeur s'assombrit. Évidemment. Pour l'instant, personne ne sait qui il est ni à quoi il ressemble. Mais s'il vole la voiture, la police la recherchera. Les voitures ne sont pas faciles à cacher, même quand on les brûle.

Il repère alors un vélo appuyé contre le mur de l'abri à bois et se dépêche d'aller l'enfourcher. Il arrive à pédaler tant bien que mal. Le terrier hurle et aboie toujours à l'intérieur – assez fort pour faire s'envoler du toit une nuée de corneilles croassantes. Il aurait dû tuer le chien.

Il regarde une dernière fois la ferme, indécis. Puis il s'engage dans l'allée en projetant des graviers autour de lui. Les hurlements du terrier le suivent longtemps.

39.

— Je croyais que vous travailliez à la salle des fêtes.

Nous arpentons le chemin qui sépare le cottage de la chapelle. J'ai dit à Flo de prévenir Frank, s'il a besoin de moi.

— Je donne un coup de main pour les petits-déjeuners paroissiaux, répond Kirsty. Ma grand-mère adorait y aller, quand elle était encore là, alors j'ai l'impression de rendre un peu de ce qu'elle a reçu. Comme avec l'aumônerie, que j'ai beaucoup fréquentée, adolescente.

— C'est super. Et ça, c'est votre vrai métier ?

— Plus ou moins. Je travaille avec mon père et mon frère. Quand on est sur un gros projet, on est débordés. Le reste du temps, on se tourne les pouces.

— Je vois. J'ai de la chance d'être tombée au bon moment, alors.

J'ouvre la porte de la chapelle, et nous entrons.

Kirsty embrasse la nef du regard.

— J'ai toujours trouvé cet endroit étrange et un peu flippant. Ne le prenez pas mal… ajoute-t-elle en se tournant vers moi.

— Ne vous en faites pas, dis-je avec un sourire. Il me fait la même impression.

Nous remontons l'allée centrale et inspectons le plancher de la chapelle.

— Waouh. Quel carnage !

— Ouais.

— Je ne parle pas seulement du trou – quoiqu'il ne soit pas beau à voir. (Elle s'agenouille.) Je parle du dallage. Ceux qui ont essayé de le réparer ont vraiment salopé le boulot.

Elle ouvre sa boîte à outils, en sort un burin et tapote une des dalles en morceaux.

— Un rafistolage à deux balles. La pierre est de mauvaise qualité. Moderne, sans rien d'authentique, et le mortier ne vaut pas mieux. (Elle fronce les sourcils.) Et je ne comprends pas ce qu'ils croyaient faire. On dirait que le bois de charpente a pourri sous les dalles, là. Il ne faut pas essayer de paver sur des fondations pourries. Le sol finira toujours par s'écrouler. Vous avez de la chance que personne ne soit tombé tout au fond.

— Ça a bien failli m'arriver.

Nous nous retournons toutes les deux. Flo se tient sur le seuil. Elle nous rejoint en boitant.

— Mon pied a traversé.

— Merde, fait Kirsty. Et ça va ?

— Ouais. Rien que des égratignures, heureusement.

— Tu n'es pas passée loin. Toute la zone aurait pu céder à n'importe quel moment.

Flo prend place sur un banc à proximité.

— Frank est parti ? je lui demande.

— Ouais. Il a dit qu'Internet devrait fonctionner d'ici une heure.

— OK. Parfait.

Kirsty s'assied à même le sol.

— Bon. Première étape : se débarrasser de ces dalles à la con.

— Est-ce qu'on pourra descendre ? Je voudrais jeter un coup d'œil à ces cercueils.

— Je dois d'abord m'assurer qu'il n'y a aucun danger. Une fois en bas, il ne faudrait pas que le plafond vous tombe dessus. (Elle pointe une lampe torche dans le trou.) Je vois des marches, alors je suppose que l'entrée d'origine se situait un peu à notre gauche. Je ne comprends toujours pas pourquoi on l'a pavée, pour commencer.

— Moi non plus, dis-je. À votre avis, ça a été fait à quelle époque ?

— Au cours des derniers mois, à vue de nez.

Mois ? Autrement dit, du temps de Fletcher. Je repense soudain aux plans architecturaux dans le carton. Avait-il découvert le caveau ? Peut-être avait-il trouvé un moyen d'y descendre ? Mais pourquoi l'avoir rescellé ?

— Bien, dit Kirsty en prenant un marteau et un autre burin dans sa boîte à outils, ainsi que des lunettes protectrices et un masque filtrant la poussière. Vous devriez reculer un peu. C'est parti.

Le bruit de percussion se réverbère dans toute la chapelle. Il vibre à travers mon corps, comme si c'étaient mes os que le burin frappait. Je regarde Flo. Elle fait la grimace et plante ses doigts dans ses oreilles.

Kirsty donne un coup de marteau qui déloge un gros morceau de dalle.

— Ça ne devrait pas prendre longtemps, explique-t-elle. Ce truc, c'est du papier mâché.

Dommage que ça n'en fasse pas le bruit. Je me contracte alors qu'elle s'attaque avec férocité à un autre coin du dallage. Cette fois, les gravats tombent directement dans le trou désormais beaucoup plus large. J'entends les débris s'écraser dans le caveau en contrebas.

Kirsty baisse son masque et contemple son ouvrage.

— OK, je pense que si je soulève cette ancienne dalle ici, on verra le haut de l'escalier.

Elle se penche et commence à hisser la pierre. Je me précipite pour l'aider.

— Attention, dit-elle. Il ne faudrait pas l'abîmer.

Nous parvenons à déloger la dalle de son mortier effrité.

— Un, deux, trois… Tirez !

Nous soulevons la pierre – mon dos proteste – et la posons sur le côté.

— Waouh, marmonne Flo en s'approchant.

Nous plongeons le regard dans la cavité. Nos efforts ont révélé la présence d'un escalier raide et inégal qui conduit à un tunnel voûté.

Kirsty s'accroupit et examine le plafond du boyau à la lumière de sa torche.

— Le reste des fondations paraît bon. Il n'y a que cette section qui a pourri.

— Bien, dis-je en sortant ma propre lampe de poche. Je descends en premier. Flo, il vaudrait mieux que tu nous attendes ici.

— Pas question, dit-elle en croisant les bras. On y va ensemble.

Ça ne sert à rien d'insister. Je connais ce regard. J'ai inventé ce regard.

— OK. Tout le monde descend.

J'allume ma lampe et commence à négocier prudemment les marches en pierre. Elles sont à peine assez profondes pour accueillir la moitié de mon pied, et il n'y a rien à quoi se tenir, sinon la paroi lisse et légèrement humide du mur incurvé. Je me fais la réflexion qu'il a dû y avoir une trappe, à un moment ou à un autre.

— Attention où vous mettez les pieds, dis-je à Flo et à Kirsty qui me suivent de près.

Nos lampes torches éclairent quatre ou cinq marches plus bas. Mes épaules frôlent la brique de chaque côté. La voûte s'élargit à mesure que je m'approche du fond. Je me redresse et pointe la lumière autour de moi. J'entends Kirsty siffler. La chambre souterraine est petite et étroite. Le plafond se courbe au-dessus de nos têtes. Les trois cercueils nous attendent, empilés dans une alcôve.

— On se croirait dans *Dracula*, murmure Flo.

Un frisson me parcourt l'échine. Ridicule. Ma profession me met au contact de la mort et des cercueils assez régulièrement. Pourtant, ici, sous la terre, dans le noir…

— C'est donc ça, une crypte ?

— La plupart des caveaux en sont, dis-je. En gros, des tombes chics pour ceux à qui on reconnaît quelque importance dans la communauté.

La curiosité a pris le pas sur la claustrophobie. Je m'approche des cercueils et passe le faisceau de ma lampe dessus. Ils sont tous un peu moisis et déformés, mais un seul a son couvercle complètement brisé, laissant voir son occupant.

Peut-être que l'occupant en question a tenté de sortir ?

Je mets de côté cette pensée fort utile et essaie de me concentrer. Chaque cercueil affiche une plaque en laiton légèrement corrodée, sur laquelle est inscrit le nom du défunt :

James Oswald Harper, 1531-1569. Isabel Harper, 1531-1570. Et enfin, *Andrew John Harper, 1533-1575.*

Le caveau de la famille Harper. Mais quelque chose ne va pas. Quelque chose qui me titille l'esprit sans que j'arrive à mettre le doigt dessus.

— Ça n'a pas de sens, dis-je.

— Pourquoi ? demande Flo. Tu viens de dire que les familles riches se faisaient enterrer dans ce type de caveaux.

— Oui, mais d'après l'histoire locale, les Harper faisaient partie des Martyrs du Sussex, immolés par le feu pour avoir refusé de renoncer à leur foi.

— C'est exact, renchérit Kirsty. Leurs noms figurent sur le monument commémoratif. On l'a restauré l'an dernier.

Voilà ce qui me turlupine. Les noms sur le monument. Les mêmes noms. Si les Harper sont morts sur le bûcher, que font-ils enterrés ici ?

— Quand a eu lieu la purge de Chapel Croft ?

— Oh, on apprend ça à l'école. La purge protestante de Chapel Croft s'est déroulée la nuit du 17 septembre 1556.

Je montre les plaques sur les cercueils.

— Alors pourquoi les dates de mort diffèrent – de près d'une décennie ?

— Tu penses qu'ils n'ont pas été brûlés avec les autres martyrs ? demande Flo.

— On dirait que non.

On dirait que quelqu'un, à un moment donné, a décidé de réécrire l'histoire. Ce qui n'a rien de compliqué. Les registres étaient assez rudimentaires au XVIe siècle. Et Rushton n'avait-il pas déclaré que le feu avait détruit la plupart des registres paroissiaux ?

Et l'histoire est écrite par ceux qui n'ont aucune pitié.

— Mais *tout le monde* sait que les Harper étaient des Martyrs du Sussex, dit Kirsty. C'est un vrai sujet. Si c'est faux…

Elle ne termine pas sa phrase.

Si c'est faux, alors le nom de la famille Harper serait irrévocablement sali. Ça pourrait même signifier que ce sont *eux* qui ont trahi leurs condisciples pour sauver leur peau. Et c'est effectivement un vrai sujet, dans un petit village. Simon Harper sait-il que la réputation de sa lignée est bâtie sur un mensonge ? Est-ce la raison de sa

« donation » à l'église ? Pour garder le secret ? Mais dans ce cas, ça voudrait dire que quelqu'un *à l'intérieur* de l'église a dû l'aider.

J'observe le crâne de James Oswald Harper. Il se trouve dans un état étonnamment bon. Je fronce les sourcils. Puis je pointe ma torche à l'intérieur du cercueil. *Qu'est-ce que… ?*

— Kirsty, pourriez-vous éclairer par ici ?

— Bien sûr.

— Qu'est-ce qu'il y a ? s'enquiert Flo.

Pour toute réponse, je coince ma lampe de poche entre mes dents et, des deux mains, je tire sur le bois fendu du couvercle.

— Maman, dit Flo d'une voix inquiète. Qu'est-ce que tu fais ?

Je grogne et tire de plus belle. Un *crac* sonore résonne dans la petite chambre et la totalité du couvercle cède. Je bascule en arrière, toujours accrochée à mon morceau de bois. Le cercueil verse, et un corps squelettique en tombe.

Flo glapit. Même Kirsty murmure : « Merde ! »

Je contemple les restes au sol. Puis je reviens au cercueil, où un squelette brun dans un état de décomposition beaucoup plus avancé gît encore. Voilà ce que j'ai vu. Un second crâne. Un second cadavre.

— P… Pourquoi est-ce qu'il y en a deux ? hoquette Kirsty.

Bonne question. Je m'accroupis près du premier squelette, à peine jauni. Des mèches blondes sont toujours accrochées au cuir chevelu. Et puis j'aperçois autre chose encore.

Une grosse chevalière passée à l'un des doigts du défunt.

Je soulève délicatement le doigt en question pour regarder le bijou de plus près. Y figure un saint portant une croix et une épée. Des mots en latin courent sur toute sa circonférence.

Sancte Michael Archangele, defende nos in proelio.

« Saint Michel archange, défendez-nous dans le combat. »

Un étourdissement m'oblige à m'asseoir.

— Maman ? dit Flo d'une voix qui me paraît venir de loin. Est-ce que ça va ? Qu'est-ce que tu as trouvé ?

Je hoche la tête, mais ça ne va pas du tout.

Je crois que nous avons trouvé le vicaire disparu. Benjamin Grady.

Un grattement à sa fenêtre. Des phalanges de squelette griffant le verre.

Merry s'assit dans son lit, cligna de ses yeux embués de sommeil. Sa chambre était gorgée d'ombres dans le clair de lune tremblant.

Le grattement se reproduisit, suivi d'un cliquetis.

Pas des doigts, des cailloux.

Elle traversa la pièce à pas de loup, tira le rideau et regarda à l'extérieur. Ses yeux s'agrandirent quand elle reconnut la silhouette qui se tenait sous la fenêtre. Joy. Elle ouvrit le battant.

— Qu'est-ce que tu fais là ?

— Il fallait que je te voie.

— Au milieu de la nuit ?

— C'était le seul moyen. Je t'en prie.

Elle tergiversa un moment, puis hocha la tête.

— Attends-moi ici.

Elle attrapa sa robe de chambre et sortit sur le palier sur la pointe des pieds. Elle entendait sa mère ronfler derrière sa porte. Elle avait vidé deux bouteilles de vin après le thé, aussi ne risquait-elle pas de se réveiller. Merry se surprit néanmoins à retenir son souffle en descendant l'escalier et en sortant par la porte de derrière sans un bruit. L'air frais de la nuit s'infiltrait sous son pyjama.

— Qu'est-ce qui se passe ?

Joy se mit à sangloter franchement.

— Je suis désolée. Je t'ai laissée tomber.

Merry jeta un coup d'œil nerveux à la maison.

— Ne pleure pas. Viens.

Elles allèrent au fond du jardin s'asseoir sur le muret effondré, près du puits.

— J'ai été si stupide, hoqueta Joy. Je le croyais bon, mais c'est le diable.

— Qui ? De quoi est-ce que tu parles ?

Mais Joy se contenta de secouer la tête avant de changer de sujet.

— Tu sais, ce qu'on s'était dit il y a quelque temps… s'enfuir…

Merry voyait très bien. Mais elles n'avaient pas évoqué la question depuis longtemps. Elles s'étaient à peine croisées ces dernières semaines.

— Je croyais que tu t'étais ravisée.

— Non. Tu veux toujours partir ?

Elle songea à sa mère. Son cas empirait. L'autre soir, elle s'était mis en tête que Merry était possédée et qu'il fallait expulser le démon de son corps. Quand Merry avait vu la baignoire pleine d'eau glacée, elle s'était enfuie et s'était cachée dans les bois.

— Oui, répondit-elle avec fermeté.

— Quand ?

Elle réfléchit.

— Demain soir. Fais ton sac. Retrouve-moi ici.

— Et pour l'argent ?

— Je sais où ma mère en planque.

— Où irons-nous ?

Merry sourit.

— Quelque part où on ne nous trouvera jamais.

40.

Pédaler de la ferme aux abords de Chapel Croft lui paraît prendre un temps infini, alors même qu'un vieux panneau blanc abîmé par les intempéries annonçait seulement huit kilomètres.

Le sherry (ou, plus probablement, le fait d'avoir cessé d'en boire) lui a donné mal à la tête, et sa cheville le met au supplice. Il s'arrête à plusieurs reprises pour reprendre son souffle et masser inutilement son articulation. L'inflammation s'étend. La peau violacée tend l'élastique de sa chaussette et monte jusqu'au milieu du mollet. Mais il doit continuer.

Une de ses pauses le conduit près d'un échalier, derrière lequel il y a un abreuvoir à moutons. Il parvient à franchir le muret et plonge le visage dans l'eau brune au goût aigre, mais assez fraîche pour le désaltérer un peu.

Enfin, au détour d'un long virage, il voit apparaître au loin une chapelle blanche. Ça doit être ça. Son cœur bondit. Il est si proche. Mais alors il remarque les voitures de police garées devant ; des agents en uniforme, le ruban circonscrivant la zone.

Qu'est-ce qui se passe ? Qu'est-ce qu'ils font là ? Lui est-il arrivé quelque chose ?

Il baisse la tête et continue de pédaler. Quand il se trouve à une distance suffisante, il s'arrête, descend de son vélo, le pose sur sa béquille et s'accroupit, feignant de s'occuper de sa chaîne tout en jetant des coups d'œil à la dérobée à la chapelle.

C'est alors qu'il la voit. Pour la première fois depuis quatorze ans. Elle se dirige vers le cottage avec une vieille femme, un homme de haute taille et une adolescente. *Sa fille.* Plusieurs émotions le traversent. Le choc. Sa fille lui ressemble trait pour trait quand elle-même était adolescente. Le soulagement. Elle est ici, et elle va bien. La confusion. Pourquoi y a-t-il tous ces policiers ?

Il est impossible que ça ait un rapport avec ce qu'il a fait à la ferme. Il est trop tôt pour qu'ils aient découvert les corps. Mais il a un mauvais pressentiment. Il a merdé. Il aurait dû rester dans la grange. Loin des regards. S'il l'avait fait, personne n'aurait été tué. La seule chose qui joue en sa faveur, c'est que personne ne le connaît ni ne sait à quoi il ressemble. Mais ça ne durera pas. Et il aura du mal à passer inaperçu avec ses vêtements sales et déchirés et sa cheville à vif. Il doit trouver un endroit où se planquer. Rassembler ses idées. Échafauder un plan.

Pour quoi faire ? Si elle t'aime, ton apparence n'a aucune importance. De quoi as-tu peur ?

De rien. Il n'a peur de rien. Il veut juste faire les choses bien. Il le faut. Ou bien…

… *peut-être qu'elle te rejettera, qu'elle t'abandonnera de nouveau ?*

Non. Il a mal agi une fois. Il a commis une erreur. Mais elle a eu le temps de le pardonner. Tout comme lui l'a pardonnée.

Il remonte en selle et repart. Cette fois, il ne s'arrête pas avant d'avoir atteint l'autre bout du village. La route est déserte, à l'exception des vaches qui paissent dans les champs alentour. À sa gauche apparaît un portail. Rouillé, fermé par un cadenas. Un chemin creusé d'ornières où pousse une végétation anarchique part de la route pour disparaître dans des massifs de buissons. Au-delà de leurs branches hirsutes, il aperçoit le bout d'un toit en mauvais état à quelque distance.

Il pose le vélo devant le portail. Après un instant de réflexion, il le balance par-dessus et suit le même chemin.

Toutes les agglomérations – villes, villages, banlieues – possèdent ce genre de bâtisse à l'abandon. Il a appris ça quand il vivait dans la rue. Des lieux dont, pour une raison ou une autre, personne ne revendique la propriété. Ou, peut-être plus précisément, dont personne ne veut.

Même les plus riches quartiers comptent au moins une habitation qui reste vide, invendue. Parfois pour des questions légales ou administratives. Il arrive que ce soit les maisons elles-mêmes qui ne veulent pas qu'on y vive. Leurs murs ont absorbé trop de douleur et de malheur. Elles en débordent. Les sentiments négatifs suintent de chaque brique fissurée, de la moindre latte de parquet gondolée. Inhabitable. Inhospitalière. N'entrez pas. Vous n'êtes pas les bienvenus. Restez à distance.

Comme celle-ci.

Il observe la maison abandonnée. Les fenêtres noires semblent le toiser en retour, sous le sourcil colérique du toit affaissé. La porte bée sur un cri silencieux.

Il se dirige vers elle à travers les herbes folles. Après avoir jeté un coup d'œil à l'intérieur, il entre. Il y fait sombre. Le soleil, quoique haut dans le ciel, ne pénètre pas jusqu'au fond des pièces. Les ombres sont trop profondes. L'obscurité s'y accroche viscéralement.

Ça ne le dérange pas. Pas plus que l'odeur, les bouteilles brisées et les mégots de cigarettes par terre, ou les étranges graffitis sur les murs à l'étage.

Il sourit.

Il est arrivé chez lui.

41.

— Difficile d'en être sûr à cent pour cent, mais ça m'a bien l'air d'être la même bague.

L'homme de la police criminelle, le capitaine Derek, repose les photos sur la table de la cuisine et ôte ses lunettes. Ce presque sexagénaire de haute taille au visage avenant semblerait plus à sa place dans un potager qu'au milieu d'une enquête pour meurtre.

— Alors c'est lui ? Grady ? demande Joan en l'observant par-dessus son café, les yeux brillants.

Je l'ai appelée juste après avoir prévenu la police. Elle a insisté pour venir immédiatement. « C'est la chose la plus excitante qui me soit arrivée depuis la fois où quelqu'un est entré dans mon salon avec son cheval et son attelage. »

Derek sourit à Joan.

— Grady a pu donner sa chevalière à quelqu'un, ou on a pu la lui voler…

Elle laisse échapper un grognement de dérision. Je réprime un fou rire. Parfois, j'aimerais être assez vieille pour me montrer grossière sans la moindre vergogne.

— Il est très probable que cette dépouille soit celle de Benjamin Grady, concède-t-il. Mais tant que l'équipe médico-légale n'aura pas analysé les os et les vêtements, nous ne pouvons pas être catégoriques.

Je jette un coup d'œil par la fenêtre. Un agent en uniforme monte la garde à l'entrée de la chapelle, tandis qu'un autre est posté sur le trottoir, près du portail du cimetière. Un ruban de scène de crime a été déployé au bord de la route. Un peu plus tôt, j'ai vu l'équipe médico-légale pénétrer dans la chapelle, en compagnie d'un photographe muni d'un projecteur portable. Je les imagine poser des repères, prendre des clichés, recueillir des pièces à conviction. Je doute que la chapelle ait connu tant d'activité depuis l'époque des martyrs. Flo est à l'extérieur, dans le cimetière, d'où elle observe tout ce qui se passe en prenant des photos en douce avec son téléphone.

— Grady a disparu il y a trente ans, poursuit Joan. En mai 1990. Juste après que deux jeunes filles du village, Merry et Joy, ont elles aussi disparu. Vous êtes au courant ?

— Cette affaire m'est familière.

— Est-ce que vous cherchez d'autres restes humains dans la chapelle ?

— Les autres squelettes présents dans le caveau semblent appartenir à l'histoire.

— Vous allez rouvrir le dossier ?

— À moins que nous n'ayons de nouveaux éléments…

— Vous avez un cadavre de prêtre dans une crypte. Il vous faut quoi de plus, comme nouvel élément ?

Cette fois, c'est à mon tour de grogner, alors que du café me sort par le nez.

Le sourire de Derek est maintenant plus tendu.

— Pour le moment, ça ne sert à rien de spéculer. Nous aurons besoin des noms de tous ceux qui ont travaillé à la chapelle ou y ont eu accès au cours des trente dernières années.

— Les registres de l'église se trouvent dans un caisson de rangement, dans le bureau, dis-je. Mais je ne suis pas sûre qu'ils remontent si loin.

— Le révérend Marsh a officié ici entre les années 1980 et il y a cinq ans, indique Joan. Il souffre de la maladie de Huntington, mais il a peut-être conservé des archives.

— Aaron, son fils, est le gardien de la chapelle, renchéris-je. Il pourra vous aider. (Après un silence, j'ajoute :) Et le révérend Rushton est le pasteur de la paroisse de Warblers Green depuis presque trente ans.

Derek prend tout cela en note.

— Merci. Nous leur parlerons à tous les deux. (Il referme son carnet et se tourne vers moi.) Ça a dû vous faire un choc.

— Vous pouvez le dire.

— Sacrée première semaine !

— Elle a été… riche en événements.

— Bon, si vous pensez à quelque chose d'autre, voici ma carte.

Il me la tend, et je la glisse dans ma poche.

— Merci.

Je le raccompagne à la porte et l'observe s'éloigner à grands pas vers la chapelle. Puis je parcours le cimetière du regard… et jure. Profitant de ce qu'un couple de villageois curieux tient la jambe à l'agent en poste au bord de la route, une vieille MG s'est garée derrière les voitures de patrouille, et une silhouette familière debout sur le trottoir mitraille la scène avec son téléphone.

Je remonte l'allée à pas furieux en direction de Mike Sudduth. Il sourit et me fait signe.

— Qu'est-ce que vous faites là ? je demande brusquement.

Son sourire s'évanouit.

— Euh… mon travail. Un cadavre dans une crypte ? C'est du lourd pour le journal local.

— Qui vous a parlé du cadavre ? Non, laissez-moi deviner… Kirsty ?

Il a la décence d'afficher une mine penaude.

— Elle m'en a peut-être touché deux mots. Désolé… Elle ne savait pas que c'était un secret.

— Bon.

Il me regarde curieusement.

— Qu'est-ce qui ne va pas ?

— Vous voulez dire… à part ça ? dis-je en désignant le ruban de police.

— Pardon. Question idiote.

Je soupire. Je suis injuste avec lui. Il ne fait que son travail. Mais la police, la presse… Ça ravive de mauvais souvenirs.

— Écoutez… Ça fait un peu beaucoup, ces derniers temps.

— J'imagine. Vous avez une idée de l'identité du défunt.

— Non.

— Alors ce n'est pas Benjamain Grady, le vicaire disparu il y a trente ans ?

Je le dévisage.

— Aucun commentaire.

— Est-ce qu'il a été assassiné ?

— C'est une interview ?

— Non. Enfin…

Je croise les bras.

— Je ne sais vraiment rien. Peut-être devriez-vous simplement prendre vos photos et partir, d'accord ?

Son visage se ferme.

— D'accord.

Je fais demi-tour et remonte le chemin d'un pas lourd jusqu'au cottage. Je gère très mal la situation. À cet instant, je m'en contrefous. Joan lève les yeux à mon entrée dans la cuisine.

— Est-ce que tout va bien ?

— Oui, très. (Je parviens à sourire.) Voulez-vous un autre café ?

Elle secoue la tête.

— Non, je vais y aller. Vous avez bien assez à vous occuper ici.

— Il n'est pas nécessaire de…

— Si j'ai appris une chose en quatre-vingt-cinq ans, c'est de ne pas abuser de l'hospitalité d'autrui.

Elle se lève avec lenteur, puis jette un coup d'œil par la fenêtre.

— Je me trompais sur Grady, dit-elle à voix basse.

— À quel propos ?

— Toutes ces années, je pensais qu'il avait quelque chose à voir avec la disparition des filles. Mais s'il est mort, ça le met hors de cause, vous ne croyez pas ?

— Je suppose que oui.

Elle se retourne vers moi, le visage préoccupé.

— Mais *quelqu'un* savait que Grady était là-dessous. Potentiellement quelqu'un à l'intérieur de l'église. (Elle pose une main osseuse sur la mienne.) Faites attention, Jack.

— À ton avis, qu'est-ce qu'il lui est arrivé ?

Flo me fixe des yeux par-dessus son bol de pâtes. Il est 19 heures passées de quelques minutes. La police et l'équipe médico-légale ont terminé leur travail à la chapelle il y a une heure. Le ruban de la scène de crime en barre toujours la porte, et j'ai reçu pour instruction de la laisser verrouillée.

J'embroche une tête de brocoli avec ma fourchette.

— À qui ?

Elle lève lentement les yeux au ciel.

— Le cadavre. Dans le caveau. Grady ?

Je réfléchis un moment avant de répondre :

— Eh bien, je crois que c'est à la police de le dire.

— Tu n'es pas curieuse ?

— Bien sûr que si.

— Il a été assassiné ?

— Il n'est pas monté tout seul dans ce cercueil.

— Qui peut bien vouloir tuer un *pasteur*... (Elle s'interrompt soudain et écarquille les yeux.) Pardon, maman. Ce n'est pas ce que je voulais dire...

Je lui souris faiblement.

— Ne t'en fais pas. Et, pour répondre à ta question, les gens tuent pour toutes sortes de raisons. Certaines compréhensibles, d'autres non.

— Je ne te parle pas de Jésus ou de Dieu. Je te demande ce que toi, tu penses.

Je pose ma fourchette.

— Je pense que *faire* quelque chose de mal n'est pas la même chose que d'*être malfaisant*. Je pense que nous pouvons tous mal agir. Ça dépend des circonstances, de ce qu'on exige de nous. Mais si ensuite on se sent coupable, si on cherche le pardon et la rédemption, alors c'est qu'on n'est pas une mauvaise personne. Tout le monde devrait se voir offrir une seconde chance. Une chance de réparer ses erreurs.

— Même l'homme qui a tué papa ?

Nous n'avons parlé de ce qui est arrivé à Jonathon qu'une seule fois, quand elle avait sept ans. La mère d'une de ses amies était décédée d'un cancer. Flo avait voulu savoir si son père était lui aussi mort d'une maladie. Pour tentant qu'ait été le mensonge, j'avais répondu à ses questions du mieux que j'avais pu, et la discussion s'était arrêtée là. Flo était si jeune quand Jonathon est décédé qu'elle ne se souvient pas de lui, ce qui, je suppose, lui a permis de mettre une certaine distance entre elle et sa mort. Mais j'admets que je me suis parfois demandé – non sans effroi – quand elle commencerait à poser d'autres questions.

— Oui, dis-je prudemment. Même lui.

— C'est pour ça que tu lui as rendu visite en prison ? Pour le pardonner ?

J'hésite.

— Il faut vouloir être pardonné. Il faut vouloir changer. L'homme qui a tué ton père n'en était pas encore là.

— Tu as dit que c'était un drogué.

— Oui.

— Alors peut-être qu'il a changé, s'il ne se drogue plus.

— Peut-être. Pourquoi penses-tu à ça maintenant ?

— Comme ça…

— Tu peux me parler, tu sais.

— Je sais.

— Ça a quelque chose à voir avec Wrigley ?

Les volets se referment.

— Pourquoi tu dis ça ?

— Pour rien, je me demandais juste si…

— Et c'est reparti. Tu ne l'aimes pas, hein ?

— Je n'ai pas encore arrêté mon opinion.

— À cause de sa dystonie ?

— Non.

— Tu ne le trouves pas normal, pas assez bien.

— *Non.* Ne me fais pas dire ce que je n'ai pas dit.

— Il m'a secourue, hier soir.

Parce qu'il rôdait autour de la chapelle, occupé à Dieu sait quoi, ai-je envie de répondre, mais je me retiens. Je repense au couteau.

— Flo, je n'étais pas sûre de vouloir en parler, mais quelque chose a disparu dans ma chambre.

— Quoi ?

— Le couteau du kit d'exorcisme. Quand Wrigley et toi étiez seuls à la maison.

Ses yeux s'agrandissent.

— Et tu crois que Wrigley l'a volé ?

— Eh bien, je présume que ce n'est pas toi.

— Non. Mais ça ne veut pas dire qu'il est le seul à avoir pu le prendre. Tu es sortie toute la soirée. J'étais coincée dans la chapelle. Le cottage n'était pas fermé à clé. N'importe qui aurait pu y entrer.

Elle marque un point.

— Mais pourquoi quelqu'un s'introduirait-il dans la maison pour voler un couteau ?

— Et pourquoi Wrigley le volerait-il ?

— Je ne sais pas.

Ses yeux ne quittent pas les miens. Son expression indignée et confuse me brise le cœur. Oh, comme tout est difficile quand on a quinze ans. On veut croire que le monde est blanc ou noir. Mais une fois adulte, on se rend compte que la plupart des gens habitent la zone grise entre les deux. Que nous faisons tous ce que nous pouvons au milieu de ça.

— Flo…

— Il ne l'a pas pris, OK ? Il déteste les couteaux. *OK?*

Non. Pas OK. Mais je ne peux pas le prouver. Pour l'instant.

— OK.

Elle fait racler les pieds de sa chaise contre le lino en s'écartant de la table.

— Je vais dans ma chambre.

— Tu n'as pas fini.

— Je n'ai plus faim.

Je la regarde avec un sentiment d'impuissance sortir en trombe de la cuisine. L'escalier grince sous ses pas, et j'entends une porte claquer. Super. Je passe la main dans mes cheveux. Flo et moi ne nous disputons pas souvent. Mais depuis que nous sommes ici, j'ai l'impression que tout se délite, que ma vie s'effiloche sous mes yeux. Je jette les pâtes restantes à la poubelle et pose les bols dans l'évier.

J'ai besoin d'une cigarette. Je sors mon matériel, en roule une rapidement sur le coin de la table de la cuisine et ouvre la porte de derrière. Et je fais un bond en arrière.

Il y a quelque chose sur le seuil. Deux nouvelles poupées de brindilles. Plus grandes que les précédentes et en position assise, jambes étendues et bras liés. L'une a des mèches de cheveux blonds attachées à sa tête ; l'autre, bruns. Et elles bougent. Elles basculent légèrement sur leur séant, comme incapables de trouver le repos.

Bon Dieu, mais qu'est-ce que…

Le cœur battant, je me penche pour les ramasser. Quelque chose de blanc et gluant sort en gigotant d'une des poupées et s'écrase sur le sol.

— *Merde !*

Je lâche les poupées avec un cri de dégoût, avant d'essuyer mes mains sur mon jean.

Elles sont pleines de vers.

42.

La chambre est chaude et étouffante. Je suis allongée, nue, sur les draps. La sueur ruisselle dans mon cou et entre mes seins. J'essaie de me tourner, à la recherche d'une zone un peu plus fraîche. Mais je ne peux pas. Mes poignets et mes chevilles sont attachés aux montants du lit. Je suis captive. Prisonnière.

Et j'entends quelqu'un venir.

J'entends ses pas, qui gravissent lentement l'escalier. Qui s'approchent, encore et encore. La panique m'étreint. Je tire sur mes liens, en vain. La poignée pivote. La porte s'ouvre. Une silhouette entre, tout en noir à l'exception d'une tache blanche à son cou et de l'éclat argenté d'un objet tranchant dans sa main. Un couteau.

Je l'entends murmurer : *Sancte Michael Archangele, defende nos in proelio.*

« Saint Michel Archange, défendez-nous dans le combat. »

Je lève des yeux suppliants. *Je vous en prie, non. Laissez-moi partir.* L'inconnu se penche sur moi. Je regarde son visage dans le noir, et je suis saisie d'horreur en voyant qu'il n'en a *pas*. Seulement une masse de vers grouillant et gigotant…

— *Aahhh !*

Je me réveille en sursaut, brossant frénétiquement mon pyjama, moite et désorientée. L'horloge indique 5 h 33. J'enfile mon pantalon de jogging et je descends sans bruit. Plutôt que de sortir ma rouleuse, je prends la lourde clé en fer, j'ouvre la porte et m'engage dans le court chemin menant à la chapelle. Le disque argenté du soleil se dessine timidement dans le ciel brumeux. L'air chaud se colle contre mes bras nus. Il flotte une odeur de jasmin et d'herbe sèche, ainsi que celle, vague et âcre, du compost. Cela me ramène à un autre matin, il y a longtemps. Un matin où je me tenais au bord d'une route, seule, terrorisée, ne sachant où aller.

La police m'a dit de ne laisser entrer personne dans la chapelle, mais elle n'a pas précisé si cela s'appliquait aussi à moi. Je fais pivoter la clé dans la serrure et pousse la lourde porte. Il règne à l'intérieur une fraîcheur salutaire. Je parcours l'allée centrale et m'assieds sur un banc près de l'autel. L'entrée du caveau bée comme une bouche sombre. Le ruban délimitant la scène de crime en fait toujours le tour. Je regarde dans l'abîme. La dernière demeure de Benjamin Grady. Comment est-il arrivé là ? Et qui était au courant ?

Celui qui cache ses transgressions ne prospère point, mais celui qui les avoue et les délaisse obtient miséricorde.

Je me tourne vers l'autel, baisse la tête et me mets à prier.

Au bout d'un moment, je me sens apaisée, restaurée. La foi n'est pas une ressource inépuisable. Elle peut se tarir. Même les prêtres ont parfois besoin de refaire le plein. Enfin, je me lève, me signe et quitte la chapelle.

Je sais ce que j'ai à faire.

Le mot « charmant » aurait pu être inventé pour décrire le cottage des Rushton. Les briques luisent d'une chaude teinte rouge dans le soleil de milieu de matinée. Le toit de chaume est soigneusement entretenu. De petits vitraux étincellent dans la lumière, encadrés de plantes grimpantes dont les fleurs ornent les murs. La maison jouxte l'église de Warblers Green d'un côté et, de l'autre, un ruisseau qui passe ensuite devant le pub local – le Black Duck.

Je comprends pourquoi Rushton aime cet endroit. Et pourquoi il ferait tout pour protéger la vie confortable qu'il y mène.

Quand il ouvre la porte, son visage habituellement jovial a laissé place à une mine sombre. Même ses bouclettes paraissent plates. Il ne semble pas surpris de me voir.

— Entrez. Clara est sortie faire une promenade.

Il me conduit dans une vaste cuisine baignée de lumière à l'arrière de la maison. Des baies vitrées ouvrent sur un grand jardin qui déborde de fleurs aux couleurs vives. Une brise fraîche s'y engouffre et me soulage obligeamment de la chaleur du jour.

— Café ?

— Non, merci.

Nous nous attablons face à face.

— Avant que vous ne posiez la question, dit-il avec un sourire triste, j'ai déjà parlé à la police… et je vous dois des excuses.

— Vous connaissiez l'existence du caveau ?

— Oui. Mais comme je l'ai dit à la police, je ne savais absolument rien du corps. Ça a été… (Il secoue la tête.) un choc terrible. Terrible.

— Quand avez-vous appris que la chapelle possédait une crypte ?

Il pousse un profond soupir.

— Le révérend Marsh m'en a parlé quand j'ai pris mes fonctions. Il m'a expliqué qu'on avait découvert le caveau l'année précédente, lorsqu'il avait fallu réparer des dalles endommagées. Mais la nouvelle n'avait pas été rendue publique, pour épargner la réputation de la famille Harper.

— Parce que leurs ancêtres n'étaient pas des martyrs ?

Il hoche la tête.

— Ça doit vous paraître curieux, mais ça signifie beaucoup à Chapel Croft. Les descendants des martyrs jouissent d'un certain prestige, encore aujourd'hui. Les autres sont considérés comme des gens de moindre importance.

— Je suppose que l'enjeu ne se limite pas à l'ego d'une famille.

— J'ai dû dire à peu près la même chose. Le révérend Marsh m'a demandé qui, d'après moi, avait payé les réparations du toit de la chapelle. Qui finançait la kermesse de l'église. Qui avait acheté les fournitures et les équipements de l'aumônerie.

— Les Harper.

Il acquiesce.

— Chaque année, ils font un don considérable à la paroisse. Afin de préserver son histoire.

— Vous avez donc accepté de couvrir leurs mensonges.

Nouveau profond soupir.

— J'ai accepté de ne pas les *découvrir*.

Un mensonge par omission n'en est pas moins un mensonge. Mais qui suis-je pour juger.

— Qui d'autre sait ?

— Jusqu'à récemment, seulement moi, Aaron et Simon Harper. (Il laisse passer un silence.) Mais le révérend Fletcher avait commencé à mettre le nez dans l'histoire de la chapelle.

— Il avait trouvé une copie des plans d'architecte ?

— Oui. Il était très excité à l'idée qu'elle recèle un caveau secret. Un jour, en arrivant là-bas, Aaron a découvert qu'il avait fait sauter la moitié du dallage et mis au jour l'ancien accès à la crypte.

— Qu'avez-vous fait ?

— J'ai essayé de le persuader de ne rien dire à personne. Mais à ses yeux, le caveau et les cercueils constituaient une importante découverte historique. Alors j'ai demandé à Simon Harper de lui parler. J'ignore ce qu'il lui a dit, mais ça a visiblement marché. Fletcher a accepté de se taire et, peu après, il a présenté sa démission.

— C'est plutôt radical.

— Oui. J'ai fait venir un carreleur de ma connaissance pour qu'il couvre l'entrée du caveau. Je pensais que l'histoire s'arrêterait là.

— Et Fletcher a mis fin à ses jours.

— Malheureusement, oui.

— Vous croyez toujours qu'il s'agit d'un suicide ?

— Oui. Je n'ai aucun doute là-dessus, répond-il d'une voix ferme, presque agacée. Vous n'imaginez quand même pas que quelqu'un l'a tué à cause de ce qu'il a découvert ?

— Si ce quelqu'un savait quelles informations y sont cachées, ce n'est pas impossible. Peut-être a-t-on jugé que Fletcher s'approchait trop de la vérité.

Rushton secoue la tête.

— Je connais ce village, ces gens. Personne ici n'est capable de commettre un meurtre.

— Le cadavre dans la crypte laisse supposer le contraire. (Avant qu'il puisse répliquer, je demande :) Pensez-vous que Marsh était au courant de sa présence ?

— Les policiers m'ont posé la même question, et je vais vous faire la même réponse. Marsh était un homme d'honneur. Profondément pieux. Pourquoi dissimulerait-il un meurtre ?

Bonne question. Je songe à la chronologie. Marsh a dû découvrir le caveau à l'époque où Merry et Joy ont disparu, et où Grady a (raconte-t-on) quitté le village. On y a nécessairement caché sa dépouille avant de faire paver l'entrée de la crypte. Soit dans un laps de temps relativement court. Et si personne ne connaissait l'existence du caveau en dehors de l'église, cela réduit le nombre de suspects à pas grand-chose.

— Joan m'a parlé de la disparition de Merry et Joy. Benjamin Grady aurait quitté le village à peu près au même moment. Sauf que nous savons maintenant qu'il ne l'a pas fait. Les deux événements pourraient-ils avoir un lien ?

— Je ne vois pas lequel. Les filles se sont enfuies.

— Vraiment ?

— Jack, s'il vous plaît, arrêtez, s'emporte-t-il, le visage empourpré. Vous êtes en train de suivre le même chemin que Matthew. Joan lui a mis ces idées folles dans la tête. Elles l'ont obsédé. Et nous savons tous les deux comment ça a fini.

Je le regarde longuement, en me demandant s'il s'agit d'une menace voilée.

Il prend une grande inspiration, tente un sourire, mais son numéro de pasteur jovial ne marche plus.

— Je comprends que vous vous posiez des questions. Mais il faut laisser la police faire son travail. Dans ces temps troublés, nous devons tous nous serrer les coudes. Pour le bien de l'église et du village.

— Et celui des Harper ?

— Que ça vous plaise ou non, une communauté comme celle de Chapel Croft a besoin de familles comme les Harper. Leur entreprise emploie beaucoup de gens. Ils donnent aux bonnes œuvres…

— Je comprends bien. Mais en servant les intérêts de cette famille, vous avez dissimulé un crime.

Et peut-être plus qu'un.

Rushton m'oppose un regard dur.

— Et vous, Jack ? N'avez-vous jamais cherché à étouffer quelques vérités sans importance pour vous faciliter la vie ou celle des autres ?

— Ce n'est pas de moi qu'il s'agit, dis-je en me redressant. Je vais y aller.

Il s'apprête à se lever à son tour.

— Ne vous dérangez pas, je connais le chemin.

Je sors du cottage sous le soleil écrasant. J'ai garé ma voiture à l'ombre d'un arbre au bout de l'allée des Rushton. En dépit de cette précaution, y monter me fait l'effet d'entrer dans un four. Je baisse les vitres, en proie à la colère et à un sentiment d'abandon pire encore. J'aimais Rushton. Je voulais lui faire confiance. J'avais tort.

Je suis sur le point de démarrer quand je vois Clara sur la route. Elle a revêtu un short et des chaussures de randonnée. Un grand sac en toile pend à son épaule. Elle fait une halte juste avant d'arriver au portail. Sa poitrine se soulève rapidement. Ses yeux sont rouges. Elle pleure. Mon premier réflexe serait d'aller la réconforter. Mais quelque chose m'en dissuade. Elle ne s'est pas arrêtée là par hasard. Elle ne veut pas que son mari la voie.

De nombreuses raisons peuvent expliquer son état. Mais compte tenu des récentes découvertes à la chapelle, une seule me vient à l'esprit. *Grady.* On ne pleure pas de cette façon la perte de quelqu'un qui n'était qu'un ami.

Je l'observe essuyer ses larmes, rajuster sa coiffure et pousser le portail. Une des sangles glisse de son épaule, me révélant le contenu de son sac.

Il est rempli de brindilles.

43.

Flo occulte la fenêtre de la salle de bains avec du carton. Sa mère étant sortie, elle a décidé de développer la seconde pellicule pendant qu'elle a le cottage pour elle toute seule.

Elle pensait que ça lui changerait les idées, mais ça n'a pas vraiment eu l'effet escompté. Rien de très surprenant. Elle avait fait la rencontre terrifiante de fantômes dévorés par les flammes, avait failli se tuer en tombant à travers le plancher de la chapelle et avait découvert quelques squelettes et un pasteur mort dans un caveau secret. Une semaine comme une autre à Salem, pas vrai ?

Elle descend prudemment de la baignoire – sa jambe gauche est encore un peu raide – et dispose ses bacs de développement sur le couvercle des toilettes et sur le sol. Une partie d'elle voudrait quitter cet endroit ventre à terre, retourner à Nottingham et retrouver une forme de normalité. Une autre accueille toute cette bizarrerie non sans déplaisir. Tomber sur des squelettes dans une crypte est clairement plus excitant que sur des aiguilles usagées à l'entrée de l'église. Et peut-être souhaite-t-elle rester pour une raison qui n'a rien à voir. Une raison aux cheveux bruns et aux yeux verts. *Wrigley.*

Elle l'aime bien. Et quoiqu'elle n'ait rien d'une demoiselle en détresse, il l'a bel et bien secourue hier soir. Mais peut-elle vraiment se fier à un garçon qui lui a avoué avoir essayé de brûler son précédent lycée ? C'est plutôt hardcore. Et cette histoire de couteau ? Elle a affirmé à sa mère qu'il ne l'avait pas pris, mais un soupçon de doute la ronge sans relâche, comme une démangeaison. C'est peut-être pour ça qu'elle était si en colère contre elle. Elle ne voulait pas admettre qu'elle puisse avoir raison.

Elles avaient réussi à maintenir une trêve maladroite durant le petit-déjeuner. À vrai dire, sa mère avait l'air crevée, et Flo s'était sentie un peu coupable. Elle n'aime pas qu'il y ait des tensions entre elles, mais sa mère est *tellement* à cran dès qu'il s'agit de Wrigley. Flo ne comprend pas pourquoi Jack ne lui laisse pas une chance. Peut-être agirait-elle de même avec n'importe quel garçon auquel s'intéresserait sa fille. Mais il y a autre chose, elle le sent. Quelque chose ayant à voir avec le fait d'être *ici*.

Flo aurait aimé avoir quelqu'un à qui parler de tout ça. Elle a envisagé d'envoyer un message à Kayleigh, avant de se rendre compte qu'elle ne savait pas quoi lui dire. Tout ce qui se passe ici est si loin de Nottingham. C'est comme si elles vivaient dans deux mondes distincts.

Quand elle avait enfin réussi à parler à ses amis sur Snapchat, l'autre jour au café, elle avait éprouvé la distance qui la séparait des sujets dont ils discutaient. Ils lui avaient paru superficiels, voire inintéressants. Et elle avait senti un désintérêt similaire chez eux lorsqu'elle leur avait parlé de Chapel Croft. Leon n'avait même pas fait semblant. Il était trop occupé à l'abreuver des derniers potins : une élève de seconde était en cloque, leur prof de chimie s'était fait choper dans un parc à fumer de l'herbe, et deux filles qu'elle connaissait à peine s'étaient lancées dans une relation homosexuelle. Au bout du compte, elle avait regretté de leur avoir parlé. Elle avait espéré se rapprocher d'eux, mais elle ne s'était jamais sentie si loin.

Elle soupire et sort son matériel. Et s'interrompt. Elle croit avoir entendu quelque chose. Un coup. Puis un autre. Quelqu'un frappe en bas.

Bon sang. Quoi encore ?

Elle enjambe le bac, ouvre la porte de la salle de bains et descend. Elle traverse le séjour sur la pointe des pieds et glisse un regard à travers les rideaux. Une silhouette familière vêtue de noir attend à l'extérieur, sautant d'un pied sur l'autre. Elle pèse le pour et le contre un moment. Puis elle regagne l'entrée et ouvre la porte.

— Je commence à croire que si je prononce trois fois ton nom devant un miroir, tu apparaîtras.

Wrigley sourit.

— Très drôle.

— Qu'est-ce que tu fais là ?

— Je passais voir comment tu allais. Et je me suis dit que ceci pourrait te servir, ajoute-t-il en lui tendant un vieil iPhone. C'est mon téléphone de secours. Il te suffit de mettre ta carte SIM à l'intérieur.

— Oh, merci.

— Je l'ai nettoyé hier soir. En fait, il appartenait à ma mère, alors…

— Ça ne la dérange pas que tu me le prêtes ?

— Il est possible que j'aie omis de la prévenir. Mais elle ne s'en rendra pas compte. Il traînait au fond d'un tiroir. (Il tressaille et dégage ses cheveux de ses yeux.) Sinon, tu vas bien ?

— Ouais. Merci.

— OK. Super.

Elle tergiverse. Sa mère ne serait pas contente qu'elle invite Wrigley à l'intérieur alors qu'elle est absente, mais il lui a apporté un téléphone, et il serait grossier de le laisser dehors. Et puis, elle n'est pas là.

— Tu veux entrer un moment ?

— Je ne peux pas rester longtemps, mais ouais, un petit moment.

Elle s'écarte pour qu'il passe. L'espace d'un instant maladroit, ils se retrouvent face à face.

— J'étais en train de développer des photos, dit-elle.

— Oh, OK.

— Tu viens voir ?

— Ouais, ça a l'air cool.

Il la suit dans l'escalier. Une fois en haut, elle s'arrête.

— Essaie de ne toucher à rien, d'accord ?

— D'accord.

Elle entrouvre la porte de la salle de bains, et ils se glissent à l'intérieur. Puis elle referme hâtivement et allume la lampe inactinique.

— Alors, c'est ta chambre noire ?

— C'est temporaire. Il faudra que je trouve une meilleure solution.

— Non, je veux dire, c'est super, se reprend-il en regardant autour de lui.

Elle sort la pellicule de son étui.

— Tu n'es pas censée faire ça dans le noir complet ?

— Non, c'est un film noir et blanc, donc il n'est pas sensible à la lumière rouge. Si ça avait été de la couleur, il aurait fallu que j'utilise un manchon opaque.

— Je ne savais pas qu'on faisait encore comme ça.

Il s'approche d'elle tandis qu'elle déroule la pellicule.

— Plus grand monde ne fait ses propres tirages. C'est un art en voie de disparition. Les gens veulent tout, tout de suite. Pourquoi perdre son temps avec ces opérations fastidieuses quand on peut se contenter de prendre une photo avec son téléphone et de coller un filtre dessus ?

— Alors pourquoi le fais-tu ?

— J'aime bien ne pas avoir les réponses immédiatement, dit-elle en découpant les négatifs. Attendre, ne pas savoir ce qu'il en sortira. Voir les images se développer littéralement. C'est plus satisfaisant que de shooter à tout va avec un téléphone et de stocker les photos sur un ordinateur où on ne les regardera plus jamais.

Elle se retourne. Wrigley est juste derrière elle. Presque trop près.

— T'as raison, dit-il. Tout est jetable, de nos jours. On ne prend plus le temps d'apprécier, d'anticiper…

Elle l'observe. Sous la lumière rouge qui dessine les contours de son visage, le noir de ses cheveux et le vert de ses yeux n'ont jamais été aussi intenses. *Merde*, pense-t-elle. *Est-ce qu'on va…* Et soudain, oui. Ses lèvres sont sur les siennes. C'est bon, bizarre et excitant à la fois. Il se presse contre elle. Il lève leurs mains entremêlées au-dessus de leurs têtes. Elle sent son poignet accrocher quelque chose. Elle comprend trop tard qu'il s'agit du cordon du plafonnier. Un clic se fait entendre.

— Merde !

La lumière crue des néons envahit la salle de bains. *Non, non, non.* Elle se retourne et tire une nouvelle fois pour éteindre. Ça n'a duré que deux secondes, mais…

— Les négatifs.

Elle repousse Wrigley et fonce voir la pellicule.

— Je… je suis désolé, bégaie-t-il.

Les négatifs sont complètement brûlés. *Merde.*

— Est-ce que ça va aller ?

— Non. Ils sont foutus.

— Je suis vraiment désolé. Je n'aurais pas dû…

— Tu n'y es pour rien. Ce n'est pas très important.

Mais ça l'était. Les négatifs sont inutilisables, et l'alchimie qu'ils ont partagée n'est plus.

— Je ferais mieux d'y aller.

— OK.

Il se retourne vers la porte.

— Attends, dit Flo. Écoute, ce n'est pas que je ne veuille pas… ou que tu ne me plaises pas.

— Ah, fait-il en tressaillant. Alors donne-moi une chance de me racheter.

— Comment ?

— Retrouve-moi ce soir.

— Où ?

— La baraque derrière les bois.

— Je ne sais pas…

— Pourquoi ?

— Qu'est-ce que je vais dire à ma mère ?

— Dis-lui qu'on va à la maison des jeunes.

Elle pèse le pour et le contre. Le téléphone de Wrigley se met à vibrer. Il le sort de sa poche et jette un coup d'œil à l'écran.

— En parlant de mère, c'est la mienne. Je dois y aller.

— OK.

— On se voit ce soir ?

— Je suppose que oui.

— 7 heures ?

— OK.

— Tu me fais confiance, n'est-ce pas ?

— O… Oui. Mais si on se fait attaquer par des zombies…

— J'apporterai une pelle, répond-il avec un sourire.

Flo a tort, pour les photos. Seule la moitié est endommagée. Le reste est récupérable. Elle commence par glisser les négatifs dans l'agrandisseur, puis plonge les tirages dans les différents bains chimiques. En fait, il n'est pas impossible que la lumière ait produit un effet sympa sur certaines des images.

« À ta place, je resterais le plus loin possible de Wrigley. »

Mais elle ne le peut pas. Parfois, on n'a pas le choix.

Quand elle a enfin terminé, elle descend dans la cuisine au petit trot. Elle est assoiffée. Elle attrape un verre et le place sous le robinet. Mais alors qu'elle s'apprête à faire couler l'eau, elle laisse échapper un cri et bondit en arrière, le cœur battant.

Un homme se tient derrière la fenêtre, le visage tourné vers l'intérieur.

Débraillé, sale, des poches noires sous les yeux. Sitôt qu'il la voit, il recule, fait volte-face et s'éloigne précipitamment.

Sans même réfléchir, Flo repose le verre, court jusqu'à la porte, la déverrouille et s'élance dehors. Elle regarde autour d'elle, les paupières plissées par le soleil. Puis elle le repère, qui disparaît derrière le cottage, dans le cimetière.

— Hé !

Elle le suit à petites foulées. Il est déjà à mi-chemin de la pente, qu'il grimpe en boitillant. Il semble avoir une cheville en mauvais état et, quoiqu'elle n'en soit pas certaine, une tenue de pasteur.

Elle se lance à l'assaut de la colline à son tour et gagne rapidement du terrain, mais son pied accroche quelque chose dans le sol. Elle essaie tant bien que mal de conserver son équilibre, mais elle a trop d'élan et s'étale. L'impact lui vide les poumons d'un coup. Une douleur fulgurante traverse sa jambe blessée.

— Aaaaaïïïee. Merde.

Elle reste étendue un moment, sous le choc. Quand elle se redresse enfin, l'homme a disparu derrière le muret et dans les champs au-delà. Elle ne le rattrapera plus. Et pour autant qu'elle y parvienne, qu'avait-elle l'intention de faire ? Elle n'a même pas son téléphone pour appeler la police. Tu parles d'un plan. Mais quelque chose dans le regard de l'homme l'avait mise en colère.

Elle s'assied et cherche dans l'herbe sèche ce qui l'a fait trébucher. C'est la foutue pierre tombale qu'elle s'est déjà prise dans les pieds l'autre jour. Celle qu'elle était sur le point de photographier quand elle avait été distraite par la fille sans bras ni tête.

Elle couve la dalle d'un regard noir, comme si elle l'avait fait chuter intentionnellement, puis elle remarque autre chose, à moitié caché par les hautes herbes. Elle tire l'objet à elle. C'est une photo dans un cadre abîmé. Une adolescente et un jeune garçon. Elle lui paraît familière, mais elle n'arrive pas à la resituer. Et puis ça lui revient. C'est celle sur laquelle elle avait marché, dans la maison abandonnée. Elle fronce les sourcils. Est-ce que le SDF l'avait laissée tomber ? L'avait-il prise là-bas ? Peut-être était-il ici pour ça – faire du repérage ?

Elle regarde le cliché. Il y a autre chose. Quelque chose qu'elle n'avait pas remarqué la première fois. C'est un peu étrange, mais… Un frisson lui parcourt la peau.

La fille sur la photo lui ressemble beaucoup.

44.

Emma Harper ne paraît pas heureuse de me voir. J'ai l'impression qu'elle sait qu'elle en a trop dit l'autre soir au pub, mais qu'elle ne se rappelle pas quoi.

Évidemment, je ne devrais pas être là. Ce n'est sans doute pas ce que Rushton voulait dire quand il parlait de se serrer les coudes. Mais quelque chose m'est revenu en mémoire alors que je quittais le cottage des Rushton. Fletcher a consacré beaucoup de temps et d'efforts à l'histoire de la chapelle et aux deux fugueuses. Pourtant, il a suffi d'un mot de Simon Harper pour le convaincre de garder le silence et de démissionner. Je me demande précisément ce qu'il lui a dit.

— Je suis désolée de vous déranger, dis-je.

Elle tient la porte entrouverte, prête à me la claquer au visage.

— Le moment n'est pas très bien choisi, je le crains. Je suis plutôt occupée…

— En fait, c'est Simon que je viens voir.

— Simon ? Oh, eh bien, il est quelque part dans la ferme.

— Ça ne vous dérange pas si je vais le chercher ?

— De quoi s'agit-il ? Je peux peut-être vous aider ?

— C'est à propos de la chapelle. Du caveau…

Elle m'observe sans comprendre. Manifestement, Simon ne lui en a jamais parlé.

— Ah, si ça concerne l'église, mieux vaut voir avec Simon. Je vais l'appeler, comme ça on saura où il est ou s'il est sur le chemin du retour. (Elle regarde autour d'elle.) Je crois que j'ai laissé mon téléphone en haut. Venez.

Elle monte l'escalier au pas de course. Je pénètre dans le grand vestibule. Dans la véranda à ma gauche, Poppy joue avec des poupées, assise par terre. Elle ne lève pas les yeux à mon entrée. Je suis de nouveau frappée par son expression à la fois solennelle et curieusement infantile. À dix ans, la plupart des enfants s'amusent avec des iPad plutôt qu'avec des poupées.

Je la rejoins et m'accroupis près d'elle.

— Salut.

Elle ne lève toujours pas les yeux.

— Tu joues à quoi ?

Petit haussement d'épaules.

— Ce sont tes poupées préférées ?

Hochement de tête.

— Comment s'appellent-elles ?

— Poppy et Tara.

Tara. La fillette décédée.

— Elles sont amies ?

— Meilleures amies.

— C'est bien. Elles jouent souvent ensemble ?

— Tout le temps.

— Est-ce que tu as d'autres amies ?

— Non. Personne ne veut jouer avec moi.

— Pourquoi ?

— Ils ont peur de mourir. Comme Tara.

Je la regarde en silence, saisie d'un frisson.

— Révérend Brooks ?

Je sursaute et me redresse au moment où Emma arrive dans le vestibule.

— Simon est dans la grange des moutons. Vous préférez aller le voir ou attendre ici ?

— Je vais y aller. La grange, c'est celle qui est juste derrière la maison ?

— Oui.

— Merci.

Je prends la direction de la porte. Et m'arrête. Un fusil à air comprimé est appuyé contre le seau à parapluies.

— C'est un fusil à air comprimé ?

— Oh, oui. C'est celui de Tom.

— Tom ?

— Le cousin de Rosie. Ils sont là-haut, ils jouent à la Xbox.

— Il aime bien tirer ?

— Tirer est un art de vivre, à la campagne.

— Apparemment, dis-je avec un sourire contrit.

Je m'engage dans le chemin boueux qui mène à la grange, fulminant en silence. Le fusil à air comprimé pourrait n'être qu'une coïncidence. Mais je ne le crois pas. Pas dans ce petit village. C'est Tom qui a tiré sur Flo. Était-ce vraiment un accident ? Rien ne me surprendrait, venant de cette famille. Je repense à Poppy. Elle est manifestement encore traumatisée par la mort de sa meilleure amie. Mais il y a autre chose, quelque chose qui *ne va pas* dans cette maison. Ma réaction est viscérale. Quoique, en matière de famille dysfonctionnelle, j'aie quelque expérience.

Les contours de la grange m'apparaissent. Une structure en tôle ondulée corrodée par les intempéries. Une forte odeur de fumier et de légumes pourris s'en dégage. J'entre. Des rangées d'enclos à moutons s'alignent de part et d'autre de l'allée centrale. Simon Harper, vêtu d'un

Barbour et de bottes en caoutchouc, les garnit de paille fraîche à l'aide d'une fourche.

— Bonjour, je lance.

Il jette la paille dans un des enclos, pose la fourche contre la barrière en métal et essuie ses mains sur sa veste.

— Révérend Brooks. Que me vaut le plaisir ?

— Je voulais vous parler de la chapelle.

— Eh bien ?

— Nous avons trouvé le caveau secret.

— Remarquable. (Il se retourne et reprend la fourche.) Rescellez-le.

— Je vous demande pardon ?

— Vous m'avez très bien entendu. Rescellez-le. Je paierai le nouveau dallage, et tout ce dont la chapelle a besoin.

— Je ne peux pas…

— Si, vous pouvez. Le caveau m'appartient. Ce sont mes ancêtres.

— Une fois inhumés, ils deviennent la propriété de l'église.

Il se retourne vers moi.

— Je possède la majeure partie de cette foutue chapelle. Scellez le caveau et j'enverrai un nouveau chèque au diocèse.

— Je crains de ne pas être en mesure de faire une chose pareille.

Il plante violemment la fourche dans le tas de foin.

— C'est *quoi*, votre problème ?

— Mon problème, c'est qu'on a aussi trouvé un cadavre dans le caveau. Qui semblerait être celui de Benjamin Grady, le jeune vicaire qui a disparu il y a trente ans.

Il fait volte-face.

— *Quoi* ?

— Vous n'étiez pas au courant ?

— Évidemment que je n'étais pas au courant ! *Bon Dieu !* (Il se passe la main dans les cheveux.) Alors, il a été assassiné ?

— On dirait bien.

— Super. Donc je suppose que ça va faire les gros titres.

— Probablement, dis-je en me rendant compte que je n'y avais pas pensé.

— Avez-vous moyen de laisser le nom des Harper en dehors de ça ?

Je le dévisage durement.

— On a retrouvé un cadavre, et c'est tout ce qui compte pour vous ? Je vois où vont vos priorités.

— Mes *priorités* sont ma famille et mon affaire. Cette découverte pourrait anéantir les deux.

— Pourquoi est-il si important que vos ancêtres soient des martyrs ? Ça s'est passé il y a des siècles.

— Des *martyrs* font partie de l'histoire, répond-il avec un sourire amer. Des lâches qui ont renoncé à leur foi pour sauver leur peau ne sont rien. Sans ça, le *nom* des Harper ne signifie rien. Savez-vous à quel point il est difficile de diriger une entreprise à la campagne, révérend ?

— Non.

— Foutrement difficile. Le succès ne tient qu'à la réputation. Nous sommes là depuis des générations. Les gens nous font confiance.

— Et je suis sûre qu'ils continueront.

— Vous ne connaissez pas les villages comme Chapel Croft. Vous ne pouvez pas comprendre.

— Vous ne savez rien de moi.

— Je connais les gens comme vous.

— Les gens comme moi ?

— Les fouineurs. Vous fourrez votre nez là où il n'a rien à faire. (Il fait un pas vers moi.) Je n'ignore rien de ce qui est arrivé à votre précédente église, avec cette fillette noire.

Je note l'utilisation de l'adjectif superflu.

— On vous a envoyé une coupure.

— Ouais, dit-il avec un sourire méprisant. Apparemment, ça ne vous a pas trop réussi de vous mêler de ce qui ne vous regarde pas.

Je me contiens pour ne pas exploser.

— C'est ce que vous avez fait au révérend Fletcher ? Vous l'avez intimidé ? Menacé ? C'est pour ça qu'il a accepté de se taire sur le caveau ?

Il secoue la tête.

— J'aimais bien Matthew. C'était un type correct. Mais il était têtu. Je lui ai simplement fait remarquer qu'il avait lui-même des secrets qu'il préférerait sans doute garder pour lui.

— Comme ?

— Une relation embarrassante.

Je me rappelle ce que Joan a dit à propos de l'autrice.

— Avec Saffron Winter.

Il pousse un rire désagréable.

— Ça, c'était ce qu'il essayait de faire croire.

— Je ne vous suis pas.

— Saffron Winter n'était pas vraiment le genre de Fletcher, si vous voyez ce que je veux dire.

Je suis à peu près certaine que même le mouton *voit ce qu'il veut dire*. Mais maintenant, je suis curieuse malgré moi.

— Alors, avec qui ?

45.

La vieille maison victorienne se trouve sur la route de la chapelle, un ou deux kilomètres plus loin. Elle a dû être coquette, jadis. À présent, le jardin négligé pousse anarchiquement, les cadres des fenêtres sont pourris et un coup de vent puissant suffirait sans doute à faire tomber la cheminée bancale.

Nous nous asseyons dans la salle à manger à l'arrière de la maison. Elle est sombre et encombrée. Des boîtes de médicaments couvrent l'essentiel du plateau de la table. Des livres, des magazines et des aliments en conserve occupent tout un meuble de rangement et le buffet. Une odeur flotte dans l'air. Institutionnelle. La puanteur des cantines d'écoles et des hôpitaux. La nourriture rance, l'urine, les selles.

J'essaie de ne pas avoir pitié d'Aaron. Mais c'est difficile.

— Si vous souhaitez que je vous remette ma démission, dit-il avec raideur, je comprendrai.

— Je ne veux pas que vous démissionniez, Aaron. Mais j'aurais préféré que vous me parliez du caveau.

— Je suis désolé. Je croyais agir pour le bien de l'église.

— C'est aussi pour son bien que vous avez caché votre relation avec Matthew ?

Il me dévisage. Je vois sa pomme d'Adam faire l'ascenseur alors qu'il déglutit.

— Je me fiche de vos préférences sexuelles, dis-je avec douceur. Ce qui est plus grave, c'est que Simon Harper s'en soit servi pour obliger le révérend Fletcher à ne rien dire du caveau.

— *Quoi ?*

— Simon Harper a découvert le pot aux roses, d'une façon ou d'une autre. Matthew a démissionné parce que Simon Harper menaçait de révéler votre relation au grand jour.

Il baisse les yeux, le visage tremblant.

— Je… Je l'ignorais.

— Je crois que Matthew voulait vous protéger, encore qu'une liaison homosexuelle n'ait rien de honteux.

— C'est un péché.

— Nulle part dans la Bible Jésus ne dit qu'il s'agit d'un péché.

— Dans l'Ancien Testament…

— L'Ancien Testament, c'est de la merde. C'est bourré de misogynie, de tortures et d'incohérences. Jésus prêchait l'amour. Rien que l'amour.

Il m'adresse un sourire étrange.

— Et si je vous confessais que ce n'était pas de l'amour, révérend ? Juste du sexe. Qu'est-ce que Jésus dirait de ça ?

— Je crois que ni Dieu ni Jésus n'en ont quelque chose à faire.

— Mais quantité de gens au village s'en offusqueraient.

— Les gens sont souvent plus ouverts d'esprit que vous ne l'imaginez.

Mais au moment même où je le dis, je me rends compte que je ne suis pas très sûre de moi. Pas ici, à Chapel Croft.

Aaron secoue la tête.

— C'est mon père qui m'a élevé, quand ma mère est morte. Il a toujours été un bon parent. Gentil, patient. Mais il est attaché aux traditions. Il ne m'accepterait jamais tel que je suis. Et je ne peux pas le laisser tomber. Il a tout perdu. Comment pourrais-je lui enlever la dernière chose qui lui reste – la fierté que lui inspire son enfant ?

Je soupire. Je comprends. On culpabilise les gens qui « vivent dans le mensonge », mais qui n'a jamais caché une part de lui-même à ceux qu'il aime ? Pour ne pas les blesser. Pour ne pas voir la déception dans leurs yeux. Nous parlons de l'amour comme d'une chose inconditionnelle, mais bien peu d'entre nous ont envie de mettre cet axiome à l'épreuve.

— Aaron, dis-je avec précaution. Je suis désolée de vous poser cette question, mais… croyez-vous que votre père ait pu être au courant qu'il y avait un cadavre dans le caveau ?

Il hésite. Je le vois peser le pour et le contre.

— Ce que je vais vous raconter ne doit pas quitter cette pièce, dit-il enfin.

— Vous avez ma parole.

— Un soir, quand j'avais à peu près quatre ans, je me suis réveillé en entendant mon père rentrer à la maison.

— D'où venait-il ?

— Je ne sais pas. Mon père ne sortait jamais le soir. C'était très inhabituel. Je suis descendu en catimini. Je l'ai trouvé dans la cuisine. Il avait enlevé ses vêtements – je ne l'avais pas une seule fois vu quitter sa soutane de prêtre – et les fourrait dans la machine à laver, comme s'il ne voulait pas que ma mère tombe dessus. Et plus étrange encore… il pleurait.

— C'était au moment de la disparition des filles et de Grady ?

— Je ne me rappelle pas la date exacte.

— Vous l'avez dit à la police ?

Il secoue la tête.

— *Non.* Je connais mon père. Il ne ferait pas de mal à une mouche. Il a consacré sa vie à l'église, à la communauté et à sa famille. Pourquoi prendrait-il le risque de tout perdre en dissimulant un meurtre ?

C'est une bonne question, à laquelle je suis incapable de répondre.

Au lieu de quoi, je lui demande :

— Puis-je le voir ?

Il m'observe en silence un instant. Puis il hoche la tête. Nous traversons le vestibule et nous arrêtons devant une porte entrebâillée. L'odeur institutionnelle est pire, ici.

— Je l'ai déménagé au rez-de-chaussée il y a quelques années. Je lui ai fait sa chambre dans le bureau.

Aaron ouvre en grand. Nous entrons.

La pièce est vaste. Des bibliothèques occupent tout un pan de mur, tandis qu'un autre arbore une grande croix. Au centre, le révérend Marsh est allongé sur un lit médicalisé. J'entends le faible sifflement du matelas à pression alternée qui ondule sous lui pour lui éviter les escarres. L'odeur rance de la sonde urinaire, ainsi que celle du pot de chambre, m'agressent les narines. Ces effluves me sont familiers, pour les avoir souvent sentis dans les hôpitaux et les maisons de retraite que je visite.

Marsh, d'une pâleur et d'une minceur cadavériques, n'est plus que l'ombre de lui-même. Sa tignasse noire se résume à quelques filaments blancs. Ses veines saillent nettement sous sa peau. Il a les yeux fermés, et ses lèvres fines comme du papier tremblent au rythme de sa respiration.

— Ses médicaments le shootent, dit calmement Aaron. Il dort beaucoup, maintenant. C'est le seul moment où j'ai l'impression qu'il est en paix.

— Il souffre ?

— Pas tant que ça. C'est surtout de frustration, de peur, qu'il souffre. Il est encore assez conscient pour comprendre que son corps se désagrège autour de lui, qu'il devient une prison de chair et de sang. Il est enfermé en lui-même. Impuissant.

Un téléphone sonne dans une autre pièce. Aaron incline brièvement la tête.

— Excusez-moi. Ça doit être l'hôpital, à cette heure-ci, dit-il en s'éloignant.

J'opine et me rapproche du lit, sans quitter Marsh des yeux. Je réfléchis une nouvelle fois à notre impréparation à la maladie et au grand âge, vers lesquels nous nous acheminons lentement, sans y penser, comme des lemmings en direction d'une falaise. Nous nous extasions devant les petits humains au début de leur vie, mais nous frissonnons au contact de ceux qui abordent leurs derniers jours.

— Je suis désolée, dis-je dans un murmure. J'aurais aimé que les choses se passent différemment.

Il ouvre les paupières. Je sursaute. Ses yeux croisent les miens et s'agrandissent. Une main se lève du drap, ses doigts noueux pointés vers moi.

— Tout va bien, dis-je. Je suis…

Un grognement gargouillant sort de sa gorge. Il essaie de parler, mais on dirait presque qu'il s'étouffe.

— Meh… Meeehhh.

Je recule, les jambes tremblantes. La porte s'ouvre à la volée, et Aaron se précipite à l'intérieur.

— Que s'est-il passé ?

— Je suis désolée. Il s'est réveillé et s'est mis à crier.

— Il ne voit pas souvent de visages inconnus. C'est sans doute la surprise.

Il s'accroupit au chevet de son père et lui prend délicatement le bras.

— Tout va bien, papa. Tout va bien. C'est le révérend Brooks. Le nouveau pasteur.

Marsh tente de retirer son bras.

— Meh, meh.

— Je devrais peut-être aller attendre à l'extérieur, dis-je en sortant précipitamment.

Une fois dans l'entrée, je rassemble mes esprits, toujours un peu secouée. Ce regard dans ses yeux. Son cri étranglé. Quelques minutes plus tard, Aaron me rejoint et ferme la porte derrière lui.

— Il a retrouvé son calme.

— Tant mieux. Pardon de l'avoir perturbé.

— Ce n'était pas votre faute. (Il s'éclaircit la gorge.) J'apprécie que vous soyez venue, et plus encore votre sollicitude.

Nous nous sourions maladroitement.

— Je ferais mieux de rentrer, dis-je.

Aaron me raccompagne jusqu'à la porte. J'ai maintenant hâte de quitter cet endroit. L'odeur, le malheur, les souvenirs. Mais Aaron semble préoccupé.

— Révérend Brooks ?

Je le regarde d'un air interrogateur.

— Je ne vois qu'une seule raison qui aurait pu pousser mon père à cacher un corps : protéger quelqu'un d'autre.

— Qui ?

Ses yeux croisent les miens.

— C'est toute la question.

46.

Quelle inextricable toile nous tissons. Sauf qu'on ne tisse rien du tout, pas vraiment. Nous sommes plus proches des mouches maladroites que des araignées. Nous ne voyons pas le piège collant qui se referme sur nous avant qu'il soit trop tard.

Je me gare devant la chapelle et grimpe le chemin inégal qui mène au cottage. Je m'arrête à la porte. La nuque me picote. Cette sensation bizarre qu'on éprouve quand on a l'impression d'être observé. Je me retourne et scrute la route et les champs alentour. Aucune voiture. Personne. Le bruit lointain de quelque machine agricole. Rien d'autre.

Peut-être suis-je simplement sur les nerfs. Mon cerveau digère les nouvelles informations que je lui ai jetées en pâture. Il doit réévaluer tout ce que je croyais savoir sur les gens d'ici. Enfin, pas sur Simon Harper. C'est toujours un con. J'ai aussi l'impression étrange d'être sur le point de découvrir les réponses, mais je ne suis pas vraiment certaine de vouloir les connaître.

Sourcils froncés, j'inspecte une dernière fois les environs, puis j'entre.

— Il y a quelqu'un ?

Silence radio. Je passe une tête dans le salon. Flo est allongée sur le canapé, les pieds surélevés par l'accoudoir, et regarde son téléphone. Elle lève les yeux.

— Salut.

— Je t'ai manqué ?

— Pas vraiment.

— Charmant.

Elle bascule les jambes et s'assied.

— Maman, je suis désolée pour hier soir.

— Moi aussi.

Je pose une fesse au bord du canapé.

— Écoute, je ne veux pas être une de ces mères intrusives et te traiter comme une enfant.

— Tu n'es pas comme ça. La plupart du temps. Bon, parfois, si. Un peu.

Je souris.

— Je suis une *mère*. Et vieille, avec ça. Crois-le ou non, mais j'ai aussi été une adolescente, et j'ai fait un paquet d'idioties.

— Comme quoi ?

— Ne compte pas sur moi pour te donner des tuyaux.

Cette fois, c'est elle qui sourit.

— Mais en tant que mère, mon travail est de faire en sorte que tu sois en sécurité.

— Je *suis* en sécurité. Je sais que tu cherches à me protéger, mais tu dois aussi te fier à mon jugement.

— Mais il arrive qu'on se fasse des amis qui nous attirent des ennuis.

Elle hausse un sourcil.

— Wrigley ne m'a attiré aucun ennui. Je m'y suis mise toute seule et il m'en a sortie.

— Tu as peut-être raison.

— Clairement. Je t'en prie, maman. Je n'ai pas envie qu'on se dispute encore à ce sujet.

Moi non plus. Mais je ne peux pas lui dire pourquoi la voir avec des garçons me remplit de terreur. Je ne peux pas lui dire qu'il y a des mâles prédateurs à chaque coin de rue. Ni qu'elle aura beau être intelligente, éloquente, gentille, talentueuse, un homme pourra toujours utiliser sa force physique pour lui enlever tout ça, la rabaisser, abuser d'elle et la changer en victime.

— Je suis désolée, dis-je. Je vais essayer de faire un effort avec Wrigley, d'accord ?

— Tant mieux. Parce qu'il m'a demandé de l'accompagner à la maison des jeunes, ce soir.

Et voilà.

— La maison des jeunes ?

— Oui.

— Avec Wrigley ?

— Oui.

— Quand t'a-t-il demandé ça ?

— Il est passé un peu plus tôt.

— Il a fait *quoi* ?

— Il m'a apporté un téléphone pour remplacer le mien. C'est gentil.

Mais il est aussi venu en mon absence. Je m'efforce de maîtriser mon agacement.

— Où est cette maison des jeunes ?

— À Henfield.

— Comment comptes-tu t'y rendre ?

— En bus.

— Je ne sais pas trop.

— Maman, s'il te plaît…

Je ne veux pas qu'elle y aille. Mais je ne veux pas non plus lui donner des raisons de s'opposer à moi.

— D'accord, mais à une condition.

— Laquelle ?

— Je veux en discuter avec sa mère.

— Ne pas me traiter comme une enfant, tu disais ?

— Jusqu'à tes seize ans, c'est ce que tu es, légalement parlant.

Elle me darde un regard capable de percer l'acier. Je le soutiens résolument.

— Envoie-lui un message pour lui demander le numéro de sa mère.

— J'y crois pas…

Mais elle prend son téléphone et se met à taper.

Je retourne dans l'entrée enlever mes chaussures. Le portable de Flo tinte.

— Il te l'AirDrop, dit-elle.

Je sors mon propre téléphone et accepte le lien WhatsApp. La petite icône montre une femme sous un grand chapeau, un quelconque cocktail à la main. Je ne discerne pas vraiment les traits de son visage.

Flo me décoche un sourire doucereux.

— Satisfaite ?

Non, mais c'est un début. Je tape un message.

> Bonjour, ici Jack Brooks, la mère de Florence. Comme Flo et Lucas semblent être devenus amis, je me suis dit que ce serait sympa de faire connaissance. Pourquoi pas un café, un de ces jours ? Je voulais aussi m'assurer que vous étiez d'accord pour qu'ils aillent tous les deux à la maison des jeunes ce soir ?

La réponse arrive presque immédiatement.

> Bonjour, Jack. Merci pour votre message. Oui, je me disais exactement la même chose. Lucas m'a parlé de la maison des jeunes. Je suis sûre qu'ils vont s'y amuser. Vous voulez que j'aille les chercher ?

Je sens un poids quitter mes épaules. Je réponds à mon tour :

Si ça ne vous dérange pas ?

Aucun problème ! Bonne soirée.

— Alors ? me demande Flo d'un air boudeur.

— La mère de Wriggley passera vous chercher.

— Je peux y aller ?

— Du coup, oui.

Son visage s'illumine et mon cœur fond.

— Merci, maman.

— Tu es sûre que tu ne veux pas que je te dépose ?

— Non, c'est bon. Prends un bain ou fais quelque chose pour toi, ce soir. Profite.

Si seulement.

— J'essaierai.

— Oh, j'ai failli oublier. Il s'est passé un truc bizarre cet après-midi…

— Bizarre ? C'est-à-dire ?

— Il y avait ce type qui traînait dans le coin.

Je la fixe des yeux.

— Un type. Quel genre de type ?

— Une sorte de SDF.

— À quoi est-ce qu'il ressemblait ?

— Débraillé, les cheveux noirs.

Je tressaille. Ça *pourrait* être Jacob. Mais ça pourrait aussi être n'importe qui. Et comment m'aurait-il trouvée ici ?

— Il t'a parlé ?

— Non. Il traînait dans le cimetière, et puis il a disparu.

Je deviens probablement parano. D'un autre côté, il a bien réussi à me retrouver, la dernière fois.

— Tu l'avais déjà vu ?

— Non !

J'essaie de réprimer ma panique.

— C'est juste que je n'aime pas l'idée que des types bizarres traînent dans le coin.

— Peut-être qu'il voulait entrer dans l'église, mais que la porte était fermée ?

— Peut-être.

Elle me regarde avec inquiétude.

— Je peux quand même sortir ce soir ? Tu ne vas pas te mettre à flipper pour ça ?

Ça ne me plaît pas, mais il serait injuste de revenir sur ma parole.

— Non, vas-y. Mais je t'en prie, fais attention.

Son visage se détend.

— Promis. Merci, maman.

Je me lève.

— J'ai besoin d'un café, et après je préparerai le dîner. Un chili, ça te va ?

— Ouais. Et puis j'irai me préparer, si je ne veux pas manquer le bus.

— D'accord.

Je vais dans la cuisine et sors deux mugs du placard. Je tremble sous l'effet de l'adrénaline. *Un type. Un type bizarre.* Alors que je m'apprête à poser les tasses sur le plan de travail, l'une d'elles m'échappe des mains et se fracasse sur le lino, envoyant des tessons à travers toute la pièce.

— C'était quoi ? lance Flo du salon.

— J'ai fait tomber un mug. Tout va bien.

Je respire profondément, sans quitter des yeux le bazar que j'ai mis, m'imaginant un instant sauter pieds nus sur les fragments tranchants comme des rasoirs. Puis je vais chercher la pelle et la balayette. *Profite.*

Flo descend le chemin d'un pas nonchalant et s'engage sur la route en direction de l'arrêt de bus. Elle est éblouissante dans son jean skinny, ses Dr. Martens violettes et sa veste bouffante. Elle serait éblouissante même habillée comme un sac. Mon cœur se brise. Wrigley ne la mérite pas. Personne ne la mérite. Moi la dernière.

Je referme lentement la porte, résistant à la tentation de la suivre pour m'assurer qu'elle monte dans son bus sans encombre. L'homme qu'elle a vu m'inquiète. Même s'il ne s'agit pas de Jacob, n'importe quel type bizarre qui traîne dans le coin est une menace potentielle. Je me répète qu'il fait encore jour. L'arrêt se trouve devant une maison. Elle sera de retour à 22 heures au plus tard. Elle va seulement à la maison des jeunes. Pas en boîte. Ni dans un pub. Et Flo sait se défendre. Tout ira bien.

Mais je n'arrive pas à me débarrasser de ma boule au ventre. N'a-t-elle pas été un peu prompte à refuser que je la dépose ? Ou est-ce moi qui suis trop suspicieuse ? Il y aura d'autres ados là-bas. Des adultes. Et la mère de Wrigley ira les chercher. Vraiment ? Je ne lui ai pas parlé en personne. Et si ce n'était pas elle qui m'avait envoyé ces messages ?

Oh, bon sang, Jack. Ressaisis-toi.

Ou lâche-toi, plutôt. Les ados sont comme du sable. Plus vous essayez de vous y agripper, plus ils vous filent entre les doigts. Je dois lui laisser sa liberté. Lui permettre de choisir ses amis, et ses petits copains. *Mais pourquoi faut-il que ce soit Wrigley ?*

Je retourne dans la cuisine et prends une bouteille de vin rouge sur le plan de travail. Je ne bois pas beaucoup à la maison, mais ce soir, ce n'est pas de refus. Je l'ouvre et me sers un demi-verre.

La voix de la raison me rappelle que les vacances scolaires se terminent dans deux semaines. Quand Flo aura repris l'école, elle se fera de nouveaux amis. Traîner avec

Wrigley ne lui paraîtra plus si cool. Malheureusement, je connais ma fille. Elle est loyale et, comme moi, elle a un faible pour les perdants.

En parlant de perdant, mes pensées dérivent vers Aaron. Son père a-t-il caché le corps de Grady ? Cela semble être le scénario le plus probable. Marsh avait accès au caveau. Il savait qu'il était là. Et s'il agissait pour protéger quelqu'un, alors il avait un mobile. Il était aussi le mieux placé pour maquiller sa disparition soudaine. Mais il reste quelque chose qui ne colle pas. Je n'arrive pas à mettre le doigt dessus.

Quid du révérend Fletcher ? Un homme hanté par de nombreux fantômes. Engagé dans une relation illicite, victime du chantage de Harper, en conflit avec sa foi. Peut-être que sa mort n'a rien à voir avec la découverte du caveau.

J'emporte mon verre de vin sur la table de la cuisine et m'assieds. Il y a encore une personne à qui je n'ai pas parlé qui pourrait me fournir un éclairage sur la situation. L'insaisissable Saffron Winter.

J'ouvre mon vieil ordinateur portable. Internet, enfin. Je ne suis cependant pas au bout de mes peines, car la connexion est affreusement lente. Mais nécessité fait loi, tout ça. Je tape son nom sur Google. Fletcher s'est manifestement confié à elle, mais je ne sais toujours rien sur l'autrice recluse.

La photo sur son site web est une version agrandie de celle qui figure sur la quatrième de couverture de ses livres. Il y a une courte biographie, qui ne me révèle pas grand-chose d'elle, et un lien vers ses titres. Cinq romans pour adolescents à propos d'une école de sorcières. Il y a aussi une adresse e-mail, à laquelle je m'empresse d'écrire, pour lui dire qui je suis et lui demander si elle a un peu de temps à me consacrer. Par acquit de conscience, je cherche son nom sur Twitter, Facebook et Instagram. Rien. Aucun réseau social, ce qui est curieux, surtout pour un écrivain.

Je regarde mon ordinateur pensivement. Je suis sûre que Joan sait où elle vit, mais bien que je commence à me faire à cette habitude de se pointer à l'improviste chez les gens chère aux locaux, j'ai l'impression que Saffron Winter est attachée à son intimité. Dans ce cas, déménager à la campagne n'était pas la meilleure des idées.

Dans les livres ou les films, quand les protagonistes veulent se cacher, ils emménagent dans un petit village au milieu de nulle part. Grosse erreur. Une chose dont on peut être sûr dans ce genre d'endroit, c'est qu'il y aura toujours quelqu'un pour venir mettre le nez dans vos affaires. Si vous désirez rester anonyme, choisissez une grande ville, où vous pourrez vous débarrasser de votre ancien vous comme de la petite monnaie dans une bouche d'égout. Changez de nom, changez de vêtements. Réapparaissez sous les traits d'une nouvelle personne. Si vous le souhaitez.

Je referme mon ordinateur. Et maintenant ? La télé ? Un film ? Pourquoi ne pas suivre le conseil de Flo, prendre un long bain et profiter ? Je ne me suis pas beaucoup occupée de moi depuis que nous sommes arrivées ici. Je grimpe l'étroit escalier et pousse la porte de la salle de bains.

— Ah.

Je me souviens maintenant que Flo a de nouveau utilisé la pièce comme chambre noire. J'ai dû déplacer son bazar quand je suis montée faire pipi avant le dîner. Elle en a débarrassé une partie, mais elle s'est visiblement contentée de tout mettre dans la baignoire. Et il y a encore deux piles de tirages sur le réservoir de la chasse d'eau.

Je ramasse l'une d'elles. Ce sont les photos qu'elle a prises dans la chapelle et le cimetière. Aucun signe de l'incandescente. Je les mets de côté et m'intéresse à la seconde pile. Mon cœur dégringole jusqu'au bas de la colline.

Le premier cliché montre une maison abandonnée. Les fenêtres vides lui font un regard sombre, le toit est criblé de trous. On devine, juste à partir de ces photos, que c'est un endroit *maléfique*. Quand Flo les a-t-elle prises ? Ce doit être quand elle a prétendu qu'elle et Wrigley étaient dans les bois.

Je m'oriente à partir des clichés, de l'extérieur de la maison jusqu'à l'intérieur, où elle en a visiblement pris plusieurs. Je regarde les pièces sens dessus dessous, les meubles en charpie. Les murs noircis de graffitis. De symboles païens. D'yeux maléfiques. De signes de culte satanique.

Je m'assieds lourdement sur le couvercle des toilettes. Quelle idée elle a eue, d'aller fureter dans une vieille bâtisse abandonnée ? Je sais bien ce qui se passe dans la tête des ados, mais je n'en suis pas moins furieuse. Après elle. Après moi. C'est moi qui l'ai amenée ici. C'est aussi ma faute.

Je feuillette le reste des photos. Arrivée à la moitié de la pile, j'ai l'impression que les négatifs ont été exposés à la lumière. Les images sont partiellement brûlées. Le dernier tirage tient presque de l'abstraction. C'est une vue de l'extérieur, prise d'une fenêtre à l'étage, d'après le cadrage. Les bois se résument à une tache d'encre sombre. Les champs, à une masse grise. Au bord de l'image, il y a une traînée blanche un peu plus distincte. Je plisse les yeux. Quelque chose s'agite dans mon ventre.

J'emporte le cliché dans ma chambre et récupère mes lunettes sur la table de chevet. Après les avoir mises, je regarde de plus près. Ce n'est pas un jeu de la lumière. C'est une silhouette, qui se tient entre l'orée des bois et le muret délimitant la propriété. Presque spectrale. Mais il ne s'agit pas d'un spectre. Cette personne est bien vivante.

Et je sais qui c'est.

47.

Le ciel est d'un gris de papier-calque. Il ne fera pas nuit avant deux heures. Mais la forêt s'est déjà mise en mode nocturne. Les branches d'arbres en surplomb forment une grande couverture de feuilles qui bloque la lumière. Flo allume la torche de l'iPhone tandis qu'elle arpente l'étroit sentier et se demande une fois de plus si elle agit de façon sensée ou complètement stupide.

Elle se raisonne en se disant qu'elle était sans doute bien plus en danger dans le centre-ville de Nottingham qu'elle ne l'est dans ces bois. Les rues bondées d'une métropole attirent certainement plus de violeurs, de meurtriers et d'agresseurs que les champs au milieu de nulle part, et pourtant… Ce n'est pas parce que l'endroit est joli et pittoresque que rien ne peut vous y arriver.

Elle repense à l'homme qu'elle a vu à la fenêtre. Est-ce qu'il pourrait toujours rôder dans les parages ? *Non.* Ce n'était sûrement qu'un voleur opportuniste à la recherche de maisons vides aux portes non verrouillées. Et la photo ? Elle l'avait laissée dans le cimetière, au bout du compte, en se disant que ce n'était qu'une coïncidence flippante. Une vague ressemblance. Son esprit lui jouait des tours. Ce foutu endroit rend tout bizarre et suspect.

Elle traverse un pont de bois qui enjambe le ruisseau et s'arrête à califourchon sur l'échalier. Elle croit avoir entendu quelque chose. Un mouvement devant elle. Des bruissements. Une biche jaillit du sous-bois et se fige, effrayée.

— Salut, toi.

L'animal l'observe de ses grands yeux brillants, agite une fois la queue puis s'enfuit en bondissant à travers champ. Flo attend sans bouger et, sans surprise, trois ou quatre autres cervidés suivent le même chemin, leurs sabots touchant à peine terre.

Elle se demande ce qui les a effrayés. Et s'avise que c'est probablement elle-même. Tantôt prédateur, tantôt proie. Tout dépend de la perspective.

Elle bascule sa deuxième jambe par-dessus l'échalier et regarde autour d'elle. Les champs semblent déserts, mais elle a l'impression de ne pas être seule. Des animaux se tapissent dans les sous-bois. Des yeux la scrutent sous le couvert des feuilles.

Elle frissonne, regrettant à présent de ne pas avoir emporté de sweat, et traverse prudemment l'étendue d'herbes hautes qui la sépare de la vieille maison. Les fenêtres aveugles béent sombrement. À l'exception d'une seule, à l'étage, où brille une lueur tremblotante. Elle accélère le pas, saute par-dessus le muret effondré et prend soin de contourner le puits qu'elle éclaire de son téléphone. Elle entre, monte l'escalier au petit trot et arrive sur le palier.

— Wrigley ?

Par la porte entrouverte de la chambre parentale, elle voit des flammes danser sur les murs. *Oh, bon Dieu. Il n'a pas fait ça ?*

Elle se précipite… et s'immobilise.

De nombreuses bougies fichées dans de vieilles bouteilles et canettes illuminent la pièce. Wrigley est assis sur une couverture étendue à même le sol crasseux. Il a disposé dessus des chips, du chocolat, une bouteille de vin et deux gobelets en plastique.

Il ouvre les bras à son entrée. L'effort qu'il fait pour contrôler ses tremblements est palpable.

— Bienvenue !

— Waouh ! De quel navet romantique pour ados t'es-tu inspiré ?

— Content que tu sois impressionnée.

— Je le suis. C'est juste que…

— C'est trop ?

— Un peu.

— Je vois, dit-il en baissant la tête.

— Mais j'aime bien, s'empresse-t-elle d'ajouter. Personne n'a jamais mis le feu à une maison pour moi… (Elle se reprend.) Pardon, je ne voulais pas dire…

— Je sais.

Elle se laisse tomber près de lui.

— Alors, qu'est-ce que tu attends pour me servir à boire ?

Il verse du vin dans un des gobelets et le lui tend.

Elle sirote une gorgée. Il est amer et tiède, mais elle sent sa chaleur se diffuser lentement en elle. Elle en prend une deuxième.

— Ne va pas te mettre la tête à l'envers.

— T'inquiète, dit-elle en s'essuyant la bouche.

Il se sert à son tour et avale une plus petite gorgée.

— Je ne sais pas trop pourquoi les gens boivent ce truc, dit-il en faisant la grimace.

— Pour se soûler, généralement.

— Ouais, fait-il en souriant.

Les paillettes argentées dans ses yeux étincellent. Il porte de nouveau le gobelet à ses lèvres, mais un spasme lui secoue la main, et le vin atterrit sur son menton et sur son sweat.

— Merde ! jure-t-il en s'essuyant d'un revers de manche. Putains de convulsions ! La honte...

— Eh, tout va bien.

— Non. Pas du tout. Je voulais que ce soit parfait, et...

Elle se penche en avant et pose ses lèvres sur les siennes. Elles ont un goût de sel et de vin aigre. Après une hésitation, il lui rend son baiser avec avidité, glisse la main sur sa nuque, mêle ses doigts à ses cheveux. C'est différent de la fois précédente, dans la salle de bains. C'est différent des autres baisers qu'elle a pu échanger lors de fêtes, dans la puanteur de la vodka, de la bière et du vomi. Là, c'est réel, urgent, et pour la première fois, elle ressent autre chose qu'un vague dégoût. Du désir.

Elle se laisse faire lorsqu'il l'allonge sur la couverture, traversée par la pensée que sa mère la tuerait, qu'ils vont le faire, et a-t-il des préservatifs ? Il fait courir ses mains sur ses seins en relevant le haut de son débardeur. Elle tend les siennes pour déboutonner maladroitement son jean. Mais alors, elle entend un bruit en bas. Elle s'assied et le repousse.

— C'était quoi ?

— Quoi ?

Ça recommence. Un coup sourd. Comme une porte qu'on essaie d'ouvrir d'un coup d'épaule. Ils échangent un regard.

— Il y a quelqu'un d'autre ?

— Je ne sais pas. Ne bouge pas. (Il se lève, dégage ses cheveux de son front.) Je vais voir.

— Je viens avec toi.

— Non, reste ici.

Elle voudrait lui faire remarquer que c'est elle, la spécialiste de l'autodéfense, et qu'elle l'a déjà envoyé au tapis. Mais elle préfère ne pas l'humilier. Qu'il y aille, elle peut toujours le suivre. Ce n'est probablement rien, de toute façon. Le vent. Des oiseaux. Des animaux.

Il regarde autour de lui et déloge une bougie d'une des bouteilles vides. Il souffle la flamme et jette le cylindre de cire par terre. Puis il empoigne la bouteille par le col.

— Juste au cas où.

Elle hoche la tête et l'observe sortir sur le palier sur la pointe des pieds. Elle tend l'oreille. Est-ce que c'était un grincement ? Une voix ? Elle se lève, gagnée par la nervosité. Ce n'est certainement pas un tueur en série à la *Massacre à la tronçonneuse*, ni un cinglé affublé d'un masque de *Scream*, ni des zombies, ni… *Merde, arrête !*

— Wrigley ?

Un bruit de verre brisé la fait sursauter.

— Wrigley ?

Elle descend l'escalier en trombe, les marches deux à deux. Arrivée en bas, elle allume la torche de son téléphone et éclaire autour d'elle. Elle ne voit pas Wrigley. Elle ne voit rien du tout quand elle sent qu'on l'attrape par-derrière et qu'on lui passe un sac sur la tête.

48.

— J'espère que je ne vous dérange pas, en passant à l'improviste ?

Joan pose deux tasses de café sur la table de la cuisine devant nous.

— Au risque de me priver d'une excitante soirée devant *Coronation Street*[1] ? Non, ma chérie, vous ne me dérangez pas.

Je prends ma tasse avec reconnaissance.

— Merci.

J'ai longuement hésité avant de venir, mais quand Joan m'a ouvert la porte, elle n'avait pas l'air surprise de me voir.

— Des nouvelles de notre macchabée ?

— Le révérend Rushton était au courant de l'existence du caveau, mais il ne savait rien du cadavre. Il a accepté des dons des Harper pour ne pas l'ébruiter.

Elle soupire en faisant la moue.

— Ça m'étonne moins que ça le devrait.

— Pourquoi ?

1. *Soap opera* britannique diffusé sans interruption sur la chaîne ITV depuis le 9 décembre 1960, soit le plus ancien au monde.

— Le révérend Rushton n'aime pas faire de vagues. Il pense avant tout à protéger l'église, et lui-même.

Je sirote une gorgée de café.

— Je crois que Marsh sait, pour le corps. Peut-être même l'a-t-il caché lui-même.

— Je vois.

— Ça n'a pas l'air de vous bouleverser.

— Ma foi, peu de gens connaissaient l'existence du caveau et encore moins y avaient accès. La vraie question, c'est : qu'est-ce qui pousserait un homme d'Église dévoué à dissimuler un cadavre – et bien sûr, qui a tué Grady ?

Toujours la même, et je n'ai pas de réponse. Pas encore.

— Vous vouliez me parler d'autre chose ? demande-t-elle avec un sourire.

— Je suis venue vous montrer ceci.

Je sors de ma poche les photos que Flo a faites de la maison abandonnée et les étale sur la table.

Joan les observe. Son visage a perdu toute couleur.

— Qui les a prises ?

— Ma fille, Flo.

— C'est l'ancienne propriété des Lane. Là où vivait Merry. Vous devriez dire à votre fille de s'en tenir éloignée.

— Je suis surprise qu'elle n'ait jamais été vendue.

— Légalement, elle appartient toujours à la mère de Merry. Mais je crois qu'au bout d'un certain temps, il est possible de se porter acquéreur d'un terrain abandonné. Mike Sudduth et sa femme s'y sont intéressés, mais ensuite ils ont perdu leur fille et l'affaire s'est arrêtée là. Il me semble que Simon Harper en a récemment revendiqué la propriété.

— Vraiment ?

— Il n'est pas du genre à laisser passer une opportunité juteuse. La maison est idéalement située, avec beaucoup de terres. J'imagine que son but à long terme est de raser la bâtisse et de vendre le terrain à des promoteurs – ce qui serait peut-être la meilleure des choses à faire.

J'écarte les photos pour n'en garder qu'une seule, celle où l'on voit la silhouette qui se tient entre les bois et le muret effondré, le regard braqué vers la maison. Je la tapote de l'index.

— Ça ne vous rappelle pas quelqu'un ?

Elle plisse les yeux et hausse ses minces sourcils blancs.

— Intéressant. Et curieux. La zone n'est pas facilement accessible. Simon Harper a fait installer une clôture et un portail du côté de la route, pour empêcher les jeunes d'y venir. La seule façon d'y aller, c'est de traverser les bois et les champs derrière la chapelle. On ne passe pas là par hasard.

Je regarde de nouveau la photo. C'est ce que je pensais. Bien sûr, n'importe qui pourrait s'y trouver pour des raisons triviales. Un intérêt particulier pour les vieux bâtiments, peut-être ? Mais quelque chose me turlupine.

— Qu'est-ce que vous en dites ? me demande Joan.

— Je ne sais pas. J'ai l'impression d'essayer de reconstituer une miche à partir de miettes de pain.

— Et ça marche ?

— Pas trop.

— Avez-vous déjà parlé à Saffron ?

Je fais non de la tête.

— Je lui ai envoyé un message, mais elle n'a pas répondu.

— Elle tient à son intimité.

— Vous l'avez vue récemment ?

— Non. Elle n'est pas venue aux funérailles de Matthew. Je me suis dit qu'elle devait être trop bouleversée.

Je vide ma tasse de café. Je ne suis pas convaincue que m'entretenir avec Saffron Winter me mènera quelque part. D'un autre côté, si je lui parle, je pourrai me dire que j'ai suivi toutes les miettes, et si je ne suis toujours pas plus proche de la maison en pain d'épice, alors il sera peut-être temps de sortir du bois.

— Vous ne sauriez pas où elle vit, par hasard ?

Joan me sourit de nouveau.

— Figurez-vous que si.

49.

Elle n'arrive pas à respirer. Le capuchon, épais et rêche, sent le foin et le fumier. L'ouverture épouse étroitement son cou. Des mains lui saisissent les poignets avant qu'elle puisse réagir et les nouent avec un serre-fils. Une boule de panique enfle dans sa gorge. Elle essaie de se rappeler ses leçons d'autodéfense, mais elles ne s'appliquent que lorsque vous vous retrouvez face à votre agresseur, les membres libres de toute entrave. Quand vous tombez dans une embuscade, aveugle, à moitié étouffée, vous ne pouvez rien faire.

On la pousse sans ménagement en avant.

— Laissez-moi partir, tente-t-elle de dire, mais le sac assourdit ses paroles.

Reste calme. Rappelle-toi, si tu ne peux pas combattre, essaie d'en apprendre le plus possible sur ton agresseur et ton environnement jusqu'à ce que tu aies l'occasion de t'échapper. Essaie de comprendre ce qui se passe. On la sort de la bâtisse. Cela signifie qu'elle ne va probablement pas se faire violer. Pourquoi faire ça à l'extérieur ? Alors que se passe-t-il, et où est Wrigley ?

— Avance, grogne une voix masculine.

Une voix familière ? Peut-être. C'est difficile à dire, avec la capuche qui assourdit tous les sons.

Une autre poussée la fait trébucher.

— Qu'est-ce que vous faites ? halète-t-elle pour qu'il continue à parler et confirme éventuellement ses soupçons.

Connais ton ennemi. C'est le meilleur moyen de le ramener à la raison ou de trouver un point faible.

— Tu verras.

Cette fois on la pousse si fort qu'elle manque de s'étaler dans le fouillis de mauvaises herbes du jardin.

— Wrigley ! crie-t-elle à travers la toile. T'es où ?

— Flo, lui répond une voix étranglée quelque part devant elle, vers la droite. Par ici !

— Ta gueule, aboie une autre voix. Féminine. Qui lui confirme l'identité de leurs ravisseurs. *Rosie et Tom.* Elle ignore si ça améliore leur situation ou l'aggrave.

— Je vous en prie, dit-elle en essayant de garder son calme. C'est bon. Vous nous avez bien fait flipper. Laissez-nous partir, maintenant.

— Ça, tu vas partir, ne t'inquiète pas. *Par le puits.*

Oh, bon Dieu. Seigneur. L'angoisse lui provoque une suée.

— Tu es folle ?

— T'as peur, Vampirina ? fait la voix de Rosie, proche à présent.

— Je t'en supplie, ne fais pas ça.

— Dis au revoir à ton petit copain.

Flo entend des bruits de lutte. Puis un cri. Paniqué, primitif. Qui s'élève haut dans l'air nocturne, avant de s'éteindre.

— *WRIGLEY !*

— Un de moins, glousse Tom.

Elle essaie de se débattre, plante ses talons dans le sol, pèse de tout son poids contre le corps massif derrière elle.

Alors une autre paire de mains l'empoigne et la pousse en avant, rendant toute lutte impossible. Elle sent le bout de ses Dr. Martens cogner contre la margelle du puits. Ils vont vraiment le faire. Elle ferme les yeux, se prépare à la chute.

— NOOOOONNN !

Un rugissement sorti de nulle part. Furieux, animal. Des pas lourds résonnent.

— Putain, c'est quoi, ça ?

— Cours !

On la pousse rudement sur le côté. Elle trébuche, perd l'équilibre. Sans pouvoir amortir l'impact avec ses mains, elle percute violemment le sol. Le choc l'étourdit. Elle reste étendue sur les broussailles, le souffle court, désorientée.

Tom et Rosie sont partis ? Alors qu'elle tente de se redresser, elle entend de nouveau quelqu'un s'approcher, des pas qui écrasent l'herbe sèche. Elle se raidit quand l'inconnu s'accroupit près d'elle. Il exhale une chaleur humide et une odeur nauséabonde. Vraiment nauséabonde. La sueur, l'alcool et quelque chose de pourri et vaguement sucré. *Oh, bon Dieu.* L'a-t-on abandonnée à un destin pire encore ?

— Bouge pas.

La voix bourrue de l'homme est teintée d'un accent du Nord. Elle le sent lui saisir les poignets. Puis elle entend un claquement, et ses mains sont libres.

— Reste ici. Compte jusqu'à dix avant d'enlever ta capuche.

Elle compte jusqu'à trente, par sécurité. Puis elle s'assied prudemment et ôte le sac de sa tête. Toute force l'a quittée. Elle est prise de vertiges et de nausées. Elle se plie en deux et vomit. Puis elle regarde autour d'elle. Le jardin est vide. Aucun signe de Rosie ni de Tom. Ni de son sauveur.

Son cœur bat trop vite. Elle ne serait pas surprise si elle avait un peu souillé sa culotte. La peur. Comme elle n'en a jamais connu. Pas même quand elle a vu les incandescentes. Elle croyait qu'elle allait tomber dans le puits. Qu'elle allait mourir. *Wrigley.*

Elle se précipite vers la bouche béante.

— Wrigley !

Seul l'écho de sa voix lui répond. *Seigneur.* Est-il là-dedans ? Est-il même encore en vie ?

Elle sort son téléphone de la poche de son jean à tâtons et allume la torche, qu'elle pointe dans le puits. Elle n'est pas assez puissante pour éclairer jusqu'au fond, mais elle croit discerner une ombre.

Et puis, une voix, faible, croassante :

— Flo ?

— Oh, merci mon Dieu. Tu es blessé ?

— J'ai la cheville en vrac, mais sinon ça va.

Tu parles d'un miracle…

— Bon sang, tu aurais pu te briser le cou. Putain de psychopathes.

— Ouais. Qu'est-ce qui s'est passé ? Où sont-ils partis ?

— Je ne sais pas. Quelqu'un… les a effrayés. Une espèce de clodo…

— Merde.

— Écoute, je vais aller chercher de l'aide. Ne bouge pas, OK ?

— Où veux-tu que j'aille ?

Elle sourit malgré la peur.

— Flo ?

— Oui.

— Il y a quelque chose.

— Quoi ?

— Un truc, là, en bas, avec moi.

— Quoi ? Des araignées ? Des rats ?

— Non, je crois que c'est… un macchabée.

50.

N'aie jamais d'enfant, m'avait dit une fois un ami. Pas si tu comptes terminer une tasse de café, voir la fin d'un film ou profiter d'une nuit de sommeil complète.

Et ça ne vaut pas que pour les premiers mois, quand on s'assure qu'ils respirent toujours dans leur couffin. Ça ne s'arrête pas aux années suivantes, où il suffit de tourner le dos un instant pour qu'ils s'élancent du canapé vers la fenêtre ouverte. Et pas non plus à l'école primaire, où ils découvrent l'amour, l'amitié et les désillusions qui vont avec.

Ça vaut aussi pour l'adolescence, cette période où l'on attend qu'ils rentrent à la maison en toute sécurité, en sachant qu'il faut leur accorder leur indépendance, qu'on ne peut pas leur couper les ailes, en essayant de se convaincre que s'ils sont en retard, c'est parce qu'ils s'amusent, pas parce qu'ils gisent, morts, au fond d'une ruelle. En priant pour ne jamais recevoir *cet* appel-là…

Mon portable carillonne dans ma poche. Je viens de rentrer à la maison, après avoir remis ma visite à Saffron Winter à plus tard. J'ai toujours mes clés de voiture à la main. Je sors mon téléphone et regarde l'écran. Numéro inconnu. Encore ? Je décroche.

— Allô ?

— Allô, est-ce que je parle au révérend Brooks ?

Une voix masculine, jeune, polie, officielle. La police. Je me liquéfie.

— Oui.

— Ici l'agent Ackroyd…

— Qu'est-ce qui s'est passé ? C'est ma fille ? C'est Flo ?

— Il n'y a aucune raison de paniquer, m'dame.

— Je ne *panique* pas. Je vous pose une question.

— Votre fille va bien, mais il s'est produit un incident.

— Quelle sorte d'incident ?

— Votre fille et son petit ami ont été victimes d'une agression.

— Une agression ? Mon Dieu. Elle est blessée, ou…

— Non, non. Elle n'est pas blessée, juste un peu secouée, mais si vous pouviez venir la chercher ?

— À la maison des jeunes ?

— Non. (Une note de perplexité.) À l'ancienne propriété des Lane, sur Merkle Road. Vous connaissez ?

La propriété des Lane. J'agrippe le téléphone avec une telle force que je suis surprise de ne pas briser la coque.

— Oui. J'arrive.

La voiture tressaute sur un chemin défoncé qui n'a manifestement pas été emprunté depuis des années et s'arrête dans un crissement de pneus devant la maison délabrée. Le cadenas pendouille sur le portail ouvert. L'endroit grouille d'activité.

Deux véhicules de police et une fourgonnette de « Soutien scientifique » sont stationnés devant. Les lumières bleues des gyrophares illuminent la pénombre. Je vois des gens en uniformes, et d'autres vêtus de combinaisons blanches. On installe des projecteurs derrière la maison.

Ça fait beaucoup pour une simple agression. Ma panique monte d'un cran.

— Excusez-moi, m'dame, me lance un agent en uniforme en s'approchant de moi.

— Je suis le révérend Jack Brooks. Je viens chercher ma fille, Flo.

— Oh, oui. Je suis l'agent Ackroyd. Elle est juste là.

Il me fait contourner la fourgonnette. Flo est assise à l'arrière d'une voiture de patrouille, la portière ouverte, les jambes à l'extérieur, enveloppée dans une couverture de sécurité argent.

— Oh, mon Dieu. Flo.

Je cours vers elle. Elle se lève, m'étreint, et éclate en sanglots.

— Je suis désolée.

Je lui caresse les cheveux.

— Je suis tellement soulagée que tu n'aies rien. Qu'est-ce qui s'est passé ?

Elle baisse les yeux. Son teint pâle transpire la culpabilité.

— Wrigley et moi… On s'était donné rendez-vous ici ce soir.

Wrigley. Putain. De. Wrigley. Je vais tuer ce gosse.

— Alors vous n'êtes jamais allés à la maison des jeunes ?

— Non. Pardon.

Je ravale ma colère.

— On parlera de ça plus tard. Continue.

— On était dans la maison, à l'étage, quand j'ai entendu un bruit. Wrigley est allé voir ce qui se passait, et comme il ne revenait pas, je suis descendue aussi, et c'est là que des gens m'ont mis un sac sur le visage et m'ont lié les mains.

— Oh, mon Dieu. (Je suis prise d'une nausée.) Tu n'as pas vu qui ?

Elle secoue la tête.

— Ils ne t'ont rien fait d'autre… ?

— *Non*, maman. Rien de cet ordre. Ils m'ont juste amenée dans le jardin.

— Où était Wrigley ?

— Ils avaient dû l'attraper en premier. J'ai entendu un cri, quand ils l'ont poussé dans le puits. Ils allaient faire la même chose avec moi, mais c'est là que cet homme est arrivé. Il est sorti de nulle part et il leur a fait peur. Il m'a détaché les poignets, mais lorsque j'ai enlevé le sac, il était déjà parti.

— Donc tu n'as pas vu qui t'a agressée ni qui t'a secourue ?

— Non ?

— Et Wrigley ?

— Il n'a rien vu non plus.

— Où est-il ?

— Ils l'ont examiné, pour s'assurer qu'il ne s'était pas cassé la cheville. Et puis les ambulanciers l'ont ramené chez lui.

Dommage. J'avais prévu de lui briser le cou.

— Et tu n'as pas la moindre idée de qui pourraient être tes agresseurs ?

Une hésitation. Elle tripote l'ourlet de son débardeur.

— Flo, si tu as des soupçons, tu dois en faire part à la police. Vous auriez tous les deux pu vous faire tuer.

— Je sais, et je leur ai dit, mais… (Je la vois tergiverser, puis céder avec un soupir.) Je ne suis pas sûre que ce soit eux.

— Qui ?

— Rosie et Tom.

— Rosie *Harper* ?

— Ouais.

Une vague de rage me frappe si vite et si fort que je crains de perdre pied. La façade que je m'efforce de maintenir est sur le point de voler en éclats, comme une éruption de lave explose la croûte qui la recouvre. Je serre les poings à m'en faire blanchir les jointures.

— Je vais la tuer.

— Et le pardon ?

— Je vais la pardonner, et ensuite je la tuerai.

— Je suis désolée, maman. *Vraiment.*

— Je sais.

— Tu n'es pas furieuse ?

— Bien sûr que je le suis. Parce que tu m'as menti. Parce que tu savais que je t'aurais interdit de venir ici. (Je soupire.) Mais tout ce qui m'importe, c'est que tu sois saine et sauve. Je comprends qu'il y a des choses dont tu ne veux pas me parler. Je comprends que discuter de sexe avec ta mère t'embarrasse et te répugne, surtout quand on a pour mère un pasteur…

— Et pourtant, tu le fais.

— *Mais* je veux simplement que tu saches que je suis là si tu souhaites en parler, que je ne te jugerai jamais, et…

— C'est bon, j'ai l'idée. Mais pour que les choses soient claires, on n'était pas ici pour ça. C'était juste… un rencard, quoi.

— Un rencard ?

— Oui.

— Alors pourquoi ne pas vous voir dans un café, aller au cinéma ou… je ne sais pas, moi, à la maison des jeunes ?

Elle me lance un regard caustique.

— T'est-il venu à l'idée que tous ces endroits pouvaient poser problème à Wrigley, dans son état ?

— D'accord, mais il y a des lieux plus sûrs pour se retrouver que de vieilles maisons délabrées et désertes au milieu des bois. Tu n'as pas vu *Evil Dead* ?

— Non.

— Ça sera pour une autre fois.

— On voulait juste être seuls.

— Bon.

— Est-ce que je dois arrêter de le voir ?

Oui.

— Non. Mais je veux que tu arrêtes de me mentir. Plus de secrets.

Elle me dévisage, et, l'espace d'un instant, je crains qu'elle ne me demande la même chose en retour, ce qui serait une autre paire de manches mitées.

— OK, acquiesce-t-elle.

Je la serre fort contre moi.

— Et j'aurais bien aimé que tu me préviennes plus tôt, pour Rosie et Tom.

— Je croyais pouvoir gérer.

— Eh bien, c'est maintenant entre les mains de la police.

— Excusez-moi.

Je me retourne. L'inspecteur en civil que j'ai déjà rencontré hier – Derek – patiente derrière moi.

— Euh… Révérend Brooks ?

— Capitaine Derek.

Nous nous serrons la main.

— Est-ce que tout va bien ?

— Oui. Flo était en train de m'expliquer ce qui s'est passé.

— Bon, très bien. Nous avons pris sa déposition. Nous aurons peut-être besoin de lui poser d'autres questions plus tard, mais pour l'heure, vous pouvez la ramener chez vous.

— Merci.

Il se tourne vers Flo.

— Vous avez eu beaucoup de chance, tous les deux. C'est dangereux de traîner dans une vieille maison comme celle-ci.

Je sens mes poils se hérisser.

— Vous n'essayez quand même pas de rendre ma fille responsable de son agression ?

— Non, bien sûr que non. Je dis juste que ce n'est pas un endroit très sûr pour des jeunes… Encore que personne ne va venir ici avant un bout de temps, après ce que le petit ami de votre fille a trouvé.

J'aurais préféré qu'il qualifie autrement Wrigley.

— Alors c'est vrai ? demande Flo.

— L'équipe médico-légale le croit. (Il sourit.) Il faut qu'on vous recrute, vous et votre copain. Deux cadavres en deux jours, ça doit être un record.

— Un *cadavre*… dis-je en regardant Derek. De quoi parlez-vous ?

— Le petit ami de votre fille…

— *Wrigley.*

— Quand Wrigley est tombé dans le puits, il a trouvé quelque chose en bas.

— Quoi ?

— Un crâne humain… Nous sommes en train de rechercher le reste du squelette.

Elle attendit. D'abord assise sur le muret effondré, puis en faisant les cent pas. Elles étaient convenues de se retrouver à 20 heures. De partir en douce, sauter dans un bus pour Henfield et, de là, gagner Brighton, où elle pourrait prendre un train pour n'importe où.

Elle regarda sa montre. Il était presque le quart. Des nuages filaient dans le ciel de plus en plus sombre. Le temps pressait. Où était-elle ?

Finalement, la mort dans l'âme, elle dut se rendre à l'évidence.

Elle ne viendrait pas.

Des larmes lui picotèrent les yeux. Elle ramassa son petit sac à dos et commença à faire demi-tour. Une chouette hulula, masquant le bruissement de l'herbe derrière elle.

Quelqu'un l'attrapa par les cheveux et la tira violemment en arrière.

51.

Je rêve de filles. Toujours de filles. Mutilées. Molestées. Torturées. Tuées. Je vois leurs visages ; leurs tristes corps brisés. Pourquoi les haïssons-nous au point que l'histoire résonne de l'écho de leurs cris et que la terre est criblée de leurs tombes anonymes ?

Je les regarde avancer dans l'herbe mouillée du cimetière ; Ruby avec son grand sourire écarlate ; les incandescentes, des flammes dans leur sillage, la peau carbonisée ; et Merry et Joy, qui se tiennent par la main, leurs colliers d'argent au cou – *M* et *J*. Meilleures amies pour la vie.

Je suis devant la chapelle, où j'essaie de prier, d'en appeler à la miséricorde divine. Mais elles ne m'entendent pas, et je comprends qu'elles ne voient pas un prêtre, mais un autre démon. Dieu n'a aucune signification pour elles, car il les a abandonnées. Je fais volte-face et me précipite à l'intérieur. Je claque la porte sur leurs mains avides, tire le verrou. Mais j'entends encore leurs clameurs, leurs griffes sur le bois, leurs tambourinements.

Boum, boum, boum.

Je bats fébrilement des paupières. Elles retombent sur mes yeux.

Boum, boum, boum.

J'essaie de nouveau de les ouvrir, en m'aidant cette fois de mes doigts. Le rêve s'effiloche, les visages des filles se désintègrent, s'envolent dans le vent comme des cendres. Je regarde le réveil : 8 h 30. On tambourine à la porte. Une heure décente pour une visite. Mais tout juste. Je bâille et m'extirpe du lit.

— J'arrive, dis-je d'une voix forte en enfilant des vêtements à la va-vite et en descendant l'escalier.

Une fois en bas, je déverrouille la porte d'entrée et l'ouvre.

Simon Harper se tient sur le perron. Le visage empourpré, les cheveux ébouriffés, l'haleine chargée d'alcool mal digéré. Il pointe son index calleux vers moi.

— J'espère que vous êtes contente.

— Eh bien, quand je serai réveillée, je vous le ferai savoir. L'église n'ouvre qu'à 10 heures.

Je m'apprête à refermer. Il coince sa botte pleine de boue dans l'entrebâillement.

— Voudriez-vous enlever votre pied de ma porte, monsieur Harper ?

— Pas avant que vous ayez entendu ce que j'ai à vous dire.

Je croise les bras.

— Je vous en prie.

— La police a débarqué chez moi hier soir.

— Vraiment ?

— Votre fille a accusé Rosie de l'avoir agressée.

— Quelqu'un lui a mis un sac sur la tête, lui a attaché les poignets et a poussé son ami dans un puits.

— Ce n'était pas Rosie.

— Ah non ? Il semblerait qu'elle et son cousin n'en soient pas à leur coup d'essai.

— Pardon ?

— L'autre jour, quelqu'un a tiré sur Flo avec un fusil à air comprimé. Tom en a un, pas vrai ?

— Ma fille n'a pas quitté la maison hier soir, comme je l'ai dit à la police.

— Je constate que le mensonge est une tradition familiale, chez vous.

Il se penche vers moi.

— Laissez ma famille tranquille.

— Avec plaisir. Maintenant, virez votre pied ou c'est moi qui appelle la police.

Il recule d'un pas.

— La chapelle ne recevra plus aucune donation de ma part. On verra combien de temps vous tenez sans le soutien de ma famille.

— Je suis certaine que la découverte du caveau va susciter beaucoup d'intérêt et attirer de nombreux investisseurs. Qui n'aime pas un bon petit scandale historique ?

Son visage s'embrase encore davantage, avant que s'y dessine un sourire mauvais.

— Je sais avec qui Flo était hier soir. Ce taré de Lucas Wrigley. Vous devriez peut-être vous inquiéter un peu moins de *ma* fille et un peu plus de lui.

— Je vois. Et si vous me disiez plutôt où vous voulez en venir ?

— Lucas Wrigley a été viré de son précédent lycée.

— Et ?

— Il a essayé d'y mettre le feu et a failli tuer une gamine.

Ça me déstabilise. Je m'efforce de conserver une voix égale.

— Pourquoi devrais-je vous croire ?

Il fourre sa main dans sa poche et en sort un morceau de papier froissé. Il me le tend.

— Qu'est-ce que c'est ?

— Le numéro d'Inez Harrington. L'ancienne proviseure du lycée. Elle vous le confirmera.

Je ne décroise pas les bras.

— Comme vous voulez. (Il laisse le papier tomber par terre avec un sourire suffisant.) Mais si j'étais à votre place, j'aimerais savoir avec qui ma fille baise.

Il se retourne et repart vers sa Range Rover à grands pas. Il me faut tout mon self-control pour ne pas lui courir après, lui sauter sur le dos et réduire son visage en bouillie à mains nues. Je le regarde démarrer le moteur et s'engager sur la route. Puis je me baisse et je ramasse le morceau de papier. Mes mains tremblent. Je devrais le déchirer. Le mettre à la poubelle. Le brûler.

Mais je ne le fais pas. Je le glisse dans ma poche et vais chercher ma rouleuse.

J'en suis à la moitié de ma seconde cigarette quand Flo entre dans la cuisine en bâillant et en s'étirant. Elle me regarde, interloquée.

— Tu fumes !

— Ouaip.

— Devant moi.

— Ouaip. (Je la considère entre mes paupières gonflées de sommeil.) Tu as failli avoir des relations sexuelles hier soir… oh, et tu as manqué de te faire tuer.

Elle sourit avec une jovialité exagérée.

— Café ? demande-t-elle.

— Noir.

Je tire une dernière bouffée sur ma cigarette et l'écrase contre le mur extérieur. Puis je retourne à l'intérieur et ferme la porte derrière moi. Le morceau de papier bruisse dans ma poche. Je m'assieds à la table de la cuisine tandis que Flo met la bouilloire en route.

— Comment te sens-tu ce matin ? dis-je.

— Ça va. J'ai l'impression de me réveiller d'un mauvais rêve.

— Ouais.

— Tu crois que Wrigley va bien ?

— Je suis sûre que oui.

— Je devrais lui envoyer un texto.

— Peut-être serait-il sage de maintenir une certaine distance pendant un moment.

— Pourquoi ?

— Tu poses la question ?

Elle me jette un regard blessé et prend sa tasse.

— Bon. Je vais dans ma chambre.

Elle disparaît à l'étage, et je me rassieds. Je sens le numéro de téléphone dans ma poche qui me brûle. Ça me démange d'appeler Inez Harrington. De convenir d'un rendez-vous. Mais si elle accepte de me voir, je ne veux pas laisser Flo toute seule. Je déteste reconnaître que je ne fais pas confiance à ma fille, mais après ce qui s'est passé hier soir, je ne fais pas confiance à ma fille. Je bois une gorgée de café. Mon portable sonne. Mike Sudduth.

— Allô ?

La ligne grésille.

— Allô, c'est…

— Ne quittez pas.

J'emporte le téléphone dans ma chambre, j'ouvre la fenêtre et me penche à l'extérieur.

— Bonjour. Vous m'entendez ?

— Bien mieux. Comment allez-vous ?

— Ça va. Je suis désolée de m'être montrée grossière l'autre jour.

— Ne vous inquiétez pas. Je comprends. Ce n'était pas le bon moment.

— Et ça ne va pas en s'arrangeant.

— Ouais. (Il marque une pause.) J'ai eu vent de ce qui s'est passé hier soir.

— Déjà ? Les nouvelles vont vite.

— Nous avons peut-être une connexion merdique, mais radio moquette fonctionne à plein régime.

Et il travaille pour le journal local.

— Est-ce que Flo va bien ?

— Oui. Je suppose que vous avez aussi eu connaissance de la découverte dans le puits ?

— Les squelettes, ouais.

Je me fige.

— Comment ça, *les* squelettes ?

— Ah, vous voyez, c'est pour ça qu'en général on me cantonne aux fêtes de village et aux méchouis. J'ai la langue trop bien pendue.

— Alors ils en ont trouvé plus qu'un ?

— Deux.

— La police les a identifiés ?

— Ils sont toujours en train de faire des analyses, mais on peut partir du principe que ce sont les deux filles qui ont disparu dans les années 1990. Merry et Joy.

— D'accord, dis-je lentement. On peut partir de ce principe.

— Si c'est confirmé, ça va être énorme. La police va rouvrir le dossier. La presse nationale va sauter sur l'occasion.

Je n'avais pas pensé à ça. Des journalistes partout dans le village, remuant le passé.

— Jack, vous êtes toujours là ?

— Oui. Je songeais à l'horreur de la chose.

— Pire encore, si elles ont été assassinées – ce qui paraît probable –, ça veut dire que quelqu'un au village sait ce qui leur est arrivé.

— Je suppose que oui.

Ça signifie aussi que plus d'une personne ici ment. Et j'ai l'impression de commencer à manquer de temps pour découvrir la vérité. Je jette un coup d'œil en direction de l'escalier.

— Mike, je peux vous demander un service ?

— Bien sûr. Je vous en dois un, pour le pneu.

— Vous pourriez m'accorder deux heures ?

52.

J'ai organisé un rendez-vous avec Inez Harrington près de chez elle, à Lewes, dans un café artisanal de la grande rue.

Tout à Lewes paraît artisanal, fait maison ou sur mesure. La ville est remplie de femmes artistement ébouriffées vêtues de robes à fleurs et chaussées de bottes en caoutchouc, qui convoient des troupeaux de gamins appelés Apollon, Bénédictine ou Amaretto.

Je commande un café noir et m'installe à une table d'angle, où je me sens visible et négligée. J'ai longtemps hésité à mettre mon col, puis j'ai décidé qu'il me conférerait une certaine autorité, surtout vis-à-vis d'une membre du corps enseignant. Je me suis toujours sentie vulnérable au contact des professeurs. Comme s'ils étaient en permanence sur le point de me reprendre pour l'usage incorrect d'un verbe. Ou de me dire d'arrêter de mentir. Une crainte assez ironique, je l'admets, pour quelqu'un de ma profession.

J'ai fait une recherche Google sur Inez Harrington, aussi je sais à quoi elle ressemble. Sa photo montre une femme au visage carré en milieu de cinquantaine, aux cheveux gris et au large sourire. Un visage pour lequel le terme

« pragmatique » a été inventé. Je scrute les gens qui entrent et sortent du café. J'ai quelques minutes d'avance. Enfin, je la vois franchir la porte. Elle paraît plus vieille que sur la photo, et un peu plus forte. Elle se dirige vers moi.

— Révérend Brooks ?

— Oui. Mais appelez-moi Jack.

— Inez.

Nous nous serrons la main. Sa poigne est ferme et chaude.

— Merci d'être venue, dis-je.

Elle sourit et perd immédiatement quelques années.

— Je vous en prie.

Une serveuse passe à proximité.

— Vous prenez quelque chose ? demande-t-elle.

— Un latte, s'il vous plaît.

Inez reporte les yeux sur moi. Son regard est franc.

— Vous devez savoir qu'en général, je ne discute de mes anciens élèves avec personne.

— D'accord.

— Je consens à faire une exception, car Simon Harper me l'a demandé.

— C'est un ami à vous ?

— Non. Je donnais des cours particuliers d'anglais à sa fille Rosie. Sa femme, Emma, est une amie.

— Entendu.

— J'ai cru comprendre que votre fille, Flo, a le même âge que Rosie.

— Oui.

— Alors vous êtes consciente que l'adolescence est une période difficile.

— Oh, oui.

— Ils vivent dans une confusion permanente. Ils sont bombardés d'hormones. Je ne suis pas certaine qu'ils sachent eux-mêmes pourquoi ils font certaines choses, parfois.

La serveuse lui apporte son latte et le pose devant elle.

— Merci.

— C'est bien possible. Enseigner dans le secondaire ne doit pas être une sinécure.

— Mais ça peut être gratifiant. J'ai vu de jeunes vauriens se transformer en adultes d'une bonté incomparable. Mais aussi des élèves brillants sortir des rails. L'adolescent que nous sommes ne nous définit pas.

— Je ne pourrais pas être plus d'accord. Je suis une tout autre personne que l'adolescente que j'étais.

— Alors vous comprenez.

En effet. Je sens néanmoins venir un bon gros « mais ».

— Mais, de temps à autre, vous en rencontrez un qui vous déconcerte profondément.

— Lucas Wrigley ?

Elle hoche la tête et, quand elle lève sa tasse de café, je remarque que sa main tremble légèrement.

— Que pouvez-vous m'en dire ?

— Au début, j'avais pitié de lui. Ses parents sont morts quand il était tout petit. Il a été adopté à neuf ans. Ce qui n'entre pas vraiment en ligne de compte. Je dis juste que sa vie n'a pas démarré sous les meilleurs auspices. Et bien sûr, il y a la dystonie.

— Une sorte de maladie neurologique ?

Elle hoche la tête.

— Cela a inévitablement fait de lui une cible. La différence est le plus grand ennemi des adolescents. Il s'est fait traiter de tous les noms, harceler.

Je tique à la mention du mot « inévitablement ». Je ne crois pas que la cruauté soit inévitable. C'est un choix, nourri par les parents et l'environnement. Mais je laisse passer.

— Le lycée a fait ce qu'il a pu pour l'aider. *Je* me suis mise en quatre pour le soutenir et raisonner les idiots qui s'en prenaient à lui, mais certains enfants ne nous facilitent pas la tâche.

— Que voulez-vous dire ?

— On aurait dit que Lucas incitait les autres élèves à le tourmenter, provoquait des bagarres, se mettait délibérément sur la route des brutes. Il *cherchait* le conflit.

— Je trouve difficile à croire qu'un jeune *souhaite* être harcelé.

— Moi aussi, en temps normal.

— Parlez-moi de l'incendie.

— Lucas s'était lié d'amitié avec une certaine Evie. Elle était elle-même un peu à la marge. Silencieuse, timide. Ils traînaient ensemble. Je me suis dit que cette relation leur ferait du bien à tous les deux.

— Et ?

— Elle l'a lâché. Un groupe de filles a pris Evie sous son aile. Elle ne voulait plus entendre parler de Lucas Wrigley. Vous savez comment sont les filles à cet âge.

Pas vraiment, car Flo n'a jamais fait partie d'une bande de ce type. Et elle se montre loyale envers ses amis, elle y met un point d'honneur. J'étais pareille.

— Lucas était contrarié, poursuit Inez. Son comportement est devenu plus imprévisible encore. Il a commencé à sécher les cours. Il s'est attiré des ennuis. Evie s'est plainte de ce qu'il la suivait jusque chez elle, qu'il traînait autour de sa maison.

— Qu'est-ce que ça a à voir avec l'incendie ?

— Evie est la fille qui a failli perdre la vie dans les flammes.

Cela m'arrête net dans mon élan.

— C'était un mercredi. On avait demandé à Evie de ranger le matériel après l'éducation physique – le dernier cours de la journée. Quelqu'un l'a enfermée dans la réserve.

— Où était le professeur ?

— Elle ne s'est pas rendu compte qu'elle s'y trouvait. Elle pensait que tous les élèves étaient partis.

— Pas très responsable.

— Non. Mais nous commettons tous des erreurs. Plus tard, Lucas s'est introduit dans l'école et a mis le feu au gymnase.

— Et vous avez la certitude que c'était lui ?

— Quelqu'un l'a vu s'enfuir en courant. Ses soupçons ont rapidement orienté l'enquête dans cette direction. Heureusement, le feu ne s'est pas propagé à la réserve, et on a entendu Evie appeler à l'aide.

— Vous avez retrouvé des preuves matérielles ? Des allumettes ? De l'essence sur ses vêtements ?

Elle soupire.

— Le temps que la police aille l'interroger, il était rentré chez lui. Il a pu se changer, se laver.

— En d'autres termes, vous n'avez aucune preuve irréfutable.

— Evie m'a affirmé que c'était lui. Elle m'a expliqué que, quelques jours plus tôt, il l'avait coincée à l'aire de jeux et lui avait dit qu'il allait la cramer.

— Les gosses disent parfois des choses horribles.

— Oui. Et certains ont le mal en eux.

Je lui lance un regard abasourdi.

— Où est passé votre adage, « L'adolescent que nous sommes ne nous définit pas » ?

— C'est vrai pour la plupart d'entre nous. Mais il arrive qu'on rencontre un enfant qui ne souffre pas uniquement des angoisses typiques de l'adolescence. Leur histoire, leur environnement, leur éducation ne sont pas en cause. Ils sont tout simplement mal câblés. On ne peut pas les réparer. Pour le dire sans détour, Lucas Wrigley me faisait peur. Je redoutais son prochain coup.

— Et c'est pour ça qu'il a été viré ?

— Il n'a pas été viré. Après une discussion approfondie avec sa mère et avec les parents d'Evie, nous sommes convenus qu'il valait mieux qu'il change de lycée.

— Et Evie ?

— Elle est restée, mais ses notes se sont effondrées. Elle s'est repliée sur elle-même, elle est tombée en dépression. Un matin, sa mère est allée la réveiller, et elle n'était pas dans sa chambre. Elle s'était pendue dans un bosquet en bas de leur jardin.

— Oh, mon Dieu. (Un frisson me parcourt l'échine.) C'est épouvantable.

— On a fait en sorte que ça ne s'ébruite pas. La famille a déménagé peu de temps après.

— Pourtant vous en avez parlé à Emma Harper. Pourquoi ?

— Quelques mois plus tard, alors que je rendais visite à une amie à Henfield, j'ai vu Rosie avec un garçon.

— Lucas Wrigley ?

— Oui. Et ils avaient l'air de… bien s'entendre.

Je fronce les sourcils. Rosie la reine des abeilles avec le maladroit et agité Wrigley ? Ça n'avait aucun sens. Elle et Tom ne venaient-ils pas de le pousser au fond d'un puits ?

— C'était quand ?

— Ça devait être juste après qu'il avait rejoint son nouveau lycée.

— Alors vous aviez peur de ce qu'il aurait pu faire à Rosie ?

— Non, répond-elle en riant.

— Je vous demande pardon ?

— Rosie Harper n'a pas besoin d'un chaperon. J'avais peur de ce qu'ils pourraient faire *ensemble*.

Je digère l'information.

— Comment a réagi Emma ?

— Je crois qu'elle a interdit à Rosie de le fréquenter.

— Et ça a marché ?

Petit haussement d'épaules.

— Je ne les ai jamais revus ensemble, mais les adolescents peuvent se montrer sournois.

C'est le moins qu'on puisse dire.

— Et la mère de Wrigley ?

— Comme beaucoup de mères, elle avait du mal à comprendre ce qui n'allait pas chez son enfant. Pour être honnête, je l'ai trouvée un peu bizarre, entièrement occupée par son écriture. Elle semblait passer plus de temps avec son convent de sorcières fictionnelles qu'avec son fils.

Un rouage rouillé s'enclenche dans mon cerveau. *Clonk.*

— Pardon, vous avez dit son *écriture* ? C'est une autrice ?

— Oui. Une autrice de livres pour ados. Très populaire auprès de certains élèves.

— Comment s'appelle-t-elle ?

— Annette Wrigley, mais vous la connaissez sans doute sous son nom de plume – Saffron Winter.

53.

Un panonceau accroché à côté de la porte d'entrée annonce : « Entrée interdite aux démarcheurs et à tout visiteur non sollicité ». Il faut être un vendeur sacrément motivé pour venir jusqu'ici. Je ne suis même pas sûre qu'un témoin de Jéhovah en ait le courage.

Aucun signe de la maison de Saffron Winter n'est visible de la route. Seule une boîte à lettres en piteux état se dresse au bout du long chemin plein d'ornières. Une Volvo rouge poussiéreuse est garée devant. Donc, il y a quelqu'un.

Bien qu'on puisse indéniablement me classer dans la catégorie des visiteurs non sollicités, je sonne à la porte d'entrée. Pas de réponse. Pourtant la voiture est là. J'y jette un coup d'œil plus attentif et je remarque que de mauvaises herbes ont poussé autour des pneus, qui semblent un peu dégonflés. OK. Donc Saffron n'est allée nulle part avec depuis un bail. Peut-être est-elle sortie à pied ou a-t-elle pris un bus. Ce n'est pas nécessairement suspect, mais quand même.

Je reporte les yeux sur la maison. Elle n'a pas l'air abandonnée. L'herbe est tondue, les rideaux sont ouverts. Mais elle ne donne pas l'impression qu'on y vit. On dirait une coquille vide. Comme un décor de film. C'est convaincant de loin, mais de près on s'aperçoit qu'il ne s'agit que d'une façade. Je sonne de nouveau. Puis je frappe trois coups secs.

Je recule, cherchant aux fenêtres un visage ou un mouvement de rideaux. Peut-être n'est-elle pas chez elle, après tout. Et pourtant, quelque chose me chiffonne. À propos de Saffron Winter. De Wrigley. De tout ça. Pourquoi n'a-t-elle pas répondu à mon message ? Elle a bien dû voir qu'il était signé « Révérend Brooks », la personne avec qui elle avait échangé des textos peu de temps auparavant. Pourquoi ne m'a-t-elle pas contactée après ce qui s'est passé hier soir ? Pourquoi personne ne l'a aperçue depuis plus d'un mois – avant les funérailles de Fletcher ?

Je contourne la maison. Il y a un portail, mais pas de cadenas. Je soulève le loquet et prends l'étroit sentier qui me conduit au jardin de derrière. Je suis immédiatement frappée de constater qu'il est beaucoup moins bien tenu qu'à l'avant de la maison. L'herbe pousse comme elle veut, et la petite terrasse devant la porte de service est jonchée de mégots de cigarettes. Saffron est donc une fumeuse. Peut-être apprécie-t-elle comme moi de s'en griller une ou deux le soir, dehors. Peut-être aurions-nous pu être amies. Je me demande alors pourquoi je pense à elle au passé.

J'essaie d'ouvrir la porte donnant sur l'arrière. Verrouillée. Évidemment. Les gens se méfient moins, à la campagne, mais pas au point de laisser tout ouvert. En particulier ceux qui tiennent à leur intimité et ne veulent voir personne fouiner chez eux.

Je jette un coup d'œil par la fenêtre de la cuisine. Je ne suis pas quelqu'un de très ordonné, mais waouh. Les assiettes sales s'empilent dans l'évier. Des paquets et des boîtes de conserve couvrent toutes les surfaces, ainsi que des cartons de pizza et des emballages de nourriture à emporter.

Je recule, de plus en plus mal à l'aise, et observe de nouveau les mégots de cigarettes. La porte de derrière, comme celle de devant, est pourvue d'une serrure de Yale. Nous en avions dans notre ancienne maison à Nottingham. Une chose que je sais à propos de ce type de serrure, c'est qu'il est très facile de s'enfermer à l'extérieur, surtout si vous sortez souvent fumer une cigarette en oubliant vos clés. Quand ça vous arrive, vous apprenez vite à faire en sorte que ça ne se reproduise pas.

Je regarde autour de moi et repère un pot de fleurs à l'envers. Je le soulève. Nada. OK, trop facile. Où est-ce que je cachais mes clés ? Je regagne l'avant de la maison, m'accroupis près du pare-chocs arrière de la voiture et regarde dans le pot d'échappement. *Bingo.* Je repêche les clés. Celle de devant et celle de derrière, d'après leur aspect. Je retourne à la porte principale. Peut-être devrais-je frapper une fois encore. Après tout, j'ai les clés, donc je n'entrerai pas *stricto sensu* par effraction, mais personne ne m'y a invitée non plus.

Je lève le poing et tambourine de plus belle contre le battant.

— Saffron ? Vous êtes là ? Je m'appelle Jack Brooks, je suis le nouveau pasteur. Je peux vous parler ?

Aucune réponse. Mais… n'ai-je pas vu une moustiquaire bouger à l'étage ? J'hésite un instant. Puis j'enfonce la clé dans la serrure. La porte s'ouvre.

— Il y a quelqu'un ?

Silence. Je pénètre avec prudence dans l'entrée et porte immédiatement la main à mon nez. Beurk. Ça pue. Une odeur rance et aigre. De crasse. Je recule de quelques pas.

— Saffron ? Je m'appelle… Meeeerde !

Une petite forme noire se précipite au bas de l'escalier et file entre mes jambes. Fait chier. Mon cœur bondit dans ma poitrine. Bordel de Dieu. Un foutu chat. Que j'ai laissé sortir.

J'entre dans la cuisine. J'aurai peut-être besoin de nourriture pour l'attirer à l'intérieur. Vue d'ici, la pièce semble avoir été victime d'un attentat à la bombe. Je regarde autour de moi. Les piles de vaisselle dans l'évier sont figées par la moisissure. La poubelle déborde sur le sol crasseux. La litière est pleine de crottes de chat.

Seigneur. C'est le genre de capharnaüm que je m'attendrais à trouver dans l'antre d'un étudiant, pas dans la maison d'une femme d'âge mûr. Et encore moins d'une mère. Je recule en fronçant le nez.

Le salon se situe à ma droite. Il n'est pas dans un état aussi désastreux que la cuisine, mais il reste haut sur l'échelle du dégoût. Des cartons de pizza, des assiettes sales et des canettes vides jonchent le parquet en bois. Un sac de couchage froissé est étendu sur le canapé et, tout autour, dispersés sur le sol, sur les chaises, appuyés contre les murs, des dessins. Ils seraient bons, n'eussent été leurs sujets. Des représentations de meurtres, de mutilations, de viols et de torture. Des symboles sataniques. Des pentagrammes, la croix du Léviathan, des démons, des diables. J'en ai la chair de poule.

Est-ce la chambre de Wrigley ? Est-ce qu'il dort ici ? D'après la puanteur âcre de sueur et d'hormones, oui. Mais pourquoi Saffron le lui permettrait-elle ? Se pourrait-il qu'elle ne soit plus là ? Qu'elle soit partie, le laissant seul ?

Je retourne dans l'entrée et lève les yeux vers l'escalier. J'agrippe la rambarde et commence à gravir les marches. Mon mauvais pressentiment se précise. L'horrible odeur – encore plus atroce que celle de la nourriture rance, de la sueur et des hormones – empire à mesure que je monte.

Presque insoutenable. Quand j'arrive au palier, je respire dans mon coude. Trois pièces. À gauche, une salle de bains. À droite, une chambre de garçon. Je comprends maintenant pourquoi Wrigley ne dort pas là. Ce serait impossible, avec l'odeur. Une odeur qui provient de la pièce en face de moi. Celle dont la porte est fermée. *Évidemment.*

Je me dis que je n'ai pas besoin de l'ouvrir. Je n'ai pas besoin de savoir. Je pourrais appeler la police maintenant et les laisser gérer. Mais si, j'ai besoin de savoir. Je me blinde et pousse la porte.

— *Dieu tout-puissant.*

Je fais volte-face et vomis. Sans même y penser. Un réflexe. Je demeure ainsi, pliée en deux, le menton dégoulinant de salive, pendant plusieurs minutes. J'essaie de retrouver le contrôle de mon estomac, de m'empêcher de crier.

Enfin, je me redresse et me retourne vers la chambre. Un corps est étendu sur le lit double. Ou ce qu'il en reste. Une partie de la chair s'est dissoute dans le matelas. Les fluides corporels forment une mare asséchée sur le sol. Le reste se résume à une masse à peine identifiable de chair putréfiée et de vêtements souillés. Un pyjama. Des mèches de cheveux emmêlés.

Saffron Winter.

Elle doit être morte depuis au moins deux mois. Je devine sans peine comment. Le mur derrière le lit est maculé de projections sombres. Par terre, il y a un couteau, pareillement taché de brun.

Il l'a tuée pendant son sommeil. Il l'a abattue comme un animal. Combien de fois l'a-t-il poignardée ?

Je dois sortir d'ici. Je dois appeler la police. Je dois… Une latte du plancher grince derrière moi. *Non.* Je me retourne. Une seconde trop tard. Quelque chose de lourd me percute le crâne. Si fort que j'entends ma colonne vertébrale craquer. Mes jambes cèdent sous moi. Une douleur aveuglante. La prise de conscience que j'ai de très gros ennuis. Et puis, le néant.

54.

Un baby-sitter. Étendue sur son lit, Nine Inch Nails à fond dans les oreilles, Flo fulmine. Mike Sudduth est en bas. Elle le présume. Elle n'est pas descendue lui dire bonjour. Pourquoi le ferait-elle ? Elle ne veut pas de lui ici. Elle n'a pas besoin de lui. Quoi que sa mère en pense.

Elle sait qu'elle l'a déçue, mais elle n'en est pas moins furieuse. Que cette chapelle et ce village de merde aillent se faire foutre. Que Rosie et son cousin consanguin aillent se faire foutre. Que sa mère, qui l'a amenée ici, aille se faire foutre. Et va te faire foutre aussi, Dieu.

Elle a renvoyé un message à Wrigley, mais il n'a pas répondu. Son absence de réaction ajoute à sa colère et à son dégoût. Est-ce qu'il la ghoste ? Est-ce qu'il est gêné ? Peut-être que sa mère lui a interdit tout contact. Ou peut-être qu'il est comme tous les autres garçons, qui vous snobent après avoir obtenu ce qu'ils voulaient – non qu'il ait obtenu quoi que ce soit, mais on ne peut pas dire qu'elle se soit montrée très réticente.

Elle songe à faire un tour sur Snapchat pour en débattre avec Kayleigh, mais ça l'obligerait à lui révéler à quel point sa vie est devenue à chier. C'est le problème avec les réseaux sociaux. Il n'y a pas de place pour les perdants. Les gens s'y montrent sous leur meilleur jour. Ils posent avec des filtres, se créent une existence aussi parfaite que fausse. Mais que faire quand votre existence n'est pas parfaite ? Quand tout vous semble merdique ? Quand vous avez l'impression de tomber dans un trou noir sans pouvoir vous raccrocher à rien ? PTDR.

Son téléphone lui signale alors un message entrant. *Oui.* Wrigley.

Slt ça va ?

Elle sourit et répond :

Ça va. Ta cheville ?

Pas mal.

T consignée ?

Non, mais ma mère te prend pour un chat noir.

Elle a p-t raison.

Non. Ct pas ta faute.

Je culpabilise qd mm. Ct mon idée d'aller là-bas.

Gt d'accord pour y aller.

Tu me plais vraiment.

Toi aussi.

Ta mère est là ?

Non. Mais y a son petit copain qui me surveille.

Petit copain ?

Pas vraiment. Juste un ami.

OK. Accroche-toi. On se voit bientôt.

Il signe de deux cœurs noirs.

Elle garde les yeux sur son téléphone, envahie par une chaleur intérieure. OK, ça va peut-être marcher, après tout. Elle s'assied et s'avise qu'elle a faim. Elle a sauté le petit-déjeuner et le déjeuner, et il est presque 17 heures.

Elle coupe la musique et sort de son lit, puis elle ouvre la porte et descend sur la pointe des pieds. Mike est au téléphone dans la cuisine.

— Deux corps. Dans le village d'à côté. *Seigneur.* Ce n'est pas à strictement parler mon… Bon, d'accord, je comprends. Je suis juste un peu plus loin sur la route. Mais je suis occupé, là tout de suite. Comment ça, je fais quoi ? Je rédige l'article sur les squelettes dans le puits !

Elle pénètre dans la cuisine. Il est assis à la table, son ordinateur portable ouvert devant lui, avec une tasse de café fumant. *Fais comme chez toi*, pense-t-elle.

Il lève les yeux à son entrée.

— Écoute, je te rappelle. (Il pose son téléphone et sourit à Flo.) Salut, comment ça va ?

Elle l'observe un instant. Sa mère aurait pu trouver pire. Il est plutôt pas mal, si on aime les vieux au visage buriné. Barbe de trois jours. Cheveux bruns un peu trop longs striés de gris. Pattes-d'oie au coin de ses yeux bleu clair.

— Ça va. (Elle passe à côté de lui pour rejoindre le frigo.) Mais je n'ai pas besoin d'un baby-sitter.

— Je n'en doute pas. Mais ta mère m'a demandé un service, et je lui suis redevable de m'avoir aidé, l'autre jour.

Elle le surprend à jeter un coup d'œil à son téléphone.

— J'espère que je ne vous empêche pas de faire votre travail.

— Non, non. C'est bon.

— Je vous ai entendu. Encore des cadavres ?

— Tu écoutes aux portes ?

— Vous avez une voix qui porte.

— D'accord. Le journal veut que j'aille couvrir un meurtre.

— Un meurtre ?

— Ouais. Deux retraités dans le village d'à côté.

— Waouh. Tout part en sucette à Trifouillis-les-Oies.

— Il n'y a pas eu autant d'affaires criminelles depuis la fois où quelqu'un a saboté la courge primée à la fête du village de Chapel Croft.

Elle ne peut retenir un petit sourire.

— Vous devriez y aller.

— J'ai promis à ta mère.

— Il ne se passera rien.

— Non.

— Et si vous lui envoyiez un texto pour lui demander ?

— Je ne sais pas trop.

Elle sort son propre portable de sa poche.

— Ou alors je le fais ?

— Non. Je peux m'en occuper. Je n'ai quand même pas peur de ta mère.

— Vraiment ?

— Bon, d'accord, un peu.

Il prend son téléphone et tape un message.

Flo récupère du fromage, des tomates et du beurre dans le frigo et commence à se préparer un sandwich. Un bip signale l'arrivée d'une réponse.

— Elle dit quoi ?

— Qu'elle est en chemin. Elle sera là dans dix minutes. Je peux te laisser, si je veux.

— Et voilà. (Elle jette un coup d'œil par-dessus son épaule et voit qu'il semble indécis.) Pour dix minutes, ça va aller.

— OK, dit-il en refermant son ordinateur et en le glissant dans son sac. Mais promets-moi que tu verrouilleras la porte et que tu n'ouvriras à personne que tu ne connais pas.

— Je ne suis pas stupide.

— Loin de là. (Il passe son sac en bandoulière et attrape sa veste.) Dis à ta mère que je l'appellerai plus tard, d'accord ?

— D'accord.

— Et ferme à clé derrière moi. OK ?

— *OK.*

— Bon.

Elle le raccompagne jusqu'à la porte d'entrée puis tire le verrou derrière lui. *Purée.* Elle retourne dans la cuisine, se sert un verre de jus d'orange et va s'asseoir à table avec son sandwich. Elle s'apprête à mordre dedans quand elle entend frapper à la porte. *Sérieux ?* Elle repose son casse-croûte. C'est sûrement Mike qui a oublié quelque chose. Elle préfère cependant vérifier.

Elle se rend dans le salon pour jeter un coup d'œil par la fenêtre. Elle arque un sourcil. *Sans déconner ?*

Puis elle regagne la porte d'entrée.

Tu n'ouvriras à personne que tu ne connais pas.

Elle déverrouille la porte et l'ouvre d'un coup sec.

— Qu'est-ce que tu fais là ?

55.

Quand j'étais petite, mon livre préféré était *La Chouette qui avait peur du noir.*

J'avais pour habitude de me le réciter quand ma mère me punissait : « C'est excitant, la nuit ! C'est amusant, la nuit ! C'est beau, la nuit ! C'est doux, la nuit[1] ! »

Évidemment, quand j'ai grandi, j'ai compris que c'était un mensonge.

L'obscurité n'est excitante et amusante que lorsque vous êtes une chouette. Un chasseur, un prédateur.

Si vous êtes une proie, seule et impuissante, l'obscurité, c'est la mort.

Je bats des paupières. Tout autour de moi, le noir complet, impénétrable. Je suis étendue sur le flanc, mon épaule contractée sous moi. Ma joue est comprimée contre un tapis rugueux, dont les fibres piquantes me chatouillent le nez. Je tousse. Une douleur cuisante m'enveloppe tout un côté de la tête. Une substance collante forme une croûte autour de mon oreille et sur mon cou. J'essaie de porter la main à la zone enflammée, mais je n'arrive pas à la bouger. On m'a lié les poignets dans le dos. Je ne sens pas mes

1. *Op. cit.*

pieds, mais je suis à peu près certaine qu'ils sont eux aussi entravés. *Ficelée comme un cochon. Impuissante dans le noir.*

Je m'efforce de réprimer la panique qui me gagne. Je remue un peu. Une nouvelle douleur me traverse le crâne quand il entre en contact avec une surface métallique. Il n'y a que quelques centimètres d'espace au-dessus de moi. Je roule sur moi-même et me cogne le nez contre le même tissu rêche. Je tente d'allonger les jambes, en vain là aussi.

Je suis enfermée, confinée. Dans un cercueil. Enterrée vivante. La panique enfle et menace d'éclater. Non. Maîtrise-toi. C'est impossible. Il n'y a pas beaucoup d'air, mais il y en a quand même, et il vient bien de *quelque part.* Il apporte une odeur de… graisse et d'essence.

Je tends l'oreille. J'entends quelque chose à l'extérieur. Des oiseaux. Le chant du soir. Je suis au-dessus du sol. Dans un espace clos. Ce n'est pas aussi horrible que d'être enterrée vivante, mais pas loin. Je me trouve dans le coffre d'une voiture. *Celle de Saffron.* Ma mémoire forme des souvenirs brumeux. Je suis debout, je regarde sa dépouille. J'entends un bruit derrière moi. Je commence à me retourner, et puis le coup. Une douleur paralysante lorsque l'objet me percute le crâne. Mais juste avant l'obscurité, une image. Des yeux vert et argent.

Wrigley a tué sa mère. Et il vit avec son cadavre, en laissant croire qu'elle est toujours vivante. C'est lui qui a dû écrire les messages que j'ai reçus. Mon estomac se révulse. Pas seulement au souvenir du corps en décomposition de Saffron, mais à l'idée que ce garçon – ce *psychopathe* – touche à ma fille. *Flo. Oh, mon Dieu. Flo.* Je dois l'avertir.

Puis un autre bruit me parvient. Des pas sur le gravier. Qui s'approchent. Un *clonk.* Je plisse les yeux pour les protéger de la lumière soudaine. Une silhouette me surplombe. Ma vision s'ajuste à la luminosité.

Je ne reconnais d'abord pas cet étranger. À travers mon brouillard de peur et de douleur, je constate qu'il a les cheveux plus courts, rasés même. Cela lui donne l'air plus vieux. Un tee-shirt gris foncé a remplacé le sweat à capuche XXL, laissant apparaître des bras musclés.

— Bonjour, révérend Brooks.

— Wrigley.

Sauf qu'avec ma langue pâteuse, ça ressemble plutôt à « Iguey ».

Il sourit. Quelque chose a changé. Les contractions, ses étranges tressaillements ont cessé. Il se dresse de toute sa hauteur, parfaitement immobile.

— Tes 'pasmes... ?

— Vous parlez de ça ?

Il se met soudain à convulser, les membres agités de tremblements incontrôlables. Puis il se stabilise et éclate de rire.

— Je le fais bien, hein ? Pauvre Wrigley le secoué. (Il s'assied sur le rebord du coffre.) Vous avez vu *Usual Suspects ?* Super film. (Il se penche en avant et ajoute à voix basse :) « Le coup le plus rusé que le diable ait jamais réussi, ça a été de faire croire à tout le monde qu'il n'existait pas. »

Il se relève d'un bond.

— Les gens n'aiment pas voir les handicapés. Ça les gêne. Ils n'ont que de la pitié pour eux, dit-il avec un clin d'œil. Ça permet de se sortir de pas mal de mauvais pas.

Je le regarde, impuissante.

— Qu'est-'e que 'u vas fai' ?

— On va attendre qu'il fasse un peu plus sombre, et puis on ira faire un petit tour. Il faut juste que j'aille chercher un truc.

Il disparaît de mon champ de vision en laissant le coffre ouvert. Je me contorsionne, remue dans tous les sens, tire sur mes liens, mais ça ne sert à rien. Je pourrais crier, mais qui m'entendrait, à part Wrigley, et je ne veux pas le mettre en colère. J'entends siffler. Il est déjà de retour. Il boite très légèrement – sa blessure à la cheville n'était donc pas feinte – et porte une forme longue enveloppée dans des draps tachés.

Mon estomac se révulse une nouvelle fois et mon cœur se remplit d'horreur.

— Non…

Il sourit.

— Désolé, révérend. Ça va être un peu serré là-dedans.

Puis il dépose le corps pourrissant de Saffron à côté de moi et claque le coffre.

56.

Cheveux blonds tirés en arrière, mains au fond des poches de l'ample sweat à capuche qu'elle porte sur son jean, Rosie affiche une mine pâle et contrite.

Flo la dévisage.

— Tu sais que ça pourrait être considéré comme de l'intimidation de témoin ?

— Ce n'est pas pour ça que je suis là. Vraiment. J'ai juste besoin de te parler.

— De quoi ?

— Je… Je veux m'excuser.

— Tu viens de le faire. Au revoir.

— Attends !

En dépit du bon sens, Flo maintient la porte ouverte – de quelques centimètres.

— Quoi ?

— Écoute, je n'ai jamais voulu que les choses aillent si loin. Je te le jure. Ce n'était pas mon idée.

— J'ai du mal à croire que *Tom* ait des idées.

— Je ne parle pas de Tom.

— Alors de *quoi* est-ce que tu parles ?

— Je peux entrer ?

— Tu ne peux pas me le dire ici ?

— S'il te plaît… Je t'ai rapporté ça.

Rosie lui tend un sweat à l'effigie de Jack Skellington. Celui que Flo avait prêté à Poppy le jour de leur arrivée ici. Ça lui semble s'être passé il y a des siècles.

Flo pèse le pour et le contre. À un contre un, elle peut venir à bout de cette garce.

— OK, dit-elle en lui arrachant le vêtement des mains et en ouvrant la porte davantage. Mais dépêche-toi. Ma mère sera là dans cinq minutes – et si elle te trouve ici, elle te tuera. Littéralement.

Elles gagnent la cuisine d'un pas raide, où elles restent debout.

— Alors ? lance Flo.

— Écoute, je sais que tu me détestes.

— Je me demande bien pourquoi. Parce que toi et ton cousin nous avez tiré dessus ? Parce que tu as poussé Wrigley dans un puits ?

— Je n'ai pas poussé Wrigley dans un puits.

— Oh, pardon. C'était Tom, alors.

— Non.

— Quoi ?

— Personne n'a poussé Wrigley dans le puits.

— Mais qu'est-ce que tu me racontes ?

— Tu nous as *vus* le pousser dans le puits ?

— Non, mais…

— Tu ne trouves pas un peu bizarre qu'il ne se soit pas fait mal ?

— Il a peut-être eu de la chance.

— Qui a eu l'idée de ce rendez-vous ? Wrigley, pas vrai ?

Flo la regarde en silence, la gorge horriblement sèche.

— Ouais.

— Tout était prévu. Le sac sur ta tête. L'agression. On a attaché une corde autour de lui et on l'a descendu dans le puits. C'était un canular.

— Non.

— Si.

— Pourquoi ? Pourquoi tu ferais un truc pareil ? Pourquoi Tom ferait un truc pareil ?

— Parce que tu lui as pété le nez.

— Mais vous détestez Wrigley.

— Putain, mais que t'es conne.

Rosie s'approche d'elle. Flo recule instinctivement.

— Wrigley et moi. On est ensemble. Âmes sœurs. (Elle sourit.) Si ça peut te consoler, il t'aimait bien. Un peu trop à mon goût. Alors je lui ai demandé de me prouver que tu ne comptais pas pour lui. En te piégeant.

— Je ne te crois pas.

— C'est lui qui m'a dit de venir ici.

— Et moi, je t'ai dit que ma mère allait arriver d'une minute à l'autre.

— Ça ne risque pas d'arriver.

Rosie sort la main de sa poche. Elle tient le couteau cranté. Celui du kit d'exorcisme. Celui que Wrigley n'avait pas pris, Flo l'avait juré à sa mère. La peur lui fait l'effet d'un coup de poing à l'estomac.

— On va bien s'amuser, Vampirina.

57.

Il observe la chapelle, allongé sur le ventre dans l'herbe, derrière une grande pierre tombale. Il n'ose pas s'approcher davantage. Pas encore. Pas avant qu'il fasse plus sombre. Pas après que la fille de sa sœur l'a vu hier à la fenêtre.

Il ne doit plus commettre d'erreur. Mais c'est difficile. Il souffre constamment. Il est fatigué. D'étranges pensées lui traversent paresseusement l'esprit. Tout son corps lui paraît se mouvoir au ralenti, prêt à s'arrêter à tout moment.

Tout à l'heure, il a entendu le vrombissement de l'hélicoptère de police. Ils ont dû trouver les cadavres. Pour l'instant, ils ne l'ont pas repéré, lui. Mais il ne va pas pouvoir se cacher très longtemps. Entre ses vêtements crasseux, la puanteur qu'il dégage et sa cheville en train de pourrir, il ne passe pas vraiment inaperçu.

Mais il est arrivé jusqu'ici.

Il a besoin de la voir, de lui parler. C'est tout.

Il a tout fait foirer, la dernière fois. Dans les grandes largeurs. Après toutes ces années de recherches – avec pour seul indice l'unique lettre qu'elle lui avait envoyée et un timbre à moitié effacé. Et il était finalement tombé sur elle par hasard. Dans une soupe populaire. Il piétinait dans la queue, avec les autres SDF, et soudain elle était apparue devant lui. Souriante, heureuse, avec son col d'un blanc resplendissant. Il y avait à peine cru, mais il aurait reconnu sa sœur n'importe où.

Il n'avait pas osé lui parler. Il avait attendu le bon moment, réfléchi à la meilleure manière de l'aborder. Il avait toujours été comme ça. Un observateur. Lent à agir, sauf quand la colère prenait le dessus. Comme avec sa mère. Elle l'avait poussé à bout, et il avait ouvert les vannes. Ce n'est qu'après coup qu'il s'était rendu compte qu'il avait un couteau à la main, quand c'était arrivé.

Pareil avec le mari. Ce soir-là dans l'église. Il n'avait pas voulu lui faire de mal. Bon, peut-être un peu. Après tout, il avait vu comment ce type traitait sa sœur. Comment il lui criait dessus, comment il la frappait. Il avait voulu le punir. Mais il était allé trop loin.

Quand elle était venue lui rendre visite en prison, elle lui avait accordé son pardon. Mais elle lui avait fait promettre de ne rien dire à personne, pour eux deux. Et il avait accepté. Il savait qu'il l'avait déçue. Elle lui avait assuré qu'elle reviendrait le voir. Elle ne l'avait jamais fait. Mais ça aussi, il le lui avait pardonné.

Elle n'est pas là pour le moment. Il n'y a que sa fille. Et une autre fille qui vient d'arriver. Il n'en jurerait pas, mais il lui semble bien que c'est la même qu'hier soir.

Lorsque le garçon s'était pointé dans la maison abandonnée, il s'était caché dans la cave. Il avait entendu des voix au-dessus de lui. Puis un cri. Il s'était précipité dehors. Il avait fait fuir les agresseurs et avait libéré la fille. Quand il avait compris de qui il s'agissait, il était retourné se cacher. Il ne fallait pas qu'elle le voie. Pas encore.

Il ne sait pas trop pourquoi la fille de sa sœur vient de laisser entrer celle qui s'en est prise à elle hier soir. Il se demande s'il doit faire quelque chose, mais pour l'instant, il se contente d'observer. De veiller sur sa nièce, pense-t-il. Sur sa famille. Il sourit, puis bâille. Elle sera bientôt rentrée. Ils seront réunis. Enfin.

58.

J'ignore combien de temps je demeure allongée là, dans le noir, lovée contre les restes pourrissants de Saffron. Je commence par péter un câble. Je hurle. Je donne des coups de genou contre le coffre. Les minces fils qui me retiennent fébrilement à la réalité sont en train de claquer un par un.

Et puis une infime part de mon cerveau trouve quelque chose à quoi se raccrocher. *Tu es déjà passée par là. Tu as survécu. Tu survivras encore. Pour Flo.*

Je m'efforce de garder mon calme. De me concentrer sur autre chose que la chaleur, l'odeur, la peur irrationnelle d'un mouvement dans le noir près de moi. D'un bruit de respiration humide et saccadé. De mains squelettiques déchirant le drap souillé.

Arrête ça. Tout de suite.

Saffron est morte. Et je dois rester en vie. Pour ma fille. Est-elle toujours à la maison avec Mike ? Ont-ils essayé de me joindre ? Ont-ils commencé à s'inquiéter ? Envisagent-ils déjà de me chercher ? De contacter la police ? Ou est-ce qu'ils se laissent encore un peu de temps ?

Le temps. Depuis quand suis-je là-dedans ? Je suis arrivée à la maison aux alentours de 16 heures. Ma perception est distordue. Le temps s'écoule moins vite dans le noir, avec la peur et la douleur. Mais plusieurs heures ont dû passer. Il doit être 20 ou 21 heures. La lumière a dû commencer à baisser. Wrigley a dit vouloir attendre qu'il fasse nuit.

Et puis on ira faire un petit tour.

Sait-il conduire ? J'imagine que oui. Ça n'a rien d'inhabituel à la campagne. Beaucoup de parents ont des terrains privés et apprennent à leurs enfants les bases de la conduite avant l'âge légal. Mais où irons-nous ? Qu'a-t-il en tête ?

Je me raidis. De nouveau des pas sur le gravier. Le bruit des portières qui s'ouvrent. Quelque chose qu'on jette sur la banquette arrière. Un claquement de portière qui se referme. Puis le grincement et l'abaissement des suspensions sous l'effet du poids du conducteur. Le moteur démarre. On bouge. Je suis bringuebalée dans tous les sens dans le coffre, je ressens le moindre cahot de la route à travers les pneus dégonflés. Je suis jetée contre la dépouille molle et décomposée de Saffron, ses fluides corporels coulent sur mes vêtements. Et puis mon supplice prend fin. La voiture s'arrête en faisant une embardée. Je respire par saccades, immobile, l'oreille aux aguets. Wrigley sort du véhicule. Il prend quelque chose à l'arrière. Soudain, le coffre s'ouvre. De l'air frais. Je l'inhale avec avidité.

Wrigley se penche à l'intérieur et soulève le corps de Saffron. Je m'efforce d'accommoder. Il ne fait pas tout à fait nuit. C'est le crépuscule. Il dépose sa dépouille dans… une brouette. Puis il étend une couverture par-dessus. Mais où sommes-nous ? Je vois le ciel, un tapis d'étoiles. À ma droite, une clôture, un portail. Je le reconnais. *La chapelle.* Nous sommes à la chapelle.

Je devrais crier, appeler à l'aide. Ma langue me semble de nouveau fonctionnelle. Quelqu'un pourrait passer à proximité et m'entendre. Comme s'il lisait dans mes pensées, Wrigley se retourne et sort quelque chose de sa poche. Il m'attrape par les cheveux et me fourre un chiffon sale dans la bouche.

— Je reviens.

Et il referme le coffre. Je crie de frustration à travers mon bâillon. Même sans le corps de Saffron, l'odeur persiste. J'essaie de trouver une meilleure position afin de soulager les crampes dans mes bras et mes jambes. Pourquoi nous a-t-il amenées ici ? Bon sang, mais qu'est-ce qu'il fait ? Où sont Flo et Mike ? La peur me ronge les entrailles avec voracité.

Quelques minutes plus tard, le coffre se rouvre.

— À votre tour.

Il est étonnamment fort. Il me soulève et me jette dans la brouette. Avec mes jambes et mes bras attachés, et le chiffon dans ma bouche, je ne peux pas vraiment opposer de résistance. J'essaie de regarder autour de moi. Nous sommes sur le petit parking devant la chapelle. L'arrière de la voiture est tourné vers l'église. Dans la pénombre de cette route de campagne déserte, on serait bien en peine de voir quoi que ce soit, sinon une silhouette un peu plus sombre pousser un chargement indistinct dans une brouette le long du chemin. Il n'y a aucune source de lumière, à part le faible clair de lune. Le désespoir pèse lourd sur ma poitrine.

— Vous savez, tout s'est parfaitement déroulé, dit Wrigley sur le ton de la conversation. Je me suis demandé comment me débarrasser du corps de ma mère, mais la découverte du caveau a été une aubaine. Qu'y a-t-il de mieux qu'une chambre funéraire pour y laisser un cadavre ?

La porte de la chapelle est ouverte. Il a dû prendre ma clé. La brouette rebondit sur la barre de seuil, et Wrigley me pousse à l'intérieur.

— Bienvenue à la maison.

La porte se referme derrière nous avec un bruit sourd, puis j'entends la clé tourner dans la serrure.

La nef est éclairée par des bougies enfoncées dans des bouteilles posées en équilibre sur les bancs, l'autel et le sol. Je sens l'odeur de la cire, ainsi qu'une autre, âpre et chimique.

Mais ce n'est pas à cause de ça que ma vessie me lâche.

Une chaise en plastique a été placée devant l'autel. Au-dessus d'elle, accrochée à la rambarde du balcon, pend une corde terminée par un nœud coulant.

Wrigley m'arrache mon bâillon.

— Si vous voulez prier, c'est maintenant.

59.

Je fixe des yeux le nœud coulant en prenant conscience de l'imminence de mon sort.

— C'était toi. Tu as tué le révérend Fletcher.

— Techniquement, il s'est tué lui-même. Exactement comme vous allez le faire.

Il sort un petit canif de sa poche, se penche vers moi et tranche le serre-fils autour de mes chevilles.

— Debout.

— Non.

Il incline la brouette, et je tombe tête la première par terre. Je parviens cependant à pivoter au dernier moment pour atterrir sur le flanc, manquant une bougie de peu. Je sens la chaleur de la flamme tout près de mes poignets.

— Comment ? Comment l'as-tu convaincu de le faire ?

Wrigley sourit, puis il met deux doigts dans sa bouche et siffle. Une silhouette émerge du petit bureau. Rosie Harper. *Qu'est-ce que c'est que ce bordel ?* Elle vient se positionner au côté de Wrigley. Il l'attrape, passe un bras autour de sa gorge et presse la lame du canif contre la chair tendre.

— Montez sur la chaise, mettez la tête dans le nœud ou je la tue.

— Je t'en prie. Ne me fais pas de mal, gémit Rosie dont les yeux se remplissent de larmes.

— Faites-le, grogne Wrigley. Ou je la tue lentement.

Je les regarde tous les deux avec horreur. Puis, soudain, Wrigley fait pivoter Rosie sur elle-même et l'embrasse à pleine bouche. Toute force quitte mes membres. Ils éclatent de rire.

— Sa tronche, dit Rosie.

Wrigley se tourne vers moi.

— C'était tellement facile. Ce vieux bouc empoté est monté illico sur la chaise et s'est pendu tout seul. Vous auriez dû voir son regard quand il a compris qu'il s'était fait avoir.

Je m'assieds et rapproche mes poignets de la flamme dans mon dos.

— Pourquoi ?

— Parce que quand j'étais à l'orphelinat, avant d'être adopté, un prêtre a abusé de moi. C'est ça que vous voulez ? Des raisons ? Une confession en bonne et due forme, comme dans les films ? Ça rendra les choses plus faciles ?

— Peut-être.

— D'accord. Je vais jouer le jeu. Fletcher était une tarlouze et un menteur. Il n'y avait que ma mère et moi, et voilà que ce type débarque presque tous les jours, lui parle de livres, d'histoire, ce genre de merdes. Il fait semblant de s'intéresser à elle.

— Tu étais jaloux ?

— Non. Il l'utilisait. Il ne l'aimait pas de cette façon, et elle n'y voyait que du feu, cette conne. Et puis un jour que ma mère était sortie, je faisais des pompes dans le jardin. Fletcher a contourné la maison et m'a grillé.

— Il a compris que tu simulais ta dystonie ?

— Ouais. Il a dit qu'il cafterait à ma mère, si je continuais.

— Elle n'a jamais rien soupçonné ?

— Elle était si accaparée par son écriture que j'aurais pu me faire pousser une deuxième tête sans qu'elle le remarque. Et puis elle aimait bien l'idée d'avoir adopté un « oisillon aux ailes brisées ». C'est d'ailleurs pour ça que j'ai commencé à faire semblant – pour me différencier des autres morveux dont personne ne voulait. Et Fletcher allait tout foutre en l'air.

— Et il devait mourir pour ça ?

— J'ai essayé de le dissuader, de le faire partir…

Un nouveau rouage s'emboîte dans mon cerveau.

— Les incandescentes punaisées à sa porte. Le feu dans la chapelle ?

— Cette espèce de con n'entravait que dalle.

— Et Saffron ? Pourquoi l'avoir tuée ?

— L'autre pédé lui a dit quand même. Elle s'est doutée de quelque chose quand il est mort. Elle n'arrêtait pas de poser des questions. (Il hausse les épaules.) Elle me prenait la tête…

Je sens la peau de mes poignets s'échauffer, mais aussi le plastique de mes liens commencer à fondre.

— Je ne monterai pas là-dessus. Je ne vais pas te faciliter la tâche.

— Oh que si.

Il fait un signe du menton à Rosie, qui repart dans le bureau. Elle réapparaît un moment plus tard accompagnée d'une silhouette mince et pâle.

Et je comprends qu'il a raison. Je vais me tuer ce soir.

60.

Il a dû s'endormir un moment (ou peut-être a-t-il perdu connaissance). Quand il rouvre les yeux, il fait nuit. Ses muscles sont endoloris, il frissonne. Seule sa cheville, masse de lave en fusion au bout de sa jambe, n'est pas glacée.

Il s'avise confusément que les pertes de conscience, les tremblements et la brûlure sont les signes d'une infection qui s'étend lentement à tout son corps.

Mais il ne peut pas s'occuper de ça pour l'instant. Il s'assied et regarde autour de lui.

Le cimetière. Oui. C'est là qu'il est. Il la surveille. Estelle à la maison ? Il scrute le cottage. Il est plongé dans le noir. Mais il voit des lampes clignoter dans la chapelle. Non, pas des lampes. Des flammes. Comme des bougies.

Mais pourquoi allumer des bougies dans la chapelle ? Quelque chose ne va pas. Il le sent dans ses tripes.

Luttant contre la léthargie et la douleur, il se hisse péniblement sur ses pieds et se met en route d'un pas lent et claudiquant.

61.

— Maman !

— Tout va bien, ma chérie, dis-je sans quitter ma fille des yeux. Tu es blessée ?

Ses bras sont liés dans son dos. Rosie la menace d'une lame. Le couteau cranté du kit d'exorcisme.

— Tu avais raison, maman. Depuis le début.

Je souris tristement.

— J'aurais préféré avoir tort…

— Charmant, dit Wrigley.

Rosie pousse Flo dans sa direction, et il lui passe le bras autour du cou. Il tend l'autre main à Rosie.

— Mon cœur, je crois que je vais avoir besoin de quelque chose de plus costaud.

Elle sourit, le débarrasse du canif et lui donne le couteau cranté. Il appuie la lame contre la paupière de Flo. Cette fois, je sais qu'il ne fait pas semblant.

— Maintenant, montez sur la chaise.

— Maman, gémit Flo. Il va me tuer de toute façon.

— Et je peux faire ça vite ou lentement. Je peux la découper en morceaux sous vos yeux.

— Et après, quoi ? Tu crois que tu arriveras à convaincre tout le monde que j'ai poignardé ma propre fille, que j'ai mis le feu à la chapelle et que je me suis pendue ?

— Vous avez eu beaucoup de mal à vous faire une place ici, révérend. Vous portez toujours la culpabilité de ce qui est arrivé à votre ancienne église. Vraiment, c'était inévitable. (Nouveau haussement d'épaules.) Vous savez pourquoi j'aime le feu ? Le feu bousille tout. Le temps que la police commence à rassembler les pièces du puzzle, on sera partis depuis un moment.

— Les Bonnie et Clyde du Sussex. (Je dévisage Rosie.) Tu crois sérieusement que quelqu'un qui est capable de faire ça y regardera à deux fois avant de se débarrasser de toi ?

— Fermez-la et montez sur la chaise, grogne-t-elle.

La morsure de la flamme est si douloureuse que je manque de crier, mais je sens le serre-fils céder. J'achève le travail en écartant les poignets, que je prends garde à laisser dans mon dos. Puis je me lève et recule d'un pas chancelant vers la chaise.

Wrigley sourit.

— Vous voyez ? Je vous avais bien dit que vous le feriez.

Je me retourne, mais au lieu de monter sur la chaise, je l'attrape et la jette au visage de Wrigley.

Lancez quelque chose à quelqu'un et il essaiera de s'en protéger. Wrigley lève instinctivement le bras. L'objet lui percute le poignet, et le couteau s'envole. Flo en profite pour lui écraser le pied et lui fausser compagnie. La chaise renverse plusieurs bougies, dont les flammes se propagent rapidement à tout ce qui les entoure. Je me souviens de l'odeur âcre et chimique. *Un accélérant.*

— Cours ! je crie à ma fille.

Elle se retourne et pique un sprint vers la porte. Rosie part à sa poursuite et l'attrape par le bras, mais avant qu'elle ait pu armer la main qui tient le canif, Flo lui donne un coup de tête. Rosie hurle et se plie en deux. Flo lui lance son genou au visage et l'envoie au tapis. *Ça, c'est ma fille !* Elle bataille un instant avec la clé, et sort enfin dans la nuit.

Mon soulagement n'est que de courte durée. Wrigley me barre toujours la retraite. Il s'avance dans ma direction. Je recule, bute sur une autre bougie. Il plonge vers moi. J'essaie de l'esquiver, mais il est plus rapide. Il me frappe au visage. Je chancelle, trébuche, bascule en arrière, et ma tête percute violemment les dalles en pierre. Des étincelles dansent devant mes yeux. Wrigley se jette sur moi et referme ses mains sur ma gorge.

— Espèce de salope.

Je rue, me tortille dans l'espoir de me dégager. De nouvelles bougies tombent par terre. Il me serre trop fort. Je lutte pour respirer. Je lui agrippe les mains et tente de lui écarter les doigts. Je sens la chaleur de l'incendie autour de nous. Je n'ai qu'un seul atout, le poids de mon corps. Pivotant sur moi-même, j'emmène Wrigley dans les flammes. Il hurle alors que son tee-shirt prend feu.

L'étau autour de mon cou se desserre. Je m'assieds en haletant. Wrigley essaie d'étouffer les flammes en se roulant par terre. Je m'écarte en rampant. Un éclat métallique attire mon regard sous les bancs. Le couteau cranté. Je me tends pour l'attraper. Une main m'agrippe par les cheveux et me tire la tête en arrière.

Son haleine est chaude dans mon oreille.

— Je vais te le faire payer à un point que tu n'imagines pas.

Mes doigts frôlent le vieux manche en os... et se referment dessus.

— Trop tard pour ça.

Je me retourne et le poignarde sauvagement. La chance est de mon côté, car je sens la lame s'enfoncer dans la chair ferme. Il pousse un grognement de douleur. Ses sourcils s'arquent. Il baisse les yeux, porte les mains à son ventre et s'écroule.

Je me relève, haletante. Les flammes se propagent rapidement, lèchent les bancs, dévorent le bois vieux et sec. Rosie est partie. Je dois sortir d'ici. Retrouver ma fille.

— S'il vous plaît, gémit Wrigley derrière moi. Aidez-moi.

Il est recroquevillé au sol, les mains serrées sur le ventre. Une tache plus sombre s'étend sur son tee-shirt gris, qui a partiellement fusionné avec sa chair brûlée. Il paraît menu, jeune et effrayé.

— Vous ne pouvez pas me laisser là. Vous êtes un prêtre.

Il a raison. Je fais marche arrière à contrecœur et m'accroupis près de lui. Je pose la main sur son front. Je suis un prêtre. Une femme de Dieu.

Mais je suis aussi une mère.

— Je suis désolée.

Je tire le couteau et l'enfonce de nouveau dans son ventre. Jusqu'à la garde. Sans faiblir. Et je regarde l'obscurité réclamer son dû.

Je me lève. Mes muscles refusent de me soutenir davantage. Je chancelle à la recherche d'un banc pour y prendre appui, mais ils sont tous en feu. L'air est lourd de fumée. Ma gorge est enflée, congestionnée par la chaleur. La porte paraît infiniment loin. L'épuisement me gagne.

Je fais un pas en avant, mais mes jambes cèdent sous mon poids, et je me retrouve à genoux, face au feu. Mes yeux embués me piquent. À travers les larmes, je vois quelque chose.

Deux silhouettes. Des filles. *Toujours des filles.* Qui se tiennent côte à côte. De nouveau entières. Le brasier leur fait des auréoles et des ailes dans le dos. Elles écartent les bras. Je tends les miens vers elles, à peine consciente des flammes qui me brûlent le bout des doigts.

Elles ont essayé d'avertir Flo. Et le révérend Fletcher avant elle.

Elles apparaissent à ceux qui ont des ennuis.

— Merci, dis-je dans un murmure.

Mes paupières commencent à se fermer. Je vois alors une autre silhouette, qui avance à grands pas entre les filles. Immense et sombre, dégageant une odeur infecte. Elle se penche vers moi, tel un démon vengeur.

Je regarde son visage. Je le connais.

Alors que je retombe en arrière, ses bras se saisissent de moi et m'arrachent aux flammes.

62.

Un souvenir. Il se tenait devant la chapelle avec sa mère et sa sœur. Cette dernière serrait sa main dans la sienne. La puanteur âcre de la fumée flottait dans l'air froid de la nuit.

On avait allumé un feu dans le cimetière, au pied du haut monument, autour duquel une foule importante bavardait et riait. Les flammes bondissaient vers le ciel, colorant les visages d'une teinte orangée, parant les sourires d'une expression lubrique.

Sur une table à tréteaux, de grandes vasques de cidre chaud au goût âpre et sucré fumaient. Les villageois le servaient à la louche dans des mugs grossiers en argile et buvaient de bon cœur. L'horloge au-dessus de la chapelle sonna l'heure, et le pasteur sortit, austère et sombre dans sa robe noire. Il embrassa la foule du regard.

— Merci à tous d'être venus à notre commémoration annuelle des incandescentes. Ce soir, nous nous remémorons nos ancêtres, morts en ces lieux pour leurs croyances. Rendons-leur grâce pour leur sacrifice et prions pour le salut de leur âme. Et, tout comme les Martyrs du Sussex ont livré leur corps aux flammes pour jouir de la vie éternelle, nous ferons des offrandes en leur mémoire.

Et la foule psalmodia : « Car martyrs nous sommes. Dans les flammes, notre fin. Nos âmes libérées. Aux cieux nous monterons. »

— Et maintenant, je vous prie de jeter vos incandescentes au feu.

Sous ses yeux, l'un après l'autre, chacun des villageois produisit une petite poupée de brindilles et alimenta le bûcher funéraire. Sa mère lui donna un coup de coude. Il sortit sa propre création rudimentaire de sa poche. Mais il ne voulait pas l'abandonner. Il ne voulait pas qu'elle brûle. Finalement, elle la lui arracha des mains et la lança dans le feu.

Le minuscule corps de brindilles se tordit et noircit, avant de se désagréger en cendres blanches. Dévoré vivant par les flammes affamées.

Il sentit la chaleur traverser son propre corps. Il ferma les yeux. Une larme roula sur sa joue.

63.

(Deux semaines plus tard)

— Frites.

Flo se laisse tomber lourdement à côté de moi sur le banc et pose une barquette de frites grasses sur mes genoux. Une odeur de friture et de vinaigre monte jusqu'à mes narines.

— Miam, dis-je, même si je n'ai pas particulièrement faim.

J'embroche un morceau de patate mou au bout de ma fourchette en bois et contemple les flots. C'est un jour patraque. Ciel gris délavé, eau d'un brun sale et inhospitalier. La mer ressemble plus à une coulée de boue encroûtée qu'à de l'eau. On pourrait marcher dessus jusqu'à l'horizon.

Nous logeons dans un Bed & Breakfast bas de gamme en périphérie d'Eastbourn. Il n'est ni glamour ni particulièrement confortable, mais c'est tout ce que l'Église a bien voulu débourser pour nous, et il a le mérite de nous tenir éloignées des assauts de la presse sur Chapel Croft. Je n'ai pas réussi à protéger ma fille de Wrigley, mais je peux au moins la protéger des retombées médiatiques.

Mike nous a informées des événements, mais même lui ne sait pas où nous nous trouvons. Je ne lui ai pas tout à fait pardonné d'avoir laissé Flo toute seule, à la merci de psychopathes, bien que je comprenne comment il a été abusé par le message de Wrigley, de la même manière que beaucoup d'entre nous se sont fait avoir par les messages envoyés à partir du téléphone de feu sa mère.

Je songe à la facilité avec laquelle il est possible de prétendre être quelqu'un d'autre, de nos jours. Nous rechignons à nous voir en personne, et même à nous parler. Nous nous fions à des textos et à des e-mails sans jamais remettre en question l'identité de notre interlocuteur. Un mot de passe peut être usurpé. Il a suffi à Wrigley d'apposer mon pouce sur mon portable pendant que j'étais inconsciente pour le déverrouiller. Mais je suppose que Wrigley aurait dupé n'importe qui les yeux dans les yeux, de toute façon.

Le coup le plus rusé que le diable ait jamais réussi, ça a été de faire croire à tout le monde qu'il n'existait pas.

Rosie a avoué, mais elle prétend que c'était l'idée de Wrigley. Qu'elle avait peur de lui. Qu'il la manipulait et la contrôlait. Qu'elle était elle-même une victime. Elle joue son rôle d'innocente aux grands yeux à la perfection. J'espère qu'elle ne s'en sortira pas. Mais c'est une bonne actrice, et Simon Harper a les poches suffisamment pleines pour lui payer le meilleur des avocats. Parfois, la justice ne se rend pas devant les tribunaux.

Le cousin de Rosie, Tom, a nié avoir connaissance de quoi que ce soit, à part du « canular » dont Flo a été victime. J'ai tendance à le croire. Il y a une grande différence entre une brute sans cervelle et un criminel.

La police m'a interrogée, mais il n'y a rien pour contredire ma version des faits. Comme Wrigley l'a si bien dit : le feu bousille tout.

Il reste des questions sans réponses. Comme le meurtre de ce couple de retraités dans le village voisin. Toutes les résolutions ne sont pas propres et nettes. Pas plus que les motivations des gens. Bien que Wrigley ait été identifié comme un enfant à problèmes, aucun des experts l'ayant un jour évalué n'a jamais remarqué de tendances psychopathes chez lui.

« Ils sont tout simplement mal câblés. On ne peut pas les réparer. »

Je regarde Flo à la dérobée. J'espère pouvoir la réparer. Elle n'a pas beaucoup parlé de ce qui s'est passé. De l'extérieur, elle paraît aller bien, même si elle est plus silencieuse que d'habitude. Mais les dégâts dans ses yeux me sont visibles. Pourvu qu'ils ne soient pas permanents. Elle est encore jeune. Elle a le temps de guérir. Quoiqu'on qu'on ne puisse jamais effacer les traumatismes, notre esprit excelle à les réparer, à les recouvrir de nouvelles expériences, comme la peau neuve pousse sur une vieille blessure. La cicatrice demeure, mais elle s'estompe, et la douleur aussi.

Elle tourne les yeux vers moi.

— Tu ne manges pas tes frites ?

— En fait, je n'ai pas très faim, dis-je avec une grimace.

Elle sourit faiblement.

— Moi non plus.

Nous restons silencieuses un moment, à contempler l'onde.

— Pourquoi la mer ici ressemble toujours à un thé dégueulasse ?

— Pas la moindre idée. C'est quand même joli, non ?

— Bof.

— Et l'air marin est bon pour toi.

— Tu veux dire l'odeur d'égout et de merde de mouette ?

— On dirait que ça va mieux.

— Plus ou moins. (Elle baisse les yeux.) Je pense toujours à Wrigley.

— Ça ne fait que deux semaines.

— Est-ce que c'est bizarre que sa mort m'attriste, même après tout ce qu'il a fait ?

— Non. C'est peut-être plus dur d'accepter ce qu'il a fait justement parce qu'il est mort. Tu n'as jamais eu l'occasion de lui demander des comptes.

— Ouais, peut-être. Quand je pense à lui, je vois toujours le Wrigley qu'il feignait d'être. Celui que j'aimais bien. Qui me faisait rire et qui citait Bill Hicks.

— C'est normal. Mais ça passera.

Je l'espère.

— Est-ce que c'est passé, pour papa ?

Je me raidis.

— Oui. Mais, pour être franche, c'était passé longtemps avant qu'il meure.

— Comment ça ?

— Ce n'était pas un mariage très épanoui, Flo. Jonathon était un homme malheureux, qui me faisait parfois porter la responsabilité de son malheur. Je n'étais pas triste, quand il est mort. J'étais choquée et furieuse, mais il n'était plus celui dont j'étais tombée amoureuse. (Je la laisse digérer mes paroles un instant.) Je suis désolée. J'aurais dû t'en parler plus tôt.

— Ce n'est pas grave, finit-elle par répondre. La vie est compliquée, pas vrai ?

Je passe le bras autour de ses épaules.

— Ouais, mais je crois que la nôtre l'est un peu plus que celle des autres, et je ne veux pas que tu penses que tu ne pourras plus jamais refaire confiance à quelqu'un.

— Je sais. Mais je vais peut-être arrêter les garçons quelque temps.

— Eh bien, en tant que ta mère, je suis ravie de l'entendre.

Nouveau petit sourire.

— Maman, est-ce qu'on peut rentrer à la maison ?

— La chapelle ne va pas être reconstruite avant un moment, si tant est qu'elle le soit un jour, alors...

— Non, je veux dire, *chez nous*, à Nottingham.

— Ah. Écoute... (Je prends une grande inspiration pour me donner le courage d'aborder ce sujet, auquel j'ai réfléchi ces deux dernières semaines.) Je dois en parler avec Mgr Durkin avant que nous puissions nous décider, mais... Et si on ne retournait pas à Nottingham ? Et si on allait autre part ? Plus loin ?

— Comme où ?

— En Australie.

Avant qu'elle puisse répondre, mon téléphone vibre dans ma poche.

— C'est Mike, dis-je en le sortant.

Elle m'invite à décrocher d'un hochement de tête.

— Allô ?

— Salut, Mike.

— Comment allez-vous, toutes les deux ?

— Ça va.

— Tant mieux.

— Comment ça se passe, là-bas ?

— Ça se calme un peu. La presse commence à déserter. L'essentiel du travail de la police se déroule en laboratoire, maintenant, et ça va prendre des semaines.

— C'est beaucoup plus rapide, dans *Les Experts*.

Il glousse.

— Qui aurait pu deviner que ce n'est pas totalement réaliste ?

La conversation se tarit.

— Et vous, ça va ? dis-je.

Les révélations à propos de Rosie ont jeté une nouvelle lumière sur la mort de sa fille. Poppy a commencé à évoquer les actes de cruauté que sa sœur lui infligeait, y compris le fait qu'elle l'avait forcée à aller dans l'abattoir le jour où je l'ai rencontrée. Je me demande si les œillères de Simon et Emma au sujet de leur fille aînée, et de ce dont elle est capable, sont finalement tombées.

— Je vais bien, répond-il. Quelle que soit la vérité, ça ne la ramènera pas. Rien ne peut changer ça.

— Non.

Le silence s'étire de nouveau, avant qu'il reprenne la parole :

— Sinon, j'ai de nouvelles informations intéressantes, concernant les squelettes dans le puits. La police est à peu près sûre que l'un d'eux est celui de Merry. L'âge correspond, et ils ont retrouvé un collier avec la lettre *M* en pendentif. Apparemment, Merry et Joy en portaient toutes deux un, avec l'initiale de leur prénom.

— Et l'autre ?

— Ce n'est pas Joy. C'est une femme plus âgée, qui a enfanté au cours de sa vie. Ils pensent que ça pourrait être la mère de Merry. Assassinée un peu plus tard et jetée ici.

— Je vois, dis-je platement. Je suppose que c'est une bonne cachette, pour un cadavre.

— Ouais. La police aimerait bien mettre la main sur le petit frère de Merry.

— Évidemment.

— Il y a encore autre chose.

— Quoi ?

— Merry était enceinte.

64.

On dit que le pire est de ne pas savoir. Mais parfois, savoir ne vaut guère mieux. Savoir revient à trouver enfin l'aiguille dans la botte de foin, avant de se rendre compte que ce petit bout de métal était la seule chose qui empêchait la paille de s'effondrer et de vous ensevelir.

Je passe quelques coups de fil. En commençant par Durkin.

— Je voudrais que vous répondiez à mes questions en toute franchise.

— Est-ce vraiment nécessaire ?

— À quel moment mon nom a-t-il émergé, quand il s'est agi de trouver un remplaçant à Chapel Croft ?

— Peu de temps après que le révérend Fletcher a remis sa démission.

— Avant sa mort, donc.

— Oui.

— Et qui a parlé de moi ?

— Je vous l'ai déjà dit, c'était lors d'une conversation avec Mgr Gordon, du diocèse de Weldon.

— Oui, je le sais. Mais je voudrais savoir qui *lui* a donné mon nom.

— C'est important ?

— Très.

Quelque chose dans le ton de ma voix doit être suffisamment convaincant. Il laisse passer un silence, puis répond à ma question.

J'appelle ensuite la mère de Kayleigh, Linda, pour lui demander un service. Qu'elle est heureuse de me rendre.

Quand je rapporte notre conversation à Flo, elle me regarde d'un œil suspicieux.

— Donc je vais aller dormir deux nuits chez Kayleigh. Et toi ?

— J'ai deux ou trois choses à boucler ici. Rien de très intéressant.

Elle me dévisage encore un instant en silence, puis elle se jette à mon cou et me serre si fort que je n'arrive même plus à respirer.

— Je t'aime.

— Moi aussi.

— Ne fais rien de stupide, OK ?

— Moi ? Pour qui tu me prends ?

Elle s'écarte de moi sans me quitter des yeux.

— Pour ma mère.

Après avoir mis Flo dans le train, je récupère ma voiture et regagne Chapel Croft. Je traverse le village et m'arrête devant la vieille maison victorienne décrépite où je me suis rendue il y a un peu plus de deux semaines. Il s'est passé beaucoup de choses, depuis. Et j'ai eu le temps de réfléchir.

Je m'avance vers la porte, mais elle s'ouvre avant que je puisse frapper.

— Révérend Brooks.

— Aaron.

— J'ai eu votre message. (Il me laisse entrer.) Comment vous et votre fille allez ?

— On en voit le bout. Je n'ai jamais eu l'occasion de vous remercier d'avoir appelé les secours.

Quand Flo avait déboulé de la chapelle, elle avait aperçu une voiture et lui avait fait signe de s'arrêter. C'était Aaron. Le fait est qu'il passait chaque soir s'assurer que tout était en ordre à la chapelle. Obsessionnel, bizarre, mais en l'occurrence, et sans mauvais jeu de mots, providentiel.

— Je vous en prie. Et vous, révérend, comment gérez-vous ? Ça ne doit pas être facile de réconcilier votre foi avec ce que vous avez fait.

— Parfois, on n'a simplement pas le choix, dis-je avec raideur.

— J'ai prié pour vous.

Je souris sèchement.

— Merci. Comme je vous l'ai dit dans mon message, je voudrais m'entretenir avec votre père.

— Et comme vous avez pu vous en rendre compte la dernière fois, il ne peut pas parler.

— Mais il écoute.

Mon air implorant semble le convaincre.

— Cinq minutes.

Marsh est conscient, plus ou moins. Il respire péniblement. La puanteur institutionnelle est plus forte que jamais. Et il y en a une autre. Difficile à définir. Mais quiconque a déjà veillé un malade dans ses derniers jours la connaît. L'odeur de la mort.

Je m'assieds sur une chaise près de son lit, en songeant à la cruauté de l'existence et de la maladie. Qui d'entre nous choisirait de continuer à vivre en sachant qu'un tel destin l'attend ? Et puis je me rappelle qu'au moins Marsh a eu le choix. Qu'au moins sa vie ne lui a pas été arrachée par un autre avant même d'avoir commencé.

— Bonjour, révérend Marsh.

Il me regarde en clignant des paupières.

— Vous vous souvenez de moi, n'est-ce pas ?

Un petit mouvement de la tête. Peut-être un acquiescement, peut-être un spasme involontaire. Difficile à dire.

— Bien. Je vais être brève. Nous avons découvert le caveau sous la chapelle. Nous avons trouvé le corps de Grady.

Une légère hésitation dans sa respiration. Je me penche davantage vers lui.

— Je sais que vous avez aidé à le cacher à cet endroit. Je pense que vous avez agi pour protéger l'Église et votre famille du scandale. J'aime à croire que vous l'avez aussi fait pour protéger quelqu'un. Une jeune fille effrayée. Est-ce que je me trompe ?

Nouveau petit mouvement de tête.

— Mais là où ça coince, c'est que nous savons vous et moi que Grady n'a pas été tué dans l'église. Son corps a été déplacé. Or, Joan Hartman m'a dit que vous ne conduisiez pas. Vous avez donc dû vous faire aider par une tierce personne, ce soir-là.

Il me regarde d'un air désespéré.

— Je suis à peu près sûre de savoir qui. Je vais simplement prononcer son nom, et vous m'indiquerez si j'ai raison. (Je souris.) L'heure est venue de se confesser.

65.

— Jack, quel plaisir de vous voir. Mon Dieu, quelles épreuves vous avez traversées.

J'accepte de bonne grâce l'accolade chaleureuse et un peu vieux jeu de Rushton.

Il s'écarte de moi.

— Je ne pensais pas que vous reviendriez, après tout ce qui s'est passé.

— Moi non plus. Mais il y a encore quelques points que je dois éclaircir.

Nous entrons.

— Clara est ici ?

— Non, elle est sortie. (Il lève les yeux au ciel.) Elle court, elle marche. Pas étonnant qu'elle reste si mince. Cela dit, je travaille dur pour garder la ligne, moi aussi, ajoute-t-il en se tapant sur le ventre avec un gloussement.

Je souris, un peu tristement.

— Alors, que me vaut le plaisir de votre visite ?

— Je voulais vous parler – de Benjamin Grady.

Il me dévisage un long moment en silence. Puis il dit :

— C'est une journée magnifique. Pourquoi n'irions-nous pas dans le jardin ?

Nous prenons place autour d'une petite table en fer forgé, à l'ombre d'un saule pleureur.

Tout autour de nous, des fleurs sauvages s'épanouissent dans une orgie de couleurs. Des abeilles bourdonnent paresseusement parmi elles. Des oiseaux pépient dans les arbres.

— C'est très beau.

— Oui, Clara et moi sommes très heureux ici. Je dis souvent que je ne quitterai ce lieu que les pieds devant. Et encore, pas sûr. J'ai toujours caressé l'idée de me faire enterrer sous cet arbre.

— Il y a pire, comme dernière demeure.

— Oui. (Il soupire.) Telle est peut-être ma faiblesse. J'aime trop cet endroit. Ma vie, ma femme, mon travail. Ma complaisance est mon plus grand péché.

— La malédiction des prêtres – ce besoin de confesser nos péchés.

— Et nous ne sommes même pas catholiques.

Je souris tristement.

— Pourquoi m'avez-vous recommandée pour le poste ?

— En vérité, ça ne venait pas de moi.

— Quand Fletcher a démissionné, vous avez glissé mon nom à Mgr Gordon.

— C'est Clara qui m'a demandé de le faire. Elle avait lu un article sur vous. En voyant votre photo, elle a affirmé que vous étiez la candidate idéale. Elle s'est montrée très insistante.

Je sens un nouveau rouage s'ajuster. La dernière pièce du puzzle trouve enfin sa place.

— Saviez-vous que Clara et Benjamin Grady étaient amis ? Qu'ils ont grandi ensemble ?

— Je suis au courant, oui, me dit-il avec un sourire chagrin. Et avant que vous ne posiez la question, oui, j'ai toujours su que Clara était amoureuse de lui.

Je le regarde d'un air surpris.

— Elle vous l'a dit ?

— Elle n'a pas eu besoin de le faire. Je le voyais sur son visage chaque fois que quelqu'un prononçait son nom – ce qui n'arrivait cependant pas souvent. Elle a toujours une photo de lui, cachée dans un livre. Je l'ai trouvée un jour par hasard. Elle l'ignore.

— Ça ne vous dérange pas ?

— Un premier amour est une chose puissante, surtout quand il n'a jamais eu l'occasion de s'user, de décevoir ou de se ternir. J'adore Clara. Je sais qu'elle ne m'aime pas autant que je l'aime, mais elle m'aime *assez*.

— Et vous êtes heureux comme ça ?

— Je suis satisfait – et c'est le mieux que la plupart d'entre nous puissent espérer, n'est-ce pas ?

Peut-être. Mais peut-être aussi que certains ont besoin de plus.

— Je dois parler à Clara. Vous avez dit qu'elle était sortie ?

— Oui, même si j'ignore totalement où elle se rend quand elle part en promenade.

Mais je crois que j'en ai une petite idée.

66.

Elle se tient dans la même position que sur la photo de Flo. Immobile et silencieuse, les yeux braqués vers la maison. Le ruban de police volette autour du puits.

— Clara !

Elle fait volte-face.

— Jack. Qu'est-ce que vous faites par ici ?

— Je pourrais vous retourner la question.

— Oh, je me promenais.

— Vous venez souvent dans le coin ?

Quand elle me sourit, les rides qui entourent ses jolies pommettes se plissent. Une femme que l'âge a embellie. Sans plus rien de commun avec la maîtresse d'école qui n'a jamais été assez bien pour un jeune et beau pasteur.

Parfois, nos désirs mènent à des plaisirs plus sombres.

— Qu'est-ce qui vous fait dire ça ?

— Ma foi, il m'a fallu un moment pour comprendre. Pourquoi venir ici, devant cette maison ? Que vous n'ayez jamais voulu vous éloigner de la chapelle n'a rien d'un mystère. C'est là où son corps était enterré. Mais ici, à l'endroit même où il est mort ?

Son sourire s'efface.

— Et alors, l'évidence m'est apparue. Ce n'est pas la maison que vous venez voir. C'est le puits.

Elle secoue la tête.

— Désolée, Jack. Je ne vois pas du tout de quoi vous parlez.

— Bien sûr que si. Vous saviez qu'il y avait un cadavre dans le puits. Vous le savez depuis trente ans.

— Et comment diable aurais-je pu savoir que le corps de Merry se trouvait là-dedans ?

— Parce que ce n'était pas Merry. C'est Joy. Et vous l'avez tuée.

Elle était en avance.

Elles étaient convenues de se retrouver à 20 heures. Il n'était même pas moins dix.

Joy attendit près du muret effondré au bout du jardin, invisible de la maison. Elle regarda sa montre, impatiente de voir Merry sortir par la porte de derrière.

Allez, dépêche-toi. S'il te plaît. Nous pouvons quitter cet endroit. Commencer une nouvelle vie.

Elle passa la main sur son ventre.

Puis elle entendit un bruit derrière elle.

Elle se retourna. Écarquilla les yeux.

— Vous ? Qu'est-ce que vous faites là ?

67.

— C'était un accident.

— Vraiment ?

— Nous nous sommes disputées. Elle a trébuché et elle est tombée.

— À propos de quoi vous disputiez-vous ?

— À votre avis ?

— Grady. Vous l'aimiez. Mais il ne s'intéressait pas à une banale institutrice de vingt ans et quelques, n'est-ce pas ? Il les préférait plus jeunes. De jolies petites choses qu'il pouvait subjuguer, dominer, blesser.

— Joy l'avait séduit.

— Elle avait quinze ans.

Elle retrousse les lèvres.

— Elle agissait en connaissance de cause. J'ai *vu* ce qu'ils faisaient quand il était censé lui enseigner la Bible.

— Vous avez vu ce qu'il lui faisait à *elle*.

— Je l'ai dit à Marsh. J'ai cru que ça y mettrait un terme. Mais alors, je l'ai aperçue ce soir-là, avec son sac à dos. Je pensais qu'elle avait rendez-vous avec Grady à la chapelle. Je l'ai suivie.

— Ce n'était pas avec Grady qu'elle avait rendez-vous, mais avec Merry, ici. Elles avaient prévu de s'enfuir ensemble.

— Je n'ai pas voulu ce qui est arrivé.

— Alors pourquoi n'êtes-vous pas allée chercher de l'aide ? Vous auriez pu aller frapper à la porte de la maison.

— J'avais peur.

— Elle était enceinte. Vous le saviez ?

Elle baisse les yeux.

— Non.

— Elle avait quinze ans, elle était enceinte, et vous l'avez laissée mourir au fond de ce trou.

— C'était un accident.

— Peut-être. Ou alors vous pensiez qu'une fois Joy écartée, Grady s'intéresserait finalement à vous. Mais ça ne s'est pas passé comme ça, n'est-ce pas ? Il s'est tourné vers une autre jeune victime.

Ses lèvres dessinent un sourire méprisant.

— Merry n'était pas une victime. Cette fille n'a jamais causé que des ennuis. Benjamin essayait de la sauver. C'était un homme de Dieu.

— Si vous pensez vraiment cela, pourquoi avez-vous aidé Marsh à cacher son corps ?

Je la vois hésiter.

— Marsh m'a appelée cette nuit-là. Paniqué. Désespéré. Il m'a dit que Benjamin avait pratiqué des exorcismes sans la permission de l'Église. Celui-ci avait mal tourné. Il s'était passé quelque chose de terrible…

Elle baisse le regard, laisse sa phrase en suspens. J'aurais eu pitié d'elle si elle-même en avait eu pour les jeunes filles dont Grady avait abusé.

— Benjamin était mort, et Merry s'était sauvée. Sa mère avait supplié Marsh de ne pas y mêler la police.

— Marsh a accepté, et vous-même avez gardé le secret ?

Ses yeux lancent des éclairs.

— J'aurais tué Merry de mes mains, si je l'avais pu. Mais Marsh m'a dit que si quiconque le découvrait, cela anéantirait l'église. Benjamin serait traîné dans la boue, déshonoré. Je ne l'aurais pas supporté. Je n'avais pas été capable de sauver sa vie, alors j'ai choisi de sauver son nom.

— Et de dissimuler ce qu'il avait fait.

— Il accomplissait l'œuvre de Dieu.

— Vous le croyez vraiment ?

Je plonge la main dans ma poche et en sors le magnétophone. La cassette se trouve à l'intérieur. J'ai enfin réussi à la réparer. Par bien des aspects, j'aurais préféré ne pas le faire. Ce qu'elle contient est dur à entendre.

Clara fronce les sourcils.

— Qu'est-ce que c'est ?

— La vérité sur votre précieux Grady. Tout ce qui s'est passé cette nuit-là. Tout ce qu'il a fait. Tout est là. Je pourrais la donner à la police, maintenant.

Clara considère l'appareil un instant, puis elle sourit froidement.

— Vous pourriez… Mais nous savons vous et moi que vous ne le ferez pas.

— Vraiment ? Et pourquoi donc ?

— Parce que si le corps retrouvé dans le puits est celui de Joy, cela signifie que Merry est toujours en vie, quelque part. (Elle braque ses yeux gris sur les miens.) Et je leur dirai qui vous êtes réellement.

Elle était étendue sur le lit, les membres en croix, baignant dans sa crasse. Sa mère avait surpris sa tentative d'évasion. Telle était sa punition. Emprisonnée. Seule dans cette pièce.

*À l'exception des visites qu'*il *lui rendait.*

Sa mère lui avait dit que sa fille était possédée. Que le diable lui inspirait son comportement. Qu'elle avait besoin de son aide.

Il baissa les yeux sur le corps de sa victime. On lui avait attaché les mains et les chevilles. Elle était nue, ses côtes formant des arêtes aiguës. Les hématomes de leur dernière rencontre tranchaient sur le blanc de sa peau. Des empreintes de doigt violettes et noires. De vives marques rouges dans la chair tendre où il avait enfoncé sa chevalière chauffée à blanc.

Grady sourit.

— Ce soir, Merry, nous devons redoubler d'efforts pour expulser tes démons.

Il se retourna et ouvrit sa boîte. L'intérieur était revêtu de soie écarlate. De robustes lanières maintenaient son contenu en place : un lourd crucifix, de l'eau bénite, une bible, de la mousseline. Ses outils. Ses jouets. De l'autre côté de la boîte : un scalpel, un grand couteau cranté et encore autre chose, un petit boîtier noir.

Il prit celui-ci en premier, vérifia que tout était en place à l'intérieur et appuya sur un bouton situé sur le côté de l'objet – un magnétophone. Puis il le posa sur la table de chevet.

Il aimait revivre leurs rencontres.

— Je vous en prie, supplia-t-elle. Ne me faites plus de mal.

— Oh, je ne ferai que ce qui est nécessaire.

Il s'approcha d'elle, l'attrapa par la racine de ses cheveux gras et lui enfonça un chiffon dans la bouche. Elle s'étrangla, rua, tira sur ses sangles. Il posa ses mains sur elle. Cela sembla durer une éternité. Elle pivota et cracha. Son bâillon tomba et une épaisse goutte de salive atterrit sur la joue de Grady.

Il s'essuya le visage.

— Je sens le démon en toi. Il doit être purgé.

Il se tourna vers sa boîte à la recherche de la lame crantée.

Elle n'était plus là.

Le frère de Merry se tenait devant lui, les mains serrées sur la poignée du lourd couteau.

— Fiston…

Jacob plongea le métal dans la chair du vicaire. Grady chancela et fit volte-face vers le lit.

Merry s'assit. Ses liens pendaient, inutiles. Son frère les avait préalablement défaits. Elle vit la déception dans les yeux de l'homme d'Église lorsque ses jambes cédèrent sous lui et qu'il tomba à genoux.

Elle descendit du lit et s'approcha de lui à pas prudents. Grady agrippait le manche du couteau, la respiration hachée. Elle prit le scalpel dans la boîte et s'accroupit près de lui.

— Je t'en prie, murmura-t-il. Je suis un homme de Dieu.

Merry sourit et appuya la pointe contre la peau molle sous son œil gauche.

— Vous êtes un grand malade.

Elle enfonça la courte lame. Grady hurla.

Alors elle leva de nouveau le scalpel…

68.

— Vous vous trompez.

— Non, dit Clara en secouant la tête. Tu as changé. Beaucoup. Mais j'ai passé ces trente dernières années à m'interroger sur ce qui était arrivé à Merry Lane. Et soudain, te voilà. Ta photo dans le journal : « Le pasteur qui a du sang sur les mains ». Une accroche appropriée, tu ne trouves pas ?

Je ne rebondis pas.

— Vous avez persuadé Brian de demander à Mgr Gordon de me proposer le job.

— Je n'étais pas sûre que tu acceptes. J'ai d'abord été surprise, puis en colère. Que tu reviennes ici comme si de rien n'était, sans une once de culpabilité.

— C'est vous qui avez déposé le kit d'exorcisme, la bible, les incandescentes. Vous qui avez envoyé ces lettres…

Elle hoche la tête.

— La boîte et la bible étaient dans les affaires de Fletcher. Il a dû les trouver dans le caveau, où Marsh les avait cachées avec le corps de Benjamin.

— *Pourquoi*, Clara ? Après tout ce temps ?

— Je pourrais te poser la même question. Pourquoi être revenue ?

J'hésite, puis je réponds :

— Pour Joy. Je pensais tenir enfin l'occasion de découvrir ce qui lui était arrivé.

— Et je pensais enfin tenir l'occasion de te faire payer ce que tu as fait à Benjamin.

— Benjamin Grady était un pédophile et un violeur. Il méritait de mourir. Pas Joy.

Clara me décoche un autre de ses sourires glacés.

— On pourrait continuer longtemps de trouver des justifications à nos actes. Mais au bout du compte, nous sommes toutes les deux des meurtrières.

Il me vient à l'esprit que je pourrais l'attraper. Lui faire perdre l'équilibre. Il en faudrait peu pour qu'elle bascule dans l'obscurité. Et qu'elle meure là. Comme Joy.

Nos yeux se croisent. Et je comprends qu'elle partage mes pensées.

— Comment vous supportez-vous ?

— De la même façon que toi, j'imagine.

Nous nous dévisageons longuement. Je m'avance d'un pas… et je laisse tomber le magnétophone au fond du puits.

— Merry est morte. Allez en enfer, Clara.

Puis je me retourne et m'en vais.

Pour la dernière fois.

69.

— Je suis bien triste de vous voir partir.

Je souris à Joan par-dessus la table de la cuisine.

— Vous me manquerez aussi.

— Le village n'a pas connu une telle ébullition depuis des années.

— Je suppose que l'enquête de police va durer un moment. Il y a encore beaucoup à découvrir.

Qui a tué Grady, par exemple.

— Je doute qu'on sache jamais la vérité.

— Je suis désolée… Je présume que vous espériez des réponses.

Elle prend son verre de sherry.

— Ne le soyez pas. Quand vous aurez mon âge, vous comprendrez que dans la vie, il y a plus de questions sans réponses que de mystères résolus. Le mieux qu'on puisse attendre, c'est une résolution acceptable. Et au moins, je sais ce qui est arrivé à Matthew.

— Comment s'en sortent les Harper ?

— Emma est retournée vivre un moment chez sa mère avec Poppy. Simon a toujours du mal à croire à la culpabilité de sa Rosie. C'est un homme brisé.

J'aurais presque pitié de lui. Presque.

— Nous essayons tous de faire ce qu'il y a de mieux pour notre famille, dis-je.

— Et croyez-vous que ce déménagement sera ce qu'il y a de mieux pour Flo et vous ?

— Je l'espère.

— Vous reviendrez ?

— Peut-être.

— Eh bien, n'attends pas autant de temps, la prochaine fois.

Je la regarde, interloquée. Elle sourit et me tapote la main.

— Je n'ai pas besoin d'avoir toutes les réponses.

70.

Quel genre de femme suis-je ?

Je voudrais répondre qu'au fond de mon cœur, je suis une femme de bien, une femme qui a essayé de vivre sa vie le mieux possible, d'aider les autres, de répandre la bonté autour d'elle.

Mais je suis aussi une femme qui a menti, volé et tué.

Nous avons tous la capacité de faire le mal. La plupart d'entre nous penseront avoir de bonnes raisons de le faire. Je ne crois pas que quiconque soit né avec le « mal » en lui. L'acquis surpasse l'inné. Cependant, je reste convaincue que certains sont nés avec un plus grand *potentiel* de malfaisance. Quelque chose de génétique, peut-être, qui, lorsqu'il se combine avec l'environnement, produit des monstres. Comme Grady. Comme Wrigley.

Comme moi ?

Est-ce que je ressens de la culpabilité pour les vies que j'ai prises, pour les mensonges que j'ai proférés ? Est-ce que ça m'empêche de dormir ? Parfois. Mais pas souvent. Est-ce que ça fait de moi une psychopathe ? Ou une survivante ?

J'observe mon image dans le miroir de la salle de bains. Jack me rend mon regard. Ce n'est pas si difficile de se forger une nouvelle identité. Un vieux nom sur une pierre tombale. Mendier et voler jusqu'à ce que j'aie les moyens de me payer de faux documents en bonne et due forme. S'enfuir d'un endroit ne suffit pas. Il faut s'enfuir de soi-même. Vous devez tout laisser derrière vous, y compris ceux que vous aimez. Comme mon frère.

Je n'avais jamais eu l'intention de rentrer dans les ordres. Mais une partie de ce que j'ai dit à Mike est vraie. J'ai bel et bien rencontré un prêtre. Blake. Un homme bon. Il m'a aidée à comprendre que je pouvais changer. Me racheter. Il m'a aussi permis de prendre conscience que le meilleur endroit où se cacher, c'est en pleine lumière. Peu de gens regardent ce qu'il y a derrière un col clérical. Et ceux qui le font restent aveuglés par leurs préjugés.

Je dégrafe justement mon col et le glisse dans ma poche. Puis je plonge la main dans ma chemise et en sors la chaîne en argent de pacotille qui ne m'a jamais quittée. Depuis plus de trente ans. Un *J* légèrement corrodé y pend.

Parce que les meilleures amies s'échangeaient tout : les compilations, les fringues, les bijoux.

Je tiens le collier encore quelques secondes entre mes doigts, puis je l'arrache d'un coup sec, le laisse tomber dans le lavabo et fais couler l'eau jusqu'à ce qu'il ait disparu.

J'entends tirer la chasse d'eau dans le cabinet derrière moi. Je coince mes cheveux derrière mes oreilles, plus courts maintenant, leurs racines retouchées. Je recule d'un pas et souris. Puis je pousse la porte des toilettes et regagne la foule de l'aéroport.

Mike et Flo sont attablés dans un café bourdonnant d'activité. Mike a insisté pour nous conduire jusqu'ici. Il a été très présent depuis cette nuit à la chapelle. Il me manquera. Mais il me tarde aussi de lui dire au revoir. Quand il me regarde, j'ai parfois l'impression qu'il est sur le point de dire quelque chose. Quelque chose qui n'augurerait rien de bon. Ni pour moi ni pour lui.

— Vous revoilà, dit Mike en m'apercevant. Tout va bien ?

— Ouais, très bien.

— J'allais justement chercher un autre café, dit Flo. Tu en veux ?

— Oui, merci.

Elle va rejoindre la queue au comptoir.

— Alors, me dit Mike. Un peu nerveuse à l'idée d'aller en Australie ?

— Ouais… Je me demande surtout comment je vais faire pour rembourser mon découvert.

— Vous le méritez.

— Merci. Mais ce n'est que pour un mois. Histoire de faire un repérage.

Peut-être.

— Je voulais vous poser une question, dis-je. Est-ce que la police a fini par mettre la main sur celui qui m'a sortie de la chapelle ?

— Non. En tout cas, personne ne s'est présenté spontanément.

— Bon.

— Et s'il avait été blessé… il aurait été admis à l'hôpital, je suppose.

— Sans doute. (Je souris brièvement.) Peut-être que je l'ai imaginé.

— C'était une soirée traumatisante.

— Oui.

Mais je n'ai rien imaginé. Je sais que c'était lui. Jacob. Mon frère. Il m'a de nouveau retrouvée. Il m'a sauvée. Et il est toujours quelque part dans la nature.

— Et voilà. Deux americanos. (Flo dépose deux cafés sur la table.) J'ai eu droit à des doubles doses, ça devrait nous tenir éveillées une bonne moitié du trajet jusqu'au pays d'Oz.

— Je vais y aller, dit Mike.

— Oh. D'accord.

Nous nous levons tous les deux, un peu gauches.

— Merci de nous avoir accompagnées. Et pour… bon, vous savez.

— Je sais. N'oubliez pas mon koala en peluche.

— Je n'y manquerai pas.

— Bon, eh bien…

Flo lève les yeux au ciel.

— Ça devient gênant, là, dit-elle.

Mike se penche en avant et me donne une accolade maladroite.

— Faites attention à vous.

Il se redresse, sourit, puis se retourne et s'éloigne.

— Quel loser, dit Flo en retirant le couvercle de son café. Vous iriez très bien ensemble.

— Je ne crois pas.

— Pourquoi ?

— Pas vraiment mon genre.

— Tu te réserves pour Hugh Jackman ?

— C'est lui qui se réserve pour moi.

Elle sourit.

— Je t'aime, maman.

Je tends la main et serre la sienne.

— Et moi aussi.

Elle fronce soudain les sourcils.

— Tu as enlevé ton col.

— Oh, oui. Je me suis dit que ce serait plus confortable. Pour le vol.

— Oh, OK.

Nous sirotons nos cafés. Flo regarde son téléphone. Quand nous nous levons, je la laisse partir devant et sors le col de ma poche. Après un moment d'hésitation, je le fourre au fond de mon gobelet vide, remets le couvercle et l'abandonne sur la table.

Quel genre de femme suis-je ?

Il est peut-être temps de le découvrir.

Épilogue

Le patient a été admis il y a quelques semaines. On l'a retrouvé plus mort que vif dans un fossé, pas loin de Hastings. Sans papiers d'identité. En très mauvais état. Ça faisait visiblement un bout de temps qu'il était là.

Il a des brûlures sévères sur une grande partie du côté droit et une cellulite s'est propagée de sa cheville blessée à toute sa jambe. On l'a placé sous coma artificiel. Il a combattu l'infection, mais son membre n'a pu être sauvé. On l'a amputé sous le genou. La rééducation a été longue. Il ne pouvait ou ne voulait pas parler.

— Mais nous faisons des progrès, dit l'infirmière Mitchell en conduisant le nouveau docteur (aux cheveux brillants et à l'enthousiasme sans faille) dans le couloir, où leurs semelles en caoutchouc couinent. Il a récemment commencé l'art-thérapie et ça semble lui être bénéfique.

— Bien.

Tu ne diras pas la même chose quand tu verras le résultat, pense-t-elle.

Elle pousse la porte de la salle de thérapie. Le docteur cligne des yeux. Les œuvres des patients s'exposent sur les tables alignées le long d'un des murs. Parmi les paniers tressés, les figurines en papier mâché et les assiettes peintes, une grande partie des surfaces disponibles est occupée par de petites poupées faites de brindilles.

Le docteur s'avance et les observe.

— Intéressant.

On peut dire ça comme ça.

— Il ne fait que ça, précise l'infirmière. Obsessionnellement.

Le docteur ramasse une des poupées, la regarde un instant et la repose rapidement.

— A-t-il dit ce qu'elles représentent ?

— Il n'a prononcé qu'un mot depuis qu'il est arrivé ici.

Elle reporte les yeux sur les poupées de brindilles, s'efforce de réprimer un frisson.

— Incandescentes.

Remerciements

Je ne suis pas une femme de religion – mon expérience des églises se résume à quelques longs et ennuyeux baptêmes et fêtes des moissons –, aussi écrire un roman dont le personnage principal est un pasteur était une intéressante gageure.

Je dois donc un grand merci à Mark Townsend pour ses éclairages sur les petites églises rurales et sur le quotidien d'un pasteur – quoique que j'aie manifestement pris quelques, hum, libertés créatives.

J'ai l'impression d'avoir mis une éternité à terminer ce roman, mon quatrième. C'est chaque fois de plus en plus dur, vraiment ! Je voudrais donc remercier tout spécialement mon agente, Maddy, qui m'a toujours soutenue, mes éditeurs à la patience inépuisable, Max et Anne, et tous ceux qui ont travaillé si dur à la publication de ce livre, même pendant le confinement, pour le perfectionner, le promouvoir et enfin le sortir.

Il va sans dire – mais il va bouder si je ne le fais pas – que mon mari, Neil, est une source constante d'amour et de soutien technique. Et je dois évidemment remercier ma fille, Betty, de remplir ma vie de joie – et de Lego.

Je voudrais aussi remercier tous les habitants du village où nous vivons à présent de s'être montrés si accueillants et bienveillants. Je m'y suis fait des amis adorables, dont les anecdotes sur l'histoire de la région ont en partie inspiré ce roman.

Et comme toujours, merci, merveilleux lecteurs, d'avoir choisi ce livre. Je n'y arriverais pas sans vous. Alors… à l'année prochaine ?

Cet ouvrage a été mis en page par IGS-CP
à L'Isle-d'Espagnac (16)

N° d'édition : L.01EUCN001012.N001
Dépôt légal : mars 2022
Achevé d'imprimer en février 2022 en Espagne par Liberdúplex